T0268231

LA VERDAD MÁS PROFUNDA

SERIE NEGRA

MICHAEL KORYTA

LA VERDAD MÁS PROFUNDA

Traducción de
MONTSE TRIVIÑO

RBA

Título original: *How It Happened.*
Autor: Michael Koryta.

Publicado por acuerdo con Little Brown and Company, Nueva York, EE. UU.
Todos los derechos reservados.
© Michael Koryta, 2018.
© de la traducción: Montserrat Triviño González, 2019.
© de esta edición: RBA Libros, S.A., 2019.
Avda. Diagonal, 189 - 08018 Barcelona.
rbalibros.com

Primera edición: enero de 2019.

REF.: OBFI257
ISBN: 978-84-9187-543-7
DEPÓSITO LEGAL: B. 28.735-2018

PLECA DIGITAL · PREIMPRESIÓN

Impreso en España - *Printed in Spain*

PARA CHRISTINE

PRIMERA PARTE

A DAR UNA VUELTA

And it would make a great story
If I ever could remember it right.

JASON ISBELL,
Super 8

No lo había visto nunca antes del día en que lo matamos. Pero a Jackie sí que la conocía. La conozco de toda la vida, en realidad. Nunca fuimos amigas ni nada de eso, pero este es un pueblo pequeño, todas las chicas nos conocemos. Íbamos a la misma clase, por lo menos hasta el instituto. Luego a ella la pusieron en la clase de los listos. Jackie no salía mucho de fiesta. Lo que más recuerdo de ella es que su madre murió cuando estábamos en quinto. Pero... ¿por qué me preguntas esas cosas? Fue hace mucho tiempo y no tiene nada que ver con todo esto. Pero hasta el día en que la matamos, sí, eso es lo que más recuerdo de ella.

Su madre murió en un accidente de coche. Creo que se salió del carril por culpa de la nieve o algo así. Jackie faltó unos cuantos días al colegio y todos tuvimos que hacerle tarjetas, ya sabes, con dibujitos y notas para decirle que estábamos muy tristes por lo que le había pasado. Volvió al cole la semana siguiente y su padre la acompañó hasta la clase. Él le cogía la mano muy fuerte, como si no quisiera dejarla marchar. Me fijé en eso y me puse a pensar en todas las tarjetas que le habíamos escrito y... vale, ya sé que esto me hace parecer mala persona, pero la verdad es que me cabreó un poco. Porque, vale, sí, era muy triste que su madre hubiera muerto, pero aún le quedaba su padre, ¿no? Yo vivía con mi abuela y ni mi padre ni mi madre estaban muertos, pero para el caso es como si lo hubieran estado. Vamos, que mi padre nunca me había cogido la mano como Howard Pelletier le cogía aquel día la mano a Jackie. En realidad, nunca lo había hecho nadie. O sea que, vale, estaba triste por ella, pero... ¿acaso alguien le había pedido a la clase que me escribiera tarjetas también a mí? No. A nadie le importaba una mierda lo que pasaba en mi vida. Yo no era una de esas niñas por las que todo el mundo se preocupa. A mí simplemente... me ignoraban.

No me puedo creer que guardara la tarjeta. ¿Las guardó todas? Bueno, en el fondo qué más da. Ya no importa. No sé por qué has sacado ese tema, Barrett. No tiene nada que ver con lo que ocurrió el verano pasado.

Vale, el día que sí importa fue, de hecho, el último día caluroso del verano. A principios de septiembre hacía más calor que en pleno agosto. Creo que eso tuvo algo que ver. Ya, ya, no estoy buscando excusas, pero sigo pensando en cómo empezó todo y adónde fuimos, y sí, vale, tengo clarísimo que jamás nos habríamos descontrolado tanto de no haber sido por el calor. Y por la forma en que el calor hacía que todo el mundo se sintiera, especialmente Mathias. ¿Se supone que tengo que decir su nombre completo ahora, como si no lo supiéramos ya todos? Mathias Burke. ¿Quieres saber una cosa graciosa? Que cuando oyes su nombre completo, entornas un poco los ojos. Es muy raro. Cada vez que lo digo, te pones tenso. Como si te estuvieras preparando para recibir un puñetazo. O para arrearlo tú. ¿Qué es, lo uno o lo otro? Eh, me has pedido que lo contara con mis propias palabras, ¿no? Cuidado con lo que deseas, Barrett.

Vale... Era el primer fin de semana después de que se marcharan todos los turistas, o casi todos; los que tenían niños ya se habían ido y estaba todo bastante más tranquilo, y Mathias, no sé, se había vuelto medio loco o algo parecido. Aquella noche —viernes— estaba muy acelerado, histérico. Como si estuviera a punto de estallar. Como si algo le corriera bajo la piel y estuviera buscando la forma de salir. Y no hacía más que quejarse del calor. Y Cass lo mismo, se quejaba del calor, pero era porque no quería sudar, no quería que se le estropeara el maquillaje. Cuando se maquillaba, siempre parecía una puta. Vamos, que no sabía hacer las cosas sutilmente, ¿me entiendes? Siem-

12

pre se ponía un montón de potingues, cuando con maquillarse un poquito habría sido suficiente. Sí, sí, ya sé que no tendría que hablar mal de ella porque está muerta, pero es que es la verdad.

Bueno, a ver, retrocedo un poco: yo tenía el turno de día en la tienda de licores. Salía a las seis. Cass tenía que venir a pie para recogerme y luego queríamos ir las dos al pueblo o hacer algo. A lo mejor volver a su caravana, o salir por ahí. La verdad es que no teníamos planes. Si hubiéramos quedado para ir a algún sitio, aquella noche no habríamos terminado con él. Pero estábamos libres.

Mathias llegó a las..., no sé, serían las cinco y media. Un poco antes de que yo terminara mi turno. Lo conocía desde hacía años, pero nunca habíamos salido juntos. Ni siquiera de fiesta ni por ahí. Por eso me sorprendió que me preguntara qué hacía aquella noche. Estaba convencida de que Mathias no salía mucho de fiesta. Por lo que yo sé, siempre estaba trabajando. Si alguna vez lo veía por ahí bebiendo, era siempre en invierno. En verano trabajaba como veinticuatro horas al día. Le dije que Cass y yo habíamos quedado para ir de copas y pareció un poco decepcionado. Por un momento me pregunté si me estaba entrando o algo así. Pero entonces llegó Cass y él cambió de rollo.

Nos empezó a hablar de la casa de un cliente y nos dijo que podía usarla. Era de no sé qué zorra pija, alguien que iba a la casa solo dos semanas al año o algo así, pero dijo que era un sitio muy especial y que le apetecía ir allí a tomar unas copas y bañarnos. Me pareció interesante, pero entonces Mathias dijo que también podía pillar y eso me echó un poco para atrás, porque yo estaba intentando dejarlo. Pero a Cass le moló la idea.

Salimos al aparcamiento porque yo ya había terminado mi turno. Bebimos un poco, creo que unas seis latas de cerveza Twisted Tea, un par de litronas y Cass un poco de vodka. De ese de sabores, creo que era de manzana o de frambuesa o no sé qué. Nos sentamos en el portón trasero de su camioneta a fumar y a beber. Ah, esa camioneta era la del curro. No era la que llevábamos cuando los matamos.

Hablamos sobre todo del calor y por eso recuerdo lo mucho que parecía agobiar a Mathias. Porque no hacía más que mirar hacia el sol y hablar del calor como si fuera algo personal, ¿vale? Como si ese día el sol calentara solo para él, como si fuera alguien que busca pelea. Estuvimos un rato tranquilos y luego dijo que conocía un buen sitio para ir de fiesta, que había pillado y que lo compartiría con nosotras si yo lo llevaba hasta su camioneta. Y yo va y le dije: «Estás sentado en tu camioneta, listillo». Pero entonces dijo que la camioneta que quería estaba en la casa de un cliente y que necesitaba que alguien lo llevara hasta allí. Ya sabes que se dedica al mantenimiento y trabaja en un montón de casas de veraneo.

Bueno, yo no me había metido gran cosa durante el verano, aparte de alcohol. Vale, un poco de hierba, pero ya está. Y a lo mejor unas cuantas pastillas, sí, pero nada importante, porque no sé si sabes que el verano pasado murió un montón de peña, antes que Cass. Salió en las noticias. Heroína chunga que alguien había traído de Washington D. C. Un tío negro, creo. O a lo mejor era mexicano. Pero sé que era de D. C., porque la gente la llamaba así. Aquel verano corría como una epidemia. La peña la palmaba sin meterse siquiera una sobredosis por culpa de la mierda que habían usado para cortarla, no sé qué rollo químico que no llegué a entender. Lo único que sabía era que aquella mierda era mala y que la gente la estaba palmando: murió más gente aquel verano que en todo el año anterior en Maine por culpa de las drogas, creo. Bueno, a lo mejor no es verdad, pero es lo que se decía por ahí.

Total, que yo intentaba seguir limpia, como te he dicho antes, pero si Cass y Mathias se largaban juntos, me habría quedado yo sola, ¿no? Yo y un puto pack de seis latas de Twisted Tea un viernes por la noche. ¿Quién quiere eso? Así que..., bueno, ya sabes cómo son estas cosas. Aceptas. Nunca piensas que vaya a pasar algo malo. Les dije que iría con ellos, pero que no quería meterme nada. Y Mathias me guiñó un ojo y dijo: «Ya veremos».

Nos largamos y conducía yo, y él iba en el asiento del pasajero.

Cass tendría que haberse sentado detrás, pero se metió entre los dos y, bueno, iba casi sentada encima de Mathias. Me fastidiaba, pero, en fin, Cass es así. Lo único que me sorprendió es que a Mathias no parecía importarle mucho. Siempre había pensado que era un tío, no sé cómo decirlo... No sé, un tío más serio, ¿vale? Que siempre estaba como muy metido en sus cosas, así que me pareció raro verlo actuar de aquella manera.

Y entonces pensé que se había tomado algo más que unas cuantas birras.

Total, que yo conducía y seguía las indicaciones que él me daba, porque no quería que me parara la poli. Nos estaba diciendo que cuando llegáramos a su camioneta nos llevaría a la casa esa de veraneo, la casa que había dicho que podía usar, y nos empezó a decir lo guay que era, en plan un poco chulo y tal, así que yo me esperaba algo diferente al sitio en el que acabamos, me esperaba algo más elegante.

Tenía la camioneta en una casa de Archer's Mill Road. La verdad es que no recuerdo muy bien dónde. Me dijo que aparcara en el camino de entrada y lo hice. Su camioneta estaba al final del camino y desde la carretera no se veía. El capó estaba tapado con una lona y le pregunté por qué y entonces él me dedicó una gran sonrisa y me dijo: «Mira qué pasada». Y entonces quitó la lona.

Había pintado el capó de un blanco muy brillante y justo en el centro había un gato negro, pero mal dibujado, no sé, como si fuera el dibujo que haría un niño de un gato de Halloween, ¿sabes? Con el pelo de punta, el lomo arqueado y la cola tiesa. Como un montón de garabatos negros.

Para entonces ya estaba oscureciendo y él lo iluminaba con el teléfono para que lo viéramos. Cuando me acerqué, vi que había pintado los ojos del gato de color rojo. El dibujo era como muy raro, pero había en los ojos algo que no encajaba con lo demás. Ya sé que parece una tontería, pero aquellos ojos me ponían nerviosa, no sé por qué.

No entendí por qué estaba tan orgulloso de aquella camioneta. Era una... chorrada. Aquel gato negro que parecía sacado de una tira cómica, con los ojos rojos, pintado en mitad del puto capó, tan blanco que brillaba y costaba mirarlo. El dibujo era una chorrada y la camioneta me pareció una mierda.

Fue entonces cuando sacó las drogas. La primera vez que alguien se pinchó fue allí, donde había dejado la camioneta, pero fueron solo Cass y él. Yo dije que no, gracias, que ya estaba bien con la birra. Ellos se chutaron y bebieron y yo me fumé un par de cigarrillos y me bebí un par de birras. Y puede que algún traguito de vodka. Pero aún estaba sobria cuando Mathias dijo que fuéramos al estanque, que nos llevaba en su estúpida camioneta.

No tenía asientos traseros, solo uno de tres plazas delante. A mí siempre me ponen en medio porque soy pequeña, ¿vale? Pero aquella noche Cass se sentó en el medio. Quería estar cerca de Mathias.

Pero, oye, antes de seguir quiero dejar una cosa clara, ¿vale? Yo solo iba a dar una vuelta.

Ya sabes cómo es Archer's Mill Road, tiene un montón de curvas. Mathias estaba borracho y colocado y conducía demasiado deprisa, y yo tenía la sensación de que en cualquier momento iba a pasar algo. Mathias había puesto una música country bastante cutre. No tan cutre como Nickelback, pero bastante mala. Me volví hacia ellos y vi que Cass le había apoyado la mano en la bragueta y entonces deseé no haberlos acompañado. Es mejor estar sola que hacer de sujetavelas en una camioneta mientras los otros dos se lo montan a tu lado. Pero Cass siempre se ponía así cuando se había metido algo. Cuando Cass estaba colocada, se volvía una chica fácil. No hace falta que me creas, solo tienes que preguntar por ahí.

Cuando llegamos a la casa de veraneo, me empecé a sentir mejor. Era justo como él había dicho: había un embarcadero y una plataforma, y no hacía frío y había un millón de estrellas en el cielo. Recuerdo muy bien las estrellas, porque después de que Mathias y Cass se metieran en el agua y fueran nadando hasta la plataforma, yo me

16

tendí de espaldas en el embarcadero para no tener que oír lo que hacían allí. Esa fue la primera vez que me metí un poco de heroína, pero solo lo hice porque no quería oír lo que fuera que estuvieran haciendo allí y era... era muy bonito estar allí fuera. Con todas aquellas estrellas.

Supongo que debí de quedarme frita. Sí, eso fue lo que debió de pasar, porque no recuerdo nada entre las estrellas y el sol. Cass y Mathias ya habían salido del agua y estaban vestidos otra vez. Ella bajó al embarcadero y se tomó una cerveza conmigo —para entonces, las cervezas ya estaban calientes—, y le dije que algún día me gustaría tener un sitio como aquella casa de veraneo. Tampoco es que fuera gran cosa, ¿sabes?, pero era muy bonito y tranquilo y yo nunca había tenido la sensación de que necesitara todo aquello. Había mucho espacio para mis animales. A mis perros, Sparky y Bama, les habría encantado aquel sitio. Creo que Cass quería que le preguntara por ella y Mathias, pero no pensaba hacerlo. Me importaba una mierda lo que hubieran hecho. Supuse que tarde o temprano lo descubriría cuando tuviera que acompañarla a la clínica.

Se estaba muy tranquilo allí, pero, de repente, a Mathias le entraron las prisas y no encontraba las llaves. Dijo que se le debían de haber caído cuando él y Cass habían ido nadando hasta la plataforma. Total, que empezó a soltar un montón de tacos y a echarle la culpa a ella, y se puso a chapotear en el agua, como si así pudiera encontrarlas. Y entonces ella también le empezó a gritar, y yo lo único que quería era largarme de allí, así que fui a sentarme en la camioneta. Y fue entonces cuando vi que las llaves aún estaban puestas en el contacto.

Me pareció que tenía gracia, ¿sabes? El tío histérico en el estanque y resulta que las llaves estaban en el puto contacto. Se lo dije a Cass, riéndome, pero ella también estaba cabreada, así que cogió las llaves, las levantó para enseñárselas a Mathias y le dijo que era un gilipollas y un capullo. Entonces subió a la camioneta y la puso en marcha. Yo también subí y Mathias vino corriendo, empapado. Esa fue la primera vez que vi el cuchillo.

17

Cass estaba sentada al volante. Podría haber arrancado y nos hubiéramos largado. Pero él empuñaba el cuchillo y le estaba dando puñetazos a la camioneta, y decía que la iba a matar. Y... bueno, la cuestión es que..., iba a decir que la asustó, pero no estoy tan segura. Puede que la asustara, pero creo que también la excitó. Porque lo normal habría sido bajar de la camioneta, pero ella le hizo sitio y le abrió la puerta.

Lo he pensado muchas veces. ¿Y si ella hubiera bajado? ¿Y si hubiéramos bajado las dos?

Pero no, ella se quedó y me dijo a mí que no me marchara. Yo no sabía qué hacer. Supongo que lo que quería era que Mathias se concentrara en ella. Abrió la puerta y nos dijo que bajáramos, que volviéramos andando a casa. Cass lo mandó a la mierda y le dijo que no pensaba bajar de la camioneta, ni yo tampoco. Yo ni siquiera hablé. Era todo tan intenso... Ella era como una especie de escudo, ¿sabes? Yo no quería atraer la atención. Y tenía miedo de lo que Mathias pudiera hacerle si los dejaba a solas. Bueno, tenía miedo y punto.

Así que él subió y dijo: «Vale, zorras, os voy a dar lo que queréis». Y entonces pensé, tengo que salir de aquí, con o sin ella, pero Mathias arrancó. Y ya no pude bajar.

Porque íbamos demasiado rápido.

Salimos de la casa de veraneo y giramos a la derecha en lugar de a la izquierda, y yo pensé que se había equivocado, pero tampoco quería decirle nada, tal y como estaba. No hacía más que darle puñetazos al volante y decir que nos iba a dar lo que queríamos. Conducía muy rápido, como un loco, ocupando toda la carretera. Cuanto más pronunciadas eran las curvas, más rápido las cogía. Me daba miedo que acabara perdiendo el control. Teniendo en cuenta lo que pasó después, una idea bastante tonta, ¿no? Pero lo recuerdo claramente. Lo que me daba miedo, en aquel momento, era que estrellara la camioneta.

Lo que más recuerdo de aquel trayecto es que no podía dejar de mirar el gato. Lo empecé a ver más raro durante aquel trayecto.

Por la noche me había parecido una chorrada, pero por la maña-
na, mientras íbamos a mil por hora por la carretera, me pareció...
siniestro.

Hay un huerto en Archer's Mill Road y lo pasamos a, no sé, pue-
de que a cien por hora. Más bien parecían ciento cincuenta. Está el
huerto y luego viene el cementerio. El viejo. Nadie va allí, excepto en
Halloween, o puede que vaya algún turista a hacer fotos. Cass y
Mathias no hacían más que gritarse el uno al otro y de repente él dijo
algo como «Si queréis morir, os voy a llevar al lugar adecuado».
Y entonces giró a la derecha. Yo pensé que se había salido de la carre-
tera, pero no, había un viejo camino de tierra que cruza el cemente-
rio y llega casi hasta el agua. Dimos un bote al pasar por encima de
la cuneta y nos adentramos por el camino. Pasamos a toda velocidad
entre las lápidas y yo estaba segura de que se proponía estrellar la
camioneta contra la más grande. ¿Cómo se llaman esas cosas, las que
parecen fortines para fantasmas? No son museos, pero es una pala-
bra parecida. Museos para los muertos. Hay uno muy grande en el
cementerio, más o menos en el medio. Está en una pequeña eleva-
ción y desde allí se ve el agua. Estaba segura de que nos llevaba allí,
que iba a empotrar la camioneta y matarnos a todos solo porque
tenía un mal viaje y porque el sol lo había puesto de mal humor el
día anterior. Nada de lo que estaba pasando tenía un motivo.

En aquella parte, el camino está lleno de baches y piedras. Saltá-
bamos como locos; la mayor parte del tiempo yo ni siquiera tocaba el
asiento con el culo y Mathias casi ni podía controlar la camioneta.
Me alegré de que hubiera dejado la carretera asfaltada, porque al
menos allí en el cementerio no podíamos chocar contra nadie. Pasa-
ra lo que pasase, solo nos pasaría a nosotros.

Eso fue lo último que pensé justo antes de ver a Jackie.

Estaba parada en mitad del camino, de cara al agua. El sol había
empezado a salir. Todo se había vuelto rosa y dorado. Saltamos al
llegar a lo alto de la loma y ella se volvió y vi que sonreía. Recuerdo
que le cambió la cara y me pareció que ocurría muy despacio. ¿Sabes

esas cortinas que se giran con una varilla y no dejan pasar la luz? Pues fue así.

Creo que ni siquiera llegó a... comprender qué pasaba. Quiero decir, que nosotros no pintábamos nada allí. Creo que estuvo confundida todo el rato, como si dijera: «¿Qué pasa aquí?».

Se apartó demasiado pronto o demasiado tarde, depende de cómo quieras verlo. Trató de esquivarnos y Mathias trató de esquivarla a ella, y los dos se fueron hacia el mismo lado. Bueno..., espera un momento. Creo que él intentó esquivarla. Quiero creerlo. Porque si no es así, significa que cuando dio el volantazo estaba..., ya sabes, intentándolo.

Cuando la embistió, ella se elevó en el aire y se estrelló contra el parabrisas con tanta fuerza que lo agrietó, y entonces desapareció y Mathias frenó en seco y cuando derrapamos la parte trasera de la camioneta chocó contra una de las viejas lápidas. La que se partió por la mitad, ¿te acuerdas? Le hicisteis un montón de fotos y salió en los periódicos, y la gente empezó a decir que el asesinato había sido no sé qué ritual satánico, pero no, en serio, lo único que pasó es que la caja de la camioneta chocó contra la lápida cuando derrapamos.

Hubo un momento en que todo se quedó silencioso. Supersilencioso. Creo que ni siquiera respirábamos. Lo único que yo hacía era mirar el capó a través del parabrisas y estaba más rojo que antes, y yo sabía que era sangre, pero era casi como si se hubieran mezclado. Como si la sangre formara parte del dibujo del gato. Como si siempre hubiera estado allí.

Empecé a bajar de la camioneta para ir a ayudarla, ¿vale? Mathias también bajó. Cass se quedó dentro un poco más. Vi el sitio en el que había caído Jackie y entonces lo vi a él también. Ian Kelly. Entonces no sabía su nombre, claro. Era un tío y nada más. Estaba en el camino, detrás de nosotros, pero, como habíamos llegado tan rápido, seguro que habíamos pasado a su lado y ni lo habíamos visto. No me extraña. Íbamos superrápido, directos hacia el amanecer.

Estaba un poco más arriba. Quieto, mirando. El cuerpo de Jackie *estaba entre nosotros. Era como un pulso, ¿sabes? Y entonces empezó a gritar. Gritó: «¿Qué coño estáis haciendo?», y yo pensé que era rarísimo, que no era la pregunta adecuada, porque ya había pasado, ¿sabes? No era algo que estuviera, no sé, sucediendo. No era algo que pudiéramos parar.*

Empezó a dirigirse hacia nosotros. No corría, solo caminaba. Mathias también empezó a moverse y me fijé en que llevaba algo en la mano. Una barra o un tubo o algo así. Caminaban el uno hacia el otro y Jackie seguía entre los dos, había sangre por todas partes. Cass ya había bajado de la camioneta y yo me sentía como si estuviera paralizada. No quería acercarme a la sangre. El tío siguió caminando hacia nosotros, no sé, como si estuviera en estado de shock o algo parecido.

Estaban casi junto al cuerpo cuando Mathias le dio con el tubo. Lo golpeó una sola vez, justo en la cabeza, y el tío ni siquiera tuvo tiempo de levantar una mano. Recuerdo el ruido del golpe. Como un puño que se clava en una pared de pladur. Una pared de pladur todavía húmedo.

Y entonces grité. Aún estaba gritando cuando Mathias se volvió y me miró, y entonces dejé de gritar enseguida. Por la forma en que me miraba... supe que era capaz de matarme.

Volvió hacia donde estábamos nosotras y nos dijo que lo ayudáramos a subirlos a la camioneta. Sé que todo el mundo me dirá: «¿Por qué lo hiciste? ¿Por qué no le dijiste que no, por qué no echaste a correr, por qué no llamaste a la policía?». Pero nadie sabe la forma en que nos estaba mirando. O hacíamos lo que nos decía o nos mataba. Estaba clarísimo. Esa era nuestra elección.

Solo recuerdo a medias haberlos levantado. Mathias subió a la camioneta, dio marcha atrás y sacó de la caja unas lonas. Bueno, no eran lonas, eran plásticos de esos que se usan para tapar ventanas rotas. Y entonces los..., eh, perdona. Necesito un momento. Perdona.

Los... bueno... digamos que... doblamos los cuerpos. Y los envolvimos. Yo intenté no mirar. Mathias nos gritaba para que nos diéramos prisa antes de que llegara alguien. O sea, estábamos en un viejo cementerio que no se ve desde la carretera y eran como las seis de la mañana... ¿Quién iba a venir? Fue entonces cuando me pregunté por primera vez qué estaban haciendo allí aquellos dos. Y a aquellas horas de la mañana. Pero luego, claro, salió todo en la tele. Y me sentí aún peor al saber por qué habían ido al cementerio. Quiero decir, que era muy romántico, ¿no? Yo nunca he salido con un tío capaz de levantarse tan temprano para hacer algo así. Joder, ni siquiera he salido nunca con un tío así.

Los metimos en la caja de la camioneta y Mathias nos dijo que volviéramos a subir. Creo que ni Cass ni yo llegamos a decir una sola palabra. Yo no podía parar de llorar. Hasta me costaba respirar. Lo único que sabía era que tenía que hacer todo lo que dijera Mathias hasta que aquello terminara. Lo que más miedo me daba era él. Si te soy sincera, ni siquiera había pensado aún en vosotros. No podía pensar en nada que no fuera aquel pequeño tramo de carretera. Mi mundo se había reducido a eso. El mundo había desaparecido y solo existían aquella carretera y la camioneta y Mathias. Era lo único que quedaba.

Sé que nadie lo entenderá.

Cass le preguntó adónde iba y él dijo que teníamos que esconderlos. Se alejó de allí exactamente como si supiera adónde quería ir. Conducía rápido, pero no de la misma manera que antes. Controlaba y se quedaba en su carril. Dijo que nos íbamos a deshacer de ellos y que luego nos largaríamos y limpiaríamos la camioneta con lejía. Y que si alguna de las dos se lo contaba a alguien, nos mataría. Aquella fue la primera vez que lo dijo, pero no nos impactó mucho porque ya lo habíamos entendido antes. Yo, por lo menos.

Nos llevó de nuevo a la casa a orillas del estanque. Condujo la camioneta justo hasta el agua, al mismo sitio en el que poco antes había estado buscando las llaves.

Cuando yo las había encontrado en el contacto.

La sacamos primero a ella. No le pude ver mucho la cara porque había demasiada sangre. Mathias usó cinta adhesiva plateada para sujetar alrededor del cuerpo algunos de los tubos que llevaba en la caja de la camioneta. Para que se hundiera. Cuando me di cuenta de que los íbamos a arrojar al agua, pensé que era una decisión estúpida. Porque si hubiéramos caminado unos cincuenta metros o así desde el sitio en el que la habíamos atropellado, en el cementerio, habríamos llegado a las llanuras mareales. Y la marea, además, estaba alta, no habríamos tenido que caminar mucho. Y entonces la corriente... se los habría llevado. Hasta el océano. A menos que alguien los recogiera con una trampa langostera o algo parecido, nadie los encontraría jamás. Si lo hubiéramos hecho así, yo podría contarte exactamente lo que pasó y aun así jamás los encontraríais. Pero no, a Mathias le entró el pánico y los alejamos del océano para llevarlos a un estanque. Si lo piensas bien, fue una estupidez. Y, además, los metió en la camioneta. Eso tampoco le habría hecho falta. Le habría bastado con arrastrarlos hasta las llanuras mareales y dejar que la corriente se ocupara del resto.

Pero no, volvimos hasta la casa de veraneo y el estanque. Nos metimos en el agua hasta que a mí me llegó al cuello y Mathias se alejó nadando un poco más y arrastró el cuerpo hasta la plataforma. Y entonces la soltó. Se hundió bastante rápido. Recuerdo que se veía un poco de sangre en el agua, pero enseguida desapareció.

Y entonces volvimos a buscar al tío.

Ya lo habíamos sacado de la camioneta cuando nos dimos cuenta de que aún se movía. Diría que yo fui la primera en notarlo, pero no quise creerlo. Y entonces miré... Recuerdo que, cuando miré hacia su cabeza, vi que el plástico se deshinchaba y volvía a hincharse y luego se deshinchaba otra vez. Y comprendí que respiraba. O, por lo menos, intentaba respirar.

Y entonces Cass dijo: «Joder». Eso fue lo único que dijo, «Joder». Y Mathias lo apuñaló. Yo ni siquiera lo había visto sacar el cu-

chillo. Solo lo vi inclinarse sobre el cuerpo y apuñalarlo a través del plástico, justo donde debía de estar el corazón.

Me entró el pánico. Mathias se incorporó otra vez, me miró y me tendió el cuchillo. Yo me aparté de un salto porque, no sé, pensaba que me iba a pinchar a mí. A matarme. Y dijo con voz calmada... Nunca olvidaré el tono sereno de su voz, como si estuviera explicando las reglas de un juego. Dijo: «Ahora tenéis que hacerlo vosotras también. Porque estamos juntos en esto».

Estaba esperando mi reacción, pero Cass cogió el cuchillo. No... no vaciló. Le clavó el cuchillo y ya está. Para entonces ya ni se movía. Y el plástico, justo encima de la boca, tampoco se movía.

Cass me tendió el cuchillo. Me miró y dijo: «Kimmy, tenemos que darnos prisa». Mathias nos estaba mirando. Yo no cogí el cuchillo, y él dijo: «O lo haces o te vas al agua con ellos. Tú decides, Kimmy».

Así que..., eh..., cogí el cuchillo y se me cayó, porque estaba temblando muchísimo. Me puse a gatas, empuñé el cuchillo, se lo clavé y me alejé arrastrándome. Mathias volvió a coger el cuchillo y me dijo que no se lo había clavado bastante fuerte. Que volviera a hacerlo.

Y volví a hacerlo.

Lo llevamos hasta el agua. De la misma manera, en el mismo sitio. Yo avancé hasta que el agua me llegó al cuello, pero solo mido metro y medio, y entonces Mathias lo arrastró a nado puede que unos tres metros más. Están allí, entre la plataforma y el embarcadero. Más cerca de la plataforma. Los encontraréis allí, no sé a qué profundidad. Pero no están muy hondo. Allí solo hay aguas oscuras, es un lugar solitario.

Los encontraréis fácilmente.

Mathias nos llevó de vuelta a mi coche. Durante todo el trayecto no hizo más que darnos instrucciones, qué hacer con la ropa, cómo lavar la ducha con lejía y cómo limpiar con trapos empapados en lejía todo lo que tocáramos. Y también nos amenazó, juró que nos mataría si hablábamos con alguien y que se enteraría enseguida si íbamos a la poli y que le daba igual ir a la cárcel, que antes de entrar tendría tiempo suficiente para matarnos. Repetía una y otra vez lo mismo: lo que teníamos que hacer y lo que nos haría él a nosotras si no lo escuchábamos.

Del resto, no sé nada. Lo que hizo después y lo que ocurrió con la camioneta, no lo sé. Ni siquiera me atrevo a imaginarlo, da igual las veces que me lo preguntes.

Pero así es como ocurrió.

¿Ya podemos parar?

2

Rob Barrett era la única persona que estaba en la sala con Kimberly Crepeaux, una mujer de apenas metro cincuenta y cuarenta y cinco kilos que, en el momento de confesar su participación en los asesinatos de Jackie Pelletier e Ian Kelly, tenía solo veintidós años, aunque también cinco arrestos y una hija.

Los demás investigadores seguían una grabación en directo y, en cuanto Kimberly se marchó, uno de ellos se reunió con Barrett. El teniente Don Johansson, de la policía estatal de Maine, era diez años mayor que Barrett y había trabajado en más casos de homicidio que él —o, mejor dicho, había trabajado en casos de homicidio—, pero cuando entró en la sala lo hizo con los ojos desorbitados.

—Hostia puta —dijo como si no pudiera creerse lo que acababa de ver y escuchar.

Llevaban meses hablando con Kimberly y nadie esperaba que confesara precisamente ese día.

—Se lo has sacado —dijo Johansson, al tiempo que se sentaba—. Has conseguido sacárselo.

Barrett se limitó a asentir. Seguía sentado en su silla, pero la adrenalina le había desbocado el corazón y se sentía físicamente exhausto, como si estuviera en los vestuarios después de jugar una final. Durante los últimos veinte minutos se había esforzado por mantener el rostro impasible y el cuerpo inmóvil, temeroso de que cualquier cambio pudiera interrumpir el relato de Kimberly. Hacía mucho que estaba convencido de que ella sabía la verdad y de que quería confesar, pero, aun así, no estaba preparado para lo que acababa de escuchar.

—Ha sido la tarjeta —dijo Johansson contemplando a Barrett con cierta incredulidad—. Así es como la has pillado. ¿Cómo coño se te ha ocurrido sacar lo de la tarjeta?

La tarjeta seguía sobre la mesa. Barrett la cogió con cuidado. Estaba hecha de papel cartoncillo doblado y en ella aparecía dibujada una tosca cruz bajo un arcoíris. En el interior, una Kimberly Crepeaux de once años firmaba en azul un mensaje escrito con rotulador mágico de color rosa: «Tu mamá era muy buena y tenías mucha suerte de tenerla y siento que se haya ido, pero no olvides que aún te queda tu papá y que también es muy bueno».

Barrett había encontrado una referencia a la tarjeta hecha a mano en la lista de posesiones que habían elaborado los investigadores encargados de registrar el domicilio de Jackie Pelletier tras su desaparición, y le había preguntado al padre si podía echarle un vistazo. Nadie había entendido para qué la quería. La tarjeta, como había dicho la misma Kimberly, no tenía absolutamente nada que ver con los espantosos sucesos ocurridos más de una década más tarde.

Y, sin embargo, era la tarjeta la que finalmente había conseguido que hablara.

—Establecía una relación entre ellas —le dijo a Johansson, mientras contemplaba el infantil dibujo del arcoíris sobre la cruz—. Que Kimberly supiera que Jackie había conservado la tarjeta establecía entre ellas la clase de relación que Kimberly no quería admitir. Se me ocurrió que, si conseguía que Kimberly viera así a Jackie, si conseguía que pensara en lo que habían compartido, tal vez me contara algo por fin. —Soltó un largo suspiro y movió la cabeza de un lado a otro—. Pero te juro que no me esperaba lo que ha contado.

Johansson asintió, se frotó la mandíbula con una mano y luego, mientras desviaba la mirada, dijo:

—¿Crees que es verdad?

—Joder, sí, creo que es verdad.

A Barrett casi le sorprendió la pregunta. Johansson había escuchado exactamente lo mismo que él, incluso había visto la cara de Kimberly en la grabación mientras contaba la historia, así que Barrett no entendía que aún pudiera albergar dudas.

—Solo digo que Kimmy no es precisamente famosa por su sinceridad —aclaró Johansson.

—Acaba de confesar un asesinato, Don. No es que nos haya dado un soplo sobre alguien.

—Muchas personas han confesado asesinatos que en realidad no cometieron.

—Y yo lo sé mejor que nadie. Me dedico a eso. Me he pasado diez años investigando el tema y dando clases.

—Sí, sí, eso ya lo sé.

Barrett sintió una punzada de rabia. Lo habían enviado desde el departamento del FBI en Boston precisamente porque Johansson y su equipo no habían hecho ningún avance a la hora de conseguir que Kimberly Crepeaux hablara, pese a que se había implicado a sí misma en varias conversaciones con amigos o conocidos. Y ahora que Barrett había obtenido por fin la confesión, Johansson no parecía muy dispuesto a creerla. Desde la llegada de Barrett se habían producido roces entre ambos y Barrett lo entendía —a ningún poli local le gusta tener a un federal pegado a los talones—, pero le parecía increíble que Johansson pudiera oponer resistencia precisamente ese día.

—El equipo de buzos esclarecerá la verdad —dijo Barrett esforzándose por emplear un tono neutral—. Si miente, el estanque estará vacío. Si no, los encontraremos allí abajo. Así que vamos a organizar un equipo de búsqueda.

—Vale. Pero tendré que informar a Colleen, claro.

Colleen Davis era la fiscal.

—Y a las familias —añadió Barrett.

Le pareció que Johansson se estremecía un poco.

—Es tu confesión —dijo Johansson—. Eres tú el que finalmente la ha conseguido, así que te dejaré que la compartas con ellos.

Como si fuera un privilegio y no una carga.

—Gracias —respondió Barrett.

Si Johansson captó el sarcasmo, no lo dio a entender. Estaba contemplando la silla en la que se había sentado Kimberly Crepeaux como si la joven aún siguiera allí. Sacudió la cabeza de un lado a otro.

—Me sorprende que fuera Mathias —dijo—. ¿Kimmy? Seguro. Cass Odom también, que en paz descanse su alma atormentada. No me cuesta nada creer que las dos estuvieran implicadas. Pero Mathias Burke... Lo que ha contado no encaja con el hombre que yo conozco. Ni con el hombre que todo el mundo conoce por aquí. —Sacudió la cabeza una vez más y luego se puso en pie—. Pondré al día a Colleen y luego reuniré a los buzos. Supongo que por la mañana ya lo sabremos, ¿no?

—Sí —dijo Barrett, que aún tenía en la mano la tarjeta de papel carboncillo—. Supongo que sí.

Johansson le dio una palmada en el hombro.

—Buen trabajo, Barrett. Acabas de cerrar un caso. Es el primero, ¿no?

¿Era una pregunta o un recordatorio?

—Es el primero, sí —admitió Barrett.

El policía de más edad asintió y lo felicitó una vez más por su buen trabajo, antes de abandonar la sala para poner al día a la fiscal y reunir el equipo de buzos. Y entonces Rob Barrett se quedó allí solo, con la vieja tarjeta entre las manos, una tarjeta escrita por una niña de once años a otra niña de once años cuyo cuerpo ayudaría más tarde a envolver en plástico y sumergir en unas aguas tan oscuras como solitarias.

«Tengo que decírselo a los padres», pensó, y de repente deseó que Johansson estuviera allí, porque no le habría importado pasarle de nuevo la pelota en aquella cuestión. Aunque ello significara tener que lamerle el culo y alabar su experiencia superior.

Porque la verdad era que Barrett no tenía experiencia. A sus treinta y cuatro años, no era especialmente joven para ser agente del FBI, pero había empezado tarde: se había pasado más de una década en la universidad antes de convertirse en agente de la ley. Solo llevaba nueve meses en el FBI y su experiencia en casos de homicidio era cero. Tampoco era tan extraño, pues los agentes del FBI no solían ocuparse de casos de homicidio, excepto en contadas y famosas excepciones: asesinos en serie y perfiles psicológicos. Lo que el FBI ofrecía a los detectives de homicidios era, técnicamente, asistencia.

Rob Barrett había ofrecido voluntariamente su asistencia en aquel caso. Le había costado un poco convencer a su superiora en Boston, la agente especial Roxanne Donovan, de que podía prescindir de un joven agente como él y enviarlo al Maine profundo, pero Barrett contaba con unos cuantos puntos a su favor. Primero, una de las víctimas era el hijo de un destacado abogado de Washington D. C., y este quería ayuda del FBI. Segundo, la especialidad de Barrett eran las confesiones y la policía estatal no había conseguido dar siquiera con un testigo potencial. Y, por si eso fuera poco, Barrett poseía lo que él denominaba una especie de «familiaridad» con Port Hope.

En el fondo, sospechaba, los dos últimos elementos no importaban tanto como el primero. Los Kelly eran muy influyentes en D. C. y estaban furiosos por la lentitud de la investigación. Cuando Barrett había ido a ver a Roxanne para exponerle sus argumentos, lo había hecho a sabiendas de que ella ya estaba recibiendo presiones de Washington para que su oficina colaborara en la investigación. Durante su discurso, pues, Barrett había pasado de puntillas sobre su verdadero interés y su historia —o sea, «familiaridad»— con Maine.

—No he visto ninguna referencia a esa zona en tu currículum —le había dicho Roxanne mientras pasaba las páginas de un documento que probablemente contenía más información acerca de la vida de Barrett de la que a él le hubiera gustado.

—Solo era en verano, con mi abuelo.

—Pero ¿has pasado tiempo en Port Hope?

Sí. Había pasado tiempo en Port Hope. Se había enamorado en Port Hope: del mar, de los bosques y, con el tiempo, de una chica, claro. Y todo aquello había ocurrido bajo la sombra de un hombre al cual los habitantes de Port Hope recordaban mucho mejor que a su nieto. Ray Barrett ya llevaba años bajo tierra, pero en Port Hope aún quedaban los suficientes espejos resquebrajados y hombres con cicatrices como para que nadie lo hubiera olvidado. Y de unos y otros todavía podían encontrarse ejemplos en el Harpoon, el bar en el que Kimberly Crepeaux supuestamente había revelado que sabía algo acerca del caso Pelletier y Kelly. El bar que, en otros tiempos, había regentado el abuelo de Rob.

Roxanne Donovan había vaticinado que lo necesitarían en Maine «durante una o dos semanas».

Desde entonces ya habían transcurrido dos meses. Kimberly Crepeaux no había confesado fácilmente, pero cuando por fin se había desmoronado, les había ofrecido un relato completo.

Y ahora le tocaba a Barrett compartir todos aquellos detalles con los familiares de las víctimas.

3

Eran familias muy distintas. Mientras que Howard Pelletier conservaba pacientemente la esperanza, George y Amy Kelly no habían hecho más que machacar con llamadas diarias, críticas y sugerencias. La familia de George llevaba tres generaciones veraneando en Maine, pero el verano anterior George y Amy se habían marchado de vacaciones al extranjero, por lo que Ian había ido solo a Port Hope. Durante un tiempo tras la desaparición de Ian y Kelly, el retiro veraniego de los Kelly se había convertido en una especie de campamento base para la investigación. Luego las pistas se habían enfriado y su hijo seguía sin aparecer. George y Amy Kelly habían regresado al sur, pero habían seguido llamando.

Barrett marcó el número de los Kelly en Virginia. La mayoría de las conversaciones las había mantenido con Amy, aunque George siempre estaba al teléfono, escuchando. Por lo general, se mostraba tan afectado que no podía hablar, así que terminaba por dejar su línea en silencio y limitarse a escuchar. Les gustaban las videoconferencias y, en un intento de enfocar el homicidio de su hijo como si fuera un asunto de trabajo, George recibía las llamadas en su despacho, donde podía sentarse a su mesa y dar la espalda a las librerías repletas de fotos de Ian jugando a tenis, de Ian jugando al fútbol, de Ian con un diploma.

De Ian sonriendo. Siempre con aquella sonrisa deslumbrante.

Ese día, Barrett usó el manos libres pero no la videollamada mientras relataba la confesión de Kimberly Crepeaux.

—¿Estás seguro? —le preguntó Amy. Pero antes de que Barrett tuviera tiempo de responder, añadió—: Claro que estás seguro.

Amy y George eran abogados, y habían investigado a Barrett como si ellos mismos le estuvieran asignando la investigación, en lugar de aceptarlo desde el FBI. Ellos, mejor que nadie, sabían que era un experto en confesiones: en obtener confesiones verdaderas y detectar las falsas. Así que cuando Barrett les dijo que había averiguado la verdad, supieron que debían creerlo.

Al mismo tiempo, sin embargo, parecía que les costaba aceptar la participación de Mathias Burke.

George y Amy conocían a Mathias desde mucho antes de que se convirtiera en sospechoso del asesinato de su hijo. Durante tres veranos lo habían contratado como encargado de mantenimiento y jardinero de su casa de veraneo en la costa. Amy se había resistido a creer las primeras acusaciones y había dicho que confiaba en su instinto, que Mathias Burke era de fiar.

Y no era la única que había expresado esa opinión. Los Burke llevaban generaciones en el pueblo y Mathias era, para Port Hope, una fuente de orgullo. A la edad de ocho años ya arrancaba malas hierbas y recogía hojas en su barrio; a los diez cortaba el césped; a los dieciséis se compró la primera camioneta con remolque y empezó a ponerles las cosas difíciles a los profesionales del mantenimiento. Solo tenía veintinueve años, pero era el dueño de una empresa de servicios de mantenimiento que operaba en tres condados y daba trabajo a una docena de personas. Se ocupaba de jardines, reformas, instalación de sistemas de alarma, pavimentación y transporte de basuras. Burke satisfacía cualquier necesidad que pudieran tener los veraneantes, o buscaba a alguien de confianza para el trabajo. Su reputación solía resumirse en una única palabra: ambicioso.

A Barrett le había costado bastante convencer a todo el mundo de que la ambición no impedía que un hombre condujera como un loco mientras estaba colocado y borracho.

La implicación de Kimberly Crepeaux había sido más fácil de vender. Su familia poseía un largo historial de delitos menores en una zona en la que los índices de delincuencia eran casi inexistentes. Y aún eran más famosos por sus problemas con el alcohol. Kimberly —o Kimmy, como la conocía todo el mundo en Port Hope— había pasado del alcohol a la heroína, salto cualitativo que se había reflejado también en su índice de arrestos. Había arrojado sospechas sobre sí misma al decir a ciertos conocidos, estando borracha, que la policía no estaba ni remotamente cerca de la verdad del caso, o al afirmar —sin que nadie se lo preguntara— que ella era inocente y que no sabía nada sobre los hechos.

Cuando Barrett había empezado a interrogarla, la principal teoría de la policía era que se trataba de un accidente que había terminado en ocultación de los cadáveres, y por lo que se comentaba en el mundillo de la heroína, parecía que las drogas tenían algo que ver con los hechos. En realidad, la horrenda historia que Kimberly le había relatado solo contenía una sorpresa: la identidad del hombre que iba al volante, el hombre que había empuñado un tubo y un cuchillo y había convertido un posible homicidio sin premeditación en un escalofriante doble asesinato.

Ese no era el Mathias Burke al que se consideraba en la península un dechado de virtudes.

Después de relatarles la historia que había contado Kimberly Crepeaux, Barrett les dijo a Amy y a George lo que aún le faltaba.

—No tengo la camioneta.

La camioneta era lo primero que Kimberly les había ofrecido. Aunque inicialmente mantenía que solo era un rumor y, desde luego, nada que ella hubiera visto con sus propios ojos, la había descrito con demasiado detalle y la había relacionado con Mathias. Al principio, había parecido una pista prometedora: Mathias Burke poseía nueve vehículos, ya fueran suyos o de su empresa de mantenimiento, desde *pick-ups* normales a camionetas diésel con cabina doble, pasando por quitanieves. Por desgracia, ninguno de ellos encajaba ni remotamente con la descripción de Kimberly y ningún otro testigo recordaba haberlo visto con una camioneta de esas características. La mayoría dijeron que era imposible. A Mathias Burke le gustaban los coches bonitos, le decía todo el mundo a Barrett. Una camioneta Dodge Dakota hecha polvo, con un dibujo extraño en el capó, no era su estilo.

Pero ahora Kimberly se reafirmaba en su historia, les dijo Barrett a los Kelly, y el único testigo estaba muerto: Cass Odom había muerto de sobredosis tres días después de que Jackie e Ian desaparecieran.

George Kelly habló por primera vez en varios minutos.

—Pero no necesitas la camioneta si ya tienes una confesión y un... —dijo, pero hizo una pausa antes de proseguir—: cuerpo.

—No para detenerlo, pero sí que la necesitaré para procesarlo —explicó Barrett.

La idea de un juicio le pareció intimidante, pues en aquel momento su caso se sustentaba sobre los huesudos hombros de una temblorosa testigo.

—Estoy convencido de que para entonces ya la tendrás.

—Sí.

Se produjo otra pausa y después habló Amy.

—O sea, que mañana lo sabremos. Cuando el equipo de buzos lo encuentre, sabremos qué le ocurrió realmente a Ian.

—Mañana sabremos más, sí. Os llamaré en cuanto el equipo de buzos tenga resultados.

«¿Resultados?». Todos sabían qué estaban buscando: el cadáver de Ian.

Con una voz vacía y lejana, Amy pronunció las inevitables palabras: le agradecía a Barrett su tiempo y su trabajo.

No supo qué decir. Acababa de comunicar a unos padres que a su hijo lo habían golpeado con un tubo, lo habían envuelto en plástico mientras aún respiraba, lo habían apuñalado y lo habían arrojado al agua.

«De nada».

Había empezado la llamada expresando su solidaridad y diciéndoles lo mucho que odiaba tener que darles la noticia, pero no quería reiterar demasiado aquella idea porque corría el riesgo de que sonara hueca. Así, respondió a la gratitud de Amy limitándose a repetir que los llamaría en cuanto tuviera noticias del equipo de buzos.

Aunque los buzos ni siquiera habían entrado aún en el agua, la conversación parecía definitiva. Barrett, sin embargo, sabía que no era así: la confesión era, en realidad, un nuevo comienzo. Luego llegarían los cadáveres y después los juicios, y la familia Kelly tendría que estar en la sala frente a Kimberly Crepeaux y Mathias Burke. Tendrían que ver fotografías, escuchar a los forenses, observar los punteros señalando los huesos de su hijo y oír el testimonio de los acusados.

«Recuerdo que, cuando miré hacia su cabeza, vi que el plástico se deshinchaba y volvía a hincharse y luego se deshinchaba otra vez. Y comprendí que respiraba. O, por lo menos, intentaba respirar».

No, para George y Amy Kelly aquello estaba muy lejos de ser el final de la horrenda historia.

Tras haber hecho llegar al estado de Virginia la noticia de la confesión, Barrett colgó el teléfono y condujo hacia la costa de Maine. No había ningún ferri a Little Spruce Island, pero conocía a un lugareño que lo llevaría hasta allí.

Quería contarle en persona al padre de Jackie Pelletier la verdad sobre la muerte de su hija.

4

Barrett llegó a Little Spruce Island una hora antes del atardecer. La bahía estaba tranquila y el agua en calma; cuando bajó de la lancha en el embarcadero, oyó el sonido de un martillo y se encogió, porque sabía de dónde venía.

Howard Pelletier estaba terminando el estudio de su hija.

Howard era un langostero de tercera generación, pero después de que su esposa, Patricia, muriera en accidente de coche durante una tormenta de nieve en un mes de marzo, cuando la hija de ambos tenía once años, sus días en el mar pasaron a un segundo plano. Y también todo lo demás, excepto Jackie.

Las historias que Barrett había oído contar sobre Howard y Jackie eran muchísimas, y todas entrañables: que a Howard le había costado muchísimo aprender a hacer colas de caballo y trenzas, que cada día la llevaba al colegio de la mano, que salía a pescar durante el otoño y el invierno para poder pasar más tiempo con ella durante el verano, aunque tuviera que sacrificar un dinero y un tiempo más seguros por una estación caracterizada por fuertes vendavales y olas que arrojaban hielo a cubierta... Se dedicaba a la carpintería en verano y volvía al mar cuando Jackie volvía al colegio. Cuidar de ella había sido el único objetivo de sus días, pero entonces Jackie llegó a la adolescencia y, de repente, empezó a ocuparse de su padre tanto como él se ocupaba de ella. A los quince años se apuntó a clases de cocina en Camden y al poco empezó a encargarse de todas las comidas para que su atareadísimo padre tuviera una cosa menos que hacer. Cuando Jackie iba a sexto, su padre la enviaba a clase con el pelo recogido en una torpe trenza francesa; tres años más tarde, ella lo enviaba de vuelta al mar con exquisitos bocadillos cuyos ingredientes Howard ni siquiera sabía pronunciar. Padre e hija, unidos por la tragedia, se habían convertido en el testimonio de la capacidad de recuperación. Decir que los habitantes de Port Hope se preocupaban por los Pelletier era un eufemismo: los adoraban. Y se hablaba siempre de los dos, como si fueran las dos mitades de un todo: Howard y Jackie, Jackie y Howard.

Algunos creían que Jackie había decidido no ir a la universidad porque le daba miedo dejar solo a su padre. Aspiraba a ser artista y, si bien sus notas siempre habían sido extraordinarias, no había presentado solicitud en ninguna universidad. La familia de Howard tenía una vieja casita en Little Spruce y Jackie se había enamorado de la isla. Al terminar el instituto, se había ido a vivir a la casita. Todas las mañanas cogía el ferri a tierra firme para ir a trabajar en una tienda de comestibles y, en verano, se pasaba los fines de semana trabajando en una marisquería. Durante la temporada turística, Jackie trabajaba sesenta horas semanales y, a todo el que estuviera dispuesto a escuchar, le contaba para qué estaba ahorrando: un estudio elevado que quería construir junto a la vieja casita familiar de la isla, algo lo suficientemente alto como para ofrecerle unas inmejorables vistas del puerto y de los amaneceres que iluminan la costa de Maine.

Howard Pelletier había empezado a construir el estudio cinco días después de que Jackie desapareciera.

«Cuando vuelva a casa —solía decir—, esto la ayudará. Sea lo que lo sea lo que le ha ocurrido, este lugar la ayudará a olvidarlo».

Cuanto más tiempo seguía desaparecida su hija, más intrincado se volvía el diseño del estudio. Howard rehízo el tejado original para poner más claraboyas y añadió un sofá cama en lo alto de la escalera («Por si le apetece echarse una siestecita ahí arriba, ¿no?

Un rinconcito para cuando necesite descansar»). Todo el mundo entendió la progresiva complejidad del estudio.

Howard no podía parar.

Si paraba, significaba que ella jamás volvería a casa.

Rob Barrett se quedó largo rato en el embarcadero del pequeño muelle de Little Spruce Island, escuchando el sonido del martillo, antes de empezar a subir la colina.

Howard sonrió al ver acercarse a Barrett.

—Agente Barrett, ¿cómo estás? —dijo al tiempo que cruzaba la puerta abierta y le tendía una mano.

Medía aproximadamente metro sesenta y era casi un palmo más bajo que Barrett, pero tenía un cuerpo musculoso y fornido. A sus cincuenta, era más fuerte que muchos veinteañeros.

—Llámame Rob.

Era una especie de ritual entre ellos, lo mismo que las sonrisas y los apretones de manos.

—Te llamaré Rob cuando te jubiles. Hasta entonces, sigues siendo un agente, ¿no?

Antes de que Barrett tuviera tiempo de responder, Howard le hizo una seña con la mano para que lo siguiera al interior, que olía a madera limpia y serrín. Estaba iluminado por focos sujetos con abrazaderas a los montantes de las paredes.

—Como ves, he hecho algunos cambios —dijo.

Barrett se fijó entonces en que la escalera había desaparecido. Howard había dedicado muchas gélidas tardes de invierno a darles un acabado satinado a los peldaños, aplicando capa tras capa de un precioso e intenso color arce. Ahora ya no estaban.

—Se me ocurrió —dijo Howard— que ella siempre comparaba el estudio que quería con un faro o una casa en el árbol, ¿sabes? Quería estar muy alto, tener la sensación de estar en un sitio mágico. Esas fueron sus palabras. Y tal y como yo lo veo, ¿qué tiene de mágico subir por una escalera recta? Pero si es una escalera curva, en espiral, entonces sí que es como si te dirigieras a un sitio especial. O sea, como si no estuvieras subiendo sin más, como si estuvieras... ¿cuál es la palabra que busco? Como si estuvieras...

Hizo un gesto amplio con una mano pequeña y robusta, trazando un lento arco desde su cintura hasta la altura de los ojos.

—Ascendiendo —remachó Barrett, y a Howard Pelletier se le iluminó la mirada.

—Ajá —dijo utilizando el acento norteño de su infancia—. Ascendiendo. Ajá, esa es la palabra. En cuanto la tenga montada verás lo que quiero decir. Cuando suba ahí arriba, se sentirá como si estuviera ascendiendo.

—Howard, tengo noticias —dijo Barrett.

En el curtido rostro de Howard apareció el primer destello de miedo, pero parpadeó con fuerza y lo disimuló. A aquellas alturas, ya se le daba muy bien. Mientras que George y Kelly habían ido perdiendo la esperanza a medida que pasaban las semanas y no se tenían noticias, a Howard Pelletier esas semanas le habían concedido tiempo para cimentar su fe en el improbable regreso de Jackie y para buscar en internet historias de otras personas desaparecidas que, al cabo de los años, se habían reunido de nuevo con sus seres queridos. Barrett conocía todas aquellas historias porque Howard solía compartirlas con él.

Así que, en ese momento, al escuchar la promesa de noticias, se limpió las manos en los pantalones y asintió con entusiasmo.

—¡Bien, bien! ¿Una pista de verdad, esta vez?

A Barrett le costó encontrar la voz y, cuando finalmente habló, tuvo la sensación de que sus palabras procedían de algún lugar muy muy lejano situado tras él.

—Una confesión.

Howard se sentó despacio. Fue dejándose caer hasta llegar al suelo y se sentó como un niño, con las piernas extendidas delante del cuerpo y la cabeza inclinada. Cogió un montoncito de serrín y cerró el puño para estrujarlo. Y entonces dijo:

—Cuéntame.

Así que Barrett contó la historia por segunda vez aquel día. Se la contó a Howard Pelletier, mientras el hombre seguía sentado en el suelo que él mismo había colocado en el edificio de la escalera desaparecida. Howard no habló. Se limitó a mecer un poco el cuerpo mientras abría y cerraba sus manos pequeñas y musculosas, compactando montoncitos de serrín que luego lanzaba con desgana hacia la puerta, como alguien que arroja piedras a un estanque.

—Puede que haya mentido —susurró, una vez que Barrett hubo terminado—. ¿Una historia así viniendo de una chica así? Kimmy Crepeaux no sabría distinguir una palabra sincera ni aunque la tuviera delante de las mismísimas narices.

—Puede que esté mintiendo —dijo Barrett—. Y ojalá sea así. Lo sabremos mañana cuando los buzos busquen en el estanque. Pero tienes que estar preparado, Howard.

El hombre había cerrado los ojos al oír a Barrett decir «buzos».

—¿Cuándo bajarán? —preguntó sin abrirlos.

—Con las primeras luces. Habrían ido hoy mismo, pero no queríamos que los buzos se quedaran sin luz natural. En cuanto dé comienzo la búsqueda, la gente empezará a hablar y la prensa no tardará en aparecer. Queremos blindar el lugar de los hechos y que los buzos dispongan de tiempo.

Howard sacudió la cabeza de un lado a otro y abrió los ojos.

—Esa historia es una chorrada —dijo—. Esa Crepeaux seguro que saca algo de todo esto, ¿no? Tiene otros juicios pendientes. Tú mismo me lo dijiste. ¿Le habéis ofrecido un trato para librarse de los otros cargos?

—Eso no me corresponde a mí. Es decisión de la fiscal.

—Ya, pero le habéis ofrecido un trato, ¿no? Quiero que me digas la verdad.

Barrett asintió.

—Ahí lo tienes —dijo Howard—. No los encontraréis. Os ha contado un rollo para salir de los otros líos en los que está metida. Lamento que tengáis que investigar todas esas mentiras.

—Solo quería que lo supieras por mí —repitió Barrett.

—No los encontraréis —dijo Howard.

Y entonces llegaron las lágrimas. Se las secó como si le hubieran brotado por error, pero llegaron más y finalmente se rindió y lloró, en silencio pero desconsoladamente. Barrett se sentó sobre el serrín, a su lado, y esperó. Se quedaron los dos allí sentados durante largo tiempo y no hablaron ni siquiera cuando cesaron las lágrimas de Howard. Finalmente, Howard empezó a respirar más despacio.

—¿Han detenido a Mathias Burke? —susurró.

—Todavía no. La fiscal quiere tener primero los... —dijo Barrett, pero se interrumpió antes de decir «cuerpos»—, las pruebas. Está bajo vigilancia, eso sí. Espero que a mediodía ya esté entre rejas.

Howard asintió. Continuaba mirando al frente, más allá de la puerta aún abierta, hacia los acantilados rocosos, los pinos y el sol del atardecer: el paisaje que tanto amaba su hija.

—Sabes que fui yo quien le enseñó el viejo cementerio, ¿no? —explicó—. Te lo conté.

—Sí.

—La llevé allí arriba cuando, no sé, debía de estar en sexto curso. Le enseñé a poner un papel sobre una de aquellas viejas lápidas y a calcarla con carboncillo... —dijo mientras imitaba con las manos el movimiento circular del calco—. Resucitaban. Los nombres, quiero decir. Jackie decía que era algo muy especial. Pero no en el sentido en que lo habría dicho cualquier otro crío, como si fuera un truco de magia, sino especial porque representaba una vida. Especial porque nos permitía conocer sus nombres y pronunciarlos en voz alta para que no se... olvidaran.

El pecho le subía y bajaba de forma irregular, como si intentara controlar la respiración.

—Así que, ajá, yo le enseñé el cementerio.

—Le encantaba ese sitio —dijo Barrett— porque tú se lo enseñaste. Ni se te ocurra pensar en cualquier...

—Sé lo que pienso —cortó Howard—. No hace falta que me digas lo que debo pensar.

Se quedaron allí sentados, en el serrín, y Barrett se estrujó la mente en busca en algo que decir para que Howard se sintiera menos solo. ¿Qué podía decirle a un hombre viudo que había criado a su hija y la había visto convertirse en una joven hermosa e inteligente? ¿Qué le podía decir?

«¿Sabías que el año pasado se produjeron dieciséis mil asesinatos en este país? —podía decirle—. Más de un cuarto de millón de personas han muerto asesinadas en este país desde el día en que nació tu hija, Howard. No te sientas aislado en tu dolor. No estás solo. A lo largo de la vida de Jackie, han muerto asesinadas suficientes personas como para poblar cinco veces la ciudad de Portland, Maine. Te aseguro que no estás solo».

Howard se secó la boca. Se le había pegado serrín a la cara, aún húmeda por las lágrimas.

—Será mejor que termine el trabajo mientras aún hay luz —dijo—. Y tú... llámame mañana. Cuando...

No pudo terminar y Barrett tampoco lo animó a intentarlo.

—Te llamaré —aseguró.

Supo que había llegado el momento de irse y cruzó la puerta abierta. El viento había aumentado y el olor a mar era más intenso; ya solo quedaba una estrecha franja de luz carmesí, fina y brillante como una vena abierta, que resistía el avance de la oscuridad. Tras él, las luces de obra proyectaban un crudo resplandor blanco en el interior del estudio aún no terminado de Jackie Pelletier, allí donde su padre había arrancado la escalera para construir algo que resultara más mágico.

«Ascendiendo. Ajá, esa es la palabra».

Barrett bajó de nuevo la colina. El lugareño que lo había llevado hasta allí, un langostero retirado que se llamaba Brooks y que conocía de toda la vida a la familia Pelletier, aguardaba pacientemente en su lancha. No le había preguntado a Barrett por qué quería que lo llevara ese día a Little Spruce. Nunca preguntaba. Pero cuando Barrett subió a bordo lo observó con atención y, antes de arrancar el motor, abrió un compartimento de almacenaje, cogió una botella de Jack Daniel's y se la pasó a Barrett sin decir palabra.

Hasta ese día nunca le había ofrecido un trago.

—Sí —dijo Barrett—. Gracias.

Destapó la botella, bebió un largo trago y luego trató de devolvérsela. El viejo langostero negó con la cabeza.

—Quédatela —dijo, y puso en marcha el motor.

Barrett soltó amarras y se sentó, con la mirada fija en la casita de la colina y el nuevo edificio que se alzaba justo al lado.

—Ascendiendo —murmuró.

—¿Qué? —preguntó Brooks.

—Nada —respondió Barrett—. Estaba hablando solo.

Bebió otro trago y volvió la cara hacia el viento.

5

El estanque en el que supuestamente se hallaban los cuerpos de Jackie Pelletier e Ian Kelly era, en realidad, una superficie de unas ocho hectáreas junto a la cual solo había tres casas de veraneo. El resto de la orilla estaba formado por marismas que se extendían hasta los pinos. En el centro, el estanque tenía aproximadamente seis metros de profundidad. Entre el embarcadero y la plataforma, no debía de superar los tres metros.

Pero, como había dicho Kimberly Crepeaux, allí solo había aguas oscuras, era un lugar solitario.

Mientras empezaba a salir el sol, Barrett permaneció en la orilla con Don Johansson observando los preparativos del equipo de buzos. Habían llegado también algunos agentes de la policía local, pero los buzos pertenecían al Servicio Forestal de Maine. Los integrantes de aquel cuerpo de agentes de rescate estaban acostumbrados a recuperar cadáveres de estanques, ríos y océanos. En más de una ocasión, hasta habían tenido que atravesar el hielo para hacer su trabajo.

Ese día, sin embargo, el aire era cálido ya al amanecer y olía a agujas de pino y musgo. Mientras contemplaba el sol, que empezaba a asomar por encima de la línea de pinos, Barrett recordó las palabras que Kimberly Crepeaux había usado para describir la reacción de Burke ante aquel día de septiembre inusualmente caluroso: «Como si ese día el sol calentara solo para él, como si fuera alguien que busca pelea».

Barrett estaba agotado y sabía que Don también debía de estarlo. Ninguno de los dos había dormido. Tras volver de Little Spruce Island, Barrett había acudido directamente a una reunión con la policía estatal, la policía del condado y la fiscal en la que se había elaborado un plan conjunto para la búsqueda de los cadáveres, la detención de Mathias Burke y la manera de afrontar las preguntas de la prensa. Cuando terminaron, eran ya las tres de la madrugada y se habían quedado en la comisaría bebiendo café y hablando sobre nada en concreto. Los dos estaban absortos en sus pensamientos acerca de lo que había ocurrido y de cómo acabaría.

Al amanecer, se dirigieron al estanque.

En ese momento, después de que Clyde Cohen, el agente responsable del equipo de buzos, diera luz verde a la operación, Barrett dijo:

—Es hora de que vuelvan a casa.

Observó a los buzos desaparecer, uno tras otro, bajo el agua. «Descendiendo».

Cuando los buzos volvieran a salir, la investigación habría concluido. Cuando ascendieran, todo habría terminado.

Esperaba que todo fuera más rápido. Los buzos seguían bajo el agua y los minutos iban pasando. El sol fue trazando un arco hasta darle directamente en los ojos a Barrett. Trató de no mirar el reloj. Johansson consultaba el suyo una y otra vez, pero no decía nada.

Pese a que llevaba gafas oscuras y una gorra de béisbol para protegerse los ojos, Barrett parpadeó, deslumbrado por la luz del sol que se reflejaba en la superficie del estanque. El olor del agua y de los pinos le recordó otros estanques de Maine a los que iba a pescar con su abuelo. Salían en un pequeño bote con un motor fueraborda de diez caballos y usaban cucharillas Rapala y Red

Devil para pescar percas y lucios entre las algas de la orilla. Su abuelo bebía y hablaba, por lo general, sobre el ejército o sobre la hombría o sobre por qué su hijo —el padre de Barrett— era el perfecto ejemplo de una cultura de blandengues. «El profesor», se burlaba. Siempre llamaba así al padre de Barrett. «La puta filosofía, ¿me tomas el pelo? Déjame que te hable de los hombres honrados que han muerto por culpa de la puta filosofía, Robby».

Doce años después del funeral de su padre y diez después del de su abuelo —Ray había sobrevivido a su hijo; en realidad, Ray había sobrevivido a casi todo el mundo, pese a la bebida, el tabaco y el veneno que destilaba—, el olor del estanque de Maine trasladó a Barrett de vuelta a aquellas excursiones de pesca. El olfato era, según se decía, el sentido más estrechamente vinculado a la memoria, pero ese día no era para recordar el pasado. Ese día era para seguir avanzando; resultaría trágico y doloroso, sí, pero al menos las cosas avanzarían. Y rápido. El agua no era lo bastante profunda como para ocultar los cuerpos durante mucho tiempo.

«No los encontraréis».

Barrett giró el reloj en la muñeca de modo que la esfera mirara hacia dentro y él no pudiera ver las agujas.

Ya era casi mediodía cuando el agente al mando del equipo de buzos le dijo a Barrett que no habían encontrado nada en un radio de cien metros en torno a la plataforma.

—¿Estás seguro? Pensaba que habías dicho que la visibilidad era muy mala ahí abajo.

—Y lo es, pero no hay mucha profundidad. Básicamente, hemos estado peinando el fondo, hasta el último metro cuadrado. No están en esta ensenada. Estoy segurísimo.

—Puede que bajando a más profundidad —dijo Barrett, pero empezaba a sentirse inquieto porque Kimberly Crepeaux había especificado muy claramente el lugar—. Les pusieron peso, pero tal vez no fuera suficiente. A lo mejor se han movido de sitio.

—¿Sin corriente?

Barrett miró al responsable de los buzos.

—Bajad a más profundidad —dijo—. Están ahí abajo.

Los buzos bajaron a más profundidad. Hacia las dos, estaban en el centro del estanque. La noticia de la búsqueda se había filtrado y ya habían empezado a llegar los primeros espectadores. Johansson convocó a más agentes para contener a los curiosos y cortar la carretera. Entonces llegó un helicóptero de la televisión y filmó las repetidas subidas a la superficie de los buzos, siempre con las manos vacías. Hacía mucho calor y Barrett tenía la boca muy seca.

—Los encontrarán —afirmó sin dirigirse a nadie en particular.

A las cuatro, los buzos habían rastreado el fondo hasta la orilla opuesta y no habían encontrado nada excepto botellas de cerveza, señuelos de pesca y una matrícula de Louisiana oxidada.

—«Llegó con la corriente del Golfo... desde las aguas del sur» —dijo el buzo, al tiempo que arrojaba la matrícula a la tela de plástico que se había colocado para recoger cualquier objeto con un posible valor probatorio.

El buzo sonrió, pero Barrett no le devolvió la sonrisa.

—¿No eres fan de *Tiburón*, Barrett?

—Hoy no. —Barrett se humedeció los labios con la lengua y se caló un poco más la gorra de béisbol. El resplandor del sol era implacable—. ¿Ni tubos ni piezas metálicas?

—Muchas piezas metálicas si contamos lengüetas de latas de cerveza y anzuelos Rapala. Pero nada de mayor tamaño —dijo el buzo, negando con la cabeza—. El fondo está bastante limpio. En los estanques como este encontramos toda clase de mierda: neveras, puertas de coche... Joder, hasta coches enteros. Este fondo está sorprendentemente limpio.

Barrett asintió y luego trató de parecer impasible. El buzo se colocó bien la máscara y la boquilla y se sumergió de nuevo. El helicóptero de la televisión dio otra pasada y las palas proyectaron temblorosas sombras en la superficie reluciente y centelleante del estanque.

—Dijiste que todas las partes de la historia encajaban —le dijo Johansson a Barrett en voz baja.

Sonó a acusación más que a pregunta.

—Y es verdad. Todas las paradas que hicieron. Ya lo sabes, reconstruiste la misma ruta.

—Todas las paradas antes de esta encajan. Pero esta también es muy importante, ¿no?

—Estaba diciendo la verdad —insistió Barrett—. He pasado mucho tiempo hablando con ella, Don, y estoy seguro de que no mintió en esto.

—Sí, soy consciente del tiempo que le has dedicado a las historias de Kimmy —dijo Johansson y, de nuevo, Barrett captó el tono de acusación.

A Johansson le costaba creer cualquier cosa que pudiera ofrecerles Kimberly Crepeaux. «No quiero que mi caso dependa de una soplona de la cárcel», había afirmado Johansson. Y Barrett le había respondido que no sería necesario porque tendrían los cadáveres.

Encontrar los cadáveres, cerrar el caso.

Barrett se alejó de él y empezó a recorrer la orilla; observó las algas y el agua, que fluía hacia el sur. Y luego le hizo una seña a Johansson para que se acercara.

—El agente al mando de los buzos se equivoca —dijo—. Sí que hay corriente en el estanque.

Johansson arqueó una ceja mientras apartaba la mirada de Barrett y la dirigía hacia la superficie espejeante del agua, tan perfecta que no se veía ni una sola onda.

—¿Tú crees?

49

—Se alimenta de los riachuelos. El agua entra por el norte y sale por el sur. Vamos a echar un vistazo al extremo sur.

Caminaron trabajosamente por el terreno cenagoso. Las botas se les hundían medio palmo y luego volvían a subir con una especie de chapoteo. Había mosquitos y moscas negras por todas partes. A ras de suelo todo parecía una batalla contra el barro y los bichos, el dolor en los músculos y el calor. Por encima de sus cabezas, sin embargo, todo parecía sugerente y hermoso, el aire olía a pino y el cielo era de un azul cobalto. La idea de que esos dos mundos estuvieran unidos resultaba absurda.

En el extremo sur del estanque había una berma que se había levantado en el suelo y luego se había allanado con gravilla. Aquel estanque lo había construido un hombre cuya intención era urbanizar la zona y construir casas de veraneo, pero el terreno no era adecuado para edificar. Permanecía húmedo durante demasiado tiempo y, a la postre, más que un estanque lo que había creado era una marisma.

Don Johansson y uno de los agentes midieron la profundidad del agua al otro lado de la berma, donde el agua fluía hacia el arroyo.

—Cuarenta centímetros —dijo el agente al tiempo que apartaba de un manotazo un mosquito que se estaba dando un atracón en su cuello. Le quedó una mancha de sangre en la piel—. Es imposible que la corriente del agua pudiera empujar un cadáver por aquí, ni siquiera en el hipotético caso de que no le hubieran puesto peso.

—Fue un invierno lluvioso —sugirió Barrett—. En diciembre llovió mucho, ¿no? Y luego también llovió después del deshielo. Seguro que por entonces era más profundo.

El agente observó a Barrett y luego desvió la mirada.

—Agente Barrett, ni siquiera con niveles máximos de crecida

habría suficiente corriente para arrastrar un cuerpo desde aquella ensenada, cruzar todo el estanque y pasar por aquí.

Barrett contempló la corriente que fluía al otro lado de la berma: centelleaba bajo el sol y discurría melodiosamente entre las rocas. A la mayoría de las personas les habría parecido un sonido hermoso y, la mayoría de los días, Barrett les habría dado la razón, pero en aquel momento el suave borboteo del agua le parecía una risita burlona.

—Seguid buscando —dijo—. Yo me voy a ver a Kimberly.

6

El día después de que se descubriera el cadáver de Cass Odom, Kimberly Crepeaux se había sentado al volante de su coche con una botella abierta de vodka y había conducido en dirección contraria por una calle de sentido único, cerca de la comisaría de policía. Cuando la policía había conseguido finalmente obligarla a parar, Kimberly no se había molestado en ocultar la bolsa de plástico llena de pastillas que llevaba a plena vista en el asiento del pasajero. Su nivel de alcohol en sangre era de un modesto 0,10, ligeramente por encima del límite legal y, desde luego, insuficiente como para alterar su percepción hasta el punto de no molestarse siquiera en intentar ocultar las drogas.

—Creo que querías que te arrestaran —le había dicho Barrett la primera vez que habían hablado.

Ella había hecho un gesto de impaciencia.

En ese momento, dos funcionarios de prisiones entraron en la sala de interrogatorios con Kimberly, le quitaron las esposas y se marcharon. Era menuda como una niña, apenas metro y medio —aunque ella insistía en que medía metro sesenta, igual que insistía en que Barrett la llamara Kimberly, pese a que todo el mundo la llamaba Kimmy— y cuarenta y cinco kilos de peso. El uniforme naranja de la cárcel le iba grande y se le formaban bolsas y pliegues en todas partes. Llevaba el pelo rubio justo por debajo de las orejas, en un corte desenfadado que aún realzaba más la expresión aniñada del rostro, sus pecas y sus ojos intensamente verdes.

Era madre de una niña cuya custodia inmediatamente había solicitado la abuela de Kimberly, quien justificó ante Barrett su decisión con unos ojos como platos y un cigarrillo colgando entre los labios. «¿Que por qué quiero quitarle a la pequeña? Jefe, ya has visto a Kimmy».

Cuando Kimberly entró en la sala, Barrett se puso en pie con un gesto de ensayada cortesía. Si uno quería averiguar la verdad, debía mostrar respeto desde el principio. Fomentar la conversación, no exigirla. El objetivo era que el sospechoso se sintiera cómodo al hablar, no engañado ni coaccionado. Y las personas se sentían comprendidas cuando el interlocutor no interrumpía, mantenía el contacto visual y escuchaba más que hablaba. Y cuando alguien se sentía comprendido, tendía a hablar más.

Otra regla: nunca había que sentarse enfrente del sospechoso, es decir, al otro lado de la mesa o escritorio. En algunos casos funcionaban como dinámicas de poder, pero en todos los casos implicaban la presencia de objetos reales colocados entre interrogador e interrogado. Barrett no quería barreras, así que retiró una de las sillas de plástico rojo para Kimberly y se aseguró de que ella fuera la primera en sentarse, como si se tratara de su invitada. Los pequeños gestos de respeto como ese siempre eran importantes. Y luego, una vez que Kimmy se hubo sentado, Barrett cogió su silla y rodeó con ella la mesa de manera que ambos estuvieran en el mismo lado, sin nada que los separara. Se sentó con una postura correcta: no con la pose erguida de un militar, pero tampoco repantigado, porque eso podría indicar desinterés o dominio, y se inclinó de forma casi imperceptible hacia delante, hacia ella, hacia la fuente de las palabras que le interesaban. Después intentó despejar la mente para escuchar aquellas palabras. Intentó ahuyentar las imágenes de los buzos que emergían del estanque con las manos vacías y la expresión del rostro de Johansson mientras consultaba su reloj una y otra vez.

—¿Ya ha terminado todo? —preguntó Kimberly.

Casi de inmediato, Barrett notó que iba a perder los estribos y tuvo que controlarse. «Respira más despacio, habla más despacio». Más despacio significaba siempre mejor. Física de las emociones: era más fácil mantener el control a setenta kilómetros por hora que a ciento cincuenta.

Pero siempre había placas de hielo, claro.

Barrett dejó pasar unos cuantos segundos, contemplando aquella placa de hielo en concreto que tenía delante, y finalmente dijo:

—No ha terminado todo. Para que todo termine, antes tengo que encontrar los cadáveres.

Kimberly ya había adquirido la palidez propia de la cárcel, pero en aquel momento palideció un tono más y las pecas destacaron en marcado contraste.

—¿De qué estás hablando?

—¿Dónde están los cadáveres? —le preguntó Barrett.

—Están justo donde te dije. En el estanque, entre el embarcadero y la plataforma.

—No, no están.

Kimberly se quedó boquiabierta.

—No los habréis visto —dijo al poco—, el agua es muy oscura. A lo mejor los dejó más cerca de la plataforma. O puede que el agua los empujara más allá.

«Chorradas —quiso decirle—. Basta ya de mentir». Sin embargo, se limitó a respirar más despacio, mantuvo un tono sereno y la miró a los ojos.

—Los buzos llevan desde el amanecer en el estanque —dijo—. Allí no hay ningún cadáver, Kimberly.

Durante todas las conversaciones que habían mantenido, Kimberly Crepeaux había adoptado una actitud en general estoica. Estaba lo bastante familiarizada con los interrogatorios policiales como para no ponerse nerviosa de inmediato y, por otro lado, le gustaba dar una imagen de solícita colaboradora en la investigación, de servicial ciudadana, de jugadora de equipo. Pero a medida que Barrett iba enfocando sus preguntas hacia las alusiones de Kimberly a una noche de borrachera con Mathias Burke y Cass Odom, la joven había empezado a mostrar una reacción ligeramente más emotiva, aunque ni siquiera entonces había sido manifiesta. Evitaba el contacto visual, hacía chascar las uñas, contemplaba el techo, jugueteaba con el pelo... Discretos gestos de nerviosismo. Pero jamás, ni siquiera durante la confesión, se había mostrado asustada.

Y ahora estaba temblando. Al principio era poca cosa, un leve temblor de la mano derecha sobre la mesa. Como si quisiera detenerlo, Kimberly unió ambas manos y se las colocó sobre el regazo. Pero el temblor se le fue extendiendo hacia los hombros y luego también le empezó a temblar la barbilla.

—Cambió los cadáveres de sitio —soltó al fin.

—¿Mathias?

—Claro. Eso es lo que hizo. Tiene que haber sido así, ¿no?

—¿Mathias fue hasta allí, se sumergió más de tres metros, encontró los cadáveres envueltos en plástico y tubos, los subió a la superficie, los cargó en un vehículo y se los llevó a otro sitio?

—A lo mejor usó cuerdas o algo, ¿no? ¿Cómo quieres que lo sepa? ¡La última vez que los vi estaban justo donde te dije! ¡Se estaban hundiendo en aquel estanque, delante de la ensenada, entre el embarcadero y la plataforma! ¡Están allí abajo y no los habéis visto!

Nunca antes le había gritado a Barrett. Se había mostrado grosera, había hecho bromas, llorado, provocado y coqueteado. Había probado suerte con todas las tácticas..., pero nunca le había gritado.

Barrett se fijó en la mandíbula temblorosa de Kimberly y en sus manos, tan retorcidas sobre el regazo que las venas que tantas veces se había pinchado se le marcaban como hilos azules bajo la piel, y pensó que estaba diciendo la verdad.

—¿Dónde está la camioneta? —preguntó—. Si eso es lo que ocurrió, si cambió de sitio los cadáveres, entonces tengo que dar un giro. Necesito pruebas. Y la camioneta me servirá para empezar. Rastros de sangre. Eso es...

—¡No sé dónde está la camioneta!

—Entonces estamos otra vez al principio. ¿Kimberly? Sin los cadáveres, tu confesión no vale nada. Mathias contratará a abogados que desmontarán tu historia y luego se volverán hacia el jurado y dirán: «Si estuviera contando la verdad, la policía habría encontrado los cadáveres». Y el jurado estará de acuerdo.

—Mathias los cambió de sitio.

—Esa es una posibilidad bastante difícil de creer —repuso Barrett—. Pongamos que me crea tu historia, ya fue una puñetera suerte que no os viera nadie cuando los arrojasteis al agua. ¿Y ahora dices que alguien volvió, los encontró, los sacó a la superficie y los cambió de sitio sin que nadie lo viera? Eso no me lo trago.

Barrett esperaba que ella insistiera en que lo que había dicho era la pura verdad, pero Kimberly se limitó a bajar la mirada antes de decir:

—O sea, que seguirá en la calle, ¿no? Si yo salgo en libertad condicional, ¿Mathias estará en la calle?

—Claro que estará en la calle —respondió Barrett—. ¿Crees que puedo detenerlo basándome en una confesión hecha desde la cárcel que además me obliga a explicar, sin ninguna prueba física, cómo han podido desaparecer dos cadáveres?

Barrett percibió, en el centro de la garganta de Kimberly, un latido extraño y desbocado cuando ella tragó saliva y se humedeció los labios.

—Entonces no quiero la condicional —susurró.

—¿Qué?

—A estas alturas, ya debe de saber que he hablado. Si él sigue en la calle..., entonces no quiero salir.

Se produjo un silencio de varios segundos. A Kimberly volvió a latirle la garganta; tragó saliva otra vez; el temblor se intensificó.

«Está fingiendo», pensó. Y entonces dejó a un lado su ensayada técnica y recurrió a una táctica que nunca recomendaba: la amenazó.

—Déjate de teatro, Kimberly. Eres una pésima jugadora de póquer. Y en cuanto salgas, cometerás un error. Así que..., ¿sabes qué voy a hacer después de salir de esta habitación? Me voy a reunir con la fiscal y con el juez y les voy a pedir que te echen de aquí de una patada. Vuelve a tu casa, a tus copas y tus drogas, que nosotros nos quedaremos esperando a que cometas el próximo error. Y, entonces, tú y yo podremos volver a intentarlo.

Kimberly Crepeaux observó a Barrett con los ojos bañados en lágrimas y dijo:

—No puedes sacarme de la cárcel y ya está, las cosas no funcionan así.

—Funcionan como a mí me da la gana si tengo un doble homicidio por resolver. Me encargaré de que mañana mismo te vayas a casita. Así tú y Mathias podréis reuniros, trabajar en vuestra historia y pulir un poco las mentiras.

A Kimberly le latió la garganta una vez más mientras observaba a Barrett. Luego se dobló sobre sí misma, en la silla de plástico rojo, y vomitó en el suelo de baldosas.

Barrett se puso en pie de un salto, perplejo. Kimberly tosió y sacudió la cabeza para hacer caer el hilillo de saliva que le colgaba del labio. Barrett se arrodilló junto a ella y le apoyó una mano en la minúscula espalda, que subía y bajaba de forma irregular.

—Solo tienes que decirme la verdad —dijo—. Si lo haces, podré ayudarte.

—Ya lo he hecho —jadeó Kimberly Crepeaux, con la cabeza inclinada sobre el charco de vómito de las baldosas—. Ya te he contado cómo ocurrió.

7

Salió de la prisión de mal humor, con los pensamientos divididos entre la angustiada expresión de sinceridad que había visto en el rostro de Kimberly y el recuerdo de los buzos al subir a la superficie con las manos vacías. Cuando llegó a su coche, apoyó la mano en la puerta con la esperanza de que el tacto del metal lo ayudara a serenarse. «Calma, Barrett. Respira. La gente la caga cuando se precipita. Nadie te está presionando. Eres tú el que presiona, no el que siente la presión».

No tardó en tranquilizarse. Su padre poseía un talento especial para encontrar la calma emocional en mitad de una corriente tumultuosa y era esa una capacidad que sacaba de quicio al abuelo de Barrett, porque lo único que este conocía era la corriente.

«Me ha hervido la sangre», así explicaba Ray Barrett sus arranques, como si perder completamente el autocontrol fuera algo natural, algo como el colesterol fluctuante, tan habitual como comprensible.

Glenn Barrett había enseñado a su hijo a detenerse e imaginar la rabia como si fuera un libro, convertir cada momento que lo enfureciera en una página y luego imaginarse a sí mismo pasando lentamente esas páginas, revisándolas antes de cerrar el libro y devolverlo a la estantería.

Así, Barrett se detuvo unos instantes en cada página. Le hervía la sangre y eso no le iba a resultar de utilidad en la próxima parada.

Había llegado el momento de hacerle una visita a Mathias Burke.

Mathias solo tenía diez años cuando conoció a Barrett. Barrett tenía catorce y estaba en Port Hope pasando las vacaciones de verano. Había dedicado casi todo el verano a pescar caballas desde el muelle del astillero y a encerrarse en la pequeña biblioteca pública para devorar todos los libros que tenían de John D. MacDonald y Dean Koontz. Cualquier sitio era mejor que el deprimente apartamento que estaba encima del bar de su abuelo.

Mathias solía deambular por allí, pero Rob nunca le había prestado mucha atención debido a la diferencia de edad que los separaba. Mathias no era para él una fuente de amistad ni de competitividad, de amenaza ni de envidia, las únicas cuestiones que importaban en el mundo de jóvenes adolescentes de *El señor de las moscas*. Sí despertaba, en cambio, su curiosidad: era muy joven, y demasiado menudo para su edad, pero siempre estaba trabajando. Cortaba el césped, arrancaba las malas hierbas de los parterres de flores, limpiaba ventanas... Anunciaba sus servicios y hasta había transformado un viejo carrito en una especie de remolque con plataforma para poder engancharlo a su bici y transportar el cortacésped.

Fue el carrito-remolque lo que llamó la atención a Ray Barrett, cosa que a la postre condujo al primer encuentro entre Rob y Mathias.

—Mira a ese puñetero crío —le había dicho Ray una calurosa tarde de julio en que no soplaba ni una gota de brisa que pudiera ahuyentar los mosquitos.

Ray le había pedido ayuda a Rob para rellenar y encender las antorchas de citronela que bordeaban el pequeño balcón del apartamento, encima del bar. Abajo en la calle, Mathias estaba descargando un voluminoso cortacésped en el jardín de Tom

59

Gleason, un dentista de Massachusetts que pasaba en Port Hope los fines de semana y las vacaciones de verano. Mathias no parecía molesto por la nube de mosquitos que lo seguían a todas partes.

—Su padre es un inútil de mierda que gasta más dinero en mi bar que en su familia, pero ese crío... —dijo Ray, mientras señalaba a Mathias inclinando un poco la botella de cerveza—. Ha construido un puto remolque para arrastrar el cortacésped, ¿lo ves? Ese crío llegará lejos en la vida. Ya trabaja más duro que muchos de los hombres de hoy en día. Como ese cerdo de Tom Gleason, que no es capaz ni de cortar su propio césped.

Para entonces, Rob ya sabía cómo acabaría la cosa: en una crítica mordaz de su padre, primero, y luego del propio Rob.

Ray, sin embargo, lo sorprendió. Se saltó el consabido sermón sobre el blandengue de su hijo y el aún más blandengue de su nieto y dijo:

—Baja a ayudarlo, Robby.

—No querrá repartir el dinero —replicó Rob.

Ray se volvió hacia él y lo fulminó con la mirada.

—¿He dicho yo algo de aceptar su dinero? He dicho que bajes a ayudarlo. Y nada más.

Y bajaron al ruinoso cobertizo en el que Ray guardaba un viejo cortacésped. En algún momento, a Rob se le ocurrió pensar que su abuelo no se molestaba en cortar el césped de su casa y, en cambio, se permitía burlarse de quienes tomaban la misma decisión. Sin embargo, se abstuvo de hacer comentarios y permaneció en silencio, rojo de rabia y vergüenza mientras empujaba el viejo cortacésped Toro en dirección a Mathias. Su abuelo lo seguía de cerca, con una cerveza recién abierta en la mano.

—Mathias, este es Robby, mi nieto —gritó Ray—. Te va a echar una mano porque le hace falta aprender lo que es trabajar honradamente. No le pagues ni un centavo, ¿me oyes? Solo enséñale lo que es tener que mover el culo de vez en cuando.

Aquel crío de ojos oscuros y piel curtida por el sol observó a

Ray Barrett sin el miedo que muchos hombres hechos y derechos le mostraban en los bares.

—Sí, señor Barrett. Pero no necesito ayuda.

—Ya sé que tú no. Pero él sí. —Ray le ofreció a Mathias un billete de cinco dólares—. Esto por aguantar a mi nieto.

Mathias negó con la cabeza.

—Ya me han pagado por cortar este césped, señor —dijo.

Una mirada de admiración cruzó el rostro de Ray Barrett, la clase de mirada que normalmente reservaba para jugadores de fútbol americano y boxeadores.

—Esto —le dijo a Rob— es lo que te hace falta aprender.

Se guardó el billete de cinco dólares en el bolsillo y Rob sintió curiosidad al ver a aquel raquítico muchacho entornar los ojos como si acabara de descubrir algo importante —pero no sorprendente— acerca de Ray.

Ray los dejó solos y se alejó maldiciendo y espantando mosquitos a manotazos. Sin dignarse siquiera a dirigirle una mirada a Rob, Mathias Burke puso en marcha el cortacésped, lo empujó con la fuerza de sus enjutos hombros y siguió con su trabajo. Rob estaba furioso porque todo aquello le parecía indignante; tener que estar en Port Hope con su abuelo ya era bastante malo, pero ahora encima tenía que trabajar gratis a pleno sol con un crío que ni siquiera iba a quinto. Presa de la rabia, empujó demasiado rápido el cortacésped y las cuchillas romas cortaron franjas irregulares en la hierba alta. Un poco más arriba, en la calle, un par de chicas que debían de tener casi la misma edad que él vendían limonada en un tenderete delante de la iglesia metodista. Las oyó reír y se preguntó si se estarían burlando de él.

Siguió cortando el césped y maldijo a su padre por enviarlo a Port Hope, maldijo a su abuelo por seguir existiendo y maldijo a los mosquitos que se estaban dando un atracón con él. Estaba absorto en su farisaica rabia cuando Tom Gleason salió de la casa y le gritó.

—¡Gira el puto cortacésped! ¡Te vas a cargar el coche! ¡Mira!

Rob había estado segando con la expulsión del cortacésped orientada hacia el camino de entrada. Como resultado, las puertas de un reluciente Cadillac con matrícula de Massachusetts habían quedado cubiertas de hierba.

—Como vea alguna rayada en la pintura, iré a hablar con vuestras familias —advirtió Tom, al tiempo que pasaba la mano por las puertas.

—Yo lavaré el coche —dijo Mathias Burke, cosa que sorprendió a Rob tanto como a Tom Gleason—. Lavaré todo el lateral —añadió Mathias, que había apagado su cortacésped y se había acercado a ellos—. Quedará perfecto. Se lo prometo, señor.

Tom Gleason lo miró y parpadeó.

—Vale, pero como tenga alguna abolladura, llamaré a tu padre para que venga.

—Quedará perfecto —repitió Mathias.

Tom Gleason gruñó algo y luego entró de nuevo en la casa. Rob se volvió hacia Mathias.

—Lo siento —dijo, y lo sentía de verdad.

El otro chico, sin embargo, lo ignoró. Cruzó el jardín, encontró una manguera enrollada en un lado de la casa de Tom Gleason, abrió el agua, arrastró la manguera hasta el coche y roció el lateral. Rob corrió al cobertizo de su abuelo y encontró un trapo y un viejo bote de cera Turtle. Aplicó la cera después de que Mathias hubiera eliminado la hierba con agua y el Cadillac no tardó en volver a relucir.

Fue entonces cuando Mathias le dirigió la palabra a Rob por primera vez.

—Vigila la casa y dime si sale.

—¿Qué?

—Tú vigila y ya está, ¿vale?

Mathias se sacó del bolsillo una herramienta multiusos Leatherman. Probó la puerta del conductor, descubrió que estaba abierta y accionó la palanca del maletero. Luego cerró la puerta, se dirigió a la parte trasera del coche y se inclinó sobre el portaequipajes.

—¿Qué estás haciendo? —le preguntó Rob.

Mathias no respondió. Había levantado la tela que cubría el maletero, desde la parte posterior, y estaba utilizando el destornillador de la Leatherman. Se desplazó rápidamente del lado izquierdo del portaequipajes al derecho, con la cabeza inclinada y sin dejar de mover hábilmente sus pequeñas manos. Rob comprendió que estaba aflojando las luces traseras y empezó a sonreír.

—Eh —dijo—, qué gran idea. A lo mejor paran a ese imbécil y le ponen una multa.

Mathias cerró el maletero y respondió:

—Tú mantén la boca cerrada, gallina.

Rob se lo quedó mirando. Aquel crío raquítico apenas le llegaba a los hombros.

—¿Qué me has llamado?

—Gallina —repitió tranquilamente Mathias con una voz suave y algo aguda que la pubertad aún no había cambiado—. Mantén la boca cerrada y no me molestes. Me da igual lo que diga el borracho de tu abuelo, mantente alejado de mí, gallina.

Al principio, Rob estaba más sorprendido que enfadado, pero eso no tardó en cambiar.

—Vuelve a llamarme gallina y te parto la nariz.

Por primera y única vez, Mathias sonrió.

—Eso solo te traería problemas.

Rob lo fulminó con la mirada, pero se dio cuenta de que Mathias no se equivocaba. Rob tendría muchos problemas si le pegaba a aquel crío. La noticia acabaría por llegarle a su abuelo y, en cuanto este se enterara de que su nieto le había pegado a un crío que abultaba la mitad que él, no habría en todo Texas hebilla de cinturón lo bastante grande como para zurrarle en el culo a Rob. Muy a su pesar, Rob tuvo que admitir que estaba impresionado: aquel chaval sabía exactamente lo que podía conseguir y por qué.

Mathias apartó la mirada y se concentró de nuevo en el jardín de Tom Gleason. En sus ojos apareció una mirada distante y pensativa a la vez, la clase de expresión que Rob estaba acostumbrado a ver en el rostro de su padre cuando anotaba ideas para alguna conferencia o leía algún libro.

—Ha metido al perro en casa —dijo Mathias—. Como sabía que yo iba a cortar el césped, lo ha metido en casa. Lástima, esa sí que habría sido una buena manera de darle por culo. Su mujer quiere mucho a ese perro. Seguramente más que a él.

La mujer de Tom Gleason tenía un perrito blanco de pelo suave y sedoso que se pasaba el día soltando unos ladridos estridentes que taladraban el cerebro. El perro solía estar fuera, atado con una correa, y lo único que hacía era correr como un histérico en círculos, ladrando sin descanso.

—¿De qué estás hablando? ¿Qué le daría por culo? —preguntó Rob.

Se sintió un tanto inquieto, había algo en la expresión pensativa de aquel crío que lo hacía parecer mayor de lo que era, pero no precisamente de un modo positivo.

—No estoy hablando contigo. Lárgate de aquí antes de que le diga al borracho de tu abuelo que me estás haciendo perder dinero.

«Pégale —pensó Rob—. Total, este fin de semana te van a zurrar igualmente por algo, aunque aún no sepas por qué, así por lo menos te lo tendrás merecido».

Pero no le pegó. Se dijo a sí mismo —y a Mathias— que se estaba conteniendo por la diferencia de edad y por la diferencia de tamaño, que no pensaba rebajarse a pelear con un crío.

Pero la realidad era que no le gustaba la mirada de aquel chaval.

Aquella noche, Tom Gleason volvió a sacar el perro, que empezó a correr y a ladrar, a correr y a ladrar. Ray Barrett maldijo al perro y maldijo a Tom. Al día siguiente, todo estaba muy silencioso, y luego la tarde y la noche también fueron muy silenciosas. Al día siguiente, Barbara Gleason se presentó en el bar, con los ojos llorosos, y preguntó si alguien había visto a su pequeño Pippa, que al parecer había conseguido soltarse de su correa y había desaparecido.

Rob no dijo nada en aquel momento, pero no pudo quitarse a Mathias de la cabeza.

«Lástima, esa sí que habría sido una buena manera de darle por culo. Su mujer quiere mucho a ese perro. Seguramente más que a él».

Por la tarde, Rob se acercó a casa de los Gleason y les preguntó si tenían una foto del perro.

—Se me ha ocurrido que podría colgar unos cuantos carteles —dijo.

Barbara Gleason se lo agradeció y le dio una foto. Rob se fue entonces a la oficina de correos, el único lugar —que él supiera— que disponía de una fotocopiadora en Port Hope, y pagó cincuenta fotocopias. Las colgó por todo el pueblo, grapándolas a postes telefónicos y árboles, y se guardó cinco. Y esas las llevó a casa de los Burke.

Mathias salió de casa al ver a Rob, que en ese momento estaba grapando uno de los carteles al buzón de los Burke. Mathias se acercó, observó el cartel y no dijo nada. Su expresión era neutra y la mirada de sus ojos, vacía.

—¿Te has llevado tú al perro? —le preguntó Rob.

—Claro que no.

—Pues yo creo que sí.

—Eso es una chorrada —dijo Mathias, pero en sus ojos apareció un débil centelleo, casi la expresión de alguien que está contando un chiste y se lo estropean—. Aprecio a esa familia. Y ellos a mí. Trabajo bien para ellos y ellos me pagan. ¿Por qué iba a hacerles algo así? Además, el señor Gleason solo te gritó a ti el otro día. Si alguien le ha hecho algo a ese perro, yo lo primero que haría sería preguntarte a ti. Pero no me voy a chivar. Tú sigue buscando. Si lo encuentras, te convertirás en un héroe.

Y entonces se dirigió de nuevo hacia la casa. Rob se quedó allí, siguiéndolo con la mirada. Luego se acercó a la puerta de la casa, grapó otro cartel y se fue.

Los Gleason se quedaron en Port Hope toda la semana: recorrieron las calles llamando a su perro y pidieron a los vecinos que por favor, por favor, los avisaran si veían a Pippa. Pero nadie los llamó. Rob no llegó a saber si alguien había vuelto a ver al perro.

Veinte años después de aquel incidente, Rob escuchaba de nuevo el nombre de Mathias Burke vinculado a un delito. Y, en esa ocasión, tenía más motivos que los demás para dar credibilidad a las palabras de Kimberly Crepeaux.

No tenía ninguna duda de que Mathias era, como todo el mundo decía, ambicioso. Había dedicado mucho tiempo a pensar en el origen de la ambición de Mathias y en la silenciosa oscuridad que parecía fluir de él.

Mientras los buzos buscaban en el estanque, Mathias había estado sometido a vigilancia y, cuando Barrett fue a por él, estaba trabajando en una casa de Rockland.

—¿Vamos a detenerlo? —preguntó, entusiasmado, el subinspector del operativo de vigilancia a Barrett cuando este se acercó al coche.

Era un joven musculoso que tenía pinta de vivir en la sala de pesas del gimnasio.

—Aún no —dijo Barrett.

—¿No han encontrado nada en el estanque? He estado esperando, pero...

—Sube la ventanilla, ¿quieres? Has aparcado demasiado cerca de la casa.

—Ni siquiera se ha asomado a echar un vistazo.

—Pues no le demos motivos —dijo Barrett, antes de dejar allí al subinspector y alejarse calle arriba.

Mathias estaba trabajando en una casa con vistas al puerto. Debía de tener más de ciento cincuenta años y, en sus tiempos, debía de haber sido una espléndida mansión colonial de tres plantas, pero ahora ofrecía el aspecto de un vigoroso anciano aquejado de dolores crónicos: seguía en pie, pero con problemas y no por demasiado tiempo. Barrett vio a Mathias a través de la ventana delantera. Estaba instalando un andamio a lo largo de una inmensa pared de yeso agrietado y los suelos estaban cubiertos de telas salpicadas de pintura. Levantó la mirada cuando Barrett llamó al cristal con los nudillos y no mostró ni rabia ni preocupación; se limitó a levantar un dedo para indicar que enseguida iba. Terminó de apretar un tornillo, bajó la llave de trinquete, se limpió las manos en los vaqueros y luego se dirigió tranquilamente a la puerta.

—Agente especial Barrett —dijo—. Siempre es una agradable sorpresa, tío. Una sorpresa especial.

Era bastantes centímetros más bajo que Barrett, que pasaba de metro ochenta y cinco, y probablemente pesaba diez kilos menos, pero poseía el cuerpo nervudo propio de quien lleva toda la vida trabajando. Su padre había sido un tipo corpulento, aunque buena parte de su peso lo debía a la cerveza.

—Siento interrumpirte, Mathias —dijo Barrett—, pero tengo una nueva pregunta.

Mathias le dedicó una amplia sonrisa.

—Siempre una más. Tienes que mejorar un poco la memoria, agente especial. Parece que siempre se te olvidan las preguntas.

Mathias Burke poseía dos personalidades y se le daba muy bien pasar de la una a la otra. Podía ser brillante, educado en el hablar y encantador. Pero si lo deseaba, también podía ser duro e intimidante. Algunos tipos se hacían los duros delante de la poli porque no querían parecer asustados, y luego había otros —pocos— que no se asustaban en absoluto. La confianza en sí mismo de Mathias Burke no era una fachada.

—¿Cass estuvo alguna vez tras el volante de tu camioneta cuando fuisteis al estanque? —preguntó.

Barrett no tenía ningún motivo para hacer aquella pregunta, excepto estudiar la reacción. A aquellas alturas, Mathias sabía muy bien que Barrett estaba siguiendo pistas sobre él y las dos mujeres. Pero no podía saber aún lo de la confesión y Barrett se moría de ganas de ver su reacción cuando le hablara del estanque.

Mathias no perdió la sonrisa. Se apoyó en el marco de la puerta, contempló a Barrett con una mirada risueña y luego dijo:

—Ella no, solo la cabeza. De eso sí me acuerdo. Detrás del volante o debajo del volante, según se mire. Durante cinco o diez minutos. Bueno, yo había estado bebiendo, así que a lo mejor fueron quince. Ya sabes lo que quiero decir, tío —dijo guiñándole un ojo.

Les había costado cierto tiempo establecer aquella relación. La primera vez que Barrett lo había interrogado, Mathias se había comportado igual que ante las personas para las que trabajaba: educado, tranquilo y reflexivo. Más tarde, sin embargo, había dejado caer una parte de la máscara y entonces su forma de hablar había cambiado: de la ensayada cortesía había pasado al lenguaje profano y vulgar. «Esto es lo que querías, ¿no? —le había preguntado—. ¿Esta es la basura blanca que estabas buscando?». Nunca se enfadaba. Cuanto más se acercaba Barrett, más parecía divertirse Mathias.

—Bueno, ¿cuál es la última teoría? —preguntó—. ¿Que Cass conducía la camioneta? Esa sí que es buena. O sea, entiendo que se te están acabando las ideas, pero esta me favorece a mí, ¿no? ¿Crees que la estaba encubriendo a ella? Claro. Dirijo una empresa con catorce empleados, llevamos más de cien casas, mis ingresos aumentan año tras año y mis horas libres disminuyen año tras año, mi negocio progresa mientras los demás se hunden, pero puse todo eso en peligro por una puta drogata muerta. En tu opinión, lo que estoy haciendo es... ¿proteger su reputación? La has clavado, tío. No quería que la gente pensara mal de santa Cass, pobrecilla. Buen trabajo.

—¿Y Kimberly? —preguntó Barrett—. ¿Condujo ella la camioneta en algún momento?

—Kimmy no sabe conducir un coche con marchas —dijo Mathias.

A Mathias le encantaba lanzar aquellos globos y nunca se trataba de errores. Afirmaba un hecho consciente de que cualquier detective de homicidios se le echaría encima —«¿Cómo sabes que la camioneta tenía marchas si, supuestamente, nunca estuviste en ella?»—, y luego, en función de su estado de ánimo, fingía no recordar por qué había hecho tal afirmación o se dedicaba a tomarle el pelo a su interlocutor.

Pero, ese día, Barrett no estaba dispuesto a dejarse tomar el pelo. Asintió mirando a Mathias como si este acabara de decir algo muy profundo, y luego afirmó:

—Mañana ya habremos encontrado los cadáveres.

—No sabes cómo me alegro de oír eso.

Guardaron silencio durante un segundo, estudiándose el uno al otro, hasta que Barrett dijo:

—¿Te acuerdas de Tom Gleason?

—Claro, el dentista de Boston. Un auténtico capullo. Pagaba tarde y nunca daba propina. Oye, ¿has ido últimamente al Harpoon?

—Ni me he acercado.

—Lástima. No es lo que era, pero pensaba que querrías dejarte caer por allí algún día. Por los viejos tiempos. Para presentar tus respetos y esas cosas.

—No es ni un cementerio ni una iglesia, Mathias.

—¿Ah, no? —dijo Mathias. Frunció el ceño e inclinó la cabeza a uno y otro lado, como si no estuviera completamente de acuerdo—. La verdad es que no hay mucha gente por aquí que eche de menos a tu abuelo, pero yo sí. Me encantaría saber qué diría acerca de tu trabajo.

—A mí me interesa más saber lo que dirá el jurado.

—Cuando estaba borracho era un idiota, pero cuando estaba sobrio era bastante listo —prosiguió Mathias, como si Barrett ni siquiera hubiera hablado—. Por lo menos, sabía distinguir a los mentirosos. Aun estando como una cuba, ni siquiera él se habría tragado una historia tejida por esa imbécil de Kimmy Crepeaux.

Barrett asintió y dio media vuelta para marcharse.

—No te vayas muy lejos, Mathias. Te voy a necesitar pronto.

—Aún no he huido de ti, ¿verdad? Dile a tu chico, el que está ahí en la calle, que vuelva a bajar las ventanillas. Hace demasiado calor para estar vigilando a alguien desde un coche cerrado. No quiero que ese pobre capullo se muera de un golpe de calor y lo sumen a mi lista de cadáveres.

Barrett trató de no mostrar su frustración al saber que Mathias había descubierto el coche de vigilancia. Bajó los escalones del porche sin hacer comentario alguno y se dirigió a la calle. Había cruzado el jardín y estaba de nuevo en la acera cuando Mathias Burke lo llamó.

—Buena suerte, Barrett. No te mojes los pies.

Barrett no le concedió la satisfacción de volverse, pero el comentario le hizo estremecerse y a Mathias no se le escapó.

La risa sorda de Mathias persiguió a Barrett calle abajo.

8

—La gente lleva todo el puto día hablando de los buzos —dijo Johansson después de escuchar el relato de Barrett sobre su encuentro con Mathias Burke y las palabras de despedida que le había dedicado—. A estas horas, el rumor ya ha corrido por todo el pueblo. Alguien le habrá llamado, o le habrán enviado un mensaje o lo habrá visto en Facebook, a saber. No es ningún secreto dónde estamos buscando.

—Ya lo sé —dijo Barrett—, pero también sé que es el sitio correcto.

—¿Sí? Eso se lo dices a ellos.

Johansson, en un gesto de exasperación, señaló con una mano a los buzos, que estaban limpiando el equipo. Ya casi anochecía. El helicóptero de la tele, llegado desde Boston, ya se había marchado y la mayoría de los espectadores se habían rendido. Dos de los buzos, exhaustos, se habían sentado en la orilla, donde se dedicaban a apartar los mosquitos a manotazos y a lanzar desagradables miradas a Barrett. No los culpaba, había sido un día largo y atroz, y sus esfuerzos no habían dado ningún fruto.

—No cuadra con Mathias —dijo Johansson—. Ya solo lo de las drogas no se lo cree nadie. No hemos interrogado ni a una sola persona que recuerde haberlo visto drogarse o que haya oído decir que se droga.

—Kimberly no me está mintiendo.

—No te está mintiendo esta vez, querrás decir.

Barrett tuvo que asentir con un gesto. Kimberly les había contado unas cuantas mentiras antes de decidirse a confesar.

—Bueno, ¿y Kimmy te ha hablado de algún sitio nuevo en el que podamos buscar? —preguntó Johansson—. ¿Algún árbol al que subir, quizá?

Barrett ignoró el sarcasmo y dijo:

—Dile a Clyde que venga, por favor.

Clyde Cohen era el agente que estaba al mando del equipo de buzos y también había supervisado las búsquedas de Jackie Pelletier e Ian Kelly desde el día de su desaparición. Ese día y ese sitio iban supuestamente a convertirse en la culminación de muchas horas de trabajo tan infructuoso como agotador.

—¿Qué pasa, Barrett? —preguntó Clyde.

Tenía la cara manchada de sudor y restos de sangre allí donde lo habían picado los mosquitos. Llevaba todo el día trabajando sin quejarse y Barrett sabía que podría seguir trabajando mil días más sin quejarse.

—Quiero drenarlo —anunció Barrett.

Durante un buen rato no se oyó más sonido que el incesante zumbido de los mosquitos.

—¿Drenar el estanque? —dijo Clyde.

Su acento convirtió la última palabra en «estanco», o tal vez fuera la incredulidad lo que volvió espesa su pronunciación.

—Sí.

Clyde parpadeó.

—Con todos los respetos, si los cuerpos estuvieran bajo esas aguas, a estas horas ya los habríamos encontrado. El estanque no es lo bastante profundo ni oscuro como para esconderlos.

—Puede que no estemos buscando cadáveres —dijo Barrett—. Yo sigo deseando encontrarlos, pero que no los hayamos encontrado aún no significa que no pueda haber pruebas ahí abajo. Quiero ver el fondo de esa ensenada. Quiero verlo seco.

—¿Por qué?

—Para tener una idea de cómo los cambiaron de sitio.

Don Johansson se limitó a contemplar el cielo y Clyde Cohen, el suelo.

—Tampoco hay tanta agua —continuó Barrett— y ese viejo dique se aguanta con celo, por así decirlo. Podemos abrir una brecha fácilmente y debería vaciarse bastante rápido. Por lo menos, la ensenada. Y entonces podremos verlo con más claridad.

—No podemos abrir una brecha en el dique y ya está —dijo Clyde—. ¿Una propiedad a orillas del estanque y encima en el estado de Maine? ¿Sabes cuántas autorizaciones tendríamos que pedir? Mecachis en la mar, sería un lío.

Para tratarse de Clyde Cohen, «mecachis en la mar» era lenguaje muy vulgar.

—Te ayudaré a conseguirlas —dijo Barrett—. Pondré a trabajar a los abogados de los federales.

Clyde se frotó los ojos.

—Necesitaremos un estudio de impacto ambiental antes de que nos dejen meter una pala ahí dentro, por no hablar ya de una excavadora.

—Pues consíguelo —dijo Barrett.

Notó una mano en el hombro, se volvió y vio que Don Johansson tiraba de él para apartarlo de Clyde. De la orilla del agua. Barrett lo siguió y, cuando ya se habían alejado colina arriba lo suficiente como para que nadie pudiera oírlos, Johansson le habló claramente.

—Lo siento, Barrett. Nadie quería más que yo que esto fuera cierto. Lo sabes. Pero no lo es. Kimmy te ha soltado, o nos ha soltado, otra mentira. Puede que algún día consigas que te diga la verdad, pero no vale la pena seguir con esta historia.

—No miente —dijo Barrett—. Los cadáveres estuvieron aquí en algún momento. Si ya no están, es porque Mathias los cambió de sitio. Y si los cambió de sitio, probablemente el fondo estará removido. Puede que se dejara allí abajo algo que nos resulte de utilidad, algo que los buzos no pueden ver. Uno de los tubos, un trozo de plástico. Restos de huesos.

Johansson no dijo nada.

—Lo vamos a drenar —concluyó Barrett—. Y encontraremos algo. Me juego mi reputación a que sí, Don. Me juego mi carrera a que encontraremos algo.

—Creo que en ese sentido no vas a tener mucha elección —dijo Johansson muy despacio.

9

Después de marcharse del estanque, Barrett, que solo veinticuatro horas antes se había reunido con la fiscal y había acordado que no se efectuaría ninguna detención hasta que se encontraran los cadáveres, se reunió de nuevo con ella y le dijo que había llegado el momento de efectuar una detención.

Colleen Davis, la fiscal, sometida a la misma presión pública que la policía por no haber conseguido aún cerrar el caso, dijo que apoyaría que se presentaran cargos, pero que más les valía encontrar algo en aquel estanque. De lo contrario, la cosa acabaría en una detención breve.

Roxanne Donovan no se mostró tan entusiasta.

—Hasta el más tonto de los abogados defensores se daría un festín con la tal Crepeaux —le dijo a Barrett cuando hablaron por teléfono—. A menos que encuentres pruebas físicas, solo estás preparando el terreno para una sentencia absolutoria.

—Las encontraré —aseguró Barrett—. Con tu apoyo, las encontraré.

Roxanne era una mujer inteligente y dura, famosa por proteger a sus agentes sobre el terreno ante la presión pública o política..., siempre y cuando creyera en ellos.

—¿De verdad piensas que allí abajo hay algo que los buzos no han encontrado?

—Los cadáveres estaban en ese estanque —dijo Barrett—, y eso significa que, o bien siguen allí, o alguien se los ha llevado. La ensenada está vacía, pero buena parte del agua es más bien una ciénaga o marisma. Además, hay una corriente en el estanque. Tiene que haber pruebas ahí abajo. Pero ¿sabes qué más ocurrirá si drenamos el estanque? Que Mathias se desmoronará. Cuando le dejen ver la tele en la cárcel de Knox County, ponga las noticias y vea cómo va bajando el nivel del agua en el estanque, sabrá que lo tenemos. Entonces sabrá que lo tenemos.

Mientras explicaba los motivos por los que había pedido drenar el estanque, se dio cuenta de que las audaces palabras que había pronunciado ante Johansson estaban dejando de ser una posibilidad para convertirse en una realidad. Se estaba jugando su carrera.

—No sé si puedo conseguirlo —le dijo Roxanne—. Y, desde luego, quiero que el equipo de buzos dé otra pasada antes de intentarlo siquiera. Espero que ese sitio no sea una completa pérdida de tiempo, Barrett.

—¿Me van a despedir si lo es? —preguntó medio en broma.

Roxanne le respondió en el mismo tono.

—En el FBI casi nunca despedimos a los agentes —dijo—. Solo los enterramos.

Howard Pelletier había llamado a Barrett diecinueve veces desde el mediodía. Barrett había ignorado las llamadas, a la espera de que los buzos hicieran lo que él consideraba un inevitable hallazgo. Cuando Howard llamó por vigésima vez, Barrett iba de camino a detener a Mathias y la búsqueda se había aplazado por falta de luz. Esta vez respondió, aunque en realidad deseaba no hacerlo.

—¿Lo vais a detener? —preguntó Howard—. Eso es lo que ha dicho Colleen.

—Sí.

—¿Y podéis hacerlo aunque no hayáis encontrado nada?

—La confesión justifica la orden de detención. Las pruebas que sin duda encontraremos se encargarán del resto.

—¿Sigues creyendo en la historia de Kimmy?

—La confesión ha sido un paso determinante y ojalá las pruebas la hubieran confirmado de inmediato, pero ahora la fiscal puede...

—No es eso lo que te estoy preguntando —dijo Howard—. No te pregunto por los próximos pasos, ni por la ley ni nada de todo eso. Solo te pregunto qué crees tú.

—Creo que ponerle un poco de presión será útil. Y creo que tenemos que...

—¿Crees que él mató a mi hija? —gritó Howard.

Su angustia convirtió la última palabra en un espantoso aullido: «hiiiiijaaa».

—Sí —dijo Barrett—. Creo que él mató a Jackie y no descansaré hasta que pueda probarlo.

—Pero, si no han encontrado nada, es que Kimmy ha mentido. Tiene que haber mentido.

—No ha mentido —repuso Barrett. Se dio cuenta de que ahí, al defender la ausencia de pruebas, se estaba arriesgando mucho. Esa era, precisamente, la clase de mala práctica detectivesca que llevaba más de una década estudiando—. Lo que quiero decir es que creo que al menos ha contado parte de la verdad —matizó débilmente.

—Mathias sabe lo que ocurrió —dijo Howard.

Aquella afirmación suponía un claro cambio respecto a la resistencia que había opuesto el día anterior. Barrett esperaba más bien que Howard se alegrara al conocer la noticia de que en el estanque no había nada, porque eso lo ayudaría a mantener viva su angustiosa esperanza. Pero, en lugar de eso, Howard había aceptado la validez de la historia de Kimberly.

«Porque confiaba en ti. Porque tú le dijiste que crees en la historia de Kimmy y él te creyó a ti. Así que más vale que sea verdad, joder».

—Haz que lo acusen de los asesinatos —dijo Howard Pelletier— y entonces lo pondrás contra las cuerdas y el muy hijo de puta se desmoronará. Sé que lo harás.

—Sí —dijo Barrett—, lo haré.

Mathias Burke fue arrestado a las nueve de la noche. Don Johansson se encargó de llevar a cabo la detención, mientras Barrett observaba desde el jardín. En la calle, tras una barrera levantada a toda prisa, había un equipo de televisión. Mathias habló con tranquilidad, se mostró cordial y educado. Su expresión era adusta, pero no parecía asustado. Un periodista televisivo de Portland le gritó una pregunta mientras Burke y Johansson cruzaban el jardín en dirección al coche patrulla de Johansson.

—¡Mathias! ¿Algún comentario?

Johansson siguió guiándolo hacia delante, pero Mathias se volvió y miró hacia el intenso resplandor de los focos sin parecer en absoluto molesto por ellos. Ni siquiera parpadeó cuando le enfocaron el rostro. «Las luces del veredicto», solía llamarlas uno de los antiguos profesores de Barrett.

—Lamento mucho que las familias Pelletier y Kelly tengan que pasar por todo esto —dijo Mathias—. Se merecen algo mejor.

El periodista televisivo gritó otra pregunta, pero Mathias se limitó a bajar la cabeza y echó a andar hacia el coche patrulla. Johansson le abrió la puerta, le apoyó una mano en la cabeza para ayudarlo a subir al asiento trasero y, por último, cerró la puerta. Parecía más pendiente de las cámaras que el propio Mathias o, por lo menos, más preocupado. Rodeó apresuradamente el coche patrulla, con la cabeza gacha, y Barrett, al observarlo, pensó: «No cree que hayamos detenido al tipo adecuado».

Mathias se negó a contestar a cualquier pregunta sobre la confesión de Kimberly Crepeaux y también a someterse al polígrafo.

Con una voz serena y pausada, reiteró una y otra vez su derecho a un abogado.

—Tendrás un abogado —le prometió Barrett—. Pero hay algo por lo que siento curiosidad: ¿por qué no has dicho «soy inocente» o «yo no lo hice»? No te he oído decir ni una vez «yo no lo hice».

—Quisiera un abogado ahora —dijo Mathias.

—Y yo quisiera una respuesta. ¿Por qué no me miras a los ojos y dices «yo no lo hice»?

Mathias miró a Barrett a los ojos y respondió:

—Porque las pruebas lo dirán por mí. ¿La imbécil de Kimmy Crepeaux, Barrett? ¿De verdad te la has creído? —dijo sacudiendo la cabeza—. Buena suerte, tío. Yo no estoy preocupado, tú sí deberías estarlo.

Y así terminó el diálogo de Mathias con la policía. Se reunió con un abogado, pero no ofreció declaración alguna. De cara al público, el acusado mantuvo un silencio absoluto. Kimberly Crepeaux sí realizó una declaración: le dijo al mundo que se ratificaba en su confesión, expresó su deseo de declarar contra Mathias Burke y pidió perdón a las familias por su participación en los asesinatos.

Aunque eran muy pocos los que lo sabían, Barrett se encontraba en una situación que no le era desconocida: estaba en Port Hope, Maine, con una firme intuición de la verdad y ninguna prueba que la respaldara. La única diferencia era que, en esta ocasión, su familia no estaba implicada.

10

Rob Barrett tenía ocho años cuando encontró a su propia madre muerta en el hogar familiar.

Bajó del autobús escolar y entró por la puerta delantera, pensando que era raro que su madre no estuviera allí esperándolo con la puerta abierta. Su abuelo había estado de visita durante el fin de semana, pero se había marchado aquella misma mañana, y Rob ansiaba la paz restaurada que solía llegar cuando su abuelo se marchaba. Cada vez que iba a visitarlos, Ray Barrett traía tensiones consigo.

La casa estaba en silencio y su madre no respondió cuando Rob la llamó. Se quedó junto al umbral, inquieto, y pronto se dio cuenta de que solo se escuchaba un sonido. Un goteo lento pero constante. El plic plic del agua al caer sobre la piedra.

Cruzó la cocina y se dirigió a la puerta que daba a la escalera de la bodega y allí le pareció que el ruido era más fuerte. Abrió la puerta y vio a su madre con los pies orientados hacia él y la cabeza hacia el suelo agrietado de piedra caliza. Las gotas de agua que caían lentamente desde una cañería, justo encima de ella, se diluían en el charco de sangre que se había formado debajo de su cráneo.

La policía llegó a la casa antes que el padre de Rob y la versión inicial acabó convirtiéndose también en la oficial: un trágico accidente.

Las tres plantas de la casa que se encontraban por encima del nivel del suelo estaban en perfectas condiciones, pues se habían reformado con gran esmero, pero nadie había tocado aquella bodega desde 1883: aún conservaba los escalones toscamente tallados, estaba llena de peligrosas aristas y la iluminación era escasa.

Y luego estaba la cañería que perdía, claro. Ese había sido el problema. O el «factor determinante» —como lo habían denominado en el informe final— que le daba sentido a la historia. Cuando el agua se acumulaba sobre la piedra oscura, los problemas no tardaban en llegar. Eso lo sabía todo el mundo.

Excepto una persona, un teniente de la policía universitaria a quien inquietaba aquella cañería que perdía.

Después de que todo el mundo se marchara, él volvió. Quería sacar más fotos de la bodega, quería nuevas mediciones, quería colocar luces potentes en aquella cañería. Quería hacer unas cuantas preguntas más. El traumatizado padre de Rob lo recibió, le ofreció café y habló largamente con él. Eso ocurrió dos veces antes de que el abuelo de Barrett se enterase.

Y entonces se desató la tormenta.

En lugar de coger el teléfono y llamar, Ray Barrett condujo tres horas desde Port Hope y se presentó en casa de su hijo. Rob se escondió arriba y oyó a su abuelo gritarle a su padre: «¿Es que no sabes lo que está pasando? ¡Ese hijo de puta cree que fuiste tú! Ese pichafloja aspirante a poli que seguramente no ha tenido que sacar el arma en toda su carrera se ha cansado de perseguir a críos borrachos con carné falso y ahora quiere resolver un asesinato como los polis de verdad. ¿Cómo es posible que no lo veas? ¿Cómo es que yo soy el único que ve las cosas en esta puta familia?».

Y, a modo de respuesta, la voz del padre de Barrett flotaba, apagada y sosegada, tratando de restarle importancia al tema. No había nada de qué preocuparse, ¿verdad? A menos que se hubiera tratado realmente de un asesinato, a menos que existiera un culpable, ¿qué motivos de preocupación podía haber?

«No sé cómo funciona ese cerebro tuyo —repetía el abuelo de

Barrett una y otra vez—. ¿Cómo es que he criado a un hijo que piensa tan poco como tú? ¡Y eso que te pagan por pensar!».

El abuelo de Barrett decidió quedarse en la casa y se dedicó a explicar a vecinos y amigos que lo hacía por su nieto, que se quedaría allí hasta que el niño estuviera mejor. Sin embargo, no interactuaba mucho con su nieto. Durante aquellos días se limitó a estar solo, bebiendo y esperando.

La siguiente vez que el teniente se dejó caer por allí, lo recibió el abuelo de Barrett. No le gritó. Empezó a hablarle en un tono de voz bajo y cuando lo alzó, levantó más el timbre que el volumen, como si la voz resonara dentro de su amplio pecho. Barrett siempre había deseado ser capaz de emular aquella voz, aquel tono bajo que, sin embargo, decía claramente: «Será mejor que te apartes de mi camino». Y la gente obedecía.

El teniente también lo hizo. Con el tiempo. Hizo falta una visita del abuelo de Rob a la comisaría de la policía universitaria, acompañado por un abogado. Rob y su padre se quedaron en casa viendo dibujos en la tele y jugando al ajedrez durante horas, una partida tras otra. Su padre sonreía y reía, pero no habló mucho. Cuando se convenció de que Rob estaba hipnotizado con la tele, fue a la cocina a limpiar los restos de la última visita de Ray, sin darse cuenta de que Rob lo estaba observando. Fue contando las latas de cerveza mientras las recogía y las metía en una bolsa, contó hasta la última lata de cerveza y luego se dirigió a la puerta de la bodega, la abrió y contempló durante largo rato los viejos escalones de piedra caliza. No encendió la luz, se limitó a contemplar la oscuridad. Finalmente, cerró la puerta, llevó las latas al exterior y las metió en el contenedor de reciclaje. El contenedor de reciclaje ahora estaba fuera; antes, lo guardaban en la bodega.

Y entonces bajó a la bodega y cerró la puerta. Tras unos pocos minutos de silencio, Rob se levantó y la abrió despacio. Su padre estaba de pie junto al viejo banco de trabajo, no muy lejos del pie de la escalera. Era el mismo banco de trabajo al que Rob tenía prohibido acercarse, pues todo lo que había sobre él estaba viejo y oxidado. La Central del Tétanos, lo llamaba su madre.

Su padre le estaba dando vueltas a la herramienta que tenía entre las manos y la contemplaba como si no supiera muy bien para qué servía. La herramienta en cuestión tenía el mango rojo y brillante y parecía una especie de híbrido entre llave inglesa y tornillo de banco. Rob estaba a punto de llamar a su padre y preguntarle por aquella herramienta cuando su padre se movió y, justo entonces, la única bombilla que colgaba sobre el pie de la escalera le iluminó el rostro de pleno. Su expresión le resultó completamente desconocida a su hijo: era una máscara de profunda rabia, de odio.

Rob cerró suavemente la puerta. Diez minutos más tarde, su padre volvió a subir. Lucía de nuevo su sonrisa ligeramente distante y dijo en un tono bajo y cordial:

—¿Jugamos otra?

Aún seguían jugando al ajedrez cuando volvió Ray Barrett, se llevó a su hijo a la cocina y le comunicó que su encuentro con el jefe de la policía universitaria había sido un éxito, que no habría más hostigamiento ni más chorradas. Alardeó de lo hábil que había sido al recurrir a la astucia y las amenazas, y no mencionó en ningún momento al abogado, como si el pobre solo hubiera ido para escuchar... o tal vez para estudiar.

Glenn Barrett no dijo ni una sola palabra durante aquel relato. Se limitó a permanecer sentado observando a su padre como si fuera la primera vez que lo veía. Cuando Ray terminó por fin de narrar su victoria, se dirigió al salón para despedirse del pequeño Robby. Volvería al cabo de uno o dos días, le dijo, y entonces jugarían al fútbol americano.

Transcurrieron ocho meses antes de que volvieran a verlo.

A partir de entonces, siempre fue padre e hijo o nieto y abuelo; nunca volvieron a estar los tres juntos. A Rob se lo pasaban de uno a otro durante los veranos como si fuera el testigo en una carrera de relevos.

Rob jamás le preguntó nada a su padre acerca de la bodega. Pocos días después de que su abuelo se marchara, Rob bajó a buscar la extraña herramienta del mango rojo, pero no la encontró. Se mudaron tres meses más tarde a una casa más moderna que no poseía lo que su madre denominaba el «encanto especial» de las casas coloniales restauradas, pero tenía mucha luz y carecía de sótano.

Rob siempre había querido preguntarle a su padre por aquel día, por la forma en que había contado las latas de cerveza y contemplado aquella extraña herramienta, que, como Rob averiguó más tarde, era un cortatubos. Pero nunca reunió el valor para hacerlo. Siempre habría un momento mejor, al parecer.

La última vez que Rob habló con su padre fue la mañana después de su vigésimo primer cumpleaños. Rob tenía una resaca considerable; habían hablado brevemente por teléfono y Rob había escuchado la habitual risa queda de su padre, quien le había dicho que le enviaría una tarjeta con algo de dinero y le había recomendado que comprara suficientes reservas de Excedrin.

La tarjeta llegó al día siguiente. Barrett llamó a su padre, pero no lo encontró y se le olvidó volver a llamar durante varios días.

Estaba jugando un partidillo de baloncesto delante de su apartamento cuando apareció su abuelo y le contó lo del ataque al corazón. Era uno de los primeros fines de semana cálidos de la primavera y Glenn Barrett se había animado a limpiar el cobertizo, tarea que tenía pendiente desde hacía años. El vecino de al lado lo había encontrado tendido entre viejas mesas de cartas, sillas de jardín y juguetes, como si hubiera estado preparando una venta de garaje y hubiera decidido venderse a sí mismo con el resto de los trastos.

Tras él, el suelo en otros tiempos inmundo del cobertizo estaba aspirado, barrido y fregado; las tablas de madera aún estaban húmedas y en el aire flotaba todavía el olor del jabón para suelos Murphy. Había seguido limpiando todo hasta el mismísimo final.

Barrett pensó en ese simbolismo quizá más de lo debido.

Estaba en tercer año de carrera y se había especializado en psicología e historia a la vez. Tenía pensado entrar en la facultad de derecho, pero también se había alistado en el ROTC, el Cuerpo de Entrenamiento para Oficiales de la Reserva. Siempre, y en todo, Rob se debatía entre dos fuerzas que competían entre sí, la de Ray Barrett y la de Glenn Barrett. El discreto potencial para el combate que le proporcionaba el ROTC era suficiente para silenciar a su abuelo, mientras que la idea de un Rob rodeado de libros abiertos en la facultad de derecho era suficiente para hacer sonreír a su padre.

Nunca le dijo a ninguno de los dos que si se había decantado por psicología era porque su madre también había elegido esa especialidad.

Justo antes de que Barrett empezara el último año, la universidad inició un nuevo programa dirigido a cadetes para crear su propio departamento policial y Barrett se apuntó de inmediato. El programa incluía cursos adicionales de justicia penal que retrasarían su licenciatura, pero también suponía pasar muchas horas junto a hombres armados, así que el abuelo de Barrett aceptó la noticia a regañadientes. Barrett no descubrió hasta más tarde que el director del programa era el mismo teniente que había visitado su casa en los días posteriores a la tragedia, el mismo que había sacado fotografías de la cañería de la bodega. Se llamaba Ed Medlock y Barrett se propuso convertirlo en su mentor.

La teoría de Medlock, cuando Barrett consiguió finalmente que accediera a compartirla con él, era que Ray se había dejado llevar por su mal genio, como había ocurrido en más de una ocasión, y había golpeado a su nuera. Al darse cuenta de lo que había hecho, Ray había roto la cañería que estaba encima de la escalera. Los escalones eran de piedra, muy toscos, y la iluminación de la bodega escasa. Si se añadía una cañería que perdía agua... Bien, lo raro sería no sufrir una desgraciada caída.

Ed Medlock estaba convencido de que la rotura de la cañería

no era fruto del deterioro natural, pues había encontrado muescas y arañazos recientes en el cobre, justo en el lugar por el que supuestamente se había roto. En honor de Ray, sin embargo, tenía que admitir que los daños estaban ocultos bajo cinta de sellado y la cinta tenía una capa de grasa, de manera que los primeros agentes que habían acudido al lugar de los hechos solo habían visto una reparación antigua que con el tiempo había cedido. Medlock fue el único que se molestó en retirar la cinta para ver qué había debajo.

El consejo que le dio a Rob fue que lo dejara correr. A aquellas alturas, ningún fiscal querría saber nada del caso. No sin una confesión.

Fue esa última frase la que reorientó la carrera de Rob o, mejor dicho, toda su vida. Barrett no precipitó las cosas, más bien se dedicó a analizarlas. Solo cuando se consideró lo bastante experto en el arte de los interrogatorios, solo cuando creyó saber cómo aplicar la psicología de la influencia y la lógica, regresó finalmente a Port Hope para enfrentarse a su abuelo.

Ray Barrett lo escuchó y luego se echó a llorar. Rob jamás había visto llorar a su abuelo, ni siquiera había imaginado que eso fuera posible. Ray estaba sentado en el viejo sillón del apartamento que tenía encima del bar y le resbalaban lágrimas por las mejillas, y Rob, sentado frente a él, lo observaba y pensaba: «Bien, hijo de puta».

Y entonces Ray encendió uno de sus cigarrillos Camel sin filtro y le relató otra historia.

Ray le contó que su padre, Glenn, lo había llamado aquel día presa de un ataque de pánico, que le había suplicado ayuda y que, cuando Ray finalmente había llegado, la madre de Rob ya estaba muerta. Su padre admitió que le había pegado. Que ella se había caído y se había golpeado en la cabeza con los escalones. Habían estado discutiendo, le contó Ray, por culpa de una aventurilla que Glenn había tenido con una secretaria de departamento.

—Me llamó para que yo arreglara las cosas, Robby —le dijo Ray—. Y eso hice. La cañería, la cinta, las manchas de grasa en la cinta... Tu amiguito el poli tiene razón en todo eso. Lo que no sabe es quién la mató. Lo que hice... ¿está bien? No. Pero estaba protegiendo a mi hijo. Y a mi nieto.

Para entonces, las lágrimas habían desaparecido y Ray había empezado a recuperar en parte su proverbial ira.

—Recuerda a quién llamó tu padre cuando estaba en apuros —dijo Ray—. Es lo que siempre he querido que seas. La clase de persona a la que la gente llama cuando está en apuros.

Rob se puso en pie, le dijo a su abuelo que era un mentiroso hijo de puta y le prometió que la policía no tardaría en ir a buscarlo. Luego se marchó.

La policía nunca fue a buscar a Ray. Rob no los llamó. No existía ninguna prueba que pudiera poner en tela de juicio la versión de los hechos que su abuelo le había contado. Pensó que tarde o temprano lo pillaría, pensó que tarde o temprano aquel anciano se vendría abajo y contaría la verdad.

Y entonces, una mañana de principios de diciembre, sonó el teléfono de Rob y la policía le dijo que habían encontrado a su abuelo dentro de su coche, en los bosques del centro de Maine. Iba conduciendo de noche durante una tormenta de nieve cuando, al parecer, se había salido de la carretera y había chocado contra los árboles. Habían transcurrido varias horas antes de que alguien descubriera el accidente y, para entonces, Ray había muerto debido a una hemorragia interna y al frío. En el bolsillo de la chaqueta llevaba una petaca de bourbon medio vacía y quedaban dos cervezas de un paquete de seis.

Al parecer, nadie sabía por qué había salido de Port Hope en plena noche y en plena tormenta de nieve. Nadie sabía adónde se dirigía, aunque algunas personas comentaron que iba conduciendo en dirección al Hammel College, en el sur de Maine. La facultad en la que estudiaba su nieto.

Fuera lo que fuera lo que se proponía decirle a su nieto, se lo había llevado a la tumba.

11

La residencia oficial de Barrett durante el transcurso de la investigación había sido una habitación de hotel en Port Hope, pero no había pasado allí muchas noches, ni tampoco fue allí después de salir de la cárcel tras el arresto de Mathias Burke. En lugar de eso, se dirigió hacia Camden, al norte.

Camden era una ciudad excepcionalmente bonita incluso para la Midcoast de Maine, con un idílico puerto rodeado de boscosas montañas, calles en pendiente flanqueadas por casas de ladrillo y aceras que seguían el curso del río Megunticook a través de una serie de cascadas escalonadas que en otros tiempos habían proporcionado electricidad a los molinos y, por tanto, también a la ciudad.

Esa noche, sin embargo, Barrett no sentía el menor interés por la belleza de Camden. Pasó junto al puerto y aparcó frente a la biblioteca, que se alzaba como uno de los principales atractivos de la ciudad; se trataba de una bonita y espaciosa construcción edificada en los terrenos cedidos por la familia de un antiguo magnate del mundo editorial. Barrett no bajó del coche, se limitó a observar un velero que estaba anclado en la bahía, en busca de alguna luz a bordo. El velero estaba a oscuras, así que Barrett se alejó del puerto para cruzar de nuevo la ciudad. Dejó atrás la vieja fábrica papelera y se dirigió a las colinas cercanas. Si Liz Street no estaba trabajando en su velero, entonces debía de estar en casa.

Liz tenía quince años cuando Barrett la conoció, casi dos décadas atrás, y era el objeto del deseo de muchos de los chicos del pueblo. Rob solo disponía de dos ventajas respecto a los demás, pero eran determinantes: era de fuera, es decir, era alguien distinto en aquella pequeña ciudad; y tenía carné de conducir. Antes de conocer a Liz, Barrett nunca había querido pasar mucho tiempo con su abuelo en Maine, menos aún volver una vez cumplida la pena anual de pasar el verano bajo su custodia, pero el hecho de enamorarse había tenido el curioso efecto de conseguir que lo insoportable se convirtiera en poco más que una insignificante molestia.

Barrett había regresado a Maine para estudiar con Liz en el Hammel College, una pequeña facultad de artes liberales en la que había dado clase su padre.

Maine unió a Liz y a Barrett, y Maine los separó. Cuando era adolescente, Barrett comprendía el amor que Liz sentía por aquellas tierras, pero también creía que aquella devoción no duraría mucho. Sí, Liz había dicho que no quería vivir en ningún otro sitio, que se quedaría para siempre en Maine excepto cuando hiciera largos viajes en barco, pero a los dieciséis años todo el mundo decía esas cosas con mucho convencimiento. «Viviré aquí, trabajaré allí, seré esto o lo otro». Y luego se topaban con la realidad.

En ese sentido, Barrett había subestimado a Liz Street y, a la postre, ambos habían salido heridos. Decir que le había roto el corazón hubiera resultado un tanto arrogante; a los pocos meses de separarse, ella ya estaba saliendo con otro y se había casado y separado antes de que él entrara en Quantico. Barrett había tenido una breve relación que había terminado cuando le habían comunicado su primer destino: Little Rock, Arkansas, no encajaba en la visión de futuro de su prometida. Por tanto, se había ido solo y, cuando había pedido el traslado a la división de Boston, se había prometido a sí mismo que no tenía nada que ver con el hecho de que Liz Street estuviera a solo tres horas de coche de allí.

Había aguantado dos semanas antes de emprender su primer viaje al norte.

Liz vivía de nuevo en Camden, trabajaba como periodista en el modesto periódico local y gastaba casi todo lo que ganaba en restaurar un viejo pero precioso velero de madera. El plan de vida que a los dieciséis le había ofrecido a su joven novio no era, pues, ninguna broma.

Dieciocho años más tarde, cuando el novio en cuestión volvió, ella lo recibió con cautela. No hacía mucho que se había divorciado y parecía reacia a iniciar una nueva relación, por no hablar ya de retomar una historia de otros tiempos. Su exmarido había dejado un precioso restaurante, perfectamente reformado pero jamás abierto, en el centro mismo de Camden —Liz pasaba por delante todos los días— y se había largado a Florida, donde una mujer mucho más adinerada que Liz lo estaba ayudando a convertir en realidad su sueño de abrir un local de tapas y cócteles de autor junto al mar.

Ella y Rob se pusieron torpemente al día y se rieron de viejos recuerdos, como suelen hacer quienes comparten un pasado. Tras aquella primera visita, Liz había prometido acercarse algún día a Boston, pero no lo había hecho. Con la excusa de hacer alguna excursión, Barrett había vuelto de nuevo a Camden al ver que ella no bajaba al sur. Sin embargo, había acabado en el puerto, admirando el nuevo barco de Liz. La joven le mostró las cartas de navegación de la ruta que había elegido para su periplo de seis meses, le habló de las escalas previstas y de todos los preparativos. Lo tenía todo decidido, excepto la fecha de salida. Barrett la ayudó a lijar capas de salitre de la cubierta y entonces el sol se ocultó tras el monte Battie y una luna increíblemente grande y teñida de rojo iluminó la bahía. Abrieron una botella de vino e hicieron el amor por primera vez en casi una década.

Una última vez por los viejos tiempos, se dijeron por la mañana, mientras tomaban café en lugar de vino y el sexo a la luz de la luna ya era un recuerdo; el movimiento acompasado de sus cuerpos, al ritmo del vaivén del velero, se les antojó como algo muy lejano, no como algo que había ocurrido apenas unas horas antes. Había sido un reencuentro, no una reconciliación. Los dos estuvieron de acuerdo en que ese era el enfoque adecuado, el único enfoque posible.

Pero como suele ocurrir con un enfoque adecuado, que es el único posible, no mantuvieron ese rumbo mucho tiempo y ya llevaban cuatro meses inmersos en la incómoda situación de verse sin hablar del futuro.

Barrett se había enterado de las desapariciones de Jackie Pelletier e Ian Kelly a través de Liz y también se había enterado a través de ella de los rumores según los cuales una chica del pueblo, que estaba en la cárcel por otros delitos, se había convertido en el objeto de interrogatorios que no habían conducido a ninguna parte. Todo aquello le había parecido muy interesante, pero más se lo había parecido aún el origen de aquellos rumores: un bar de Port Hope llamado Harpoon.

«Estoy un poco familiarizado con el sitio», le había dicho a Roxanne Donovan.

Después del día que había tenido, Barrett estaba agotado y aturdido cuando llegó a la casita que Liz tenía en el valle del río Megunticook. A la luz de la luna, el sinuoso camino de entrada serpenteaba ante él como una cinta plateada.

Liz estaba sentada en el porche.

—Un día largo —le dijo.

—Sí.

Liz observó el rostro de Barrett en la oscuridad.

—¿Tienes suficiente para mantenerlo en la cárcel?

—Tengo una confesión.

—De Kimmy. No de Mathias.

Barrett se pasó una mano por el rostro y se apoyó en la barandilla. Soplaba una brisa fresca y limpia, procedente de la bahía, que traía consigo el olor del mar. Por encima de ellos, el cielo seguía igual de despejado que durante el resto del día, pero al menos el implacable sol ya se había ocultado, lo cual le proporcionaba cierto consuelo. La gente solía entender que se tardara bastante en encontrar algo a oscuras.

—Creo que se desmoronará —dijo Barrett—. Creo que encontraremos algo en ese estanque y entre eso y unas cuantas noches en la cárcel con la amenaza de cargos por doble homicidio, empezará a hablar. Puede que culpe a Kimberly o a Cass. Es capaz de inventarse cualquier historia.

—Pero hasta ahora, no ha contado ninguna.

—No. No ha contado nada. Solo ha pedido un abogado.

—Por aquí la gente no se traga la historia de Kimmy —dijo—. Ni lo de las drogas, ni lo de que estuviera tan furioso, ni siquiera que estuviera con esas dos chicas. Dicen que no encaja con él, que él no es así.

Barrett se echó hacia atrás y contempló las estrellas. El cielo nocturno estaba tan despejado que se distinguían los luminosos brochazos de pintor que formaban la Vía Láctea. Barrett se preguntó qué aspecto tendría el cielo desde Little Spruce Island.

—Dice que le gustaría saber qué habría dicho mi abuelo sobre el tema.

Liz se movió casi imperceptiblemente en la oscuridad.

—No puedes entrar en eso, Rob. No puedes relacionar una cosa con la otra.

—Y no lo hago. Mi abuelo no tiene nada que ver con mi trabajo.

Pero Liz sabía que no era del todo cierto, claro. Era de las pocas personas que comprendían el estrecho vínculo que existía entre Ray Barrett y el trabajo de su nieto.

—¿Qué credibilidad te merece Kimberly Crepeaux? —preguntó Barrett.

Liz no respondió de inmediato y a Barrett le gustó, porque significaba que lo estaba pensando bien. Lo que no le gustó mucho fue la respuesta.

—Casi ninguna.

—Es la opinión general de la comunidad.

—Es una cuentista —dijo Liz—. O una mentirosa, por decirlo más claramente.

Barrett, que aún seguía contemplando el cielo, asintió. Luego se apartó de la barandilla y se dirigió a la puerta, al tiempo que sacaba las llaves del bolsillo.

—En eso tienes razón —dijo—, pero ¿sabes qué? Hasta los mentirosos dicen la verdad alguna vez.

—Claro —respondió Liz—. Y también los relojes estropeados dan bien la hora dos veces al día. Pero ¿has pillado a Kimmy en el momento adecuado, Rob?

—Sí.

Liz asintió, pero sin mirar a Barrett.

—Vamos adentro —dijo.

Barrett la siguió. Ella ya había cenado, pero vio sobre la isla de la cocina un plato limpio y una copa vacía de vino, como si lo hubiera estado esperando. Una invitación tácita que parecía definir la forma en que ella enfocaba aquella relación renovada. «Cógete una silla, si quieres». Estaba muy guapa bajo aquella luz tenue; su pelo rubio y sus ojos azules resplandecían, mientras que su cuerpo esbelto y su confianza de persona madura contrastaban con un rostro increíblemente parecido al de la muchacha a la que había conocido tantos años atrás.

Liz sirvió un poco de cabernet en la copa de Barrett y él trató de ignorar la etiqueta del vino: THE PRISONER. Siempre le había gustado ese vino, pero deseó que Liz hubiera elegido otro para esa noche.

—¿Quieres contármelo? —le preguntó Liz.

—Quiero —dijo Barrett, y era cierto.

Quería contarle que Amy Kelly le había dado las gracias, explicarle el gesto que había hecho Howard Pelletier con la mano mientras describía la escalera ascendente que aguardaba el regreso de su hija y decirle que a Kimberly le latía la garganta justo antes de vomitar. Pero no podía, porque ella era periodista.

—Pero no puedes —concluyó—. Dejamos nuestros trabajos en la puerta. Vale, cambiemos de tema.

El problema de su relación no era que Liz no comprendiera la situación, sino que la comprendía demasiado bien.

Era la reportera estrella del periódico local tanto por su talento como por su ética profesional, pero también porque al parecer conocía a todo el mundo en los puertos de todas y cada una de las localidades de la Midcoast de Maine. Y cuando se conocían los puertos, se conocían las ciudades. Desde pescadores itinerantes hasta multimillonarios aficionados a la vela, desde camareros hasta banqueros, todos interactuaban a su manera con el puerto y, al parecer, todo el mundo estaba dispuesto a hablar con ella. Y el motivo es que Liz era como ellos, era parte de aquel lugar; su asombrosa belleza quedaba compensada por los arañazos y magulladuras de sus manos, resultado de las horas que dedicaba a diario a trabajar en el velero. Por allí todo el mundo recordaba con cariño a su padre, cuya muerte —había desaparecido en el mar— Liz había conmemorado en la frase tatuada que partía de la clavícula y se le veía en el cuello cuando llevaba el pelo recogido.

—No pasa nada —dijo Barrett, pero de repente se odió a sí mismo por haber ido allí aquella noche.

No tendría que estar allí bebiendo vino con su amante cuando Howard estaba solo en Little Spruce Island, cuando Amy y George estaban en Virginia llorando la muerte de su hijo. ¿Acaso no estaba obligado a compartir ni que fuera en parte el dolor de esas personas o, por lo menos, a centrarse en ese dolor?

—Quizá será mejor que esta noche me quede en el hotel —dijo.

—Relájate, Rob. No voy a interrogarte.

Barrett movió la cabeza de un lado a otro.

—No es eso, Liz. Es solo que... —Dejó la copa de vino—. Lo siento, tengo que irme.

Estaba a punto de llegar a la puerta cuando Liz lo alcanzó. Lo sujetó por los bíceps con una fuerza delicada que, de inmediato, lo hizo sentirse inseguro; deseaba a Liz tanto como deseaba concentrarse en el día que acababa de vivir y en el día que tenía por delante. Se quedó inmóvil, con la mano en el pomo de la puerta, mientras ella le rodeaba el pecho con los brazos y le hablaba al oído. Escuchó su voz suave y percibió su aliento cálido.

—Quédate. Te dejaré en paz, no te haré preguntas. Esta noche.

«Esta noche». Ese era su mantra. Había sido él el primero en sugerirlo, como si fuera una salvaguardia contra el pensamiento pragmático, un compromiso de veinticuatro horas y nada más, sin riesgos. Lógicamente, aquel «esta noche» podía alargarse meses o años. No había necesidad de mirar hacia el horizonte a menos que uno quisiera hacerlo.

—He contado a tres personas cómo murieron sus hijos —dijo sin volverse— y no he sido capaz de probarlo. ¿Se supone que ahora me tengo que tomar tranquilamente una copa, cenar y esperar a ver qué ocurre a continuación?

Liz lo soltó, lo rodeó y se colocó frente a él, de manera que se tocaban el pecho. Inclinó la cabeza hacia atrás para mirarlo.

—Las pruebas llegarán —dijo.

Él asintió en silencio.

Barrett no durmió mucho. Veinte minutos, tal vez treinta, y se desveló en plena oscuridad. El cuerpo cálido de Liz estaba junto al suyo. Respiraba despacio y de forma regular; cada vez que exhalaba el aire le rozaba el brazo a Barrett con un pecho, que se alejaba al inspirar de nuevo.

«Recuerdo que, cuando miré hacia su cabeza, vi que el plástico se deshinchaba y volvía a hincharse y luego se deshinchaba otra vez. Y comprendí que respiraba. O, por lo menos, intentaba respirar».

Se levantó sigilosamente y se vistió a la luz de la luna. Liz se movió, pero no se despertó. La observó dormir durante unos instantes, preguntándose cómo los detectives de homicidios podían afrontar noches como aquella una y otra vez. ¿Cómo podían mantener el equilibrio entre sus propias vidas, sus propias necesidades, y la carga que suponía ocuparse como era debido de las víctimas y de las personas a las que dejaban atrás?

Cerrar aquel caso era el éxito en el mundo real que Roxanne Donovan le había prometido. Gracias a aquel caso, Rob Barrett —el licenciado en derecho con un doctorado en justicia penal y un máster en psicología— saldría de las aulas y se enfrentaría al día a día del investigador. Un doble homicidio resuelto. Era lo que deseaba, lo que ansiaba.

Pero ¿qué coño hacía uno mientras esperaba a que saliera el sol?

Eso no se lo habían enseñado, no había ninguna tesis sobre ese tema. A falta de consejos o experiencia, bajó la escalera en la quietud de la noche, abrió una cerveza y se sentó a revisar el expediente de un caso que ya se sabía de memoria.

12

La mañana anterior al día de su muerte, Jackie Pelletier e Ian Kelly ya sabían que esa noche iban a ir a un cementerio.

Habían acordado encontrarse en un lugar que para ellos era romántico y que los lugareños conocían como Orchard Cemetery. Jackie llevaba años pintando el viejo cementerio y su momento preferido era el amanecer. El dueño del restaurante en el que trabajaba como camarera había colgado en su local uno de los paisajes que había pintado Jackie; era precisamente ese cuadro el que había fascinado a Ian Kelly una noche de junio, cuando había entrado en el restaurante a comer un sándwich de abadejo y tomar una cerveza durante un descanso en las prácticas veraniegas que estaba realizando en un centro de derecho ambiental. El encargado lo había visto admirando el cuadro y le había presentado a la mujer menuda y de ojos asombrosamente oscuros que lo había pintado.

A partir de ese momento, todo había ido muy deprisa, como se supone que debe ser con los amores de verano. Puesto que Ian tenía que regresar a Virginia en septiembre y Jackie no tenía la menor intención de dejar su querida isla, se suponía que la cosa no iba a pasar de un ligue.

Sin embargo, los dos se habían dado cuenta enseguida de que tal vez aquella relación fuera algo más que una chispa. Y a Ian, por lo menos, le daba miedo la idea.

En un correo electrónico, le dijo a un amigo de Charlottesville:

Le he hablado a mi madre de esa chica. Nunca le he hablado a mi madre de ninguna chica, jamás, y ahora, cuando no ha pasado ni una semana desde que conozco a Jackie, ¿hago una llamada internacional para hablar de ella con mi madre? Dame algún consejo sabio, dime que los amores de verano nunca duran, ¿vale?

Al releer aquellas palabras la noche después de haber dirigido el equipo de búsqueda para recuperar los cadáveres de Ian y Jackie, Barrett tuvo la inquietante sensación que suele producirse al contemplar las últimas palabras de un muerto. Los vivos sentían la extraña necesidad de creer que los muertos habían intuido problemas en el aire antes de que les afectaran a ellos. Barrett pensaba que era una reacción casi primitiva, un deseo desesperado de creer que la precognición existía y que las tragedias eran evitables si uno estaba atento. En el caso de Ian y Jackie, sin embargo, no hacía falta buscar nada que sirviera para anunciar la tragedia: su relación había empezado con la imagen de una tumba.

Correos electrónicos, mensajes de texto y entrevistas a testigos servían para reconstruir la línea temporal de la historia de Ian y Jackie; los documentos siempre hacían que Barrett se sintiera como una especie de *voyeur*, porque los dos jóvenes siempre habían hablado entre ellos —y con los demás— de una forma muy íntima prácticamente desde el principio.

El 15 de junio, Jackie a una amiga que se había ido a estudiar a una universidad de Florida:

Dos semanas con él y me siento capaz de decir algo inconcebible: he pensado en la posibilidad de dejar la isla por él. Es una locura, y te prometo que no lo haré, pero ¿no te parece positivo que se me haya pasado por la cabeza esa idea? Marcharme de aquí me resulta intolerable, pero que él se marche sin mí me parece aún peor. Quiero las dos cosas. Lo quiero todo, todo el tiempo. ¿Te parece muy egoísta? Ja, ja, ja.

El 19 de junio, Ian a su compañero de habitación:

Estoy aquí sentado en la terraza contemplando el océano y pensando en ella, y me doy cuenta de que esta casa está vacía casi todo el año y de que siempre hay tiempo para terminar la carrera de derecho, ¿qué daño puede hacer un año sabático? No consigo quitarme esa idea de la cabeza. Y tampoco puedo decirle a ella en qué estoy pensando. Mejor manera de estropear las cosas: decir te quiero en la primera cita... o proponer dejar la facultad de derecho por ella durante el primer mes. Vente a Maine y hazme entrar en razón. Saldremos de fiesta e iremos a pescar, te lo prometo.

El 12 de julio, Jackie a su amiga de Florida:

Cinco viernes, cinco paseos al amanecer. ¿Quién hace algo así? O sea, en serio, dejando a un lado los libros de Nicholas Sparks, ¿qué chico hace algo así?

El 12 de julio, Ian a su compañero de habitación:

Perdidamente... enamorado... de ella. Estoy sentenciado.

En agosto, ya habían hecho planes. Ian volvería a Virginia y terminaría el primer trimestre del segundo año de derecho, Jackie iría a pasar con él largas temporadas durante octubre y noviembre, y en diciembre, Ian volvería al norte y pediría el traslado a la Universidad de Maine.

El compañero de habitación de Ian se opuso rotundamente a ese plan. Ian le respondió en un tono educado pero firme.

Sé que tienes razón. La facultad de derecho de la Universidad de Virginia estará siempre entre las 10 mejores y la de la Universidad de Maine estará siempre entre... las 200 mejores. ¡Gracias por enviarme las estadísticas! Ja. Podría empezar una discusión y decirte que quiero especializarme en derecho medioambiental y que, en ese sector, Maine es mucho más atractivo de lo que crees. Podría argumentarte que las estadísticas sobre las facultades de derecho son una chorrada. Podría decirte muchas cosas, pero, sinceramente, ni siquiera tengo la energía suficiente como para preocuparme por todo eso. Soy más feliz aquí de lo que jamás he sido en Charlottesville, soy más feliz en un día con Jackie de lo que jamás he sido en dos años con Sarah, y no creo que las estadísticas, ni las clasificaciones ni los análisis deban decidir mi elección. La vida es breve, el amor es excepcional y el tiempo, fácil de perder.

Había escrito esa frase exactamente tres semanas antes de morir.

«La vida es breve, el amor es excepcional y el tiempo, fácil de perder».

Barrett leyó aquella frase y las palabras de Ian empezaron a mezclarse con las de Kimberly Crepeaux.

«Recuerdo que, cuando miré hacia su cabeza, vi que el plástico se deshinchaba y volvía a hincharse y luego se deshinchaba otra vez. Y comprendí que respiraba. O, por lo menos, intentaba respirar».

Consultó su reloj: las tres de la madrugada.

A las tres de la madrugada del 10 de septiembre, Ian Kelly estaba en su coche, probablemente cruzando la frontera estatal y pagando el peaje en York. Debía de haber salido a las cinco de la tarde con la intención de conducir toda la noche para poder reunirse con Jackie Pelletier y su querido Orchard Cemetery al amanecer. Cuando la policía registró su coche, encontraron la multa por exceso de velocidad que le había puesto un agente de la policía estatal de Massachusetts. Exactamente a las 02:37 de la madrugada, Ian se dirigía al norte a ciento treinta y cinco kilómetros por hora en un tramo donde el límite era ciento diez. Sin duda, había reducido la velocidad después de la multa y había llegado un poco tarde. El sol ya estaba encima del agua y Jackie ya paseaba entre las tumbas.

Cuando Ian la había visto aquella mañana, ya estaba muerta, según el relato de los hechos que había ofrecido Kimberly Crepeaux. El lugar en el que Jackie había sido atropellada estaba justo por debajo de una pequeña elevación, lo cual significaba que Ian no podía haberla visto hasta llegar a lo alto de la loma.

«Estaba un poco más arriba. Quieto, mirando. El cuerpo de Jackie estaba entre nosotros. Era como un pulso».

Si había recuperado el conocimiento en la camioneta, quizá la hubiera visto por última vez. La habría visto a través de un plástico lechoso y una capa de sangre, mientras la camioneta que los llevaba daba tumbos por los caminos rurales. Si estaba lo bastante lúcido como para darse cuenta de todo eso, entonces la última mirada a su amor excepcional debía de haberse producido cuando aquellos tres desconocidos descargaban el cuerpo de Jackie de la camioneta y la llevaban hacia un estanque solitario cuyas aguas eran oscuras.

«Yo ni siquiera lo había visto sacar el cuchillo. Solo lo vi inclinarse sobre el cuerpo y apuñalarlo a través del plástico, justo donde debía de estar el corazón».

La vida era breve, el amor era poco común y el tiempo, fácil de perder.

Barrett cerró los viejos correos electrónicos, vació la cerveza en el fregadero y volvió a su silla, esta vez con la grabadora digital en la que conservaba el archivo de audio con la confesión de Kimberly, así como el resto de las conversaciones.

En la época en la que creía que tal vez acabara quedándose en la academia, se había concentrado en las técnicas de entrevista e interrogatorio y, especialmente, en las confesiones falsas. Había llegado en el momento ideal, pues las nuevas tecnologías sobre el terreno y en los tribunales estaban obligando a los cuerpos policiales a cambiar de métodos. Algunos grupos como el Proyecto

Inocencia estaban sacando a la luz condenas injustas con una facilidad asombrosa, y, si bien las pruebas de ADN solían ser elementos cruciales a la hora de ganar esos casos, lo preocupante era que las falsas confesiones explicaban cada vez con más frecuencia por qué razón un inocente había acabado entre rejas. De las primeras doscientas cincuenta personas que el Proyecto Inocencia había exonerado mediante pruebas de ADN, un asombroso 16 % había confesado en algún momento crímenes que no había cometido.

Si se analizaba la formación que seguían los detectives, sin embargo, esa cifra ya no parecía tan asombrosa. Durante décadas, los cuerpos policiales habían enseñado técnicas que se aproximaban más a la intimidación que al interrogatorio y que se centraban en la comunicación no verbal durante las entrevistas a los sospechosos. Tanto los agentes novatos como los detectives veteranos acudían a cursos en los que se les animaba a visionar confesiones con el sonido desactivado, de manera que fueran puliendo su capacidad para detectar una mentira sin escuchar lo que se decía.

Barrett había dedicado su tesis a los riesgos de la técnica Reid, uno de los métodos de interrogación que se enseñaban habitualmente. Luego había escrito varios artículos académicos y le habían pedido que testificara en varios juicios en calidad de experto en testigos. Su testimonio había convencido siempre al jurado porque el vacío entre lo que el público esperaba y lo que la policía ofrecía era, en muchos casos, sorprendente. En una era de iPhones y nubes en la red, los principales cuerpos de investigación del país llevaban mucho tiempo negándose a grabar los interrogatorios y pedían a los tribunales que confiaran en notas manuscritas y en lo que pudieran recordar los agentes. A medida que aumentaban los jurados que se oponían a todo esto y también las falsas confesiones que llegaban a los titulares de la prensa y los informativos vespertinos, los fiscales y los jueces empezaron a exigir un cambio.

Y así, el Departamento de Justicia publicó en 2014 la obligatoriedad de grabar los interrogatorios; no obstante, la medida se encontró con una amarga resistencia.

El razonamiento de Barrett era que la forma en que una historia se iba modelando tenía una importancia primordial y que las palabras exactas eran fundamentales. Que había que prestar más atención a lo que el sospechoso decía y preocuparse menos por si se arrancaba pelusillas de la camisa o miraba hacia arriba y hacia la izquierda mientras hablaba. La cruzada de Barrett era puramente académica, por lo que no esperaba que su trabajo despertara el interés del FBI, pero un día recibió una llamada de una agente llamada Roxanne Donovan. Formaba parte de una comisión interna de revisión y quería comentar algunas de sus ideas. Mantuvieron una conversación agradable, aunque polémica en algunos momentos, y cuando ella le dijo que quizá le iría bien pasar algún tiempo con los hombres y mujeres encargados de obtener confesiones en la práctica, no lo estaba en absoluto animando a solicitar su entrada en la academia del FBI.

Aquella conversación, sin embargo, había plantado una semilla. O alimentado una semilla ya plantada, pues la curiosidad de Barrett sobre el trabajo policial se remontaba a mucho tiempo atrás y a un ámbito más personal.

En ese momento, sentado con los pies en alto y los ojos cerrados, Barrett reprodujo una vez más la confesión de Kimberly Crepeaux con el aire de quien se relaja al escuchar su canción favorita.

«Que sea la verdad —pensó mientras el particular acento de Kimberly lo sumergía de nuevo en el sangriento viaje—. Que sea la verdad».

13

Se había quedado dormido en la silla cuando recibió una llamada. Se despertó al primer timbrazo, pero no consiguió encontrar el teléfono y saltó el buzón de voz. No tuvo, sin embargo, tiempo de preocuparse, pues la segunda llamada llegó de inmediato.

Era Johansson.

Barrett respondió, adormilado, consciente de que Liz estaba despierta y lo observaba desde la escalera, de pie.

—¿Qué ocurre, Don?

—Han encontrado los cadáveres.

No habría podido despertarse más de golpe ni aunque le hubieran inyectado anfetaminas. Se apartó de la silla y se puso de pie.

—¿Quién seguía buscando? ¿Clyde?

—Nadie seguía buscando en el estanque.

—Entonces ¿dónde...?

—A trescientos cuarenta kilómetros de aquí —dijo Johansson—. Enterrados en el bosque, cerca del Área Natural del Allagash; estaban envueltos en bolsas de basura y metidos en barriles.

Barrett tardó un momento en recuperar la voz.

—¿Y estamos seguros de que son ellos? —preguntó al fin.

—Los anillos y pulseras de ella. El reloj de él. No llevaban ropa. Están en avanzado estado de descomposición y los animales han roído los cadáveres, pero aquel día los dos llevaban prendas sintéticas.

Barrett entendió lo que quería decir: los tejidos sintéticos tardaban más en descomponerse que el tejido humano. Si no había restos de ropa, significaba que los habían desnudado antes de enterrarlos. Y aquello no formaba parte de la historia de Kimberly Crepeaux.

—¿Y alguna prueba que nos sirva de ayuda? —preguntó—. ¿Algo?

—Han encontrado huellas en los barriles —dijo Johansson—. Una era una mano entera, según me han dicho. En total, siete huellas dactilares definidas y limpias. Con esa calidad, no deberíamos tener problemas para encontrar correspondencias. Y la autopsia avanza a buen ritmo. Todo el mundo quiere una identificación positiva lo antes posible.

—Se habría puesto guantes —dijo Barrett.

—¿Quién?

—Mathias. Si se tomó la molestia de cambiarlos de sitio, sin duda llevaba guantes. —Oyó a Johansson respirar hondo, pero decidió no hacerle caso—. Los barriles son un elemento nuevo en la historia, pero ¿y el plástico? ¿Son realmente bolsas de basura o podría tratarse de plástico transparente?

—A mí me han dicho que son bolsas de basura —respondió Johansson—, pero la verdad es que eso no me preocupa.

—Pues debería. Tendremos que determinar cómo los trasladaron desde el estanque y ahí es donde...

—Les dispararon —interrumpió Johansson.

Barrett guardó silencio. La habitación pareció volverse más grande y vacía, como si las paredes estuvieran retrocediendo. Liz aún seguía en la escalera, observándolo. Barrett se dirigió a la puerta, se adentró en el frío de la noche y cerró de nuevo la puerta tras él de manera que Liz no pudiera oírlo cuando repitió las palabras.

—¿Les dispararon?

—Sí. Con dos armas distintas. Cada uno de los cuerpos tenía un disparo de escopeta en el torso y otro disparo efectuado con un arma de pequeño calibre, tal vez un revólver o un rifle, en la parte posterior de la cabeza.

—Necesitamos que los médicos forenses determinen si las heridas son *pre* o *post mortem* —dijo Barrett—. Si fueron la causa de la muerte o se trata de lesiones provocadas en los cuerpos para ocultar la causa de la muerte. Y también necesitamos que busquen posibles heridas de arma blanca en los huesos de Ian. Una fractura en el cráneo. Y...

—¿Barrett? Para. Piensa. Esto es lo que tenemos de momento: dos cuerpos desnudos metidos en barriles, no dos cuerpos vestidos envueltos en plástico con trozos de tubos. Dos cuerpos enterrados en el bosque, no hallados en el fondo de un estanque, a varias horas y varios centenares de kilómetros del estanque donde supuestamente estaban. Con múltiples heridas por arma de fuego. Ninguno de esos elementos aparecía en la confesión de Kimberly Crepeaux. Ni uno solo.

Barrett se apoyó en la barandilla del porche. Desde algún lugar cercano al río, entre los árboles, le llegó el canto de un somormujo. Por lo general, le gustaba aquel sonido, pero en ese momento el tono lastimero le pareció casi cruel.

—¿Quién los ha encontrado? —preguntó.

—El Servicio Forestal. Después de que alguien enviara por correo electrónico, a la línea directa, las coordenadas GPS exactas.

—¿Qué?

—¿Quieres que te lo lea?

—Sí —dijo Barrett, aunque una parte de él no quería escucharlo.

—Vale. Lo han enviado desde una cuenta de Gmail que al parecer se ha creado recientemente, no tiene historial. Los informáticos están ahora mismo intentando averiguar la dirección IP. En fin, este es el mensaje: «Nada de todo esto tendría que haber ocurrido jamás, todo se descontroló muy deprisa. No quiero volver a la cárcel, pero tampoco puedo dejar que un inocente vaya a la cárcel en mi lugar. Encontraréis los cuerpos en el Allagash. No os voy a decir cómo ocurrió, pero todo es un error, estáis completamente equivocados, id a buscar los cadáveres y os daréis cuenta de que estáis equivocados». Y luego da las coordenadas GPS. Ha sido fácil localizarlos.

Barrett no habló de inmediato, pues se había quedado absorto en las palabras que Johansson acababa de pronunciar. Las repitió mentalmente una y otra vez y trató de imaginar la voz de la que procedían. «No os voy a decir cómo ocurrió, pero todo es un error».

—La dirección de correo electrónico no nos conducirá a ninguna parte —dijo al fin.

—Puede que no. Pero nos ha llevado hasta los cadáveres. Y ha llegado justo cuando Mathias estaba bajo custodia policial.

Barrett no supo qué responder a eso.

—Trata de distanciarte y dime qué pensarías de todo esto si acabaras de entrar en el caso —le pidió Johansson.

—Ahora es una investigación distinta.

—Eso es quedarse corto. Y también tendrá investigadores distintos. El descubrimiento de los cuerpos traslada el escenario del crimen. En el mejor de los casos, estamos al margen. ¿Después de que todos nos tragáramos la historia de Crepeaux? No, nadie nos va a querer cerca. Por la mañana tenemos que reunirnos con la persona que a partir de ahora se encargará de la investigación.

—¿Y cómo se llama ese tipo? —preguntó Barrett.

—Tipa. Se llama Emily Broward. Y es buena.

—¿Sheriff?

—Policía estatal. Delitos mayores, como yo.

Su tono de voz indicaba amargura, pero no era acusatorio. O, al menos, a Barrett no se lo pareció.

—Lo siento —dijo Barrett, y lo decía de corazón.

—No deberías sentirlo. No deberíamos. Esto es un avance. Alguien…, vale, puede que no seamos nosotros, pero alguien conseguirá averiguar la verdad en nombre de esas familias. Y eso es lo que importa.

—Sí —dijo Barrett mientras recordaba el rostro sonriente de Howard Pelletier.

«Ascendiendo. Ajá, esa es la palabra».

A la hija de Barrett le habían disparado en el pecho y en la nuca, luego habían metido su cuerpo en un barril y lo habían abandonado en el bosque.

—Sí —repitió Barrett—. Eso es lo que importa.

14

No esperaron a Barrett para empezar la reunión. Condujo a toda velocidad para llegar a tiempo, pero aun así se presentó en plena conversación; la mitad de las caras de la sala le resultaban familiares, la otra mitad, no. La mujer que ocupaba la cabecera de la mesa se lo quedó mirando como si Barrett acabara de abrir la puerta equivocada por error.

—Agente Barrett. Gracias por venir. Te pondremos al día.

Sus palabras resultaban más acogedoras que su mirada. Barrett se sentó entre Johansson y un agente estatal al que no conocía. En la pantalla de un proyector aparecía la foto policial de un hombre de mirada salvaje y pelo alborotado. Según el nombre que figuraba debajo, se llamaba Jeffrey Girard.

—¿Quién es ese? —preguntó.

—Tenemos una correspondencia con las huellas —dijo Emily Broward—. Pertenecen a un tal Jeffrey Girard, treinta y seis años, oriundo de Rockland y residente en Mechanic Falls.

—¿A ti te dice algo? —le preguntó Barrett a Johansson.

Johansson asintió y Barrett tuvo la sensación de que la pregunta le resultaba casi dolorosa.

—Lo han arrestado en la zona, eso lo sé.

—Lo han arrestado varias veces —dijo Broward—. Robo, posesión de drogas y posesión criminal de armas de fuego son sus delitos más importantes. ¿Ha surgido alguna vez ese nombre a lo largo de la investigación?

—Creo que no, pero surgieron muchos nombres.

Barrett observó con atención la foto de Girard. La velocidad a la que se estaban sucediendo los acontecimientos le resultaba confusa, le producía una especie de sensación a lo Rip van Winkle, como si al despertar se hubiera dado cuenta de que el mundo había seguido avanzando sin él.

—Don me ha dicho que las huellas estaban en los barriles.

—Correcto.

—Teniendo en cuenta la naturaleza del delito, parece bastante extraño. Envuelve los cuerpos, los traslada y los entierra y, sin embargo..., ¿no se le ocurre ponerse guantes?

—Parece que todo se hizo de forma tosca y apresurada. Puede que se asustara o a lo mejor solo quería los barriles para transportarlos y tenía pensado dejar los cadáveres al descubierto.

—¿Y por qué iba a hacer algo así?

—Porque las posibilidades de que un ser humano se tropiece con los cuerpos en esa parte del Allagash son muy pocas y, en cambio, las posibilidades de que los animales den con ellos son muy elevadas. La intemperie y la acción de los animales eliminan buena parte de la información que podemos determinar a partir de los detalles. La hora de la muerte y esas cosas.

—¿La causa de la muerte?

—Eso no lo eliminan. Les dispararon.

—Pero ¿sabemos si les dispararon *pre* o *post mortem*?

—Yo no soy médica forense —dijo Broward—. No voy a fingir que conozco esas respuestas, pero lo sabremos a su debido tiempo. Tenemos a un antropólogo forense trabajando ahora mismo con los restos.

—Incluso transportar los cuerpos es un trabajo difícil de hacer sin guantes —insistió Barrett, al tiempo que captaba la mirada de advertencia de Johansson.

Barrett, sin embargo, no estaba tratando de presionar a Broward, solo le parecía que era un detalle más que razonable.

—Bueno, en realidad encaja bastante bien con la opinión que tenemos de Jeffrey Girard —dijo Broward.

—¿Y eso?

—No es muy listo, es un tipo nervioso y asustadizo. He hablado con un subinspector que lo conocía y con su agente de la condicional. Los dos han dicho que su CI es extremadamente bajo y que le cuesta procesar situaciones complejas. El agente de la condicional me dijo que, cuando está confuso, tiende a buscar en la tele o en las películas el contexto que necesita para comprender un mundo que no es el suyo.

—¿Y cuál es el suyo?

Broward desplegó un mapa estatal sobre la mesa y pasó la mano por encima de la zona noroeste, una parte de Maine en la que no había autopistas ni tampoco demasiados pueblos: las densas pinedas de los bosques de norte.

—Este. Es un aventurero. Se le dan bien las armas y las cañas de pescar, pero mal las personas. Asegura que nunca ha salido de Maine y, sin embargo, va de un lado para otro. Sus únicos contactos son básicamente sus familiares. Se lo van pasando de la madre al hermano, o de primo en primo. —Dio un golpecito sobre el mapa—. Según su agente de la condicional, últimamente no se le ha visto por su residencia oficial, una caravana que está cerca de Mechanic Falls —dijo mientras desplazaba el dedo hacia el norte—. Nos han dicho que la familia Girard tiene unas tierras de caza a las afueras de Jackman y que Jeffrey pasa allí largos periodos de tiempo cuando no está trabajando. No hay ningún indicio de que tenga un trabajo formal, así que Jackman es probablemente nuestra mejor apuesta.

Tenía el dedo justo encima de un punto próximo a la frontera canadiense, en el extremo norte del estado.

—Un largo camino desde Port Hope —dijo Barrett.

—Sí.

—Es raro, ¿no crees? Se supone que hemos de creer que ese tipo fue tan poco cuidadoso y actuó con tantas prisas que ni siquiera se puso guantes al arrojar los cadáveres y, sin embargo, ¿tuvo que viajar, no sé, cuatro o cinco horas solo para llegar al lugar en el que los arrojó?

—Aún no tengo todas las respuestas, pero no debemos olvidar que hemos arrestado a un hombre basándonos en pruebas físicas halladas en el escenario del crimen, no en rumores.

En la habitación se produjo un cambio palpable. Quienes conocían a Barrett volvieron el rostro hacia otra parte y quienes no lo conocían se volvieron a mirarlo.

Emily Broward también percibió el cambio y pareció arrepentida de haberlo propiciado. Suavizó un poco el tono y añadió:

—Pero hay algo interesante que coincide con la confesión de Kimberly Crepeaux.

—¿El qué?

—Girard tiene un vehículo registrado a su nombre —dijo—. Una *pick-up* Dodge Dakota de 1998, de color gris..., parecida a la que describió Crepeaux. La matrícula es Maine 727CRC.

Barrett empezaba a sentirse bastante aturdido, como un boxeador que apenas puede esperar a que suene la campana. La camioneta era la correcta, pero el sospechoso no.

—¿Algún dibujo característico?

—Si lo tiene, no aparece en el registro. Me gustaría que tú y Don os acercarais a hablar con el primo de Girard, que tiene un taller de reparaciones a las afueras de Biddeford. Puede que él sepa algo sobre la camioneta.

—¿Quién es el primo?

—Bobby Girard. No es que sea un taller como Dios manda. Tienen una grúa, compran y venden coches destrozados. Abren sin horario fijo, cobran en negro... Ya me entendéis. Me gustaría que tú y Don lo entrevistarais y le preguntarais concretamente por la camioneta.

—Has dicho antes que la mejor apuesta sobre el paradero de Jeffrey Girard era Jackman.

—Correcto.

—Entonces me gustaría participar en esa visita. Por favor.

Se produjo un silencio incómodo y pesado. Cuando respondió, la mirada de Emily Broward era firme y su voz, cortante.

—Con el debido respeto, preferiría no mezclar la situación de Port Hope con la realidad que tenemos aquí.

En ese momento se abrió la puerta y un hombre de cierta edad, uniformado, asomó la cabeza.

—¿Teniente? George Kelly al teléfono.

Barrett sintió un deseo tan fuerte de adelantarse a Broward y atender él mismo la llamada que se retorció en su silla, incómodo. Johansson lo observó con la mandíbula apretada, mientras Broward abandonaba la sala, y Barrett supo que estaba luchando contra ese mismo deseo.

Broward estuvo fuera unos diez minutos y, cuando regresó, lo hizo con una sonrisa tensa y una mirada beligerante.

—El señor Kelly acaba de confirmar mediante comprobante de cheque que en julio le pagó a Jeffrey Girard para un lavado a alta presión de las terrazas de su casa. —Hizo una breve pausa y luego añadió—: Lo cual sitúa a Girard en su propiedad justo cuando Ian y Jackie también estaban allí.

—Entonces, seguro que lo contrató Mathias Burke —comentó Barrett—. O lo buscó. George confiaba en Mathias plenamente para todo lo que tuviera que ver con el mantenimiento de la casa.

—Bien, desde luego lo tendremos en cuenta. Pero el cheque se extendió a nombre de Jeffrey Girard y las huellas de Jeffrey Girard se han hallado en la escena del crimen.

Por el tono de voz de Broward, Barrett intuyó que se le estaba agotando la paciencia, de modo que permaneció en silencio durante el resto de la reunión. Cuando finalmente terminó, Emily Broward se dirigió al norte con una orden de arresto en la mano y Barrett al sureste para hablar con el primo del sospechoso.

—Es una chorrada que nos manden al sur —le dijo Barrett a Johansson.

—Sí.

—Solo el hecho de que Girard trabajara en la propiedad de los Kelly ya lo sitúa en la órbita de Burke. Si de verdad trasladó los cadáveres, lo más probable es que necesitara ayuda. No creo que todo esto desacredite la confesión de Kimberly. Todavía no.

Don no respondió.

—Puede que el primo tenga algo —añadió Barrett—. ¿Quieres que conduzca yo?

—Nos vemos allí —dijo Don.

Se dirigió hacia su coche sin volver la vista atrás y Barrett se quedó solo en el aparcamiento.

15

Estaba en la I-95, de camino a Biddeford, cuando Johansson lo llamó.

—Han encontrado algo en la autopsia.

—¿Ya les han hecho la autopsia?

—Esta mañana, supongo. No sé si va a ser de mucha ayuda, porque se encontraban en avanzado estado de descomposición, pero... han encontrado algo —dijo. Se aclaró la garganta—. Y yo..., eh..., creo que es mejor que lo sepas por mí.

—¿Qué pasa?

—Estaba embarazada —informó Johansson.

Durante un tiempo no se oyó nada excepto el sonido sobre el asfalto de los neumáticos del Ford Explorer de Barrett.

—Embarazada —dijo al fin, como si aquella palabra no le resultara familiar.

—Sí.

—¿Cómo...? No podía estar de mucho.

—Dos meses, como máximo —explicó Johansson—. El médico forense ha encontrado el... eh... el principio de un hueso pélvico. Supongo que es lo primero que se forma. ¿Quién sabe esas cosas? Yo tengo un crío y no lo sabía.

Durante un rato guardaron silencio los dos, pero entonces se oyó un claxon y Barrett desvió rápidamente la mirada hacia el espejo retrovisor. Vio que tenía un Cadillac pegado al parachoques y se dio cuenta de que había reducido la velocidad de ciento diez kilómetros por hora a ochenta sin ni siquiera ser consciente de ello.

—¿Lo saben las familias? —preguntó mientras el Cadillac lo adelantaba—. ¿Lo sabe Howard?

—Sí. Los ha llamado el sheriff del condado. Un desconocido. Alguien a quien nunca han visto en su vida. Alguien con quien ni siquiera habían hablado antes. Incluso se ha adelantado a Broward. Ha dicho que creía que su deber era decírselo lo antes posible.

—Hijo de puta —dijo Barrett con una voz ronca y un nudo en la garganta.

—Sí —contestó Johansson—. Eso mismo he pensado yo.

Más silencio. Barrett se dio cuenta de que estaba reduciendo de nuevo la velocidad. Se sentía aturdido. Se cambió al carril de la derecha y buscó algún indicador de salida. Necesitaba salir de la interestatal. Necesitaba bajar del coche y respirar aire fresco. Quería pegarle a alguien. Quería tenderse en el suelo y cerrar los ojos.

—Nos vemos en Biddeford —dijo Johansson.

Y, sin añadir nada más, colgó. Barrett bajó la ventanilla, dejó que el viento irrumpiera en el coche y se alegró cuando el aire le irritó los ojos.

16

El taller de carrocería de Bobby Girard se encontraba a las afueras de la ciudad y estaba situado en una carretera de tierra, junto a un campo de heno. Consistía en tres garajes prefabricados frente a los cuales se alzaba, al otro lado de la carretera, una casa también prefabricada. De la verja colgaba un cartel escrito a mano que solo decía GIRARD's, como si se diera por sentado que todo el que se tomaba la molestia de ir hasta allí ya sabía qué clase de negocio era aquel. No era una suposición descabellada teniendo en cuenta que en la carretera no había nada más.

Tras los garajes, varios coches abandonados y desguazados libraban con el campo de heno una batalla perdida por el territorio. Había una grúa aparcada junto a una camioneta *pick-up* con una pala quitanieves acoplada. El sol, ya alto, se reflejaba en la pala, lo cual le recordó a Barrett lo engañoso que era el verano en Maine; la nieve no tardaría mucho en llegar.

La puerta de la valla que rodeaba la propiedad estaba cerrada y asegurada con una cadena de la cual colgaba un sucio cartel de PROHIBIDO EL PASO. Barrett aparcó y salió del coche en mitad de la nube de polvo que levantó Johansson al llegar con su coche patrulla. Era un día ventoso y la brisa le llenó de polvo los ojos y la boca a Barrett. Durante un segundo, el viento trajo olor a pintura, pero la ráfaga pasó enseguida y en el aire solo quedó el perfume del heno recién cortado.

Johansson bajó del coche, y contempló los garajes y la casa. No llevaba sombrero y, a la luz del sol, se adivinaban algunas canas en su pelo rubio casi rapado. Había engordado durante los meses que llevaba trabajando en el caso. El cinturón de los pantalones de su uniforme merecía cobrar un plus de peligrosidad.

Al principio, ninguno de los dos habló. Barrett sabía que los dos habían estado pensando en los resultados de la autopsia durante todo el viaje. Respiró hondo e intentó aclarar las ideas, concentrarse en la tarea que tenían entre manos y no pensar en el arresto que se estaba produciendo en las montañas del oeste.

—¿Qué es lo que ha dicho Broward de este taller? —preguntó—. ¿Que funciona de manera informal? Creo que tiene razón. Cerrado al público a la una del mediodía de un viernes.

—Parece un taller de desguace.

Johansson parecía distante e indiferente, igual que se sentía Barrett, y también parecía llevar bastante tiempo sin dormir. No se había puesto gafas de sol, por lo que parpadeaba para protegerse de la intensa luz, como si estuviera confuso.

Los asesinatos se habían producido también en viernes, recordó Barrett. Un viernes frío y ventoso, no muy distinto a ese día. Allí, el viento mecía el heno y la alambrada susurraba, pero en Port Hope la bahía estaría cubierta de crestas blancas y, más allá del viejo huerto y del cementerio, los pinos debían de estar inclinándose hacia el estanque.

—¿Barrett? —dijo Johansson.

—¿Eh?

—Te preguntaba si quieres probar en la casa.

—Ah. Sí, claro.

Cruzaron la carretera y llamaron a la puerta. Nada. Permanecieron en el porche y observaron de nuevo el taller. Entre aquellos coches no se movía nada excepto un estornino que revoloteaba entre las sombras de un Oldsmobile sin ventanillas apoyado sobre cuatro bloques de hormigón, entre los hierbajos.

—¿Has llamado a Howard?

—No. Todavía no. ¿Y tú?

Johansson negó con la cabeza. Estaba mirando los viejos coches como si no los viera.

—Embarazada —dijo. Y entonces, al ver que Barrett no decía nada, añadió—: Jackie era hija única.

—Lo sé.

Johansson parpadeó, sacudió la cabeza como si quisiera aclararse la vista y dijo:

—¿Esperamos o vamos a buscarlo?

Barrett estaba a punto de proponer que fueran a buscar a algún vecino cuando se levantó una nueva ráfaga de viento, que silbó al pasar junto a la alambrada y levantó una nube de polvo en la carretera. Barrett percibió de nuevo el olor a pintura. Esta vez la ráfaga duró lo bastante como para que estuviera seguro de no haberse equivocado.

—Está trabajando por allí. Bueno, él o alguien. ¿Hueles a pintura?

Johansson ladeó la cabeza, vaciló y, por último, asintió.

—Sí.

Cruzaron de nuevo la carretera, dejaron atrás sus coches y se acercaron a la puerta de la valla. Estaba asegurada con una cadena y un candado, pero allí el olor a pintura era aún más fuerte y se oía también un débil pero insistente martilleo en el interior de uno de los garajes. Barrett hizo bocina con las manos y gritó «Hola». No hubo respuesta. Lo intentó de nuevo, con el mismo resultado.

—¿Saltamos la valla? —preguntó Johansson.

—¿Por qué no?

Barrett se sacó del bolsillo la funda con la placa y se la colocó doblada sobre el cinturón de manera que ocupara un lugar visible. La valla era de sencilla malla metálica y la puerta tenía una barra horizontal, por lo que no resultaba difícil saltarla. Barrett trepó, pasó por encima y saltó a la gravilla, en el otro lado.

El más cercano de los tres garajes tenía una especie de oficina anexa en una esquina. Barrett se acercó y echó un vistazo a través de la ventanita. El interior estaba bastante oscuro y el reducido espacio parecía abarrotado de muebles amontonados y cajones abiertos, como si alguien hubiera registrado el lugar.

—Están en la parte de atrás —dijo Johansson—. Ahora los oigo perfectamente.

Se dirigieron hacia allí por un camino de tierra compacta lleno de roderas. Entre los garajes había por lo menos una docena de coches viejos, amontonados de cualquier manera como si los hubieran arrojado allí en lugar de aparcarlos. A medida que se acercaban al último garaje, el golpeteo empezó de nuevo, esta vez acompañado de otro sonido de fondo, como si fuera una especie de débil resoplido.

—¿Qué coño es eso? —preguntó Johansson.

—¿Un martillo neumático, quizá? —respondió Barrett—. También están rociando pintura.

Allí, el olor químico acre era más intenso. Había algo en aquella especie de resoplido y en el golpeteo del martillo neumático, en mitad de todos aquellos coches vacíos y destrozados, que le daba al lugar un aire amenazador, incluso bajo el radiante sol de mediodía.

Barrett echó un vistazo a los coches, y trató de comprender por qué no los habían dejado en el campo con el resto de los vehículos. ¿Tal vez tuvieran que desguazarlos y con los otros ya lo hubieran hecho? Les faltaban piezas como el capó, las puertas o las ruedas y parecían soldados heridos en un campo de batalla.

—Parece un taller de desguace —repitió Johansson mientras se dirigía al edificio del fondo.

Apenas había recorrido diez pasos cuando se dio cuenta de que Barrett ya no estaba a su lado. Se volvió.

—¿Qué haces? —le preguntó.

Barrett estaba observando una camioneta que descansaba entre los hierbajos, detrás del garaje. Le faltaban las ruedas y la carrocería parecía piel gris salpicada de llagas que supuraban óxido, como si padeciera una enfermedad cutánea. La parrilla de cromo estaba torcida y uno de los faros agrietado, pero por lo demás el rostro cuadrado del vehículo estaba intacto. Grabada en la parte superior de la parrilla se leía la palabra DODGE.

«Se han fabricado un millón como esta», pensó Barrett, pero aun así se alejó de Johansson y se dirigió a la camioneta. El color encajaba, pero el capó, no. Nada de blanco sobre negro, ningún gato de Halloween por ningún lado. Nada que cuadrara con la historia de Kimberly. Aunque podían haberla repintado, claro. Pero si alguien había repintado aquella camioneta, había hecho un trabajo de cojones, porque no era fácil reproducir la pintura de treinta años atrás, menos aún las manchas de óxido.

Se dirigió a la parte posterior de la camioneta y se detuvo de golpe, con la sensación de que la sangre se le había espesado en las venas.

En la oxidada matrícula ponía Maine 727CRC.

—¿Se puede saber qué coño haces, Barrett? —le preguntó Johansson en voz baja.

Sin decir ni una palabra, Barrett le indicó por gestos que se acercara y luego, aún en silencio, señaló la matrícula.

—Hijo de la gran puta —susurró Johansson—. Está aquí.

—O se largó hace mucho y conduce otro vehículo. Pero la matrícula es esta.

Barrett dio un paso al frente y echó un vistazo a la caja. Estaba llena de trastos: viejos bloques de cemento, restos de leña y una cadena. En la parte interior de la puerta trasera se apreciaban unas salpicaduras de color óxido.

A Barrett se le aceleró de nuevo el pulso. Mientras rodeaba de nuevo la camioneta para observar el capó, notó una sensación de calor que se iba extendiendo lentamente desde las yemas de los dedos. No lo habían sustituido ni tampoco lo habían repintado.

—Es la camioneta —afirmó—. Pero ¿a qué coño se refería Kimmy con lo del dibujo?

—Creo que podemos olvidarnos momentáneamente de Kimmy —susurró Johansson—. Vamos a informar de esto.

El débil golpeteo empezó de nuevo en el interior del garaje, con un tonc tonc tonc cada vez que el martillo aporreaba el metal. El olor a pintura era aún más intenso. Barrett se acercó a la puerta del pasajero, se sacó un faldón de la camisa y lo utilizó para envolverse la mano y tratar de abrir la puerta. No estaba cerrada. La puerta se abrió con un chirrido y Barrett echó un vistazo al asiento de tres plazas.

«No tenía asientos traseros, solo uno de tres plazas delante. A mí siempre me ponen en medio porque soy pequeña, ¿vale? Pero aquella noche Cass se sentó en el medio. Quería estar cerca de Mathias».

—Es la camioneta —dijo de nuevo, entre dientes.

No se oía sonido alguno, excepto el resoplido de la pistola de pintar.

—Tenemos que informar de esto —repitió Johansson.

—Sí —dijo Barrett, pero no se movió.

Se dedicó a inspeccionar la cabina y observó la montaña de cuentas de comida rápida, envoltorios de caramelos y ejemplares de la revista de artículos de segunda mano *Uncle Henry's* que se amontonaban en el suelo y en el asiento.

—¡Eh!

La voz sonó tan alta que Barrett se levantó como una bala y se dio en la cabeza con el marco de la puerta. Le empezó a palpitar el cráneo y se sintió mareado al retroceder.

Un tipo bajo y musculoso, con el pelo revuelto y una barba corta pero descuidada, se dirigía hacia ellos con pasos rápidos y decididos, como un árbitro de béisbol cruzando el terreno de juego.

—¿Qué coño estáis haciendo dentro de mi...?

El hombre frenó en seco al fijarse en el uniforme de Johansson. Barrett, aturdido aún por el golpe que se había dado en la cabeza, cogió torpemente su placa para mostrarla.

—Somos policías —dijo Johansson—. Será mejor que te calmes...

—Ya sé por qué habéis venido —dijo el hombre con un tono de voz cada vez más agudo e inseguro.

En ese momento, Barrett lo vio bien: era Jeffrey Girard.

—Cálmate —dijo Johansson.

Pero Girard ya había empezado a retroceder y se dirigía hacia el garaje, donde había dejado abierta una pequeña puerta.

—¡No te muevas! —le gritó Johansson—. ¡No te muevas!

—Ya sé por qué habéis venido —repitió Girard.

Y, entonces, dio media vuelta y corrió hacia la puerta con los mismos pasos rápidos y decididos de antes.

—¡Quédate donde estás! —le gritó Johansson al tiempo que sacaba su arma.

Girard se escabulló por la puerta abierta y desapareció.

Johansson soltó una maldición y echó a correr tras él empuñando su arma, pero Barrett lo sujetó por el brazo.

—¡Calma! No hace falta que nos precipitemos.

Johansson estaba muy alterado, tenía los ojos desorbitados, los músculos tensos, la mandíbula apretada.

—Dice que sabe por qué hemos venido.

—Debería saberlo —le respondió Barrett—. Y, ahora, llama. Tenemos a Girard y tenemos la camioneta. No lo jodamos.

Seguía con la mirada fija en la puerta por la que había desaparecido Girard. En comparación con aquel día soleado, parecía un rectángulo de oscuridad, al otro lado del cual seguían los resoplidos.

Johansson bajó la pistola. La sostuvo con la derecha y utilizó la izquierda para coger la radio que llevaba sujeta por debajo del cuello del uniforme. Solo tuvo tiempo de decir «Unidad uno cuarenta y tres» antes de que se produjera movimiento al otro lado de la puerta: Jeffrey Girard abandonó la oscuridad y salió a la luz del sol armado con una escopeta.

—¡Baja el arma! —le gritó Barrett al tiempo que se apartaba para esconderse tras uno de los coches desguazados y sacaba su arma reglamentaria, una Glock de nueve milímetros.

Era la primera vez en toda su carrera que empuñaba su arma. Antes incluso de haber terminado de desenfundar, oyó dos detonaciones.

Girard llevaba el arma cruzada sobre el pecho, no les estaba apuntando —al menos de momento—, pero en ese preciso instante cayó de espaldas contra la puerta y empezó a resbalar, dejando un rastro de sangre brillante en la pintura blanca de la puerta.

—¡No dispares, joder! —le gritó Barrett a Johansson.

El agente estaba de pie, sosteniendo la pistola delante de él con una mano como si fuera un tirador aficionado en el campo de prácticas. Había disparado tan rápido que ni siquiera le había dado tiempo a sujetar el arma con ambas manos. Sencillamente, había levantado la pistola y había disparado.

Y había acertado.

—¡Pensaba que estaba disparando! —exclamó Johansson todavía en aquella postura extraña, como si la imagen estuviera congelada hasta que él lo decidiera, como si pudiera rebobinar lo ocurrido—. ¡He oído disparos!

—Era el martillo neumático —dijo Barrett y vio palidecer ligeramente las mejillas de Johansson.

—Mierda —soltó el agente, que por fin bajó el arma.

Barrett observó al hombre ensangrentado que se retorcía sobre la hierba, justo delante del garaje, y dijo:

—Cúbreme, y no dispares a menos que sea necesario.

Salió de detrás del coche y se acercó a Girard empuñando el arma. Postura de tirador, arma sujeta con las dos manos, pasos cautelosos. Exactamente como le habían enseñado en la academia no hacía tanto tiempo.

Girard se sujetaba el estómago con ambas manos. La escopeta estaba justo delante de él. Miró a Barrett, luego desvió la mirada hacia la escopeta y de nuevo hacia Barrett.

—No te muevas —lo amenazó Barrett—. Quédate ahí. Pediremos ayuda, pero no te muevas.

Los vapores de la pintura que se escapaban por la puerta abierta se le metieron en los ojos, que le empezaron a escocer y se le llenaron de lágrimas. No quería parpadear, porque temía lo que pudiera ocurrir durante ese breve instante. Jeffrey Girard lo siguió con la mirada mientras se acercaba y trató de hablar. En lugar de eso, sin embargo, produjo un sonido extraño, como si reprimiera un bostezo, y entonces le empezó a brotar sangre brillante de los labios entreabiertos y le resbaló por la barbilla. Miró a Barrett con una expresión lastimera, la clase de mirada de quien sabe que está herido de muerte y no puede hacer nada para arreglarlo.

Y entonces acercó una mano a la escopeta.

Barrett afianzó el dedo en el gatillo, pero Girard no intentó coger la escopeta, ni siquiera agarró la culata. Se limitó a empujarla, con la palma de la mano abierta, y la desplazó dolorosamente unos pocos centímetros, como si fuera una especie de ofrenda.

—Gracias —le dijo Barrett al comprender que aquella era su forma de rendirse.

Siguió apuntando a Girard con su Glock mientras con la mano izquierda apartaba la escopeta y la dejaba lejos de su alcance. Solo entonces le hizo una seña a Johansson para que se acercara. Johansson, que hasta entonces había estado hablando por la radio, se acercó a él, pero lo hizo demasiado rápido, con movimientos demasiado tensos. Ese día Johansson se había mostrado demasiado rápido en todo.

—El sheriff y la policía estatal están de camino. Y la ambulancia —dijo.

Barrett quería ayudar a Girard porque sabía que, si seguía sangrando a ese ritmo, no tardaría en morir a menos que alguien detuviera la hemorragia. Pero le preocupaban más las personas que estaban dentro del garaje. Mientras trataba de respirar con calma y bajar el ritmo cardiaco, en su mente se atropellaron las horas de entrenamiento y los simulacros de asalto.

—Tenemos que despejar el edificio y luego ayudarlo —dijo—. No puedo darle la espalda al edificio para ayudarlo hasta que lo despejemos, ¿lo entiendes?

Johansson asintió. Tenía el rostro bañado en sudor y su respiración era rápida e irregular. No era la expresión que Barrett deseaba ver en alguien que tal vez tuviera que disparar para cubrirlo.

—Quien sea que sigue ahí dentro, probablemente solo está trabajando en un coche, ¿vale? —dijo Barrett—. Mantente alerta, pero no te pongas nervioso, ¿entendido?

Johansson asintió de nuevo, se acercó caminando de lado y, cuando levantó de nuevo el arma, a Barrett le entraron ganas de decirle que volviera a bajarla. Barrett respiró hondo, se armó de valor y luego cruzó la puerta y giró hacia la luz, agazapado y empuñando la pistola. Casi al momento vio una figura corpulenta en el centro de la estancia.

—¡FBI! Las manos en alto, ¡las manos en alto!

Cuando el tipo corpulento, que vestía un aparatoso traje, se volvió hacia él y lo apuntó con su pistola, Barrett estuvo a punto de disparar. La imagen era clara: «Pistola, lleva una pistola, dispara ahora mismo, mátalo», pero la pistola escupía pintura azul hacia lo alto.

El hombre llevaba un voluminoso traje protector, una máscara y unos auriculares, por lo que no tenía ni idea de lo que había ocurrido en el exterior. Delante de él había un coche a medio pintar con las ventanas protegidas por plástico transparente sujeto con cinta adhesiva. Contempló a Barrett durante un segundo, mientras la pistola seguía disparando pintura al aire entre ambos, y, pese a la máscara que llevaba, Barrett vio sus ojos desorbitados y, en ellos, una mirada de absoluta confusión.

Justo en ese momento, Johansson entró y gritó:

—¡Tírala, tírala!

—¡No es un arma, no es un arma! —gritó Barrett.

Y justo cuando se disponía a cogerle el brazo a Johansson, el hombre del traje dejó caer la pistola de pintura y retrocedió tambaleándose, con las manos en alto.

—¡Quédate donde estás! ¡No te muevas!

A Johansson le temblaban las manos y Barrett se apoyó en la pared, pensando en lo que podía haber ocurrido allí. En Quantico había utilizado decenas de simuladores de combate en espacios cerrados, cada uno de los cuales representaba supuestamente un escenario complejo, pero a nadie se le había ocurrido jamás incluir una pistola de pintura ni el golpeteo rítmico de un martillo neumático. Ni siquiera los programadores de simuladores eran tan crueles.

—Ve a por él, pero trátalo bien —dijo Barrett.

El hombre del traje se había arrodillado y había levantado tanto las manos que debía de estar a punto de dislocarse los hombros. Estaba aterrorizado.

—Espósalo. Yo voy a ver a Girard.

Barrett salió de nuevo al exterior, bajo la luz del sol, donde el fuerte olor metálico de la sangre ya se estaba mezclando con el olor de la pintura. El resultado era un hedor nauseabundo, hasta el punto de que Barrett tuvo que tragar saliva para impedir que la bilis le subiera hasta la garganta. Jeffrey Girard estaba hecho un ovillo como si fuera un niño, sujetándose el abdomen. Había sangre por todas partes. El sol le arrancaba destellos rojo rubí.

Barrett enfundó su pistola, se desabrochó la camisa y se la quitó, pues no tenía a la vista ningún otro material para contener la hemorragia. En el coche llevaba un botiquín de primeros auxilios, pero era para cortes en los dedos, no para heridas de bala.

Enrolló la camisa hasta formar una bola y se arrodilló junto a Girard. A lo lejos se oían ya las primeras sirenas.

—Déjame que te ayude.

Girard no quería apartar las manos de la herida. Gimió débilmente y las apretó aún más contra el cuerpo, mientras la sangre se le iba escurriendo entre los dedos. Contempló la camisa de Barrett con una mirada recelosa. Sabía que se estaba desangrando y le daba miedo aflojar la presión ni que fuera solo un segundo. Era un instinto primario: «No puedo permitirme perder ni una gota más». Barrett colocó la camisa sobre las manos del herido, mientras pensaba que en el fondo ya no importaba. A menos que aquellas sirenas salvaran la distancia a una velocidad asombrosa, ya no importaba.

Se inclinó hacia Girard y le dijo:

—¿Los mataste? ¿A Jackie y a Ian? ¿Los mataste tú?

Girard se lo quedó mirando, pero tenía los ojos vidriosos y una expresión ausente. Barrett quiso abofetearlo, obligarlo a escuchar. Pero Girard ya estaba lejos de allí. Muy lejos de allí.

—¿Fuiste tú? ¿O ayudaste a Mathias Burke?

Nada. Barrett notó la sangre cálida del hombre a través de la camisa enrollada.

—Habla, por favor —susurró—. Por favor, dime cómo ocurrió.

Girard dejó caer la cabeza hacia delante y se le relajaron los músculos del cuello. Entreabrió la boca y le salió un hilillo de sangre.

—Mierda —dijo Barrett tratando de adoptar un tono de voz sereno y razonable en mitad de la locura en que se había convertido aquel día.

Se puso en pie y se acercó a la escopeta. Era una Remington de calibre 12, negra y pesada. Abrió el cañón y comprobó si estaba cargada.

Estaba vacía.

Cerró los ojos durante un segundo. Respiró hondo. Luego,

con un movimiento brusco, cerró de nuevo el cañón para que la escopeta tuviera un aspecto más amenazador cuando la encontraran sobre la hierba. Era lo mínimo que podía hacer por Johansson. La Remington era un arma imponente cuando uno pensaba que estaba cargada. Era un arma imponente y estaba en las manos de un sospechoso y el martillo neumático sonaba como si fuera una semiautomática.

La gente no lo entendería, pero no había sido una situación fácil.

Barrett estaba otra vez arrodillado junto al cuerpo cuando Johansson salió y se acercó a él. Las sirenas sonaban más cerca y ya se veían los primeros coches en lo alto de la colina. Dos coches patrulla que llegaban a toda leche.

—El de ahí dentro es su primo —dijo Johansson—. Bobby. Lo he esposado. Solo por... No sabía qué coño hacer con él.

Barrett asintió. No le dijo a Johansson que el arma estaba descargada. Era mejor que no supiera ese detalle cuando la unidad de investigación de incidentes le preguntara cómo había ocurrido.

—No sabía qué coño hacer —repitió Johansson en un tono de voz apremiante, casi suplicante—. Nunca había estado en un tiroteo.

—Y no hemos estado en ningún tiroteo —dijo Barrett.

Luego se dirigió hacia la puerta de la valla, sin camisa, manchado de sangre y con la placa en alto, para recibir a los agentes que acababan de llegar.

17

Mathias Burke se dirigió a los medios desde la escalera de la cárcel justo después de que lo dejaran en libertad.

Miró hacia las cámaras con afectación y recordó a los periodistas que el corazón de todos debía estar en esos momentos con las familias de Ian Kelly y Jackie Pelletier, que la injusticia que él había soportado no era nada en comparación con lo que estaban padeciendo ambas familias.

Pero ¿y si no hubieran aparecido los cadáveres?, le preguntó un periodista. ¿Y si no se hubiera producido el soplo y se hubieran mantenido los cargos basándose en la confesión de Kimberly Crepeaux?

—Es la voluntad de Dios —respondió Mathias.

Le preguntaron a Mathias si estaba furioso.

—Estoy furioso con el agente del FBI —dijo—. Rob Barrett. Barrett no quería la verdad. Solo quería crucificarme. Me ha acusado de cosas terribles y supongo que son muchos los que han creído en él. Pero ahora todo el mundo sabe la verdad y me siento agradecido. Por mí, desde luego, pero también por las familias de los dos jóvenes asesinados. En cuanto a lo que se ha dicho sobre mí, las acusaciones que se han lanzado contra mí... Si quieren ustedes saber la verdad, me parece vergonzoso.

Cuando le preguntaron si presentaría una demanda civil por difamación o calumnias, Mathias puso reparos.

—Si lo hiciera, ganaría, pero lo único que quiero es recuperar mi vida, bajar la cabeza y dejar todo esto atrás. Ha sido una pesadilla mientras ha durado, pero por fin he despertado.

Kimberly Crepeaux no ofreció ninguna rueda de prensa ni tampoco salió en libertad, pues siguió cumpliendo condena por otros cargos que no tenían relación con el caso. En lugar de eso, envió una declaración escrita a través de su abogado de oficio en la que explicaba que se había inventado su atroz relato coaccionada por la implacable presión del agente especial Barrett.

«Me coaccionó —escribió—. Hablé con él una y otra vez y le conté la verdad, pero él no quería escuchar la verdad. Él quería escuchar una historia concreta y al final le dije simplemente lo que él quería escuchar, porque no quería pasarme la vida en la cárcel. Me dijo que si yo le ofrecía esa historia, la que él quería escuchar, entonces podría salir de la cárcel y ver crecer a mi pequeña. ¿Quién no estaría dispuesto a aceptar un trato así?».

La defensa del difunto se redujo a una vaga excusa por parte de su primo.

Bobby Girard aseguraba que un hombre de Rockland le había pedido prestada a Jeffrey la vieja Dodge Dakota un año antes, en verano u otoño, porque había tenido que dejar su propio coche en el taller. No existía prueba alguna que lo confirmara, pero, aunque hubiera existido, no suponía ninguna amenaza para Mathias Burke, que era propietario de una camioneta, un coche y una moto, además de otras ocho camionetas y dos furgonetas propiedad de la empresa. Era evidente que no necesitaba ningún otro vehículo.

El hecho de que la camioneta encajara en buena medida con la descripción de Kimberly planteó la teoría de que ella tal vez estuviera con Girard en el momento de los asesinatos, pero Kimberly lo negó y el difunto no estaba en condiciones de rebatirlo.

Las peticiones de Barrett de hablar de nuevo con Kimberly Crepeaux fueron denegadas por la propia Kimberly, por Emily Broward y por Colleen Davis. En cuanto la policía de Boston terminó de investigar el tiroteo en el taller de carrocería, a Barrett lo reclamaron desde Boston.

—No vuelvas a Port Hope —le ordenó Roxanne Donovan.

Cuando Barrett protestó y dijo que tenía que recoger las cosas de su habitación de hotel, Roxanne le prometió que se encargaría de que un agente de la oficina de Augusta enviara sus pertenencias al sur.

Boston le pareció un lugar ruidoso, confuso y distante. Quería que todas las personas con las que se cruzaba por la calle conocieran el caso, igual que ocurría en Maine. Quería que los desconocidos se le acercaran y le contaran historias de cuando Howard Pelletier le había hecho a Jackie una mecedora con trampas langosteras rotas o de cuando habían visto a Ian y a Jackie paseando de la mano por el puente que iba hasta el faro de Marshall Point.

Quería que a la gente le importara.

Sin embargo, y teniendo en cuenta la clase de publicidad que estaba obteniendo por su participación en el caso, quizá debería agradecer que a nadie le importara.

Roxanne Donovan, que lo había fichado en Boston por su experiencia en entrevistas, interrogatorios y confesiones, le pidió ahora que revisara la documentación de un caso en el que estaba implicada una compañía farmacéutica que había recibido una oleada de citaciones por parte de la FDA, además de llamar la atención del Departamento de Justicia. Su cometido: leer setenta y tres mil páginas de correos electrónicos.

—No tengas prisa —le dijo.

Barrett habló en una ocasión con Amy Kelly, pero George Kelly no se unió a la conversación. Amy le dedicó a Barrett cinco cortantes minutos y en esta ocasión no le dio las gracias por su tiempo y su trabajo.

Llamó repetidamente a Howard Pelletier. Jamás contestó al teléfono ni tampoco devolvió las llamadas. Barrett le dejó un último mensaje.

—Yo la creí, Howard —le dijo—. Y lo siento.

Tenía preguntas que no se le permitía formular, la mayoría de ellas dirigidas al médico forense y algunas a Emily Broward, pero cualquier acercamiento a esas fuentes llegaría a oídos de Roxanne Donovan. Se dijo a sí mismo que debía olvidarse del tema, respetar la cadena de mando, pero, a los pocos días de haber llegado a Boston, se descubrió a sí mismo llamando a la única persona del FBI a la que podía revelarle sus intereses sin miedo a que lo contara.

Seth Miller era el primer agente con el que había trabajado Barrett en Little Rock, y era experto en informática. También estaba a punto de jubilarse, lo cual —esperaba Barrett— tal vez lo animara a tener una actitud más cooperativa. Seth tenía menos que perder que otros agentes si escuchaba a Barrett.

—¿Te han vuelto a mandar a Little Rock? —dijo Seth poniendo fin de inmediato a cualquier esperanza que pudiera albergar Barrett de que su amigo aún no estuviera enterado del desastre de Maine.

—Todavía no.

—Bien. Me largo dentro de seis semanas a ese feliz territorio de caza conocido como Florida. Aquí las cosas no serán lo mismo sin mí.

—Estoy convencido. Escucha, Seth, tengo una pregunta y no puede salir de aquí.

—Ay, Dios.

—Si no quieres escucharme, lo entiendo.

—¿Y qué van a hacer, despedirme? Adelante.

—¿Cómo es posible que un detenido sin la más mínima posibilidad de acceder a un ordenador o a un teléfono envíe un correo electrónico?

Esperaba que Seth se riera de él o le soltara un sermón por preguntarle semejante tontería. Pero no estaba preparado para la rápida respuesta.

—Pues muy fácil —contestó Seth.

—¿En serio? ¿Cómo?

—Hay varias opciones distintas, pero la más efectiva sería seguramente un dispositivo de hombre muerto. Introduces el mensaje y el destinatario en un sistema automatizado y das la orden de enviarlo si tú desapareces. Cada día, o cada doce horas, según te interese, el sistema te envía un enlace. Si activas el enlace, el sistema sabe que estás bien y el mensaje se queda en la bandeja. Pero si no activas el enlace en un periodo de tiempo determinado, se envía el correo electrónico.

—¿Y dónde se puede encontrar un sistema así?

—Los hay en todas partes. Creo que incluso existe una página que se dedica exclusivamente a eso. Google ofrece el servicio de forma gratuita. Puedes elegir lo que se denomina un heredero digital para que reciba tus datos o puedes establecer que se eliminen automáticamente. Lo llaman Administrador de Cuentas Inactivas, una expresión que siempre me ha encantado. Muy correcta, teniendo en cuenta que las únicas personas que lo necesitan están muertas o en la cárcel.

—En ese caso, yo sabría quién me ha enviado el correo electrónico, ¿no?

—Claro. Pero cualquier aficionado puede redirigirlo. Y alguien que entienda podría codificar el dispositivo usando la misma idea. Eliges un sistema con el que interactuar. Puede ser un mensaje de texto, un correo electrónico o una página web. Incluso tu cuenta de Facebook o Twitter. Entonces escribes un código que detecta tu actividad en la página, y, si cesa durante un periodo de tiempo prolongado, se activa una alerta. Esa alerta puede ser un correo electrónico a una única persona o puede ser un volcado de archivos. Los grandes piratas informáticos, como Snowden y compañía, usan estos sistemas. Es una forma perfecta de protegerse: «Si yo desaparezco, tus correos privados se publicarán en Facebook» y cosas así. Hace que la gente se lo piense dos veces antes de cargarse a alguien.

—Suena bastante sofisticado.

—Suena más difícil de lo que es. ¿Tu sospechoso de Maine es un as de la tecnología?

—No creo. Pero es muy listo.

—Entonces puede haberlo hecho. Coge un tipo listo, dale un poco de tiempo en YouTube y aprenderá a hacer un montón de cosas que parecen imposibles.

—Llegó casi inmediatamente después de que lo arrestaran.

—¿Y crees que ya se olía que iríais a por él antes de que lo arrestarais?

«No te mojes los pies».

—Desde luego.

—Entonces tal vez especificara un tiempo más corto para adelantarse a los acontecimientos. ¿Qué importancia le han dado a investigar ese correo?

—Ni idea, a mí me han dejado en el banquillo.

—Bueno, pues lo único que puedo decirte es que la respuesta a tu pregunta es sí, es posible. Pero también existe otra posibilidad.

—¿Cuál?

—Que alguien enviara ese correo desde fuera de la cárcel.

—Un cómplice.

—Probablemente —dijo Seth—. Pero no era eso lo que estaba insinuando. Lo que quiero decir es que el tipo que está fuera de la cárcel podría ser el culpable, Barrett. No estoy al día de los detalles, así que dímelo tú: ¿hay alguna prueba que indique que lo que me estás preguntando es justamente lo que ocurrió?

—No —dijo Barrett—. Todavía no.

Consiguió superar la primera semana en Boston evitando algunas llamadas y haciendo otras. Liz le iba contando las novedades. Le dijo que el funeral de Jackie Pelletier tendría lugar el sábado y que la prensa no podría asistir. Ella iría más tarde a hacer unas cuantas fotos de la lápida.

Barrett sabía que no era buena idea plantearse siquiera la posibilidad de asistir. Compró entradas para un partido de los Red Sox y trató de animar a unos cuantos colegas para que lo acompañaran. Algunos de ellos, ya fuera porque Barrett les daba pena o porque les encantaba Fenway, accedieron.

La mañana en que Jackie Pelletier iba a ser enterrada junto a su madre, Barrett se levantó temprano, tras una noche de sueño agitado, y salió a correr. Corrió ocho kilómetros, en lugar de los cinco habituales, como si pudiera eliminar a través del sudor todos sus pensamientos sobre Port Hope. Después se duchó, subió a su coche, puso el aire acondicionado a tope y orientó las rejillas hacia la cara, con la esperanza de enviar a su cerebro un poco de prudencia y sensatez.

Luego llamó a sus colegas de trabajo, les dijo que no iría al partido de béisbol porque no se encontraba muy bien, y puso el coche en marcha.

Era un espléndido fin de semana veraniego y eran muchos los que huían de la ciudad: cargaban niños y maletas en sus coches, colocaban kayaks o bicicletas en la baca y se dirigían al norte, unos hacia la costa y otros hacia zonas más frescas entre montañas y pinos. En la I-95 norte, en dirección Maine, había un atasco de coches con matrícula de Massachusetts.

Y el de Barrett se mezcló entre ellos.

18

El cementerio en el que estaba enterrada Jackie Pelletier se encontraba entre Port Hope y Thomaston. Si bien estaba muy cuidado, repleto de pinos y rododendros, desde allí no se veía el océano. En el aparcamiento había varios policías cuya misión era proteger la intimidad de la familia, pero hasta el lugar se habían acercado unos cuantos periodistas que, cámara en ristre, esperaban captar la imagen de los dolientes. Barrett se alegró de comprobar que Liz no estaba entre ellos. Se podían cubrir noticias sin actuar como un buitre; se podía transmitir el dolor de aquel día sin necesidad de una imagen de las lágrimas de Howard.

Barrett pasó con el coche sin detenerse; luego aparcó junto a una floristería, compró un único ramo y se dirigió al cementerio olvidado junto a las llanuras mareales, el lugar que Jackie tanto amaba. El cementerio estaba descuidado y lleno de maleza y, aunque a algunos les parecía una vergüenza, Howard le había dicho en una ocasión a Barrett que Jackie prefería que fuera así, que nunca había soportado la idea de que cortacéspedes y podadoras zumbaran por encima de los huesos de su madre.

Le gustaba el Orchard Cemetery, donde su padre le había enseñado a calcar las superficies medio en ruinas de lápidas casi borradas. En aquel lugar, mucho antes de pintar su primer paisaje, había paseado de la mano de Howard leyendo en voz alta nombres anticuados y maravillándose ante los distintos versículos de la Biblia elegidos en memoria de los muertos. En una ocasión, había descubierto dos minúsculas lápidas idénticas, que señalaban las tumbas de dos gemelos de corta edad, y se había echado a llorar.

Barrett aparcó en el mismo sitio en el que la policía había encontrado el Subaru vacío de Jackie. Cogió el ramo y echó a andar junto a los muros inclinados y cubiertos de musgo, abriéndose paso con cuidado entre los muertos. Había que caminar con mucho cuidado allí, pues algunas de las lápidas se habían hundido en la tierra, como si quisieran reunirse con los cuerpos a los que debían honrar.

Al recordar los lugares en los que la policía había sacado moldes de las marcas de neumáticos y había recogido muestras de sangre, Barrett decidió que no quería quedarse allí. Quería estar en algún lugar desde el que se viera el mar, en el lugar que más le gustaba a Jackie. Desde allí, aún podían verse algunas de las tumbas por el rabillo del ojo, pero era más fácil concentrarse en el mar y en el sol. Y aquello, le había dicho Howard, era precisamente lo que más le gustaba a Jackie de aquel cementerio. Yuxtaposición, lo había llamado Jackie; cuando Howard le había dicho que no conocía esa palabra, Jackie había respondido «equilibrio».

Barrett encontró un rincón, en lo alto de una loma, que le recordó algunos de los cuadros de Jackie. Dejó las flores sobre la hierba, pero el viento que llegaba desde las llanuras mareales era fuerte y no tardó en desmontar el ramo y esparcir las flores.

Cuando Barrett abandonó el cementerio, su intención era conducir hasta la casa de Liz. Desde luego, no tenía planeado dirigirse al sur en lugar de al norte, no había planeado ir a Port Hope en lugar de a Camden.

Pero lo hizo.

Trató de conducir como si fuera un turista, sin rumbo pero con curiosidad, y no como un detective, atento y siempre buscando. Se dijo a sí mismo que, si encontraba la camioneta *pick-up* de Mathias o su furgoneta con el logo MANTENIMIENTO INTEGRAL

PORT HOPE en el lateral, sería una mera coincidencia y no el resultado de una búsqueda.

Cuando encontró la camioneta de Mathias en el aparcamiento de grava situado frente al Harpoon, sin embargo, se olvidó de todos sus pretextos. Aparcó su Explorer justo detrás, dejando la camioneta encajonada y, después, bajó de su coche y se dirigió al bar en el que su abuelo había recibido a sus parroquianos durante muchos años.

Maine tenía más tabernas de las necesarias y cada una de ellas transmitía un mensaje distinto. Estaban los bares del puerto, con sus amplias terrazas y sus sombrillas de colores; las pequeñas cervecerías, con sus cubas de acero inoxidable o sus barriles envejecidos expuestos al otro lado de amplios ventanales de cristal; los tugurios repletos de redes de pesca y boyas que adornaban las paredes, como si quisieran recuperar el Maine nostálgico; los bares de deportes, con pantallas y menús especiales de alitas de pollo... Y luego, por lo general apartados del mar y del circuito turístico, pero nunca demasiado lejos de los muelles llenos de trabajadores, había bares que podrían haber estado en la esquina de cualquier calle de Cleveland o en cualquier meseta de Wyoming. En sitios así, no se oía a nadie preguntar qué cervezas de barril tenían, pero sí se oían los golpes de tacos y bolas de billar. El mensaje que enviaban esos bares no era el de un lugar turístico, ni tampoco un mensaje nostálgico, ni nada que tuviera que ver con la pesca o los deportes, sino algo mucho más sencillo y duradero: «Bebe todo lo que quieras a buen precio».

Así era el Harpoon.

Y ese había sido, durante una década, el lugar en el que Rob pasaba los veranos de su infancia. En el apartamento de dos habitaciones y un cuarto de baño que estaba sobre el bar, separado por un fino suelo que no amortiguaba en absoluto el ruido de abajo, Barrett había recibido una educación mucho más trascendental que en cualquiera de las universidades que había frecuentado.

Empujó la pesada y abollada puerta de aluminio para abrirla y dejó atrás un día luminoso para adentrarse en la penumbra del bar. Los olores allí atrapados —a cerveza derramada, sudor y agua sucia de fregar— lo asaltaron de inmediato y, por un segundo, esperó ver a su abuelo descollando tras la barra.

En lugar de eso, el hombre que en ese momento lo estaba mirando era Mark Millinock, un pescador cuya relación con las drogas había propiciado que lo echaran de todas las tripulaciones en las que se había enrolado. A la larga, había renunciado al mar y le había comprado el Harpoon a Ray Barrett por una poco impresionante cantidad de dinero cuya procedencia nadie conocía ni se atrevía a cuestionar.

Mark Millinock levantó la mirada sin demasiado entusiasmo al abrirse la puerta, pero enseguida se fijó mejor y tensó el cuerpo. Desde un rincón del bar, Mathias lo advirtió y se volvió con curiosidad. La expresión de Mark Millinock era de odio, pero Mathias sonrió.

—Ponme otra, Mark —dijo—. Ese tío me debe una copa.

Barrett cruzó la sala, consciente de que dos tipos lo observaban desde su derecha y otros dos desde su izquierda. En el Harpoon solo había hombres, lo cual no era tan raro: las pocas mujeres que entraban en el Harpoon, o bien se daban cuenta rápidamente del error cometido y se marchaban, o bien iban allí precisamente en busca de los problemas que aquel antro prometía.

Barrett solo reconoció a uno de los otros hombres del bar. Ronnie Lord era un heroinómano de Rockland, además de uno de los primeros en informar acerca de los comentarios autoinculpatorios que Kimberly Crepeaux había realizado sobre las desapariciones de Ian y Jackie. También trabajaba a tiempo parcial para Mathias Burke y se había burlado cuando Barrett le había preguntado sobre la posibilidad de que los caminos de Kimberly y Mathias se hubieran cruzado.

—¡Vaya, pero si ha vuelto! —dijo Ronnie. Por el brillo de los ojos y las pupilas dilatadas, Barrett se dio cuenta de que estaba colocado—. ¡Hay que tener huevos!

Barrett ignoró a Ronnie y se sentó en el taburete que estaba a su lado mientras Mark Millinock abría una lata de cerveza PBR y la dejaba junto a Mathias.

—Yo también tomaré una —dijo Barrett.

—Esa era la última —replicó Mark.

—Pues una Budweiser.

—También se me han acabado.

Barrett se inclinó hacia delante y le dio un golpe al grifo del tirador. Empezó a salir cerveza, Millinock soltó una maldición y volvió a cerrar el grifo. La rabia le ensombreció el rostro sin afeitar y, al cerrar los puños, se le tensaron los músculos de los antebrazos.

—Ponme una cerveza, Mark —dijo Barrett.

—Que te jodan. Tú no...

—Ponle la cerveza —ordenó Mathias despacio.

Mark se volvió hacia él, sorprendido, y Mathias hizo un gesto impaciente con la mano.

—Vamos, su dinero sigue siendo bueno y además paga él. ¿Verdad, Barrett?

—Claro.

Millinock le sirvió la cerveza en un tarro Mason y lo dejó sobre la barra. Cogió entonces una botella de Glenmorangie del estante que tenía a su espalda, sirvió dos tragos largos, le pasó uno a Mathias y él se quedó el otro. En el Harpoon un Glenmorangie de diez años era un licor de primera calidad.

—Ya que pagas tú, yo también bebo —dijo—. No me importa vaciarte la cartera. ¿Quieres algo, Ronnie?

—Uno doble —dijo Ronnie Lord.

Era un tipo escuálido que, inexplicablemente, llevaba ajustadas camisetas de tirantes, como si estuviera cachas. En ese momento se balanceaba sobre la base del pie con el taco de billar en una mano. No dejaba de moverse, colocado y convencido de que lo que fuera que corría por sus venas lo convertía en un tipo duro. Barrett lo observó y sintió un poderoso deseo de tumbarlo de un puñetazo.

—En realidad, pagamos todos —dijo—. Mi salario sale de los contribuyentes. Pero no pasa nada, bebed, chicos.

Barrett se volvió hacia Mathias y levantó su cerveza. El pulso le latía con fuerza y notaba erizada la piel en la base del cráneo, como si las terminaciones nerviosas hubieran cobrado vida.

—Por Jackie Pelletier e Ian Kelly —dijo.

Mathias no se movió ni apartó de Barrett sus ojos oscuros.

—¿No respetas a los muertos? —preguntó Barrett.

—No te respeto a ti. Pero sí, adelante, por los muertos —dijo. Entrechocó su cerveza con la de Barrett y bebió, sin bajar la mirada en ningún momento—. ¿Y si brindamos otra vez? Por la verdad.

—Amén.

Y entrechocaron de nuevo sus bebidas.

—Y uno más —prosiguió Mathias—, el último. Por ti diciendo: «Lo siento, Mathias. Te pido disculpas después de haberte jodido la vida por culpa de las mentiras de una puta drogata».

—Antes de que lleguemos a eso, tengo que hacerte una pregunta.

—A ti nunca se te acaban, ¿verdad, Barrett?

—Bueno, antes era profesor.

—Espero que no enseñaras procedimientos policiales.

La risa aguda y cortante de Ronnie Lord le llegó por encima del hombro y se le metió en el cerebro como si fuera el sonido de un cristal al hacerse añicos, pero Barrett consiguió ignorar a Ronnie y se concentró en Mathias.

—Enseñaba más bien teoría de los procedimientos policiales. Y tenía una norma con la que machacaba a mis alumnos: las teorías hay que probarlas, no protegerlas.

—Qué majo.

—Y mi teoría sobre ti, en este caso, parece andar corta de pruebas.

—Solo un poco.

—Entonces, mi trabajo es no protegerla. No aferrarme a una falsedad, aceptar que puedo haberme equivocado. Pero... —Bebió un trago de cerveza que le dejó la lengua pastosa—. Mi trabajo también es probarla.

Mathias había dejado la cerveza y tenía ambas manos apoyadas sobre la barra.

—¿Qué tal se te dan los ordenadores? —preguntó Barrett—. Yo soy bastante negado para la tecnología, aunque últimamente he aprendido un poco. Cosas sencillas, pero que para mí son nuevas. Por ejemplo, lo del dispositivo de hombre muerto. ¿Has oído hablar alguna vez de eso?

Mathias ni siquiera parpadeó.

—No, no paso demasiado tiempo en mi despacho.

Ronnie Lord soltó una risita ahogada.

—La policía se llevó mi ordenador —prosiguió Mathias—. Y mi teléfono. Sí, se los llevaron cuando me acusaron falsamente y me detuvieron. ¿Recuerdas cuándo fue eso?

Barrett asintió.

—No pensaba que pudieras dedicar mucho tiempo a jugar con tu ordenador, teniendo en cuenta lo mucho que trabajas. Una vez me dijiste que cada céntimo que ganabas se debía a tu reputación de trabajador incansable. Me hablaste de todas las referencias personales que podías aportar y de todo el daño que yo podía causar a tu forma de ganarte la vida.

Mathias se limitó a esperar.

—George y Amy Kelly estaban entre esas referencias —dijo Barrett—. Me dijiste que preguntara a George y Amy qué pensaban de ti y de cómo habías solucionado todos los problemas que les habían surgido, cobrando exclusivamente por el trabajo realizado, sin añadir nunca un solo céntimo de más. Vamos, la definición de un honrado encargado de mantenimiento.

—Y es la verdad —dijo Mark Millinock, pero tanto Barrett como Mathias lo ignoraron.

—Tienes bastante buena memoria —dijo Mathias.

—Lo grabo todo. Me gusta volver atrás y escuchar. Me ayuda a no dejarme llevar por mis instintos.

—Lo cual sería un problema, teniendo en cuenta tus instintos.

Una vez más, se oyó la risa estridente y desagradable de Ronnie Lord. Barrett se inclinó hacia Mathias, tratando de acaparar su atención.

—Y mi pregunta es... —dijo Barrett—. ¿Cómo es que a un hombre que se ocupa tan meticulosamente de la propiedad de sus clientes, que dedica una atención constante a todos los detalles, hasta el último... se le escapa algo tan básico como lavar a presión los suelos de las terrazas y sellarlos?

Mathias no habló. Tras ellos, Ronnie Lord se cambió el taco de billar de una mano a otra y uno de los hombres a los que Barrett no conocía dio un paso en dirección a la barra. Mark Millinock había cogido un abrebotellas en forma de sirena, un objeto enorme de hierro fundido que llevaba allí desde que Barrett era pequeño; a lo largo de los años, aquel abrebotellas había roto bastantes vasos y alguna que otra nariz.

—¿Es que no tienes una hidrolimpiadora? —le preguntó Barrett.

—Tengo diez.

—Pero ¿tu empresa no limpió las terrazas de un cliente para el que llevabas años trabajando? ¿Y tú no subcontrataste a Jeffrey Girard?

—Eso es una chorrada —dijo Mark Millinock, que en ese momento tamborileaba nerviosamente con el pesado abrebotellas sobre la barra—. Quiero que te lar...

—No te mereces una respuesta —lo interrumpió Mathias,

dirigiéndose a Barrett—, pero hay una parte de mí que casi te compadece. Así que te voy a dar una respuesta. La última. —Se inclinó hacia Barrett, con un centelleo en la mirada—. Ian Kelly firmó el cheque. El chico lo contrató, ¿vale? No sé cómo encontró a ese gilipollas inútil de Girard, pero hay algo que sí sé: que me tocó arreglar a mí el trabajo que hizo. Y, ah, Barrett, tampoco cobré nada por eso. ¿Por qué? Porque mi reputación es mi manera de ganarme la vida.

Se levantó y dejó sobre la barra la cerveza sin terminar y el whisky intacto.

—No sé qué vacíos intentas llenar, siempre atrapado en esa sarta de tonterías que te soltó Kimmy, pero tú sigue ahí dando vueltas. Al final te arrastrará a ti, no a mí. —Mathias se volvió hacia Mark Millinock y dijo, antes de salir del bar—: Asegúrate de que te deja una buena propina.

Millinock seguía tamborileando sobre la barra con aquel absurdo pero peligroso abrebotellas, mientras que Ronnie Lord y uno de los desconocidos merodeaban detrás de Barrett con tacos de billar en la mano.

Barrett se bebió su cerveza y esperó, observando el polvoriento espejo que estaba detrás de la barra. Se fijó concretamente en una de las esquinas, donde su abuelo solía conservar, encajada entre el marco y el cristal, una vieja fotografía de familia. La foto era de cuando Barrett tenía siete años, la última vez que había estado en Port Hope con su padre, y la última vez que había estado en algún lugar lejos de casa con su madre. Por entonces, ella tenía treinta y cuatro años, la misma edad que Barrett en ese momento; era guapa, estaba sana y tenía unos ojos que siempre parecían sonreír. En aquella imagen, irradiaba la confianza plena que otorga la juventud.

Murió cinco meses después de que se tomara aquella foto.

A Barrett le pareció ver todavía las marcas de la cinta de pintor que en otros tiempos sujetaban la fotografía al cristal. Las estaba contemplando cuando la puerta se abrió de nuevo y Mathias volvió a entrar en el bar. Barrett lo observó a través del espejo, sin volverse.

—¿Me has encajonado? ¿Se puede saber qué coño te pasa? ¿Qué es lo que pretendes?

Barrett no respondió.

—Mueve tu coche —dijo Mathias mientras asomaban los primeros destellos de su rabia. El fuego que se ocultaba tras esa rabia estaba empezado a chamuscar su autocontrol.

—Antes déjame terminar la cerveza —dijo Barrett.

Todo aquello le resultaba demasiado familiar y no le gustaba: el bar, su rostro reflejado en el espejo, lo absurdo de sus palabras y de sus actos, propios de un imbécil que anda buscando camorra. Pero lo que aún le gustaba menos era el hecho de estar divirtiéndose. Le hervía la sangre y no se sentía mal por ello. Ni siquiera un poco.

Mathias Burke se echó a reír con incredulidad y sacudió la cabeza.

—Eres un tipo muy estúpido —le dijo a Barrett—. Crees que puedes seguir presionándome hasta que des con mi punto débil, ¿no? Pero eres tú el que está en peligro. Sigue presionando.

Barrett no respondió, se limitó a beber un trago de su cerveza.

—Levántate, gilipollas —dijo Mark Millinock, al tiempo que empezaba a salir de detrás de la barra.

Barrett giró en redondo para enfrentarse a él y experimentó una extraña sensación de alivio, como si aquello fuese lo que siempre había necesitado.

—Déjalo en paz, Mark —dijo Mathias.

Sin embargo, no fue Mark Millinock el primero en llegar hasta Barrett, sino Ronnie Lord, que lo agarró de la camisa.

—Lárgate —le dijo—. Ya no tienes ningún motivo para estar aquí.

Barrett se quedó inmóvil durante un segundo: observó primero la mano de Ronnie, aferrada a su camisa, y luego miró a la cara a aquella lacra social que se había atrevido a ponerle las manos encima y a decirle que se largara.

—Atrás, Ronnie, joder —le escupió Mathias.

Dio un paso al frente, pero ya era demasiado tarde.

El primer puñetazo de Barrett fue como algo que se ve a través de una ventana o se escucha desde el otro lado de una puerta cerrada. Cualquier cosa menos privado. Lanzó el puño directamente al esternón de Ronnie Lord, lo observó un instante mientras abría desorbitadamente sus ojos verdes y los ponía en blanco por el dolor, y luego lo estampó contra la barra. Un vaso cayó al suelo y se rompió y, justo cuando Mark Millinock se acercaba a ellos, Barrett le dio un codazo a Ronnie en la garganta, lo dejó sin respiración y lo empujó hacia Millinock.

Los dos cayeron contra la barra, Millinock maldiciendo y Ronnie jadeando entrecortadamente para recuperar el aliento. Barrett levantó ambos puños y notó la sonrisa que se le formaba en los labios al ver a Mark Millinock coger un taco de billar.

«Bien. Coge un arma, dos si quieres. Me da igual, porque hoy no me importa que me peguen...».

Mathias Burke cogió el taco de billar antes de que Mark tuviera tiempo de usarlo para golpear a Barrett en el pecho.

—¡Nadie le va a pegar, joder!

—¿Se puede saber qué coño te pasa? —aulló Mark—. Este hijo de puta está repartiendo puñetazos en mi bar y yo...

—Ve al otro lado de la barra y llama a la policía.

Mark se lo quedó mirando, atónito.

—¿Que llame a la policía? Lo que voy a hacer es sacarlo de una patada al aparcamiento, me da igual que sea un agente del FBI. Como si es el mismísimo papa. ¡Es mi bar y lo quiero fuera de aquí!

—Eso, quiero ver cómo me echas de aquí, Mark —dijo Barrett, que aún tenía ganas de pelea, pues el contacto físico era como una especie de descarga que actuaba en él como una droga.

Entonces se fijó en Ronnie Lord, que estaba encogido en el suelo del bar con una mano en el vientre y otra en la garganta, tratando aún de recuperar el aliento con una expresión de dolor en el rostro. Aquella imagen devolvió a Barrett al presente y lo transportó al otro lado de la ventana hermética y de la puerta cerrada, de vuelta a una vergonzosa realidad.

«¿Qué haces? ¿Qué coño haces?».

—Llama a la policía —repitió Mathias en un tono de voz bajo y sereno—. Está alterando el orden en tu local, ¿no crees? Ese es un asunto para la policía.

En el rostro de Mark Millinock apareció una sonrisa estúpida.

—Claro, claro.

—Pues llámalos.

Mark pasó al otro lado de la barra y cogió el teléfono. Mathias Burke miró a Barrett y extendió ambos brazos.

—Supongo que esto es lo que querías.

—Supongo —dijo Barrett.

Luego salió al exterior para esperar a la policía.

19

El agente que acudió al bar habló con Mark Millinock y con Ronnie Lord y aludió a ciertos rumores que había escuchado sobre la relación de ambos con las drogas, tras lo cual se acordó rápidamente que nadie quería poner una denuncia. El agente volvió a salir a la calle y observó a Barrett con una mezcla de estupor y desprecio, para después decirle que se largara de aquel bar de una puta vez por respeto a la placa que llevaba.

Cuando Barrett se marchó, vio a través del espejo retrovisor que se había congregado ya una pequeña multitud de curiosos. Por la expresión de sus rostros, supo que creían estar viendo a un imbécil y también supo que no se equivocaban. Para entonces ya se sentía ridículo y avergonzado, y no entendía por qué se había dejado arrastrar por un camino tan estúpido.

«Consigue que me hierva la sangre. Ese hijo de puta de Mathias consigue que me hierva la sangre».

La voz que escuchaba en la mente no era la suya. Era la de su abuelo y lo sabía. Y entonces... ¿por qué la escuchaba en su mente? ¿Por qué la había dejado entrar y hacerse con el control como si fuera un tumor?

«Estabas equivocado. Kimberly te mintió, y estabas equivocado y no eres capaz de admitirlo. Y por eso te comportas como un imbécil».

Apenas hacía cinco minutos que se había marchado del bar cuando Liz lo llamó.

—Por favor, dime que no es verdad —dijo.

—¿Dónde estás?

—En casa. ¿Rob? Ven aquí ahora mismo y no te pares por el camino.

Barrett había perdido ese día la capacidad de escuchar sus propios consejos, pero aún podía escuchar los de Liz.

Liz lo esperaba sentada en los escalones del porche, acariciando al gato al que llamaba No Smarts. Era un gato callejero que había encontrado junto a la carretera y, aunque lo había llevado a esterilizar, al parecer al veterinario se le había olvidado informar al pobre animal del procedimiento, pues No Smarts seguía metiéndose en peleas, mostrando un comportamiento agresivo y desconfiando de todo el mundo excepto de Liz. El gato bajó las orejas cuando oyó a Barrett, bufó y se escondió bajo el porche para observar desde las sombras con sus inquietos ojos verdes.

—Qué simpático —exclamó Barrett.

—Intuye los problemas. Y mañana vas a salir en el periódico.

—¿Has escrito sobre eso? ¿Sin denuncia ni arresto?

—No lo he escrito yo. No se me permite escribir sobre ti —dijo con una sonrisa nada alegre—. Conflicto ético. Le he tenido que hablar a mi redactor jefe de nuestra relación.

—Lo siento —se disculpó Barrett.

—Pero tampoco creo que me hubiera gustado escribir esa noticia. ¿En qué coño estabas pensando, Rob?

—No lo sé. Supongo que no pensaba. Quería..., solo quería ver a Mathias, mirarlo a la cara y... —dijo sacudiendo la cabeza—. Y saber la verdad.

—¿Y de qué te hubiera servido eso?

Se sentó junto a ella en los escalones. Liz no se acercó a él ni lo miró. Barrett quería que ella le pusiera una mano sobre la pierna, como solía hacer, o que le apoyara la cabeza en el hombro. Sin embargo, Liz se limitó a pasarse las palmas de las manos por los muslos como si se estuviera alisando las arrugas de los vaqueros. Llevaba los pantalones cubiertos de restos de pintura y polvo, por lo que Barrett supo que debía de estar trabajando en su velero cuando se había enterado de la noticia de su casi arresto en el Harpoon.

—Te mintieron —dijo ella aún sin mirarlo—. Y tú creíste las mentiras. Es algo que le puede pasar a cualquiera. No te sabotees a ti mismo de esa manera solo porque te dé vergüenza que te haya ocurrido a ti.

No respondió. Siguió allí sentado, junto a ella, contemplando los pinos y la silueta del monte Battie que se alzaba tras los árboles. Desde la cima, las vistas de la bahía de Penobscot, con sus islas, penínsulas y faros, eran espectaculares. Cuando Barrett tenía diecisiete años había visitado a Liz por primera vez en invierno; habían subido los dos hasta la cima con un saco de dormir y una botella de vino que ella había birlado del barco de su padre, y habían hecho el amor en la nieve. Recordaba el aliento de Liz empañando el aire justo encima de él, su pelo cubierto de copos de nieve. A ninguno de los dos le había gustado el vino, así que Liz lo había vertido sobre la nieve dibujando un corazón, pero para entonces la tormenta estaba cobrando fuerza y la niebla había ocultado las islas. El vino derramado no tardó en quedar oculto bajo un manto blanco.

Aquel era uno de los recuerdos más vívidos que conservaba de su juventud. Solo existía una imagen que solía aflorar a la superficie con más facilidad, pero no era una imagen bienvenida, aunque también incluyera una mancha carmesí.

—No es tu abuelo —dijo Liz.

—¿Qué?

—Los estás mezclando. Tu abuelo confiaba en Nate Burke y apreciaba a Mathias y tú odiabas a tu abuelo. Ahora tú...

—Mi abuelo mató a mi madre, Liz. No es una cuestión de antipatía personal. La mató y no lo pillaron.

—¿Estás seguro de lo que dices?

—Sí —dijo apartando la mirada.

Estaba seguro, solo que nunca había podido demostrarlo.

—Lo de hoy no habría ocurrido si no hubierais estado en el Harpoon —dijo Liz—. Si hubieras visto a Mathias en cualquier otro sitio que no fuera ese bar, no te habrías comportado de forma tan estúpida.

Barrett estaba de acuerdo, pero en cierto modo no podía imaginar aquel encuentro en ningún otro lugar. Era como si Mathias hubiera sabido que él estaba en el pueblo, se hubiera dirigido al terreno en el que Barrett se sentía más vulnerable y lo hubiera esperado allí.

Liz se inclinó hacia delante y el pelo le cayó por delante de la cara, como si fuera un escudo para que él no pudiera verle los ojos.

—Las pruebas no están allí, Rob. En ninguno de los dos casos.

No podía discutírselo. Tal vez tuviera razón al decir que los estaba mezclando a los dos, porque desde luego estaba mezclando cosas; aquella tarde, no solo no había sabido huir de su legado familiar en Port Hope, sino que lo había aceptado. Había ido al Harpoon con la sangre hirviéndole en las venas, en busca de pelea. Y, mientras, Mathias había mantenido la calma. Incluso había intentado poner paz.

—Roxanne me mantiene apartado de Maine —dijo.

—No la culpo.

—Pero estaré en Boston. Boston tampoco está tan lejos de aquí.

—No, no lo está —dijo concentrada en rascar con la uña del pulgar la pintura que se le había quedado pegada a los vaqueros.

—Pero tendrás que hacer tú el viaje —comentó Barrett.

Liz asintió, sin decir nada.

—O sea, que no está muy lejos —prosiguió él—, pero ¿sí está muy lejos?

—¿Quieres que haga el viaje?

—Sí. Claro.

—Entonces haré el viaje —dijo ella aún sin mirarlo.

—Es justo el entusiasmo que esperaba —contestó Barrett.

Finalmente, ella lo miró, pero había algo tan triste en su mirada que Barrett tuvo que hacer un esfuerzo para no volver la vista hacia otro lado.

—¿Te acuerdas de lo que me dijiste hace tanto tiempo en Hammel, cuando te dije que no pensaba dejar Maine? Me dijiste que las personas solo regresaban a su pueblo natal por dos motivos: familia o fracaso.

—¡Venga ya, Liz, estaba en la universidad!

—Entonces ¿qué motivos encuentras ahora para las personas que regresan a su pueblo natal?

Barrett extendió ambas manos en un gesto de exasperación.

—Trabajo, relaciones de pareja, oportunidades, el clima, el paisaje, el coste de la vida, no sé. Cualquier combinación de todas esas cosas. Hay muchísimos motivos.

Ella lo observó con atención.

—¿Sabes qué es lo que nunca dices? Que un lugar puede ser el adecuado para alguien, sin más. Que una persona puede tener la sensación de pertenecer a un sitio.

—¿Y no encaja eso con alguna de las combinaciones que acabo de mencionar? ¿Por qué coño has sacado una conversación de cuando no éramos más que unos críos? ¿Me has oído pedirte que te mudes? Nunca te he pedido ni por asomo que hagas tal cosa, ni se me ocurriría. Solo estaré a cuatro horas de aquí. Y lo único que te he pedido es si quieres intentarlo, nada más.

—No es eso lo que quiero decir —dijo ella—. Solo estaba pensando en que... en aquella época, recuerdo lo que dijiste sobre la necesidad de dejar Maine y recuerdo que pensé: «No me entiende».

—Y tenías razón. No te entendía. Pero ahora lo estoy intentando.

En ese momento, Liz le apoyó una mano en la pierna, pero no fue la sensación acogedora que Barrett esperaba. Más bien le pareció una despedida.

—Me equivocaba entonces —dijo Liz—. Estaba demasiado absorta en mí misma. Recuerdo lo que dijiste entonces y pensé que no me entendías. Y lo que excluí fuiste tú. Excluí la posibilidad de que tú te entendieras perfectamente a ti mismo.

—¿Y eso qué quiere decir, Liz?

—Que este sitio no es bueno para ti —respondió ella—. Y creo que lo sabes desde hace mucho tiempo.

Barrett estaba intentando formular una objeción cuando le sonó el teléfono. Era Roxanne Donovan.

—Mierda. Esto va acabar mal.

—Contesta —dijo Liz al tiempo que le apartaba la mano de la pierna.

Barrett se puso en pie, se dirigió al jardín y respondió. Esperaba la bronca del siglo, esperaba escuchar la voz cortante que solía adoptar Roxanne cuando la provocaban, pero no, le habló en un tono de voz sereno y lacónico.

—Parece que has tenido un mal día, Barrett.

—Sí.

—Según mi experiencia, un mal día suele ser el resultado de una mala decisión. A ver si se demuestra mi teoría: cuéntame lo que ha ocurrido.

Barrett se lo contó y ella no lo interrumpió. Una vez que hubo terminado, siguió sin caerle la bronca. Roxanne se limitó a decirle que regresara de inmediato a Boston y le presentara un informe escrito de lo ocurrido con Mathias Burke.

—Por supuesto —dijo él—. Lo siento. Ha sido un error y no volverá a ocurrir.

—No te preocupes —contestó ella—. En realidad, te ha ido bastante bien.

—¿Perdón?

—Te han ascendido.

Barrett se quedó contemplando las laderas en sombras del monte Battie mientras trataba de comprender lo que acababa de decir Roxanne.

—¿Puedes explicarte?

—Eres el nuevo jefe de Butte.

La oficina del FBI en Butte había cerrado en los ochenta, pero aun así en la agencia seguía circulando una broma de la época Hoover según la cual, si uno cabreaba al director, lo mandaban a Butte.

—Un chiste muy malo, Roxanne.

—Ojalá lo fuera. Te han ascendido y destinado a la oficina de Bozeman, Montana. Por lo que sé, en Washington creen que al nuevo agente especial al mando de Bozeman le vendría bien un poco de ayuda. Al parecer, y cito textualmente, «la reciente experiencia de Rob Barrett con los operativos rurales lo convierte en un buen candidato».

—Tiene que ser una broma. Solo porque he tenido un pequeño intercambio de palabras con un imbécil en un bar, ¿me mandan a Bozeman?

Por el rabillo del ojo, vio a Liz ponerse en pie y quedárselo mirando.

—No es resultado de ese intercambio, por poco oportuno que fuera —respondió Roxanne—. Yo me he enterado del traslado esta mañana, bastante antes de que ignoraras mis órdenes y te presentaras en Maine. —Hizo una pausa y luego suavizó la voz—. No sé si te sirve de algo, pero tengo que decirte que no han hecho caso de mis protestas. No debería compartir ese detalle contigo, pero lo hago.

—Bozeman —dijo aturdido.

Recordó entonces el comentario que Roxanne había hecho el día de la búsqueda en el estanque: la agencia no despedía casi nunca a sus gentes, solo los enterraba.

—Con un poco de suerte, será algo temporal. Ve allí, trabaja duro, agacha la cabeza y deja que el tiempo cumpla con su función.

—¿Y cuál es esa función, Roxanne?

—Curarlo todo, o eso es lo que dicen. Y ya sé que es una chorrada, pero ¿qué es lo que de verdad hace el tiempo? Dejar que las cosas se enfríen. Y en cuanto tú te enfríes un poco en Montana, te haré volver.

Barrett colgó aturdido, se guardó el teléfono en el bolsillo y se volvió hacia Liz. Estaba de pie en el escalón más bajo del porche, como si hubiera empezado a dirigirse hacia él y luego se hubiera detenido.

—¿Qué ha sido eso, una especie de broma o una amenaza? —le preguntó—. ¿Iba en serio? ¿Bozeman?

—Sí —respondió él—. Bozeman. Iba en serio.

SEGUNDA PARTE

CUENTISTAS

Now every day is numbered
And so are the words.

MATTHEW RYAN,
Hustle Up Starlings

20

Barrett llevaba seis meses en Montana cuando Kimberly Crepeaux salió de la cárcel de Knox County, sin que hubiera demasiada repercusión pública. Liz escribió un artículo en el que informaba sobre su salida de prisión y recordaba su participación en los asesinatos, pero para entonces tanto la policía como el público ya tenían su propia opinión: las muestras de sangre halladas en la caja de la camioneta de Jeffrey Girard coincidían con el ADN de Ian Kelly y Jackie Pelletier. A Kimberly se la consideraba una mentirosa, no una asesina, y si el caso había despertado la atención nacional, era solo por un tema: Rob Barrett. No se molestó en leer los artículos. Le bastó con los titulares.

«Una falsa confesión persigue a los habitantes de Port Hope».

«Un experto en confesiones del FBI acusa de homicidio a ciudadanos inocentes».

«Las familias, destrozadas al descubrirse la falsa confesión».

La buena noticia era que sus colegas de Montana, o bien no conocían el caso, o bien les importaba muy poco. Tenían miles de kilómetros cuadrados por cubrir y no les faltaban las investigaciones: fraude inmobiliario, fraude regulador y toda clase de malversaciones, además de traficantes de opiáceos que actuaban a nivel interestatal, bandas de moteros y milicias. Al parecer, el Salvaje Oeste aún no había sido domesticado del todo. Barrett trató de concentrase en el trabajo; «deja pasar el tiempo», le había dicho Roxanne Donovan, y Barrett se estaba esforzando por hacerle caso.

Y entonces, cinco semanas después de salir en libertad, Kimberly Crepeaux lo llamó.

Barrett conducía en ese momento por las llanuras que separaban Billings de las montañas Beartooth; se dirigía a entrevistar a un alumno de secundaria que se había dedicado a llamar a la oficina del sheriff para lanzar amenazas de bomba, lo cual no dejaba de ser curioso teniendo en cuenta que el sheriff era su tío. Entonces sonó el teléfono y vio el prefijo 207, que cubría toda el área de Maine. Se olvidó de inmediato de las montañas y regresó mentalmente a la costa.

Dejó que saltara el contestador y luego escuchó el mensaje.

«Barrett, soy Kimberly Crepeaux. Quiero preguntarte una cosa. No eres la persona adecuada, pero tengo que averiguar quién es la persona adecuada». Le temblaba un poco la voz y arrastraba las palabras. Era evidente que había estado bebiendo y que tenía miedo.

«Nadie me cree y a nadie le importa —dijo—. Llámame, por favor».

No la llamó. Kimberly ya le había tomado el pelo durante demasiado tiempo, no tenía intención de darle otra oportunidad.

Volvió a llamar dos semanas más tarde y, de nuevo, Barrett no atendió la llamada, aunque sí escuchó el mensaje.

En esta ocasión estaba sobria y tenía una petición más clara. Exigía una compensación por la forma en que el FBI —o, más concretamente, Barrett— la había presionado y coaccionado. A cambio, ella no presentaría una «demanda millonaria».

Lo único que quería, dijo, era una casa decente y un trabajo decente en algún lugar cálido. Ah, y si podía ser, que la casa tuviera una valla. Le gustaría llevarse a sus perros, y Sparky y Bama necesitaban espacio para correr.

Barrett tampoco le devolvió la llamada.

En marzo, una ventisca que bajaba desde Canadá azotó Bozeman durante tres días seguidos. El viento aullaba incansablemente, como si estuviera decidido a arrancar las casas de sus cimientos. Howard Pelletier llamó en el punto álgido de la tormenta, pero Barrett no llegó a ver el número, solo recibió el mensaje al recuperar la cobertura.

Howard quería decirle que estaba convencido de que la gente se equivocaba respecto a Girard y que tal vez Barrett hubiera tenido razón desde el principio.

Durante un segundo, aquella voz fue como un susurro que ratificaba la teoría que Barrett nunca había conseguido borrar del todo de su mente. Y entonces Howard explicó sus motivos.

Había tenido un sueño, le dijo a Barrett. En el sueño, Jackie estaba en el agua, no en una bolsa de basura ni en un barril, sino que estaba sumergida en el agua, y el agua estaba en calma, no como en el océano, sino más bien como en un estanque. Estaba entre las algas y ni siquiera las puntas de las algas se movían, y por eso sabía Howard que eran aguas interiores, tranquilas. Pasaba un pez de vientre blanco y espina oscura, y estaba seguro de que era un róbalo de boca pequeña, no un pez de agua salada. Jackie tenía los ojos abiertos, la mirada atenta, y justo antes de que Howard se despertara abría la boca para hablarle, pero solo le salían burbujas.

«Estoy pensando que a lo mejor tú tenías razón desde el principio —dijo—. A lo mejor Jackie estaba allí abajo y él la cambió de sitio».

Aquella noche, Barrett fue andando a un bar, bebió bourbon con jarras de cerveza hasta que el suelo se le empezó a mover bajo los pies, luego volvió a casa entre la nieve y las ráfagas de viento, y se quedó dormido en el suelo del comedor, sin quitarse las botas ni la chaqueta. Por la mañana, vomitó, se tomó un Excedrin y se fue a trabajar.

No llamó a Howard Pelletier.

La nieve ya se había derretido, cayeron las lluvias de la primavera y se secaron bajo un sol cada vez más cálido antes de que Barrett volviera a tener noticias de Maine.

Primero, fue Kimberly.

«Barrett, no te culpo por no querer hablar conmigo, pero... sé que va a venir a por mí. Está enfadado porque conté la verdad y me va a matar por haberlo hecho». Estaba llorando y hablaba en voz baja, entre hipidos. «Si pudieras..., si hay alguien que pueda ayudarme... Lo necesito, de verdad, necesito ayuda».

No le devolvió la llamada, pero esta vez hizo una grabación del mensaje, de manera que no pudiera borrarse ni perderse.

Durante las tres noches que siguieron a la llamada de Kimberly, reprodujo el mensaje, escuchó el pánico de su voz y se preguntó si era legítimo. Luego se maldijo a sí mismo por dejar que las palabras de Kimberly lo arrastraran de nuevo.

La cuarta noche, se sorprendió a sí mismo escuchando antiguas grabaciones de sus primeras entrevistas. Solo las primeras conversaciones; no se veía capaz de escuchar de nuevo la confesión, lo que Kimberly había dicho bajo «coacción». Todavía no.

Y entonces, la quinta noche, llamó Liz.

—Ayer arrestaron a Kimmy Crepeaux —dijo—. En Bangor. Trató de comprarle heroína a un soplón de la poli.

Barrett se sintió extrañamente complacido por aquella información: si Kimberly estaba consumiendo otra vez, entonces él podía considerar que su paranoia solo era producto de las drogas.

—Me encantaría decir que estoy sorprendido —contestó—, pero ya no soy tan ingenuo.

Liz guardó silencio. Barrett esperaba que ella se mostrara de acuerdo, pero en lugar de eso Liz hizo una incómoda pausa.

—¿Qué? —dijo él.

—Ha salido bajo fianza.

—Pues claro. Su abuela es capaz de arruinarse para sacarla de la cárcel. Seguro que a estas alturas ya tiene una hipoteca inversa de la casa o le habrá pedido un préstamo a algún fiador judicial.

—Su abuela no ha pagado la fianza —dijo Liz—. Por eso te he llamado. He pensado que querrías saber quién ha puesto el dinero para sacarla de la cárcel.

—¿Quién?

—Howard Pelletier.

21

Barrett volvió a Maine el primer fin de semana de mayo.

Cuando llegó a la Carretera de Port Hope ya era medianoche, soplaba un viento frío y la luna estaba medio oculta entre las nubes. Cuando era niño, la Carretera de Port Hope era un nombre que le parecía divertido; era la época en la que estaba aprendiendo a orientarse y no tardó en descubrir que, inevitablemente, la principal carretera hacia cualquiera de los pueblecitos vecinos llevaba el nombre de la localidad en cuestión. Los habitantes tenían la costumbre de anteponer «la» a todos los nombres, como si quisieran diferenciar la carretera de la localidad. ¿Cómo llego a Camden? Dirígete al norte por la Carretera de Camden. ¿Por dónde se va a Searsmont? Gira a la izquierda en la Carretera de Searsmont. Lo de poner a las carreteras el nombre de las localidades era algo típico de Maine, un rasgo práctico y sin pretensiones. ¿Qué necesidad había de ser creativos cuando el paisaje ya era tan creativo de por sí?

La Carretera de Port Hope, o bien empezaba en Port Hope, o bien terminaba allí, en función de hacia dónde se dirigiera uno.

Esa noche, Barrett se dirigía hacia el noroeste a lo largo de la península. La bahía resultaba visible en algunos momentos y en otros se ocultaba tras pinos oscuros. A unos tres kilómetros a las afueras de la ciudad se alzaba una casa desde la que no se veía el mar pero sí se olía. La casa tenía revestimiento de tejas y un garaje separado. Aparcado delante del garaje había un remolque plano lleno de trampas langosteras, amontonadas hasta una altura de más de dos metros. Las trampas eran verdes y las boyas, apiladas justo al lado, de un amarillo tan vivo que reflejaron el resplandor de los faros del coche de Barrett cuando este aparcó frente a la casa. Barrett apagó el motor, pero las boyas retuvieron de algún modo el resplandor. Las vio por el rabillo del ojo convertidas en una masa etérea de luz, como si fuera un aura.

La puerta que daba al garaje se abrió y una silueta se le acercó en la oscuridad.

—Sube otra vez al coche —dijo Howard Pelletier.

Barrett se detuvo.

—¿Qué?

—Que lo metas en el garaje, para poder bajar la puerta. A estas horas de la noche no hay mucha gente por aquí, pero si pasa alguien se fijará en tu coche y lo recordará.

Barrett volvió a su coche, puso el motor en marcha pero sin encender las luces y esperó a que subiera una de las puertas basculantes. Luego entró el coche en el garaje de Howard. Cuando Barrett salió del coche, la puerta ya estaba bajando otra vez y se cerró tras él como una boca que aprieta los labios.

—¿Te ha visto alguien? —le preguntó Howard.

—Aún no, pero me verán.

—Ajá, y cuando te vean no tardarán en hablar.

El garaje constaba de tres plazas y un amplio taller provisto de una estufa de leña y una mesa de dibujo hecha a mano en la que Howard había diseñado los planos del estudio de su hija en Little Spruce Island.

Howard se sentó en un taburete junto a una pila de trampas langosteras rotas. Las había estado arreglando, para lo cual doblaba y estiraba el alambre y sustituía los hilos rotos por otros hasta conseguir que volvieran a funcionar. Una vez arregladas, se las ofrecería de nuevo al mar, donde con el tiempo acabarían estropeándose otra vez y regresarían al garaje. Ese era el ciclo eterno de un langostero: colocar trampas y repararlas, colocarlas y repararlas.

Barrett se sentó en un banco bajo de madera y le dio la espalda a la mesa de dibujo, puesto que no quería recordar cuando Howard le enseñaba con orgullo varios diseños y le preguntaba qué opinaba él acerca de lo que diría Jackie cuando volviera a casa y viera el estudio.

Barrett había llamado a Howard desde el aeropuerto de Portland para decirle que iba de camino. Era lo único que le había dicho, lo demás quería hablarlo en persona. Quería ver a Howard, no solo escuchar lo que este tuviera que decir. Había pedido dos semanas de permiso para ocuparse de lo que había descrito, ante su agente especial al mando, como un asunto familiar. La única persona en todo el mundo que sabía que Barrett había volado a Maine estaba sentada justo delante de él.

—Dime por qué pagaste la fianza de Kimberly —dijo Barrett.

Howard asintió, sin mostrar sorpresa alguna por el hecho de que Barrett estuviera informado de ese detalle. Había adelgazado desde la última vez que Barrett lo había visto, puede que unos seis o siete kilos. Llevaba el pelo oculto bajo una gorra de camuflaje de Cabela's, pero tenía la barba más gris de lo que Barrett recordaba y también la llevaba más larga y descuidada.

—Claro, eso es lo que te ha traído de vuelta —contestó—. No sabía si aún seguías prestando atención al caso, pero imaginé que si era así, lo de la fianza te haría levantarte de un salto. Y supongo que no me equivoqué.

—¿Por qué pagaste la fianza, Howard?

—Porque no es una mentirosa —respondió con la mandíbula apretada y una mirada firme.

—¿Y qué pasa con Girard? —quiso saber Barrett—. El camión, las huellas, los restos de sangre que coincidían con la de Jackie y la de Ian, la...

—¡Eso no significa que no haya nada más! —lo interrumpió

Howard—. Ya nadie hace preguntas. Supuestamente, me he de creer que todos tenían la razón. Durante un tiempo me pareció bien, incluso creí que el tipo que había muerto era el culpable. Pero entonces... —dijo mientras cambiaba de postura y cogía aire entre los dientes—. Entonces ella vino a verme.

—¿Kimberly?

—Sí. Una noche llamaron a mi puerta y cuando abrí, allí estaba ella. Se echó a llorar antes de poder decir nada. Pensé que había venido a pedir perdón por haber mentido, ¿sabes? Y me imaginé que la había obligado su abuela, pero lo que me dijo fue...

Se le quebró un poco la voz y tuvo que hacer una pausa para aclararse la garganta.

—Lo que me dijo fue: «Quiero que sepa usted que Jackie estaba muerta antes de que yo la tocara, señor Pelletier». —Se secó el ojo con un pulgar grueso y nudoso—. Si le respondí algo, no recuerdo qué fue. Creo que me limité a quedarme allí de pie. Y entonces me dijo que ella solo... solo apuñaló a Ian, no a Jackie. «Solo usamos el cuchillo con él». Eso fue exactamente lo que dijo, refiriéndose a ellos tres, tal y como te lo contó a ti.

»Creo que fue entonces cuando empecé a enfadarme. Quiero decir que... Esa puta mentirosa y cruel se presenta en la puerta de mi casa y empieza a contarme otra vez la misma historia que yo había tratado de olvidar, ¿sabes? Así que empecé a gritar y a insultarla y ella se quedó allí, aguantando el chaparrón. Se pasó todo el rato llorando, pero lo aguantó. No es más que una cría, pero ni siquiera se inmuta cuando se le echan encima.

Esta vez Howard usó toda la mano para secarse las lágrimas y tardó unos segundos en volver a respirar con normalidad.

—Cuando me hube desfogado con ella, dijo: «A Barrett le conté la verdad. Pensé que todo se había acabado, porque yo le había contado la verdad». Y no sé por qué... no sé por qué, pero la invité a entrar en casa. A Kimmy Crepeaux, que aseguraba haber metido a mi hija en una bolsa de plástico y haberla arrojado al estanque... Sí, la invité a entrar en mi casa. Le dije: «Cuéntame que ocurrió. Basta de mentiras, por una vez dime simplemente la verdad, dime la puta verdad».

Pronunció a gritos las últimas palabras, pero luego recobró la compostura y miró a Barrett. Cuando volvió a hablar, lo hizo con un tono de voz suave.

—Me contó la misma historia que te había contado a ti. Si cambió ni que fuera una sola palabra, no sé cuál era. Estaba sentada en mi cocina contándome que estaba allí cuando asesinaron a mi hija, que había ayudado a ocultar el cuerpo, que había apuñalado a Ian, que después había mentido... Y yo..., yo la creí.

Barrett se inclinó hacia delante y apoyó los codos en las rodillas, tratando de mantener la calma, mientras Howard lo observaba con una mirada que parecía ansiosa.

—Y tú también la creíste —le dijo Howard.

—Sí, la creí, al principio. Pero las pruebas...

—Se supone que eres el mejor en estas cosas. Colleen Davis me lo dijo. Y también Don Johansson. Todo el mundo lo dijo. Se supone que te enviaron aquí porque sabes distinguir si una persona miente o dice la verdad.

Sí, por ese motivo lo habían enviado.

—Recuerdo el día que viniste a la isla para contarme la historia —prosiguió Howard—. Ese día, no quise creerte. Pero al final lo acepté. Y entonces todo se fue a la mierda y tuve que empezar a creer una historia nueva, pero luego apareció Kimmy y... —Sacudió la cabeza—. ¿Agente Barrett? La creo.

—Yo también —se oyó decir Barrett a sí mismo.

No tenía planeado decirlo, pero las palabras le brotaron de los labios como si las hubiera empujado una fuerza que no podía controlar.

—Lo sabía —dijo Howard en tono triunfal—. Sabía que aún la creías. Yo no la odio, ya no. ¿Que si odio lo que hizo y odio que guardara silencio durante tanto tiempo? Sí, claro. Pero estaba asustada, no es tan difícil de entender. Y luego hizo lo correcto, contar la verdad, pero no le sirvió de nada. En realidad, la colocó en una situación aún peor. Así... ¿qué motivos podría tener ahora para mentir? Aquí nadie quiere darle trabajo y tiene una niña a la que criar. Su propia hija. Así que necesita dinero, y yo cobré el seguro de vida de Jackie. ¿Crees que me voy a gastar ese dinero? Y una mierda, no puedo gastármelo. ¿Qué iba a comprar? Lo único que quiero en esta vida no podré recuperarlo jamás. Pero... ¿la verdad? Sí, pagaría lo que hiciera falta por saber la verdad.

—No creo que ella pueda proporcionártela, Howard.

—Pues ayúdala. Te pagaré.

—No pienso aceptar tu dinero.

—Kimberly necesita ayuda —dijo Howard en tono lastimero—. La policía de aquí ya no confía en ella. Pero si alguien la escuchara, creo que a lo mejor Kimberly podría probar lo que él hizo. Lo que ella hizo.

—¿Has vuelto a pedir a la policía que hable con ella? ¿A Johansson o a Broward?

—¡No quieren saber nada del tema! Para ellos se acabó y Kimmy es como... es como un cáncer. Si va caminando por la acera, la gente cruza al otro lado de la calle para evitarla. La miran y murmuran, pero nadie habla con ella. Y si lo hicieran, no se creerían ni una sola palabra de lo que ella dijera.

Howard se inclinó hacia delante y le agarró el hombro a Barrett con tanta fuerza que se le marcaron los tendones.

—Veo a Mathias Burke todas las semanas. Este es un pueblo pequeño, no puedo evitar cruzarme con él. Lo veo comprando en las tiendas, lo veo entrar en el Harpoon, lo veo en el almacén de maderas o en el muelle, o me cruzo con él por la carretera. Cuando veo a quienes le estrechan la mano, cuando oigo a quienes le expresan su puñetero apoyo y comentan lo mal que ha debido de pasarlo, pienso... pienso que tal vez lo hiciera. ¿Agente Barrett? No sé cuánto tiempo más podré aguantar así. Me resulta muy duro verlo y no poder dejar de hacerme preguntas.

En el garaje hacía frío, pero Howard tenía las arrugas de la frente perladas de sudor y una mirada febril en los ojos.

—¿Puedes al menos escucharla? —le preguntó—. ¿Podrías al menos hacer eso?

—Ya lo hice, Howard.

A Barrett le costó pronunciar aquellas palabras, porque la intensidad de la mirada de Howard y la fuerza con que lo sujetaba eran como anclas que lo sumergían en un mar profundo y embravecido.

—Y escucharla me salió muy caro. Te salió caro a ti y a todos.

—Escúchela una vez más —insistió Howard—. ¿Qué daño puede hacer eso?

Podía hacer mucho daño, pero Barrett se descubrió a sí mismo asintiendo en lugar de oponerse.

—Una vez más —repitió con una voz que era apenas un susurro—. La escucharé una vez más.

Howard le soltó el hombro y expulsó el aire como si en lugar de salir de los pulmones le saliera del alma.

—Gracias. Mañana puedo llevarte a verla.

—Tengo que estar solo. Cuando vuelva a verla, cuando la escuche otra vez, no puede haber nadie conmigo. Es una condición no negociable, Howard.

—Me parece bien. ¿Sabes llevar una barca?

Barrett ladeó la cabeza.

—Claro, pero ¿para qué la necesito? ¿Dónde está Kimberly?

—En la isla.

La temperatura del garaje pareció descender otros diez grados. Barrett observó fijamente a Howard.

—¿Está en el estudio de Jackie? ¿Has permitido que se quede en...?

—¡No! —lo interrumpió Howard—. Está en la casa. El estudio está cerrado y seguirá cerrado. Pero Kimberly necesitaba alejarse de Port Hope, así que la llevé allí, la instalé en la casa y le dije que... que fuera discreta durante un tiempo, ¿vale? Hasta que consiguiéramos que alguien la escuchara. Que tú la escucharas.

Dos certidumbres arrollaron a Barrett como si fueran impetuosas olas: la profunda angustia que debía de haber llevado a Howard a entregar el sagrado hogar de su hija a la misma mujer que había confesado haber ocultado su cuerpo ensangrentado y maltrecho, y la profunda fe que debía de tener en sus palabras.

—Iré a verla mañana por la mañana —dijo Barrett.

—Bien. Dejaré mi esquife en el muelle público. No es gran cosa, pero te llevará hasta la isla si el mar está en calma.

Barrett asintió y se levantó. Había salido de Bozeman a mediodía y debería estar acusando ya el cansancio y el *jet lag*, pero, en lugar de eso, tenía la sensación de que una desconocida energía cinética le fluía por las venas. Los nervios le chisporroteaban como si fueran cables bajo tensión.

«Un error —pensó—, esto es un tremendo error», pero justo entonces Howard Pelletier le cogió la mano y dijo:

—Me alegro de que hayas vuelto.

Cuando Barrett le respondió con un «yo también», supo que jamás en su vida había pronunciado palabras más sinceras.

22

No se registró en ningún motel. Pasó las horas que quedaban de la noche conduciendo. Cuando ya estaba a mitad de camino de la casa de Liz, dio la vuelta y regresó bordeando la costa, persiguiendo la luna por carreteras secundarias. Al amanecer, entró en un Dunkin' Donuts de Rockland, se tomó un café y pensó en llamar a Liz, o a Roxanne Donovan o a Don Johansson. Sabía que debía informar a alguien de su regreso y de lo que acababa de contarle Howard Pelletier.

Pero no llamó a nadie.

«Primero hablaré con Kimberly —se dijo—. Solo eso y luego informaré a los demás».

Sabía que podía costarle el puesto y esa idea debería haberle resultado amenazadora, pero después de tantos meses en Bozeman, no era así. La carrera que él había imaginado en el FBI se había esfumado y veía muy claramente su futuro en la agencia gubernamental: una sucesión de oficinas satélite, a la espera de poder jubilarse en algún lugar como Iowa o Indiana.

Tenía otras opciones, claro. El daño que él mismo le había causado a su futuro como agente del FBI no tenía por qué afectar también a su reputación como profesor. Pero lo que él quería era hacer el trabajo de un agente, no escribir o dar clases sobre ello.

Lo que él quería era resolver casos.

Buena parte del país seguía durmiendo cuando Barrett llegó al muelle de Port Hope, pero allí ya hacía rato que había comenzado el día; los únicos pescadores que aún no habían salido eran los que no durarían más de una o dos temporadas. El barco de Howard Pelletier —el Jackie II, bautizado en honor de su hija para no olvidar nunca por qué seguía trabajando, por qué seguía saliendo aunque el mar estuviera encrespado y soplara el viento— ya no estaba en su amarradero, pero el esquife seguía en el muelle. Howard debía de haber ido hasta su barco con el bote de remos para que Barrett pudiera usar el esquife, que era una pequeña embarcación de aluminio de cuatro metros de eslora equipada con un motor fueraborda. No era muy distinto al que en otros tiempos había tenido el abuelo de Barrett.

Las aguas, sin embargo, sí eran distintas. Incluso durante un día tranquilo en una bahía resguardada, e incluso en una distancia tan corta como la que separaba Port Hope de Little Spruce, el Atlántico norte no dejaba que nadie olvidara qué se escondía tras su agradable rostro.

Cuando Barrett se alejó del embarcadero y dejó atrás Port Hope, cruzando la bahía y poniendo rumbo al mar abierto, el sol de la mañana ya le estaba ganando la partida a la niebla. La brisa había acudido en su ayuda y empujaba la niebla en largas rachas, como si la estuviera barriendo con una escobilla. Tras cada racha, aparecía un fragmento más de costa: pinos altos y muy juntos, que parecían negros allí donde más abundaban, y acantilados de granito gris que el viento y el agua habían erosionado. Aquel océano siempre susurraba para recordar su poder. Era hermoso, pero también brutalmente sincero. Contaba con pocas playas de arena y muchos arrecifes. Era un océano que parecía empeñado en anunciar que nadie lo había conquistado, que solo se habían adaptado a él. Si alguien decía que lo había conquistado, era porque no había navegado más allá de Bar Harbor o Belfast durante un temporal.

Barrett tardó veinte minutos en llegar a Little Spruce. Estaba helado, pues solo vestía unos vaqueros, una camisa de algodón y unas zapatillas deportivas. Aquel atuendo, informal pero idóneo para el aeropuerto, parecía ridículo en mitad del mar, como si llevara un cartelón de hombre anuncio que lo identificara como paleto. La buena noticia era que todos los lugareños habían salido mucho antes, por lo que nadie se quedaría sorprendido al ver a un turista robarle la barca a un honrado trabajador.

Cuando llegó a Little Spruce, el embarcadero estaba vacío. En la isla no había más que unas cuantas casas de veraneo y una docena de devotos del lugar, como Jackie Pelletier, pero era demasiado pequeña para ofrecer el potencial de otros lugares frecuentados durante todo el año, como Vinalhaven, Islesboro y Monhegan, con sus comunidades pesqueras y sus ferris. En Little Spruce solo había una belleza sencilla y pura, que no escaseaba precisamente.

La última vez que Barrett estuvo en la isla había sido para comunicar a Howard Pelletier la confesión de Kimberly Crepeaux. Amarró el esquife, subió la escalerilla del viejo embarcadero y luego se dirigió hacia la colina para reunirse con aquella misma mujer y decirle que estaba dispuesto a escucharla de nuevo. Una vez más y basta.

Solo una vez más.

El estudio seguía tal y como Barrett lo recordaba, si bien le habían añadido unos cuantos candados relucientes sujetos a pasadores de aluminio. La casa que estaba al lado, vieja pero sólida, no parecía haber cambiado, y cuando Barrett llamó, no oyó ruido alguno en el interior. Por un momento pensó que, o bien Kimberly se había marchado, o bien nunca había estado allí, que todo aquello no era más que una broma cruel ideada por Howard Pelletier como venganza por lo que Barrett le había hecho creer. Pero entonces se abrió la puerta y Barrett se encontró cara a cara con Kimberly Crepeaux por primera vez desde que la había visitado en la cárcel el mismo día en que los buceadores habían rastreado el estanque vacío.

A diferencia de Howard, que parecía haber envejecido varios años en los últimos meses, Kimberly no había cambiado: seguía siendo la misma joven baja y delgada de huesos frágiles y delicados como los de un pajarillo. Daba la sensación de que una ráfaga de viento podía llevársela en cualquier momento, pero también era la única persona que se había sentado delante de Barrett y había confesado haberle clavado un cuchillo en el estómago a un hombre herido antes de arrojarlo al agua.

—Has vuelto —dijo ella en un tono neutro.

La ausencia de sorpresa en su voz hizo que Barrett comprendiera algo de repente.

—¿Cómo contacta Howard contigo? Aquí los móviles no tienen cobertura.

—Me dio una especie de radio, se llama de barco a tierra o algo así. Es para que pueda hablar con él y con mi hija, ¿vale?

Los teléfonos de barco a tierra eran caros. La inversión de Howard en Kimberly Crepeaux aumentaba rápidamente.

—Parece que a él sí le haces caso —se quejó Kimberly en un tono de voz algo petulante—. A mí no me devolviste ni una sola llamada cuando necesitaba ayuda.

Su desfachatez era asombrosa.

—Tu historia y tu retractación —le dijo Barrett—. ¿Entiendes lo que eso significa para alguien que no seas tú? ¿Lo has pensado alguna vez, Kimberly? ¿Aunque solo sea una?

Ella lo observó con una mirada confusa en sus ojos verde claro y parpadeó.

—Pues claro. Y por eso fui a verlo. Para arreglar las cosas.

—Para arreglar las cosas.

Kimberly asintió. Tenía las pupilas muy pequeñas, casi como puntitos, y Barrett se preguntó si estaría consumiendo drogas otra vez.

—Pensé que mi única opción era fingir que había mentido. ¿Qué otra opción me quedaba en vista de que no encontrabas los cadáveres?

Lo dijo en un tono de acusación, como si Barrett tuviera la culpa de que ella se hallara en aquella situación.

—No encontré los cadáveres —recordó Barrett— porque no estaban donde tú habías asegurado que estaban. Y ahora también se supone que debo creer que tu historia original es la verdad, a pesar de todas las pruebas que indican lo contrario, a pesar de las huellas dactilares y el ADN que relacionan a Jeffrey Girard con los asesinatos.

—Ah, creo que ahora ya lo entiendo. —Se apoyó en el marco de la puerta y observó a Barrett con una mirada orgullosa—. Puede que Girard lo ayudara a trasladarlos. ¿Sabes? He oído muchas cosas que tú no sabes.

—¿Y dónde has oído todo eso?

—En la cárcel, básicamente.

Barrett asintió y apartó la mirada de ella para contemplar el mar resplandeciente. La adrenalina iba dejando paso al cansancio. «Y ya estamos otra vez, Kimberly y sus historias de la cárcel. ¿Qué clase de imbécil eres para haber venido otra vez hasta aquí y seguir escuchando esos rollos?».

—Mathias me matará —dijo—. O contratará a alguien para que lo haga. Que se haya librado no significa que vaya a olvidarse. Pero que yo hablara contigo y te contara cómo ocurrió... No, eso acabará conmigo. —Se frotó los brazos y se estremeció al sentir la brisa del océano—. Entra antes de que me congele, por favor.

—No.

—¿Qué?

—Ve a buscar una chaqueta si tienes frío. Vamos a hacer una pequeña excursión, Kimberly.

Al escuchar aquellas palabras, pareció más asustada que cuando ella misma había dicho que Mathias Burke se proponía matarla.

—¿De qué estás hablando? No quiero ir a hablar con más polis. Nadie me escucha, solo...

—No vamos a ver a ningún poli. Vamos al estanque.

Kimberly dejó de frotarse los brazos.

—No quiero volver allí. Nunca.

—Y precisamente por eso tenemos que ir —explicó Barrett—. Es lo que tendría que haber hecho la primera vez.

Barrett se había ganado su reputación académica por sus críticas a la obsesión policial con las reacciones físicas de los sospechosos. Estaba convencido de que a él le bastaba con las palabras. Pero ahora, sobre el terreno, ya no estaba tan seguro. Kimberly era una excelente cuentista, pero no le daba mucho crédito como actriz. Si aquel lugar significaba algo para ella, Barrett estaba seguro de que lo demostraría de algún modo.

—Yo no voy —dijo sacando la barbilla como una niña enfurruñada, pero con los ojos muy abiertos y una mirada de auténtico miedo.

—Entonces me marcho.

Kimberly se mordió el labio inferior y miró por encima del hombro de Barrett, hacia tierra firme. La brisa cobró fuerza y le alborotó el pelo; ella levantó una mano para apartárselo de la cara. Se le subió la manga al mover el brazo y Barrett buscó marcas de pinchazos, pero no vio ninguna. Eso, sin embargo, no significaba nada. Tal vez esnifara, o fumara.

—Vale —dijo ella al fin con voz baja pero firme—. De todos modos, el fantasma de Jackie ya me está persiguiendo aquí. Si puedo soportarlo aquí, también podré soportarlo allí.

23

En el esquife no hablaron mucho. Barrett la observó y se dio cuenta de que parecía cada vez más nerviosa a medida que se acercaban al muelle de Port Hope. Kimberly mantuvo la cabeza gacha mientras bajaba de la embarcación, pero su mirada era inquieta, iba de un lado a otro. Barrett no reconoció a nadie excepto a una mujer que estaba fumando un cigarrillo delante del centro comercial. Era la encargada del bufé de desayunos y comidas; conocía a Barrett y, desde luego, a Kimberly. La mujer se dio la vuelta como si ni siquiera los hubiera reconocido, pero Barrett sabía que sí los había reconocido y también que lo contaría.

Se alejaron del puerto en coche, empezaron a subir la colina y luego giraron a la derecha por la Carretera de Port Hope. Kimberly sacó un cigarrillo y lo encendió. Movía sin descanso la pierna izquierda, nerviosa, y le daba vueltas al teléfono en la mano, con aire ausente, pero Barrett no la vio tocar la pantalla ni una vez. Cuando giraron por Archer's Mill Road, la velocidad de aquellos gestos nerviosos aumentó y Kimberly empezó a mover la pierna como si fuera un pistón. Barrett la observó atentamente cuando pasaron por delante del Orchard Cemetery; la vio volver la cara hacia el otro lado y, bajo el sol resplandeciente de la mañana, a Barrett le pareció que su piel estaba tan pálida como algunas de las lápidas de piedra caliza.

Cuando llegaron a la pista de tierra que llevaba a la casa de veraneo situada sobre la ensenada, Barrett se metió en el arcén y aparcó en la hierba. Kimberly había dejado de mover la pierna, pero seguía con el rostro vuelto hacia el cristal para que él no pudiera verle la cara.

—Bueno —dijo Barrett—, vamos a echar un vistazo.

Kimberly dejó el teléfono en la consola del coche, pero se guardó los cigarrillos en el bolsillo y abrió la puerta con un gesto de sombría resignación, como alguien que se dispone a entrar en el calabozo.

Cuando bajaron del coche y empezaron a descender por el camino de acceso, Barrett se dio cuenta de que el corazón le latía muy rápido. Sentía curiosidad por saber si aquel lugar desencadenaría alguna reacción emocional en Kimberly, pero no había calculado que pudiera ocurrirle a él.

El camino rodeaba una enorme piedra casi tan alta como la cabaña que se encontraba al lado y enseguida llegaron a la ensenada.

No había ninguna evidencia de que la paz de aquel lugar se hubiera visto alterada en algún momento. Todo estaba tan tranquilo como siempre, el cielo estaba despejado y el aire olía a agujas de pino. Las aguas oscuras estaban en calma, inmóviles, y reflejaban los árboles y el cielo, pero no dejaban ver ni rastro de lo que se ocultaba en el fondo.

No había ninguna plataforma en la ensenada y las ventanas de la cabaña estaban protegidas con tablones de madera, pero eso tampoco era raro; tan al norte, la mayoría de veraneantes no abrían sus casas de temporada hasta pasado Memorial Day, a finales de mayo. Barrett, sin embargo, recordaba muy bien dónde había estado la plataforma. No le costó en absoluto triangular la posición y estaba a punto de indicársela a Kimberly cuando esta empezó a alejarse de él.

Bajó hasta la orilla del agua, donde estaban empezando a crecer las espadañas, y Barrett se fijó en que le temblaban los husudos hombros. Subió a una de las piedras para poder verle la cara.

Estaba llorando sin emitir sonido alguno. Llorando, temblando y contemplando el estanque como si creyera que algo iba a surgir de aquellas aguas para agarrarla por la garganta.

«Es mejor actriz de lo que pensabas», se dijo Barrett. Y, sin embargo, le costaba creer que estuviera actuando.

—Aquí... aquí es donde aparcó —dijo Kimberly. Se secó las lágrimas con el dorso de la mano, que aún le temblaba—. La primera vez aparcó de cara al agua. Porque estaba oscuro, claro, y necesitaba las luces. La segunda vez bajó marcha atrás.

Barrett observó en silencio.

—Si hubiera acercado las ruedas un poco más, se podría haber quedado atascado —dijo mientras contemplaba el barro acumulado debajo de las espadañas—. Pero no lo hizo. Aparcó en el sitio exacto para que pudiéramos abrir el portón trasero y empujarlos y...

Las lágrimas la obligaron a interrumpirse. Temblaba cada vez más y respiraba de forma rápida y entrecortada. Barrett la estaba observando, fascinado, cuando Kimberly dio un inesperado paso al frente y entró en el agua.

Al principio, se quedó tan sorprendido que no pudo hablar. Kimberly se limitó a bajar de la orilla y a meterse en el estanque; el agua le empapó las sandalias y le empezó a subir por los vaqueros.

—Kimberly —consiguió decir Barrett al fin—, sal del agua.

Ella no dio muestras de haberlo oído. Estaba pálida y tenía la cara vuelta hacia el lado norte de la ensenada, justo donde aquel día estaba anclada la plataforma. Caminaba directamente hacia allí, temblando y llorando, pero sin reaccionar ante aquellas aguas tan frías.

Barrett siguió observándola y recordó lo que ella le había dicho en una ocasión.

«Lo llevamos hasta el agua. De la misma manera, en el mismo sitio. Yo avancé hasta que el agua me llegó al cuello, pero solo mido metro y medio, y entonces Mathias lo arrastró a nado puede que unos tres metros más. Están allí, entre la plataforma y el embarcadero. Más cerca de la plataforma. Los encontraréis allí, no sé a qué profundidad. Pero no están a mucha profundidad. Allí solo hay aguas oscuras, es un lugar solitario».

«Los encontraréis fácilmente».

—Estaban justo aquí —dijo—. Es como si aún pudiera verlos aquí. Sentirlos, notar lo mucho que pesaban cuando los metimos en el agua y lo ligeros que eran a medida que se hundían más y más.

Avanzó otros dos pasos y de repente el agua le llegó hasta los hombros. Cubría enseguida.

—Kimberly, ¡sal del agua, joder! —le gritó Barrett.

Era la voz de su abuelo, la que por lo general solo vivía en su mente, pero sirvió para llamar la atención de Kimberly. Salió del agua como si formara parte de una leyenda, como si perteneciera al mismísimo estanque. Estaba temblando y la fina sudadera se le había quedado pegada a los pequeños pechos. A medida que se acercaba a él, le brotaron nuevas lágrimas que ocuparon el lugar de las anteriores.

—Estaban aquí —dijo—. Te lo prometo, estaban aquí.

Barrett no tenía intención de abrazarla. Ni siquiera tenía intención de moverse, pero nunca había visto a nadie con una expresión tan atormentada. Bajó de la roca, la rodeó con los brazos y notó que Kimberly se estremecía y temblaba junto a su pecho. Le pasó las manos por la tela húmeda que se le había quedado pegada a la parte baja de la espalda y le dijo: «Te creo, te creo», sin detenerse siquiera a pensar en el significado de aquellas palabras.

Kimberly inclinó la cabeza hacia atrás para mirarlo. Lo observó con aquella carita de piel blanca, nariz chata y pecas que siempre le otorgarían un aspecto aniñado, al menos mientras no tuviera un cuchillo en la mano, y dijo:

—Y una mierda, Barrett. Nadie me cree.

—Lo que has hecho ha sido una estupidez —soltó Barrett—. Hace demasiado frío para meterse así en el agua.

—Es lo que querías, ¿no? Obligarme a recordarlo todo.

—¡No! Yo solo quería...

—¿Qué? —le cortó ella—. ¿Tú solo querías qué?

—Solo quería ver cuál era tu reacción en este sitio.

Kimberly seguía temblando, pegada a él. Tenía empapadas las puntas de los cabellos, que caían sobre el brazo de Barrett, pero el resto estaba seco. El cuerpo menudo y huesudo de Kimmy parecía aún más pequeño con la ropa calada y pegada a la piel.

—¿Y? —le preguntó—. ¿He reaccionado bien? —Se tragó las lágrimas y añadió—: Él tenía los ojos abiertos, Barrett. Tenía los ojos abiertos y trataba de respirar. Tampoco puedo volver a la isla. Es como si Jackie estuviera allí, por todas partes. No podré soportarlo otra vez, menos aún después de haber estado aquí.

Se echó a temblar aún más, ya fuera por el recuerdo, por el frío del agua o por ambas cosas. Barrett le apoyó las manos en los hombros para tranquilizarla y fue entonces cuando, al mirar por encima de la espalda de Kimberly, vio a Liz.

24

Estaba más o menos a la mitad del camino de acceso, entre las sombras de los pinos. Vestía vaqueros y un fino forro polar, y llevaba una cámara. Durante un segundo, los dos se quedaron atrapados en una mirada silenciosa, y entonces Kimberly Crepeaux, que no se había dado cuenta de nada, siguió la mirada de Barrett, se volvió y vio a Liz. Retrocedió rápidamente.

—¿Qué está haciendo ella aquí? —gritó al tiempo que le lanzaba a Barrett una mirada acusadora—. ¡Es periodista!

—Yo no la he llamado —contestó Barrett.

—No —confirmó Liz. Se dirigió hacia ellos y habló mirando a Barrett—. Te aseguro que no me ha llamado.

Dejó que su comentario flotara unos instantes en el aire antes de concentrar de nuevo su atención en Kimberly.

—Esta mañana he recibido una llamada de alguien que decía haberos visto a los dos juntos en el embarcadero de Port Hope. «No, imposible», he dicho yo.

—Te iba a llamar hoy —dijo Barrett.

—Sí, no me cabe duda.

—No, en serio. Llegué ayer casi a medianoche.

Kimberly los miró alternativamente a uno y otro, y, por el centelleo de sus ojos, Barrett supo que lo había comprendido.

—Es culpa mía —dijo dirigiéndose a Liz—. Lo he llamado un montón de veces.

Liz ni siquiera la miró.

—¿Qué estás haciendo, Rob? ¿Se puede saber qué es lo que estás haciendo?

—Escucharla. ¿Por qué no haces tú lo mismo?

La miró con dureza, tratando de recordarle únicamente a través del contacto visual todo lo que habían vivido juntos a lo largo de los años.

—Liz. Por favor, escúchala. Por favor, es lo único que te pido.

Durante unos segundos, mientras los dos se observaban separados por una temblorosa Kimberly, no se oyó más sonido que el susurro de los pinos mecidos por la brisa.

—Necesita ropa seca —dijo finalmente Liz—. Le puede servir algo mío. Le irá grande, pero le puede servir.

—Tengo que hacerme los bajos hasta en los vaqueros de la talla S —anunció Kimberly—, ¿os lo podéis creer?

Liz se la quedó mirando durante unos cuantos segundos, como si estuviera tratando de comprender a un ejemplar de una nueva especie, y luego miró de nuevo a Barrett.

—Estoy segura de que yo no soy la única que recibe llamadas. Seguro que alguien querrá comprobar en breve si el soplo es cierto.

—Hablaremos contigo. Kimberly lo hará —dijo Barrett al tiempo que le daba un golpecito con los nudillos—. ¿Verdad?

—Supongo —contestó ella en voz baja—. Parece que otra vez estoy hablando con todo el mundo. La última vez que lo hice no salió demasiado bien, ¿verdad?

Nadie respondió.

Cuando les contó su última historia, Kimberly Crepeaux estaba sentada a la mesa de la cocina de Liz sosteniendo entre las manos una taza de café que no había bebido. También llevaba unos vaqueros de Liz, que le tapaban los pies como si fuera una niña que se ha puesto la ropa de su madre, y un jersey que le sentaba algo mejor, demasiado largo pero lo bastante ceñido.

La habían estado siguiendo en coche desde el día en que había salido de la cárcel, dijo. Vehículos distintos, a veces un coche, a veces una camioneta, a veces una furgoneta... Pero siempre estaban allí. Solo llevaba seis días fuera de la cárcel cuando reventaron la primera ventana en casa de su abuela —su *mémère*, como la llamaba ella, porque así era como decían «abuela» los francocanadienses—, y luego alguien empezó a venir por las noches, a enfocar las ventanas con linternas. Su abuela se asustó, su hija lloró, y Kimberly supo que tenía que marcharse.

—Ellas no han hecho nada malo —les explicó—. Ava no es más que una niña. Y Mémère... lo único que ha querido para mí es que yo estuviera mejor de lo que estoy. No se merecen esto. Quiero decir que... ¡Mathias ni siquiera me deja trabajar!

Barrett y Liz intercambiaron una mirada. Aquella era la Kimberly que todo el mundo conocía, la cuentista, la de las historias lacrimógenas y las excusas.

Kimberly sacudió un paquete de tabaco empapado, sacó un cigarrillo y buscó el encendedor.

—Por favor, no fumes en mi casa —dijo Liz.

Kimberly suspiró y dejó caer el cigarrillo húmedo.

—¿Por qué dices que no te deja trabajar?

Les contó entonces que había buscado trabajo por toda la costa, siempre con empresarios que habitualmente colaboraban con la oficina de libertad condicional. Algunos habían mostrado cierto interés, pero al día siguiente el puesto ya estaba ocupado. Kimberly culpaba de todo eso a la enorme —o sospechosamente extraña— influencia de Mathias Burke. Los habitantes de Port Hope no veían a Mathias del mismo modo que lo veían en la cárcel, les explicó. En el exterior, la gente le tenía aprecio y lo respetaba, o no lo conocía. Pero ¿en la cárcel?

—Le tienen terror —dijo Kimberly—. Los mismos tipos que no le temen a nadie se andan con mucho cuidado cuando hablan de él. Nunca lo han arrestado, nunca ha estado dentro y, sin embargo, le tienen miedo.

Aquella era la Kimberly de antes de la confesión, la prolífica fuente de rumores imposibles de verificar. Barrett sabía que a Liz se le estaba agotando rápidamente la paciencia.

—Dime algo nuevo, Kimberly —le dijo—. No puedo luchar por ti si me cuentas los mismos rollos de siempre.

Hizo de nuevo el gesto de sacar la barbilla, ese gesto de niña malcriada al que tan a menudo recurría, y dijo:

—Jeffrey Girard vendía drogas. No solo las consumía, sino que él y su primo vendían.

—Vale. ¿Y qué tiene eso que ver con los asesinatos?

Kimberly se encogió de hombros.

—Algo nuevo —dijo Barrett tratando de que no se le notara el cansancio en la voz— que tenga alguna relación con los asesinatos.

—Ya... bueno, eso es más difícil. Ah, espera... ¿Sabes esas fiestas que solía organizar Ian Kelly en la playa privada de su casa?

Barrett asintió. A Ian le gustaba dar fiestas, especialmente para los chicos del pueblo. Le gustaba presentarse a sí mismo como un hombre campechano, no como un forastero privilegiado.

—¿Las hogueras?

—¡Sí! Exacto. Bueno, había drogas en aquellas fiestas. Aquella chica que se ahogó a principios de verano, Molly Quickery. Bueno, pues he oído que no es verdad que se ahogara, que ya estaba muerta antes de ir a parar al agua porque se había metido una sobredosis en una de aquellas fiestas. Lo cual, la verdad, no me sorprendería. Molly Quickery era lo peor. Vamos, que a su lado Cass Odom era toda una dama. Los tíos le iban detrás por las tetas, pero era una guarra. Molly Polvofácil la llamaban. He oído tantas historias sobre ella que ni os lo creeríais. Una vez me contaron que en una fiesta le hizo una mamada...

—Salió en el periódico —la interrumpió Liz con la voz tensa de rabia.

Kimberly arqueó una ceja.

—¿Lo de que se la chupó a dos tíos en la misma fiesta salió en el periódico?

Liz se apoyó las manos en las sienes.

—No. Lo que salió en el periódico fue la causa de su muerte. Que ya estaba muerta antes de ir a parar al agua, y lo sé porque lo escribí yo, o sea que cualquiera capaz de leer también podría saberlo. Así que vamos a dejar de fingir que eso es información privilegiada.

Liz estaba a punto de perder los nervios y Barrett se sentía igual. Estaban los dos observando a Kimberly quemar rueda en busca de agarre, pero en realidad no tenía nada nuevo.

—¿Qué tiene todo eso que ver con Ian? —preguntó Barrett.

—Bueno, eran sus fiestas. Puede que estuviera vendiendo drogas.

Era poco probable. A Ian Kelly no lo habían detenido nunca ni tampoco necesitaba dinero, así que los riesgos y las recompensas del tráfico de drogas no parecían encajar con él.

—Me contaste que Ian había muerto porque había presenciado un atropello —dijo Barrett—. Esa es toda la historia, y ahora tú insistes otra vez en que es la verdad.

—Exacto. Es la verdad.

—Entonces ¿qué más da si se drogaba o si vendía drogas? ¿Qué tiene eso que ver con el hecho de que vosotros tres llevarais su cuerpo hasta el estanque y lo apuñalarais después de un accidente?

—Yo no digo que una cosa tenga que ver con la otra, pero, no sé, es como una prueba de que lo estoy intentando, ¿no? Yo soy la única que intenta que la gente se interese por la verdad, Barrett.

Le entraron ganas de abofetearla. Toda la compasión que le había despertado al verla entrar en el agua se esfumó de golpe, era la misma Kimberly de siempre tratando de tomarle el pelo.

—Girard dejó pruebas —explicó—. Nadie más las dejó. Y eso es un problema, Kimberly.

Ella se encogió de hombros.

—¿Por qué me contaste la historia? —le preguntó Barrett—. Llevabas semanas mintiéndome. ¿Por qué decidiste contarme la verdad?

Kimberly miró fijamente la mesa.

—La tarjeta —dijo—. Aquella estúpida tarjeta. No sé por qué la guardó. Yo ni siquiera... O sea, tampoco es que fuera una tarjeta muy amable. Yo solo quería que Jackie supiera que era muy afortunada, ¿vale? Había tenido una buena madre durante un tiempo, que era más de lo que yo había tenido jamás. Y aún le quedaba un buen padre. Tenía mucha suerte.

En ese momento, su voz sonaba más débil y levantó una mano como si quisiera secarse una lágrima, pero en lugar de eso se rascó un lado de la cara.

—Es que recuerdo la forma en que Howard la miraba —dijo en voz baja—. La forma en que le cogía la mano aquel día, cuando volvió al colegio, y la forma en que la miraba cuando finalmente la soltó... Era fácil ver lo mucho que temía por ella. Porque la quería tanto... Y nosotros se la arrebatamos. Todos los temores que él tenía entonces, nosotros los hicimos realidad.

Levantó de nuevo la mirada, con los ojos relucientes.

—Lamento haber esperado, pero por lo menos ahora lo estoy intentando. Todo el mundo dice: «Inténtalo, inténtalo, inténtalo». ¡Pero yo no sé cómo hacerlo! Lo único que sé es que yo estaba allí cuando Mathias atropelló a Jackie con la camioneta, que yo estaba allí cuando le partió el cráneo a Ian con aquel tubo y que, de repente, ¡yo estaba en el agua y tenía sus cuerpos en las manos! —exclamó con un tono de voz cada vez más alto, agudo y estridente—. Os puedo decir que cogí un cuchillo y lo apuñalé a través del plástico, que él aún intentaba respirar y que me estaba mirando. Os puedo decir todo eso, ¡pero no queréis escucharme! ¡Porque soy una mentirosa, soy Kimmy Crepeaux y lo único que hago es drogarme y contar mentiras! ¡Eso es lo que todos queréis creer! ¡Pero tuve sus cuerpos entre mis propias manos y los llevé a aquel estanque y esa es la verdad! ¡Ahora demostradlo vosotros, joder!

Enfatizó cada palabra de la última frase golpeando con la mano la mesa de cristal de Liz.

Durante un segundo, nadie dijo nada. Luego Liz recobró la calma y dijo:

—La semana pasada te detuvieron tratando de comprar heroína. Si quieres mejorar tu credibilidad, esa no es la mejor forma.

—Vete a la mierda.

Liz encajó aquellas palabras limitándose a abrir un poco más los ojos.

—Y me lo dice en mi casa y vestida con mi ropa, nada menos —dijo—. Qué simpática.

—Y tú me miras todo el rato como si no fuera más que un trozo de mierda que has pisado. ¿Que si intenté comprar drogas? Pues sí. ¿Y quieres saber por qué? Porque tengo miedo. —Cogió de nuevo el cigarrillo húmedo y lo retorció entre los dedos—.

¡Y porque sé lo que vi! Lo que hice. Sé lo que hice. —El cigarrillo se partió y cayeron sobre la mesa hebras húmedas de tabaco—. Aún respiraba —dijo en un tono desesperado y suplicante—. Aún respiraba y tenía los ojos abiertos. Me estaba mirando.

Apartó hacia un lado el cigarrillo roto y miró a Liz.

—Piénsalo y ahora dime si tú no querrías meterte algo para ahuyentar ese recuerdo.

Era fascinante, pensó Barrett. Si estaba mintiendo, desde luego era la mejor.

—¿Y la camioneta? —preguntó Kimberly—. Eso me ayuda, ¿no? Yo tenía razón en lo de la camioneta, menos en la pintura. Si de verdad me lo estoy inventando todo, ¿no os parece raro que lo de la camioneta sea cierto?

—«Menos en la pintura» es un gran problema —dijo Barrett, aunque en realidad ahí Kimberly había tocado una fibra sensible. Recordó el taller de carrocería, el momento en el que abrió la puerta de la vieja camioneta Dakota, se fijó en el asiento de tres plazas y pensó que Kimberly lo había descrito a la perfección—. He hablado con algunas personas sobre eso, Kimberly, nadie repintó el capó. Era viejo, estaba gris y oxidado. No era lo que tú aseguras haber visto.

Kimberly parpadeó y, de repente, los ojos se le llenaron de lágrimas que no llegó a derramar.

—Lo sé —susurró—. Me asusté cuando no encontrasteis los cadáveres, pero entonces pensé, bueno, Mathias los ha cambiado de sitio, eso es todo. Pero la pintura del capó era... —Tragó saliva—. La pintura me hace pensar que estoy loca. Cuando os cuento todas esas cosas, sé que ocurrieron, ¿vale? Yo estaba allí. Lo vi. Lo hice. Pero la policía me enseñó fotos de la camioneta y me explicaron todo ese rollo científico de que no se podía haber pintado nada encima de todo aquel óxido y no sé qué más. Y no supe qué decirles. El capó que yo vi era blanco y brillante, demasiado brillante, y tenía pintado un gato negro de ojos rojos. ¿Quién se inventa algo así? Pero ellos me decían que era imposible, y tenían fotos y muestras de pintura y muestras de óxido y...

Se quedó sin aliento. Alargó la mano hacia el cigarrillo roto y luego la dejó inmóvil.

—Puede que tengan razón —preguntó—. Pero si tienen razón, ¿qué? Entonces es que estoy loca, no que soy una mentirosa. Porque sé lo que ocurrió aquella noche. —Levantó la mirada y observó primero a Liz y luego a Barrett—. Sé a quién maté.

26

Se bebió dos cervezas y se quedó dormida en el sofá de Liz. Barrett y Liz se quedaron junto a ella hasta convencerse de que dormía, igual que unos padres que contemplan a su hijita, y solo entonces regresaron a la cocina.

—No puede quedarse aquí —dijo Liz.

—Ya lo sé. La llevaré a un hotel u otro sitio.

—¿Qué te propones, suplicar que te despidan?

—No sé qué otra cosa hacer con ella. No quiere ir a su casa, no quiere volver a...

Liz arqueó las cejas.

—¿No quiere volver adónde?

Barrett soltó un largo suspiro, dirigió la mirada hacia la estancia en cuyo sofá dormía Kimberly, y dijo:

—Estaba viviendo en Little Spruce. En la casa de Howard.

—¿Kimmy Crepeaux duerme en la casa en la que vivía Jackie Pelletier?

—¡Chist!

Barrett levantó las manos cuando ella alzó la voz y, a modo de respuesta, Liz también las levantó, como si quisiera controlar su ira. Luego se dio la vuelta, se llevó los dedos a las sienes y sacudió lentamente la cabeza.

—El estudio está cerrado —le dijo Barrett.

—¿Y eso qué cambia?

—Para Howard, mucho, te lo aseguro.

Le contó entonces lo de las llamadas de teléfono y lo de su viaje en plena noche para ir a ver a Howard.

—¿Howard la cree? —preguntó Liz mientras contemplaba la diminuta figura de Kimberly, que dormía acurrucada en su sofá y roncaba débilmente.

—Sí —contestó Barrett—. Howard la cree. Y ahora tú también la has escuchado en persona. Así que dime: ¿qué piensas?

Liz se apoyó en la isla de la cocina, observó a Barrett y luego desvió la mirada.

—No quiero decirte lo que pienso.

De no ser porque la conocía bien desde hacía mucho tiempo, Barrett podría haber malinterpretado aquel gesto, aquella afirmación. Pero recordó la forma en que ella había reaccionado tiempo atrás al hablarle él de las mentiras que le había contado su abuelo. Aquel día, Liz había apartado la mirada porque no quería mostrarse en desacuerdo con él. En ese momento, sin embargo, no lo miraba porque no quería mostrarse de acuerdo con él. En ambas situaciones, Liz había intuido los peligros que acechaban a Barrett desde el horizonte. Barrett no tenía motivo alguno para estar tan seguro, a no ser la familiaridad de dos personas que desde hacía mucho se comprendían en la oscuridad.

—Liz, necesito saberlo.

Ella se volvió a mirarlo y el pelo le cayó sobre la mejilla.

—Ahora entiendo por qué la creíste.

—Pero ¿tú sigues sin creerla?

Liz inclinó la cabeza. Barrett vio asomar, justo por debajo de la clavícula, una parte de la frase que llevaba tatuada.

—Hace dos horas te habría dicho que no. Cuando he recibido la primera llamada en la que me decían que te habían visto con ella en Port Hope, me ha destrozado saber que habías vuelto para escuchar otra vez todo aquello, para escucharla a ella. Pero...

Cruzó la cocina y salió al pequeño jardín de invierno que hacía las veces de comedor. Se sentó, con aspecto de estar agotada, y contempló los pinos.

—De lo que ha dicho, lo que sí creo es que la camioneta es el mayor problema. Una cosa es decir que toda su historia se basa en unos cadáveres en un estanque que al final no estaban en ese estanque. Una cosa es decir que les dispararon, no apuñalaron. Podemos creer que eso ocurrió más tarde, ¿no? Podemos creer que Girard ayudó a Mathias a trasladar los cuerpos, quizá. Pero lo de la camioneta es más difícil. Emitisteis un comunicado que hablaba de una camioneta blanca con un gato negro pintado, pero la camioneta que apareció en el taller de Girard, con restos de sangre de las víctimas, era completamente distinta.

—Sí —dijo Barrett—, eso es un problema.

—Aquí hay mucha gente que aún cree que, en realidad, Kimberly contó parte de la verdad —dijo Liz.

—¿Qué parte?

—Que participó en los asesinatos y que estaba en la camioneta Dodge Dakota cuando ocurrió. El resto, es decir, quién estaba con ella, cómo murieron Jackie e Ian y qué hicieron con ellos... aún es objeto de debate.

Barrett asintió. Él también había tenido mucho tiempo para pensar en todas esas opciones. Tiempo para preguntarse si había llegado hasta la mujer correcta pero a la que le había arrancado la historia equivocada.

—Ella cree lo que dice —dijo Liz—. No lo había visto antes, solo te lo había oído decir a ti. Pero cree su historia.

—Sí, así es. —Barrett se apoyó en la isla de la cocina y se observaron bajo la luz cada vez más débil—. Así que estoy otra vez como al principio.

—¿Probar que su historia es cierta?

—Exacto —dijo mientras lanzaba una mirada al sofá—. Y decidir qué hago con ella.

—Una noche —dijo Liz—. Puede quedarse una noche.

—No tienes por qué hacerlo. No te lo he pedido ni pienso hacerlo.

—Si me lo hubieras pedido, te habría dicho que no —dijo y le ofreció su habitual sonrisita irónica, torciendo solo la comisura de los labios—. ¿Cuánto tiempo hace que no duermes, Rob?

—Unas cuantas horas.

—Tienes un aspecto lamentable. Ve a descansar un poco. Yo me quedaré aquí abajo vigilando a tu chica. Quizá debería esconder los cuchillos.

—Un chiste muy malo.

—¿Quién ha dicho que sea un chiste?

Barrett salió al jardín de invierno y se arrodilló ante ella, le apoyó las manos en los muslos y la miró a los ojos.

—Sabes por qué hago todo esto. Tengo que averiguar la verdad. Por Howard, por Amy y George.

Liz se inclinó hacia él y le dio un delicado beso en la frente. Luego apoyó la cara en la de él.

—Sé por qué lo haces —dijo—. Y puedes seguir engañándote y diciéndote a ti mismo que esos son los motivos. Mientras, Rob, cuidado al escuchar la historia de esa chica. Sea cierta o no, puede reducir tu vida a cenizas.

27

Liz lo despertó a las cuatro de la madrugada para decirle que Kimberly se había ido.

—¿Qué significa que se ha ido?

—Pues que ha salido de mi casa vestida con mi ropa, eso significa.

Se sentó de golpe, dispuesto a apartar las mantas, pero no encontró nada. Ni siquiera se había desnudado, solo se había quitado los zapatos antes de tenderse de espaldas en la cama y sumirse en un sueño profundo e inquieto.

—La he oído salir por la puerta lateral y, cuando he salido a llamarla, ha echado a correr por el camino de entrada —explicó Liz.

Barrett se puso los zapatos, bajó la escalera y salió. No se veía nada, a excepción de árboles y sombras. El camino de entrada era un largo y sinuoso sendero por el bosque que llevaba a la carretera rural que unía Camden y Augusta. Nunca había demasiado tráfico y, a aquellas horas de la madrugada, estaba completamente en silencio.

Barrett subió a su coche y empezó a recorrer el sendero, pensando que tendría que jugársela a la hora de girar al este o al oeste, aunque lo más probable era que Kimberly hubiera ido hacia el este, en dirección a la costa. Justo entonces, al salir de una curva, los faros del coche la iluminaron. Estaba de pie al final del camino de entrada, tratando de encender un cigarrillo mientras miraba su teléfono. El resplandor azul de la pantalla le daba un aire fantasmal a su rostro. Cuando Barrett bajó del coche, ella lo miró y se secó las lágrimas con el pulpejo de la mano en la que sostenía el cigarrillo.

—¿Qué haces? —le dijo Barrett.

—Ahora vienen a buscarme. Sé que ella no me quiere en su casa y yo tampoco quiero estar allí. No puedo dormir en su casa, no puedo dormir en Little Spruce. Lo único que quiero es descansar de una puta vez, Barrett. Eso es todo.

—¿Y dónde vas a descansar?

Hizo un gesto vago con la mano.

—Ahora viene un amigo.

—¿Quién?

—Y a ti qué coño te importa.

Barrett se asomó a la ventanilla abierta para apagar el motor.

—Pues me quedo a esperar contigo.

—No hace falta que esperes conmigo. Vuelve a la cama. —Observaba la carretera con inquietud—. Ya te llamaré mañana para decirte dónde estoy.

—No, gracias. Me has hecho venir desde Montana, ¿te acuerdas? Prefiero saber dónde estás, no tengo ganas de perder el tiempo buscándote.

Unos faros que ascendían por la sinuosa carretera los interrumpieron. Kimberly y Barrett guardaron silencio mientras se acercaba el coche, un viejo Saturn que, por el ruido, más bien parecía una locomotora de vapor. El vehículo se detuvo junto a ellos, la ventanilla bajó y del interior les llegó una voz.

—Eh, Kimmy, ¿quién es tu amigo?

Era un joven blanco, con una sombra de barba en las mejillas. La mayor parte de la cara le quedaba oculta entre las sombras de la gorra de los Red Sox que llevaba, pero Barrett reconoció el coche. La última vez que había visto a su conductor estaba tratando de recuperar el aliento en el suelo del Harpoon.

Barrett se inclinó un poco para que Ronnie Lord pudiera verle la cara.

—Joder, mierda —dijo Ronnie—. ¿Por qué me haces esto, Kimmy?

—¿Adónde la llevas, Ronnie? —preguntó Barrett.

—No la llevo a ningún lado, qué chorradas dices. Esto es incitación al delito, tío. La has obligado a escribirme un mensaje, eso no es legal. Eso no... Si encuentras algo, no es legal —dijo mientras ponía el cambio en posición de aparcamiento para el inevitable registro.

—Es tu noche de suerte, Ronnie. Si me dices la verdad, te dejaré largarte de aquí sin registrar el coche. ¿Adónde la ibas a llevar?

—A ningún lado, en serio. Yo solo... —Se humedeció los labios, observó a Barrett y decidió que la sinceridad era la opción menos arriesgada—. Yo solo he venido a entregar, tío. Me ha enviado esta dirección y he venido a entregarle lo que necesitaba. No sé qué quieres decir con eso de que adónde la llevaba, tío, no soy un puto taxista.

—Claro que no. Pero conducir un taxi es legal —dijo Barrett. Se apartó de la ventanilla y dio una palmada en la puerta del coche—. Lárgate de aquí. Pero yo en tu lugar tiraría la mierda que lleves. Cualquier poli, desde Belfast hasta Bangor, te oirá llegar con este trasto. Ah, Ronnie. Como me entere de que le cuentas a alguien dónde te has parado esta noche...

—Qué va, qué va —dijo, al tiempo que levantaba las manos y se convertía en el vivo retrato de la inocencia—. No me acuerdo de nada, tío.

—Vete a casa, Ronnie.

Ronnie Lord puso el cambio en posición de avance y el tubo de escape petardeó como la maquinaria de un aserradero. Barrett se quedó mirando las luces traseras hasta que desaparecieron y entonces, al volverse hacia Kimberly, vio a Liz tras ella, en el camino de entrada.

—¿Ese era Ronnie Lord? —preguntó—. ¿En mi casa y en plena noche?

—Sí —contestó Barrett mientras notaba la rabia que empezaba a rugir en su interior, como si fuera un trueno lejano—. Kimberly estaba esperando un paquete. Lo cual es raro, teniendo en cuenta que me dijo que estaba limpia.

—¡Y estaba limpia! Pero tú me has llevado al estanque y me has hecho recordarlo todo y ahora solo los veo a ellos. ¡Cierro los ojos y veo las burbujas que formaba la sangre debajo del plástico, y veo el plástico que se le pegaba a la boca cuando intentaba respirar! Solo quería algo que hiciera desaparecer todo eso.

—Nos vamos —dijo Barrett.

Estaba escuchando a Kimberly, pero era la voz de Liz la que resonaba en su cabeza: un camello había aparcado delante del camino de entrada de su casa, en plena noche, y era Barrett, en último término, quien lo había permitido.

—Elige un destino, Kimberly. Elige una estación de autobús, elige el sótano de Ronnie. Me importa una mierda. Pero te vas.

—Llévame a casa de Mémère, supongo.

—Perfecto.

—Ni siquiera sé si me abrirá la puerta.

—Pues ya lo descubriremos —dijo Barrett, que de repente se sentía agotado.

Rodeó el coche, abrió la puerta y esperó. Finalmente, Kimberly se dirigió hacia el coche. Justo antes de subir, se detuvo y se volvió a mirar a Liz.

—Liz, lo siento. Yo solo..., yo solo necesitaba que parase un poco y ya está. Si tú hubieras visto las mismas cosas que vi yo, lo entenderías.

Subió al coche sin esperar respuesta.

28

Hicieron el trayecto en silencio, Kimberly con la cara vuelta hacia el otro lado. Solo habló tras llegar a Port Hope, cuando se acercaban ya a la casa de su abuela.

—He estado limpia, Barrett, me he esforzado mucho.

—Esta semana has intentado comprar por lo menos dos veces.

—¡Pero eso no significa que no me haya esforzado mucho!

Barrett había conocido a los suficientes drogadictos como para saber que era verdad.

—Te conseguiremos ayuda —le dijo—. Hay buenos programas.

Por la expresión de Kimberly, supo que aquella posibilidad era inexistente, pero ella asintió de todos modos.

—Lo único que necesito es descansar un poco y poder ver a mi niña. Ella siempre me hace sonreír, ¿sabes? —Se le iluminó un poco el rostro al pensar en la pequeña—. La veré, descansaré un poco y me encontraré mejor.

Estaban a dos manzanas de la casa de su abuela cuando Kimberly dijo:

—Déjame aquí. Mémère no es precisamente una admiradora tuya. Ya tengo bastantes problemas, más vale que no te vea.

Barrett no discutió. Se limitó a parar junto al bordillo y la observó mientras bajaba del coche, vestida aún con los vaqueros demasiado largos de Liz. Se los había enrollado antes de tratar de llegar hasta la carretera para esperar la dosis que le había prometido Ronnie Lord y ahora parecía una niña que había estado caminando por el agua.

—Cuando te llame, tienes que contestar —le dijo Barrett—. Prométeme que lo harás, Kimberly.

—Lo haré. Y lo mismo te digo.

—Sí.

Vaciló antes de cerrar la puerta.

—¿Adónde vas ahora, Barrett?

Barrett contempló la franja de luz rosa que empezaba a abrirse paso en el horizonte, por el este.

—Voy a ver a Bobby Girard. Tengo que investigar un poco más a fondo el tema de la camioneta.

—Ten cuidado con él —le dijo—. Puede que no sea tan malo como Mathias, pero tampoco se cuenta nada bueno de la familia Girard.

—Yo tendré cuidado —dijo Barrett—. Y tú seguirás limpia. ¿Trato hecho?

—Trato hecho.

Kimberly retrocedió un paso y cerró la puerta del coche. Barrett la observó mientras pasaba junto a las viejas casas de dos pisos y las ocasionales caravanas que proliferaban en los barrios de Port Hope menos frecuentados por los turistas. Era como una niña perdida que iba a reunirse con su propia hija; Barrett pensó entonces en Ronnie Lord, que había conducido en plena noche con una aguja para el brazo de Kimberly o polvo para su nariz, y deseó haberlo sacado a rastras del coche y haberle dado otra paliza.

«No dejes que te hierva la sangre».

No estaba allí para perseguir a camellos de poca monta. Estaba allí para meter a Mathias Burke en la cárcel por haber asesinado a dos personas.

Se alejó del bordillo y se dirigió a Biddeford, al taller de desguace en el que nueve meses antes había perdido el control de su vida. Cuando pasó junto a Kimberly, ella se volvió y lo saludó con la mano. Se le antojó un gesto tan extraño y alegre —como un amigo que se despide de otro tras una noche muy larga y caótica, pero tremendamente divertida—, que ni siquiera reaccionó. Solo se la quedó mirando al pasar junto a ella; luego, Kimberly se volvió de nuevo hacia la casa de su abuela y él se alejó de allí.

El taller de carrocería y desguace de Girard parecía estar deteriorándose a marchas forzadas. Las malas hierbas habían crecido mucho, había menos coches y el revestimiento de los garajes estaba más sucio y más mohoso. Al parecer, el trabajo no le había ido precisamente bien a Bobby Girard después de descubrirse que su primo era un asesino múltiple.

Sin embargo, allí estaba, trabajando. Cuando Barrett bajó del coche, oyó el estridente chirrido que hacía una sierra al cortar metal. Recordó el rítmico golpeteo del martillo neumático y se estremeció.

Ese día, la puerta de la valla estaba abierta, de modo que Barrett no tuvo que saltar. Sin embargo, experimentó una desagradable sensación de *déjà vu*. Aunque sabía que la camioneta Dodge había sido requisada, no pudo evitar mirar hacia el lugar en el que la había encontrado.

A diferencia de la primera vez que había entrado en aquella propiedad, ese día las puertas del garaje estaban subidas y Barrett vio a un hombre que se movía en torno a un coche sujeto con cadenas a un potro. Se preguntó si las cosas habrían ido de otra manera aquel día si las puertas del garaje hubieran estado abiertas y el martillo neumático no hubiera estado en marcha. ¿Qué habría ocurrido? ¿Y qué habría podido contarles Jeffrey Girard?

Bobby Girard estaba cortando el capó abollado de un Cadillac prehistórico. Saltaban chispas hacia todos los lados y Girard llevaba unas gafas protectoras. Sin embargo, estaba de cara a la parte delantera del garaje, por lo que vio acercarse a Barrett, apagó la sierra y se levantó las gafas. Parecía relajado, incluso cordial, hasta que Barrett estuvo casi dentro del garaje. Entonces lo reconoció.

—Fuera de mi propiedad.

—Entiendo tu reacción —dijo Barrett—, pero estoy seguro de que querrás escucharme.

—Lo que quiero es usar esta sierra para cortarte la columna.

—Yo no le disparé, Bobby.

—Me importa una mierda. Estabas allí cuando ocurrió.

Barrett miró hacia su izquierda, hacia el lugar en el que se había arrodillado junto a Jeffrey Girard mientras el pobre hombre trataba desesperadamente de que no se le escapara la vida. Justo en aquel punto, la hierba era alta y de un verde intenso.

—Y también creo que él no mató a aquellos chicos —añadió Barrett—. He vuelto para intentar demostrarlo.

—Chorradas.

—Deja que te haga una pregunta, Bobby. ¿Qué crees que iba a sacar yo de todo esto?

—Mucho más que Jeff o que mi familia.

—Mucho más que eso, sí. Pero perdí mi trabajo por culpa de este caso —dijo Barrett, lo cual no era del todo falso, porque el traslado a Bozeman había sido para él como una especie de despido—. Ahora he vuelto y te digo que quiero poner las cosas en su lugar... ¿y tú te niegas a escucharme?

Bobby Girard permaneció detrás del coche siniestrado, fulminando a Barrett con la mirada. Tenía las gafas protectoras en lo alto de la cabeza, como si fueran los ojos de un insecto.

—Creo que lo que quería era entregarnos el arma —dijo Barrett.

Bobby parpadeó.

—¿Qué has dicho?

—Salió con el arma cruzada delante del pecho. Nunca llegó a apuntarnos.

—¡Eso no es lo que dijisteis para defenderos, pedazo de cerdos!

—Es lo que yo afirmé siempre, por lo menos. Salió sosteniendo el arma así... —Imitó la posición de la escopeta—. Y luego, cuando ya estaba herido, trató de empujarla hacia mí. Ya no podía hablar, pero intentaba comunicarse mediante gestos. Y creo que lo que quería decirme era que su intención había sido siempre entregar el arma.

Al escuchar la descripción de su primo agonizando en el suelo, Bobby apretó la mandíbula y desvió la mirada.

—Ya había ido antes a la cárcel por lo mismo —dijo—. Posesión criminal de un arma de fuego. Sí, seguro que lo que quería era entregar el arma. Me juego algo a que pensó que habíais venido por eso. La había encontrado en un coche siniestrado y decía que quería venderla. Eso es lo que seguramente se disponía admitir cuando le disparasteis.

Barrett quiso decir otra vez «no fui yo», pero ¿de qué servía?

—O tal vez se disponía a admitir que traficaba con heroína —dijo Barrett—. He oído decir que estaba metido en el negocio.

—Si quieres hablar de drogas, vete a conseguir una orden.

—Me importa una mierda lo que hagas con las drogas, pero no tendré ningún problema en utilizarlo para presionarte si hace falta. Lo único que me interesa, Bobby, es asegurarme de que el tipo adecuado pague por esos crímenes. Y ahora, podemos hablar sobre eso o yo puedo buscar la manera de ponerte contra las cuerdas para ver si te muestras más comunicativo cuando te enfrentes a tus propios cargos.

—Yo no hablo con polis —gruñó Girard.

—Pues yo creo que sí. Les dijiste que Jeffrey le había prestado su camioneta a alguien de Rockland.

—Y es verdad.

—Pero ¿no sabes a quién?

Bobby dijo que no con la cabeza.

—Había tenido un mal rollo aquel verano con alguien de allí, se sentía culpable por no sé qué lío de mierda en el que se había metido con un amigo, y yo no le hice muchas preguntas. Pero eso no significa que yo esté mintiendo. Simplemente no lo sé, así de claro. Lo único que sé es que le tuve que dejar un coche a Jeff porque él le había prestado su camioneta a alguien unos días a cambio de dinero. Para decirlo claro, no se la prestó a nadie. Le pagaron para usarla.

—No creo que haya mucha gente dispuesta a pagar por una camioneta así —dijo Barrett.

—Eso mismo le dije yo. Pero tenía dinero en la mano y la camioneta había desaparecido.

Barrett entró en el garaje y Bobby no trató de impedírselo. Había herramientas esparcidas por el suelo de cemento y bancos de trabajo rebosantes de piezas. Las cadenas del potro estaban recubiertas por una abundante capa de grasa. La impresión general era de caos, pero Barrett estaba convencido de que Bobby sabía dónde estaba cada llave inglesa y qué tornillos había en cada vieja lata de café.

—Hay muchas pruebas que la camioneta por sí misma no explica. Huellas en las bolsas de basura y en los barriles...

—No lo sé, tío. Puede que le robaran toda esa mierda.

—Mathias tuvo que tener un cómplice —dijo Barrett—. Estaba bajo custodia cuando se recibió información sobre el lugar en el que estaban los cuerpos. Alguien lo estaba ayudando desde fuera. Y esa persona también sabía dónde estaban. ¿Crees que Jeffrey pudo ayudarlo con los cadáveres? Pongamos que Jeffrey no los mató, que ni siquiera estaba allí cuando ocurrió. Vale. ¿Crees que alguien podría haberlo convencido para que trasladara los cuerpos o enviara el correo electrónico? Puede que Mathias le pagara, o que lo sobornara con drogas, quizá incluso lo amenazara. ¿Crees que él lo habría ayudado a ocultar los cadáveres?

Bobby cogió una de las cadenas del potro y la estrujó. La tensión pareció propagarse por su cuerpo, desde la mano hasta el hombro y luego el cuello.

—No quiero creerlo, pero podría ser. ¿Estando colocado? Sí, podría ser. Se sentía tan culpable por lo que había pasado con aquel tipo de Rockland... No lo sé. Jeff era un buen hombre, tío. Cuando no estaba colocado, era capaz de darte la camisa, dejarte usarla para no mancharte los pies de barro y luego volver a ponérsela. Que más o menos es como lo trataba todo el mundo, porque era bastante lento. Todo el mundo se metía con él desde que éramos unos críos. Nunca aprendió a defenderse de esas cosas. Se fiaba de todo el mundo. Desde el día en que nació hasta el día en que murió, jamás pensó que alguien pudiera tener malas intenciones.

Guardó silencio. De repente, su mirada se había vuelto distante y triste.

—¿De verdad crees que se disponía a entregaros el arma? —preguntó—. Yo no vi nada, ¿sabes? Solo te vi entrar y me acojoné tanto que casi me meo encima. Pero en mi familia todo el mundo me pregunta qué pasó, y no tengo ni idea.

—Creo que nunca lo sabremos con seguridad —repuso Barrett—. Pero lo que sí puedo decirte..., lo único que puedo decirte... es que vi la forma en que me miró y vi lo que hizo con la escopeta. Intentó empujarla hacia mí. Creo que intentaba hacerme entender algo que habíamos malinterpretado.

—Eso sería propio de Jeff. Le costaba hacerse entender a la primera.

Barrett se apoyó en el chasis del viejo Cadillac.

—¿Nunca pintó el capó de la camioneta?

—Jeff jamás pintó nada de la camioneta. La historia esa de cómo era el capó tiene que ser una chorrada.

—Kimberly dijo que brillaba mucho —dijo Barrett—. Si nos fijamos exactamente en lo que dijo, hablaba más bien del aspecto de la pintura y no solo del dibujo. Dijo que la pintura en sí le parecía rara. Demasiado brillante. Eso fue lo que dijo. ¿Crees que podría haberse conseguido ese efecto con alguna clase de adhesivo o un logo de vinilo como los que usa Mathias Burke para poner el nombre de la empresa en sus camionetas y furgonetas?

Bobby Girard extendió una mano y tocó el capó del viejo Cadillac, como si tratara de imaginar el método que Barrett acababa de sugerir.

—Supongo que es posible, pero creo que sería difícil conseguir que todo el capó quedara igual. —Deslizó la palma de la mano por la superficie de metal y frunció el ceño—. Pero si de verdad te crees lo que ella dijo, entonces supongo que esa es la única manera de hacerlo. —Se volvió hacia Barrett con una expresión de sorpresa en la mirada—. Te crees de verdad la historia de esa chica, ¿no?

—Sí —dijo Barrett—. Me la creo. Así que el problema es la camioneta.

Se quedaron los dos de pie junto al Cadillac desguazado, en silencio. Unos tres metros más allá, el viento meció la hierba justo donde Jeffrey Girard había muerto. De aquel lugar no obtendría respuestas, estaba condenado al recuerdo y a las preguntas.

Finalmente, fue Barrett quien rompió el silencio.

—¿Qué había pasado en Rockland para que se sintiera culpable?

—¿Cómo?

—Has dicho que se había metido en no sé qué lío de mierda con un amigo.

Bobby respiró hondo antes de responder.

—Había vendido una partida adulterada. No había sido culpa suya, pero no se lo podía quitar de la cabeza.

—¿Heroína?

—Con fentanilo, sí. Jeff ni siquiera sabía lo que llevaba. Se salvó gracias a la suerte de los tontos. La mayoría de las veces acababa metiéndose lo que fuera que llevaba, pero esa vez se la vendió a no sé qué colega de Rockland, y por la mañana el tipo estaba muerto. Recuerdo que cuando no se pasaba el día culpándose, hablaba de la suerte que había tenido. Piénsalo un momento, ¿vale? Él hablando de buena suerte y dos meses más tarde se presentan aquí un par de polis, se lo cargan y lo acusan de asesinato antes incluso de que lo entierren.

—Ese tipo de Rockland... ¿murió antes o después de que desaparecieran Jackie e Ian?

—Más o menos en la misma época.

—¿Sabes cómo se llamaba?

—Eran unas iniciales. J. R., o puede que J. D.

Barrett asintió y registró mentalmente la información.

—¿Jeffrey vendía muy a menudo?

—No mucho. Seguro que se dice otra cosa por ahí, porque eso es lo que hace la gente cuando alguien muere, pero no era un camello habitual. Más que vender, trapicheaba.

—¿Con quién?

Bobby bajó la cabeza como un boxeador cansado, cerró los ojos y aferró de nuevo la cadena del potro, como si el acero le diera fuerzas.

—No sé los nombres, solo el sitio, pero si te digo dónde está creerás que era culpable. Es un antro de Port Hope. Sé que está cerca de donde desaparecieron esos chicos, pero sigo pensando que no...

—¿Qué antro?

El tono vehemente de la voz de Barrett le llamó la atención a Bobby, que pareció sorprendido.

—El Harpoon, creo.

Durante un segundo, Barrett se quedó sin voz. Bobby interpretó aquel silencio como confusión, así que añadió:

—Bueno, a lo mejor no se llama así, pero era algo parecido.

—Sí —dijo Barrett al fin—. Se llama así.

—¿Lo conoces?

—Lo conozco.

29

Si el FBI alguna vez se decidía de verdad a mejorar su efectividad, no le iría mal contratar a unos cuantos bibliotecarios.

Barrett llevaba menos de quince minutos en la preciosa Biblioteca Pública de Camden, que estaba junto al puerto, y la mujer que atendía el mostrador de información ya había encontrado el caso que él estaba buscando.

—En agosto de 2016 hubo por lo menos cuarenta y dos muertes por sobredosis en Maine, pero solo cuatro de ellas fueron en Knox County —dijo mientras tecleaba rápidamente y la impresora ronroneaba a su lado.

—¿Cuarenta y dos? —preguntó Barrett.

—Así es. Fue un verano muy malo. En el conjunto del año, la media de muertes por sobredosis en Maine fue de una al día, pero en verano aumentó.

«Aquel verano corría como una epidemia», había dicho Kimberly Crepeaux.

El año de su muerte, Jackie Pelletier e Ian Kelly representaron un 10 % de la tasa de homicidios, es decir, dos de los veinte asesinatos cometidos en el estado. Ese mismo año, 368 habitantes de Maine murieron por sobredosis.

Los traficantes habían descubierto que el estado de Maine era un terreno muy lucrativo. La décima parte de un gramo podía alcanzar los cinco dólares en Queens o Newark, pero subía hasta los cincuenta en las zonas rurales de Maine. La oferta y la demanda eran los tradicionales árbitros del precio y en los bosques apartados o en la solitaria costa, la oferta era escasa y la demanda, alta. En las zonas en las que los efectivos de la policía estaban al límite y los centros de rehabilitación brillaban por su ausencia, las drogas campaban a sus anchas. Uno de los problemas más incómodos a los que se enfrentaba el estado era el alto índice de consumo de drogas en la célebre industria langostera, un sector fundamental tanto para la economía del estado como para su identidad. A los langosteros de Maine se les describía como los vaqueros del mar, tipos duros e infatigables que se levantaban antes del amanecer, salían al mar hiciera el tiempo que hiciera y recogían sus trampas con una tosca perseverancia. Y todo eso era cierto, pero, en los últimos tiempos, también lo era que muchos de esos tipos que recogían trampas estaban colocados mientras trabajaban. En un oficio que exigía un esfuerzo físico en condiciones a menudo brutales, los calmantes que se vendían bajo receta se convertían en una ayuda valiosa, pero cuando apareció la heroína, más barata y fácil de conseguir, se encontró con una clientela entusiasta.

Y ahora las drogas mataban a más langosteros que el mar.

—Un pescador cuyo nombre de pila respondía a las iniciales J. R. murió en su casa de Tenants Harbor en julio de hace dos años —le dijo la bibliotecaria a Barrett—. Su nombre completo era Julian Richard Millinock.

El puñetazo que había sentido cuando Bobby Girard se había referido al Harpoon se le antojó ahora un directo tras el cual se ocultaba el cruzado de derecha que acababa de lanzarle la bibliotecaria.

—Millinock —repitió Barrett—. Conozco ese nombre. Pero el Millinock al que yo conozco se llama Mark. No conozco a ningún Julian ni J. R.

La bibliotecaria estaba repasando la historia.

—Aquí se habla de un tal Mark. Tío de la víctima. También se dice que Julian era el amado hijo de Adrian y Lucille, hermano de Mary y sobrino de Mark.

Barrett recordaba vagamente a Adrian Millinock, había sido pescador y no se relacionaba mucho con su hermano.

—Entonces, supongo que tendré que ir a ver a Mark —dijo Barrett con la sensación de tener una piedra fría en la boca del estómago.

Volver al Harpoon no entraba en sus planes.

La bibliotecaria le entregó una copia impresa de la necrológica. En ella aparecía la fotografía de un hombre musculoso y barbudo que sonreía: Julian Richard Millinock, muerto a los veintiséis.

Pagó las copias y estaba ya a punto de salir, con la cabeza gacha mientras leía, cuando la bibliotecaria le dijo:

—Que pase usted una buena tarde, agente Barrett.

Barrett se volvió, sorprendido, y ella lo observó sin juzgarlo.

—Me acuerdo de usted —dijo.

—Ya —contestó él, sin saber muy bien qué responder ante aquella afirmación neutra.

—¿Le importa que le haga una pregunta? —dijo la mujer.

Barrett esperó.

—¿Cree usted que la policía tenía razón? Ya sé que es lo mismo que preguntarle si usted se equivocó, pero no es eso lo que quiero decir. La gente aún habla a menudo de ellos, ¿sabe? Jackie e Ian fueron una tragedia para este pueblo. La gente aún se hace preguntas.

—Yo no me equivoqué —respondió Barrett, y se marchó antes de que la bibliotecaria pudiera hacerle más preguntas.

El Harpoon había sido un local con un horario bastante arbitrario cuando el dueño era Ray Barret; las horas de cierre cambiaban según su estado de ánimo o según lo sobrio que estuviese. Mark Millinock, en cambio, era más regular: abría todos los días a las cuatro de la tarde y cerraba cuando le habían pagado la última ronda.

Eran poco más de las tres cuando Barrett llegó; el aparcamiento estaba vacío y nadie respondió a su llamada. El abollado Jeep Wrangler de Millinock estaba en su plaza, detrás del edificio, por lo que Barrett supuso que no debía de andar muy lejos.

El Harpoon no estaba exactamente a orillas del mar, pero tampoco demasiado lejos del agua. De hecho, en Port Hope nada estaba demasiado lejos del agua. El muelle público, con sus bares para turistas, sus tiendas pintorescas y sus heladerías, solo estaba a un par de kilómetros del astillero de Port Hope, situado a los pies de la empinada ladera que se alzaba tras el Harpoon, pero daba la sensación de que la distancia que los separaba era mucho mayor. El astillero no ofrecía ningún atractivo especial para los turistas, era un lugar de trabajo, no un escaparate. A quienes lo utilizaban les daba igual si los contenedores de basura tapaban el mar, porque nadie tenía el menor interés en hacerse una foto cuando estaba recogiendo la basura durante una gélida mañana de febrero.

A Barrett siempre le había gustado el astillero. De niño, se pasaba horas pescando con señuelos para caballa desde el muelle corto y hablando con los hombres que iban y venían. Varios de ellos le tenían mucho afecto porque conocían a su abuelo y sabían que no debía de resultar muy divertido ser el nieto de Ray.

El astillero estaba tranquilo ese día y Mark Millinock estaba solo en el muelle. Estaba sentado en una silla de jardín, al final del embarcadero, fumando un cigarrillo con los pies apoyados en un pilón. Cuando oyó pasos sobre los tablones de madera del embarcadero, se volvió sin demasiado interés. Entonces, al reconocer a Barrett, bajó los pies e irguió el cuerpo.

—Mira quién ha vuelto —dijo—. Pensaba que te habían mandado a Missouri o no sé dónde.

—Montana.

—¿Y qué tal?

—Frío.

Mark se echó a reír. No estaba mostrando la animosidad que

Barrett esperaba, aunque tampoco era ningún misterio, parecía estar en pleno colocón.

—¿Y te han vuelto a mandar a Maine para que entres en calor? No tiene mucho sentido.

Barrett se apoyó en el pilón del muelle y contempló las embarcaciones ancladas en la bahía, que cabeceaban suavemente en unas aguas centelleantes como fragmentos de un cristal roto.

—No me han vuelto a mandar aquí —contestó.

—¿Has dejado el FBI?

—No exactamente.

—¿Te han echado? —le preguntó Mark entre entusiasmado y esperanzado.

—No.

—Ah, entonces ha sido una ruptura de mutuo acuerdo. Así es como defino yo todas las mías.

—Tengo unas cuantas preguntas para ti —dijo Barrett—, pero es importante que recuerdes que no estoy aquí para investigar ningún caso. Estoy de vacaciones, ¿vale?

—De vacaciones. Me gusta. ¿Has venido aquí a ver a tus viejos amigos?

—Claro.

—Entonces, espero que las preguntas no tengan nada que ver con Mathias, porque no es amigo tuyo. Y ahora que lo pienso... —dijo mientras se contaba teatralmente los dedos antes de cerrar ambos puños—. Diría que ya no te queda ningún amigo por aquí.

—Puede que sea verdad —reconoció Barrett—. Pero aún me quedan mis preguntas.

—Eso es lo que dirá tu lápida —respondió Mark—. «Aquí descansa Rob Barrett. Aún le quedan sus preguntas».

Mark dejó escapar una risa demasiado aguda y nerviosa. Fuera lo que fuera lo que corría por sus venas, se trataba de una sustancia que lo hacía estar muy alegre. Barrett se preguntó de qué humor estaría cuando regresara del viaje y dejara de reírse.

—Lo que quiero decir —insistió— es que no puedo hacerte nada, digas lo que digas. ¿Lo pillas? Solo pasaba por aquí. Podrías decirme qué es lo que te has metido, por ejemplo, y yo no te arrestaría, ni siquiera me interesaría lo más mínimo.

Barrett esperaba que lo negara o que desconfiara de él, pero en lugar de eso Mark resopló y dijo:

—Joder, tío, hablas igual que tu colega. ¿Eso quiere decir que los dos buscáis lo mismo?

Barrett ladeó la cabeza.

—¿Mi colega? ¿Te refieres a Johansson? ¿Ha venido por aquí?

Mark asintió, al parecer un poco sorprendido de que Barrett no lo supiera y un poco arrepentido de haberlo dicho.

—Vosotros no aflojáis nunca, ¿verdad? Cualquiera diría que es la primera vez que asesinan a alguien.

Barrett sintió una extraña oleada de orgullo y camaradería, y su sorpresa inicial fue dando paso a la admiración. Estaba convencido de que Johansson había pasado página. Pero enseguida, casi pisándole los talones a la admiración, sintió una punzada de envidia: ¿se le había adelantado Johansson?

—¿Te preguntó por tu sobrino? —dijo.

La expresión risueña de Mark Millinock se volvió de repente fría y siniestra.

—¿Qué tienes tú que decir de mi sobrino, gilipollas? J. R. era un buen chico y no tuvo nada que ver con esos puñeteros asesinatos.

—Eso ya lo sé. Murió antes de que ocurrieran.

Se observaron fijamente el uno al otro hasta que Mark, de mirada más inquieta, no lo soportó más. Se volvió y escupió al agua, furioso.

—Es mejor que te largues. Me cuesta creer que alguien pueda ser lo bastante idiota como para acercarse otra vez al fuego con el que ya se ha quemado, pero no quiero tener nada que ver.

—¿Quieres saber quién le vendió la droga adulterada? —preguntó Barrett.

Mark encendió otro cigarrillo y expulsó el humo hacia el agua.

—¿Me va a interesar? —preguntó al fin.

—Puede. Fue Jeff Girard.

Mark Millinock se volvió hacia él y lo observó a través de las volutas de humo.

—¿Hablas en serio?

Barrett asintió.

Mark le dio una larga calada a su cigarrillo y luego dejó salir el humo aparentemente sin exhalar. Le envolvió el rostro y se lo convirtió en una especie de boceto fantasmagórico.

—Es una novedad para ti —dijo Barrett.

—Si no es una mentira, digamos que sí, puede considerarse una novedad.

—No es ninguna mentira. Me lo dijo Bobby Girard, en Biddeford. Me contó que Jeff era muy amigo de tu sobrino, que le vendió droga adulterada sin saberlo y que luego se sintió fatal. ¿Te parece creíble?

Mark se inclinó hacia delante, apoyó los codos en las rodillas y, de repente, pareció muy cansado.

—Le compró unos cuantos gramos de D. C. a alguien, de eso no hay duda. Pero fue antes de que la gente empezara a hablar del tema. Y yo había visto a Girard. Aquel verano deambulaba por Rockland y Tenants Harbor. Creo que vino hasta aquí por las drogas. No era fácil encontrar un chute decente en el puto Jackman, o de donde fuera aquel tipo. Mientras los alces no empiecen a vender heroína, habrá que salir del bosque para encontrarla. No tenía ni idea de que Girard traficara, pero, joder, todo el mundo vende si el precio es bueno. Mi sobrino... —Se interrumpió, sacudió la cabeza y le dio una furiosa calada a su cigarrillo—. Mi sobrino era un buen chaval antes de meterse en las drogas. Mi hermano le consiguió un trabajo como marinero en el barco de Brian Wickenden, y Brian lo ayudó a dejar las pastillas y a empezar con la cerveza, lo cual era un avance, te lo aseguro. Pero la heroína... Esa mierda es difícil de dejar.

Barrett contempló los barcos y las boyas, mientras pensaba en lo que había dicho Kimberly Crepeaux sobre la droga asesina que recorría la costa como una epidemia y dejaba un rastro de muerte. El viento cobró fuerza e hizo centellear el agua. Más allá de las zonas que el sol iluminaba, los viejos aparejos crujían como pasos en los escalones de una casa encantada.

—¿Mathias sigue viniendo por aquí?

—Te he dicho que no me hicieras preguntas sobre Mathias.

—¿Qué necesitas para contestarlas?

Mark escupió de nuevo al agua.

—Sigues sin entenderlo.

—¿Qué es lo que no entiendo?

—No lo entiendes a él. Ni entiendes este sitio. Tú te acuerdas de cuando venías aquí de niño, cuando hacía buen tiempo, y sigues creyendo que esa mierda era real. Pues no. No tienes ni idea de cómo son aquí las cosas cuando estamos a cinco bajo cero, cuando el viento sopla del noreste y los conductores de las quitanieves ya están en mi bar a mediodía y en las carreteras no hay ni un alma para echarlos de menos. No pasa nada, tío. Nadie os echa en cara que vengáis aquí en verano cargados de dinero. Necesitamos la pasta. Pero no finjáis que nos comprendéis.

—Has empezado hablando de Mathias y has terminando hablando de «nosotros». Yo solo te he preguntado por él. ¿Qué importa dónde estuviera yo de niño?

—Importa porque te crees que entiendes las cosas y no es verdad. Pensabas que tenías razón y te equivocabas. Los buzos se metieron en el agua y demostraron que estabas equivocado. ¿Por qué no lo dejas de una vez?

—Porque ella no miente.

Mark expulsó el humo del cigarrillo con gesto cansado y dejó caer la cabeza, abatido.

—¿Hay personas dispuestas a hablar contigo? Deberías ser lo bastante listo como para no hacerles caso. ¿Hay personas que no quieren hablar contigo? Escucha el silencio, tío. Es mucho más importante.

Mark sacudió el cigarrillo y las chispas trazaron un arco en el aire antes de caer al agua con un débil siseo.

—¿Cómo sabes que la droga venía de D. C.? —preguntó Barrett.

—¿Qué? —dijo Mark frunciendo el ceño en un gesto de sincera confusión.

—La partida que mató a tu sobrino. Has afirmado que venía de D. C.

—Yo no he dicho eso.

—Te he oído decirlo yo mismo.

—Pues no me has entendido. Yo no he dicho de dónde era esa mierda. D. C. no tiene nada que ver con ningún sitio. Significa *devil's cut* o *devil's calling*...*

Barrett había oído un montón de nombres en la jerga de las drogas, pero aquellos no le sonaban.

—¿Quién empezó a llamarla así?

—Pues los que sobrevivieron, Barrett. Ellos empezaron a llamarla así. Los que se metieron ese *devil's cut*... Esos no tuvieron oportunidad de decir ni una palabra.

—Kimberly pensaba que venía de D. C.

—Prueba A de lo que no hago más que repetir: que tu fuente de confianza no sabe de qué habla. Lo que no se inventa, lo malinterpreta.

—Tú estás todo el día detrás de la barra, seguro que te enteras de un montón de cosas. Ya ha pasado casi un año. ¿De verdad la gente de tu entorno cree que Girard mató a aquellos dos chicos?

La risa estridente de Mark cortó de nuevo el aire.

—¡Tío, te estás luciendo, en serio! Cuando te he visto he pensado: «No, para qué va a haber venido hasta aquí, aparte de para tirarse a esa preciosidad de Liz Street...».

---

* Literalmente, «el corte del diablo» y «la llamada del diablo». (*N. de la t.*)

—Cuidado...

—Cuidado y una mierda. Digo lo que me da la gana. Esperaba de verdad que tu único motivo para volver aquí fuera ver a tu amiga. Esperaba de verdad que Ray Barrett no fuera tan idiota como para seguir preguntando por esta mierda. El estanque... estaba... vacío. Kimmy mintió. ¿Qué más hay que decir?

—Podrías hablarme de Girard. Has empezado a hacerlo, porque tu sobrino te importaba de verdad. ¿Por qué no me das alguna cosa más?

Mark lo miró y sonrió.

—Ojalá te hubieras visto a ti mismo el día que viniste aquí buscando a Mathias. Tu cara, tío... Nunca te habías parecido tanto a tu abuelo como ese día. Estabas con el culo al aire, ¿no?

Mark se rio en voz algo más alta y el sonido fue calando en Barrett como si fuera una ola de calor: le calentó la sangre y le aceleró el pulso.

—¿Girard iba mucho a tu bar?

Mark siguió riéndose durante un minuto, luego paró y se secó los ojos.

—Perdona, tío. No es que me quiera reír en tu cara, es que estaba pensando en que decidiste creer a Kimmy, pero luego detuviste a Mathias y luego encima el estanque estaba vacío. Vamos que... una cosa es joder un caso y otra... lo que tú hiciste.

La mejor baza de Barrett en los interrogatorios era la paciencia. La capacidad de observar cada página de rabia y luego cerrar el libro. Pero, por algún motivo, le estaba costando conseguirlo.

—No te rías demasiado alto, Mark. Aún conozco a muchos polis en este pueblo que estarían encantados de hacerle una visita a tu bar.

—Claro, como tu viejo colega, ¿no? —dijo Mark. Se echó a reír, cogió un paquete de tabaco y sacó un cigarrillo de una sacudida—. Adelante, llámalo.

Barrett ladeó la cabeza.

—¿A qué vienen todas esas gilipolleces sobre Johansson? ¿Qué pasa con él?

—Eso es privado —respondió Mark—. Es algo entre un servidor y un hombre con cierta autoridad en Maine, no en Montana. —Estaba sentado por debajo de Barrett, con el cigarrillo a medio camino de los labios y el rostro sonriente vuelto hacia Barrett—. ¿Recuerdas a esa clase de hombres?

—Los recuerdo —dijo Barrett. El pulso, cada vez más acelerado, le latía ya en las sienes—. Y ahora, ¿te importaría responder a mi pregunta?

—¿Y eso qué cambiaría? Podría contarte la verdad o podría contarte una mentira, da lo mismo, porque de todos modos tú nunca sabes a quién creer, ni siquiera cuando toda la puta ciudad...

Barrett golpeó con el dorso de la mano el cigarrillo de Mark Millinock y se lo estampó contra los dientes. Durante un segundo, Mark se quedó tan perplejo que no reaccionó, con el cigarrillo pegado a los labios ya ensangrentados. Luego se levantó de un salto de su silla y le lanzó a Barrett un golpe cruzado que no tuvo la menor oportunidad de dar en el blanco, porque Barrett fue más rápido y le atizó en el ojo con el puño izquierdo y luego lo golpeó en un lado de la cabeza con la palma de la mano derecha. Millinock cayó de nuevo en la silla, que se volcó bajó su peso, y quedó despatarrado sobre el embarcadero.

Mark se apoyó en las manos y en las rodillas, contempló con incredulidad la sangre que caía sobre los tablones de madera del embarcadero y luego observó a Barrett. Una vez más, Barrett se sintió extrañamente distanciado de su violencia, como le había ocurrido cuando había golpeado a Ronnie Lord en el bar, muchos meses atrás. Habían sido sus manos las que habían actuado mientras sus pensamientos retrocedían, pero una parte muy oscura de sí mismo se había sentido en paz.

Era una sensación muy peligrosa, porque no le desagradaba.

—Tienes que ir con cuidado cuando provocas a los demás —le dijo a Mark—. Has conseguido que me hierva la sangre.

No le gustó el sonido de su propia voz. Dio un paso atrás y empezó a caminar en círculos, con las manos aún alzadas como si esperara que Mark se abalanzara otra vez sobre él. Como si lo deseara. Por un momento, pareció que Mark lo estaba considerando, pero no se movió, se limitó a escupir sangre sin apartar los ojos de Barrett.

—Te he hecho una pregunta —insistió Barrett—. ¿Qué hace Don Johansson en este caso?

—Estás chiflado —le dijo Mark Millinock mientras se lamía la sangre de los labios.

—Esa no es la respuesta que...

—¡No hace nada en este caso, estúpido hijo de puta! —le gritó Mark—. ¡No hay caso! ¡Se acabó!

Barrett notó de nuevo crecer el calor en su interior y apretó los puños.

—Has dicho que él y yo éramos iguales, que no podíamos dejarlo correr. ¿Qué ha estado preguntando Johansson?

—Nada.

Barrett lo agarró por los hombros, lo levantó del suelo y lo empujó hacia atrás. Millinock chocó con tanta fuerza contra la barandilla del muelle que la luz de seguridad tembló por encima de ellos. Se disponía a pegarle otro puñetazo —o quizá muchos, porque tenía la sensación de estar perdiendo el control, como si una niebla roja se lo estuviera tragando—, cuando Mark gritó.

—¡Solo quiere una puta dosis!

Barrett lo soltó y retrocedió. Mark se agarró a la barandilla, haciendo muecas de dolor y respirando con dificultad.

—¿Eso es verdad? —preguntó Barrett.

—Sí, es verdad, capullo. ¡Sois los dos iguales porque no podéis dejar el tema de una puta vez, estáis los dos jodidos, no podéis aceptar que os equivocasteis!

—¿Qué compra?

—Pastillas —respondió Mark. Escupió sangre al agua y luego le lanzó a Barrett una mirada cargada de odio—. Oxy, Percocet, Vicodin, lo que sea. Asegura que tiene dolores. La espalda mal. Pero es igual que tú. Se está desmoronando porque estabais equivocados.

30

Barrett se marchó de Port Hope con la sangre reseca de Mark Millinock en la mano que usaba para sujetar el volante.

«Has conseguido que me hierva la sangre», le había dicho. Aquella frase, tan grabada en su memoria, le había acudido fácilmente a los labios cuando el corazón se le había desbocado y los músculos se le habían tensado, cuando había visto el dolor que había infligido a otro ser humano.

«Has conseguido que me hierva la sangre».

Se detuvo en un Dunkin' Donuts de Thomaston, se limpió la sangre de las manos en el lavabo y, pese a que Mark no había llegado a pegarle, se miró al espejo como si estuviera comprobando los daños.

¿En qué coño estaba pensando? Mark era un adicto, un fracasado, alguien que merecía compasión y no rabia, y Barrett le había comunicado una dolorosa noticia sobre la muerte de su sobrino. Y entonces, a la primera burla, a la primera provocación, Barrett se le había echado encima. ¿Qué coño había pasado?

Mark le había recordado a Mathias, ese era el problema. Le había echado en cara su fracaso y se había reído.

«No te mojes los pies».

Barrett cerró el grifo y, como si estuviera ardiendo de fiebre, se tocó la cara con las manos húmedas. Llevaba casi dos días sin dormir. Pensó que debería buscar habitación en un hotel, en una de esas cadenas nacionales donde todo era exactamente igual. Bajaría las persianas y se pasaría el día durmiendo hasta sentirse descansado, hasta que la mente y los puños le pertenecieran de nuevo.

Pero, en lugar de eso, pidió un café largo. Luego volvió al coche y llamó a Johansson.

«Es igual que tú —había dicho Mark Millinock—. Se está desmoronando porque estabais equivocados».

Johansson respondió a la llamada en tono alegre, aunque con cierto recelo.

—Eh, Barrett, ¿qué tal por Montana?

—No lo sé, estoy en Maine.

Se produjo un largo silencio.

—¿Por qué? —dijo Johansson al fin.

—Me gustaría que nos viéramos en persona para hablar de eso. ¿Llevo unas cervezas?

—Si es sobre Kimmy, no quiero esa cerveza. Si es sobre otro tema, te la acepto.

—¿Y si es sobre las dos cosas?

Johansson dejó escapar un suspiro largo y apesadumbrado, como si fuera un doliente en un velatorio.

—Barrett, no puedo volver a eso. Y a ti tampoco te conviene. Deberías...

—Hoy he visto a Mark Millinock —lo interrumpió Barrett—. Te ha mencionado.

Como si fuera una carretera desconocida, el silencio se alargó entre ellos.

—Pásate por mi casa —dijo Johansson al fin.

Y luego colgó.

Johansson vivía en una preciosa granja bajo cuyas ventanas había maceteros de madera de cedro. Los maceteros, por lo general rebosantes de alegres colores, estaban vacíos y solo quedaban en ellos restos de tierra del verano anterior.

Johansson abrió la puerta sin esperar a que Barrett llamara. Su rostro, antes redondo, tenía ahora las mejillas hundidas y su doble papada se había convertido en un afilado y huesudo ángulo, como si hubiera pasado por las manos de un agresivo cirujano plástico. La barriga, en otros tiempos protuberante, parecía haberse metido hacia dentro, y el cinturón, que antes tenía problemas para mantener los pantalones cerrados, ahora debía emplearse a fondo para que no se le cayeran.

—¿Qué tal, Barrett?

Barrett lo observó largamente y dijo:

—Iba a preguntarte si Mark Millinock me había contado una mentira sobre ti, pero creo que no va a ser necesario.

—Es un pescador y camarero fracasado, además de adicto a las pastillas —le espetó Johansson—. Si te crees todo lo que él te diga, entonces es que eres más ingenuo de lo que imaginaba.

Barrett no respondió.

—Las últimas veces que he visto a ese drogata iba hasta el culo de todo, ¿y ahora me dices que se puede confiar en él? Venga ya.

Barrett siguió sin responder. Se limitó a observar y esperar.

—¿Qué coño te ha contado? —preguntó Johansson al fin.

—Que estás mal de la espalda.

—Me hice daño, eso es verdad.

Durante un segundo, siguieron observándose; Johansson con expresión desafiante, Barrett con gesto paciente. Johansson se apartó por fin de la puerta y dijo:

—A la mierda. Pasa.

Barrett entró y se quedó atónito. El interior de la casa parecía más una residencia universitaria que el hogar de una familia. El único mobiliario era un viejo sofá y una mesita de café, ambos de cara a una tele que estaba en el suelo. Había un par de latas de cerveza vacías, también en el suelo, y manchas en la moqueta allí donde habían caído heridos los anteriores miembros del mismo batallón. Las paredes estaban desnudas, pero aún conservaban los clavos y ganchos de los que en otros tiempos colgaban fotografías familiares y obras de arte infantiles.

—Vamos a tomar esa cerveza —dijo Johansson.

Se dirigió hacia una cocina que desprendía un olor agrio. Barrett echó un vistazo a su alrededor, mientras se preguntaba cuándo había estado en aquella casa por última vez. Había sido durante una barbacoa y la mujer de Don, Megan, había preparado un auténtico festín mientras Don y su hijo se encargaban de la barbacoa y de atacar con pistolas de agua a los desprevenidos invitados.

Johansson volvió al salón y le ofreció a Barrett una lata de Budweiser. Ya había abierto la suya y, en ese momento, la levantó en dirección a Barrett.

—Salud.

Se sentó en el sofá y a Barrett le pareció absurda la idea de sentarse a su lado, de estar allí uno al lado del otro en aquella casa vacía contemplando la televisión apagada del suelo, así que permaneció de pie y se apoyó en la pared.

—¿Dónde están Megan y David?

—En Florida. Dándose la gran vida y disfrutando del sol. Pero no me compadezcas, no es tan malo como suena —dijo al tiempo que echaba un vistazo a su hogar—. O como parece.

—¿No?

—No, yo también iré. Ellos se han marchado un poco antes, eso es todo.

«Y con prisas», pensó Barrett.

—¿Dejas la policía, entonces?

—Me jubilo, sí.

—Todavía te faltan cinco años para poder retirarte con una pensión, Don.

—Allí abajo no me costará encontrar trabajo. ¿El departamento de policía de Florida? Ni de coña. Los vigilantes de seguridad de las urbanizaciones privadas ganan tanto como yo. Es hora de cambiar de aires.

—¿Cuánta gente sabe lo de las pastillas? —preguntó Barrett.

Por un momento, pareció que Johansson se disponía a negarlo, pero en lugar de eso bebió un trago de cerveza y dijo:

—Lo de las pastillas lo saben unas cuantas personas, pero no creo que casi nadie sepa que he recurrido a... fuentes externas. Si alguien se entera en el departamento, me echan.

—¿Has intentado dejarlo? ¿Acudir a una clínica o a un consejero o...?

Johansson hizo un gesto vago con la mano.

—Sí, sí, sí. Estoy en ello, Barrett. Joder, no necesito que te presentes aquí en mi casa en plan misionero, ¿vale? Si has venido por eso, ya puedes dejar el folleto y largarte.

—No he venido por eso, pero me gustaría ayudarte. En serio.

—Vale. ¿Qué más tienes en esa cabeza, muchacho? Espera, déjame adivinarlo: finalmente has descubierto cómo trasladó Mathias los cuerpos.

—Todavía no.

Johansson entornó los ojos.

—Pero ¿estás intentando averiguarlo? ¿Has vuelto para intentar averiguarlo? —preguntó Johansson. Soltó una risita y sacudió la cabeza—. Tenaz. Desde luego, eres tenaz.

Inclinó la lata de cerveza, pero se dio cuenta de que estaba vacía y se limitó a dejarla sobre la moqueta, junto a una de las manchas.

—Jodimos el caso equivocado —dijo—. Había demasiada gente a la que le importaba. Y luego, con lo de Girard... —Sacudió de nuevo la cabeza—. Ahí sí que metí bien la pata. La escopeta de aquel tío ni siquiera estaba cargada. El principal sospechoso de los asesinatos más famosos que se han visto en muchos años en este estado y yo me lo cargo antes de que llegue al tribunal. Y el hijo de puta ni siquiera iba armado.

—Tú no lo sabías.

—No. Pero puedo decirte exactamente qué significó aquello

para la gente. Pregúntaselo algún día a Howard Pelletier, pregúntale qué significó para él. Pregúntaselo a Amy y George Kelly.

Barrett se terminó la cerveza, pero la sostuvo en la mano porque no quería dejarla en el suelo como había hecho Johansson.

—¿Sabías que Girard fue quien vendió las drogas que mataron al sobrino de Mark Millinock?

La expresión de Johansson reveló más interés del que probablemente quería mostrar.

—No me digas —se limitó a decir sin mirar a Barrett.

—Sí. Y Mark ha dicho algo interesante. Llamó D. C. a la droga que había matado a su sobrino. Es el mismo término que usó Kimberly, pero ella lo había asociado a un lugar. Creía que venía de Washington D. C. Mark, en cambio, me ha dicho que es un nombre en jerga: *devil's cut* o *devil's calling*. ¿Te suena de algo?

Johansson cerró los ojos y negó de nuevo con la cabeza, despacio pero con gesto categórico.

—Confía en mí —pidió Barrett.

—«Confía en mí», dice —se burló Johansson en tono sarcástico, como si hablara con otra persona en el salón—. «Confía en mí mientras rastreamos el estanque. Qué cojones, ¡vamos a drenar el estanque!». Si Girard no se hubiera sentido tremendamente culpable, me habría tocado romper diques contigo y pasearme por ahí con mis pantalones de pescar rebuscando entre latas de cerveza y farfullando sobre objetos con valor probatorio. No tendría que haberle disparado a aquel hijo de puta... pero me ahorró un montón de vergüenza.

—¿Estás seguro de que fue él quien envió el correo electrónico con la localización de los cadáveres?

—Sí.

—En mi opinión, parecía sorprendido de vernos. Si fue él quien envió la localización, tendría que haberse imaginado que a partir de ahí las cosas irían muy rápido. No usó guantes, la camioneta seguía allí aparcada con restos de sangre... ¡y lo único que se le ocurrió fue conducir a la policía hasta los cuerpos? ¿Por qué? ¿Porque se había sentido culpable al ver caer a Mathias? Si de verdad era así, ¿por qué no entregarse directamente? Tenía que saber que no tardaríamos mucho en llegar hasta él.

—Aquel tío no era precisamente una lumbrera. A lo mejor pensó que después de tanto tiempo ya no quedarían pruebas en la escena que lo relacionaran con los asesinatos y que podría conseguir que soltaran a Mathias sin pagar el precio.

A Barrett no le gustaba nada aquella idea ni le había gustado nunca.

—Me gustaría ver los informes de los forenses acerca del lugar donde arrojaron los cadáveres —dijo sin hacerle caso a Johansson—. Nunca tuve acceso a ellos. Si puedo demostrar que...

—¡Lo que puedes demostrar es que nada de lo que te contó aquella golfa, aquella garrula de caravana, era verdad! —le gritó Johansson—. ¡Ya lo demostramos, Barrett!

Barrett dejó que el silencio se alargara un instante y luego dijo:

—No he venido hasta aquí para arrastrarte de nuevo a todo aquello.

—Ya, claro. Y una mierda.

—He venido para decirte que la gente empezará a hablar ahora que he vuelto. Y que puede que uno de los que hablen sea Mark Millinock. ¿Me sigues?

Johansson no respondió.

—No quiero arrastrarte —dijo Barrett—. Así que me parece justo advertirte. Prepárate para despertar interés, ¿vale?

—Estoy bien —aseguró Johansson.

—No, no estás bien y hay más personas que lo saben, aparte de Mark.

—Pues que hablen. Total, yo aquí ya no pinto nada. Florida, chaval. Y cuando me vaya, no seré tan estúpido como para volver, a diferencia de ti.

Barrett se limitó a cruzar el salón y dejar la lata de cerveza en la moqueta manchada, junto a las otras que se habían ido acumulando.

—Si me necesitas, llámame.

Johansson no respondió.

Barrett se dirigió solo a la puerta.

31

Salió de la casa de Johansson y se dirigió a Port Hope asqueado por lo rápido y bajo que había caído Don, pero tratando al mismo tiempo de no culparse por ello. Sin embargo, era más fácil decirlo que hacerlo: la imagen de cómo —según Johansson— habrían ido las cosas si hubieran seguido adelante con el plan de drenar el estanque era muy nítida. Y, probablemente, no del todo inexacta.

A pesar de todo, no podía permitir que la adicción de Johansson lo distrajera de los motivos que lo habían llevado de vuelta a Port Hope. Había oído muchas cosas a lo largo del día y necesitaba una nueva entrevista con Kimberly basada en la nueva información. Pero antes de hablar otra vez con ella, quería escuchar la historia original. Concretamente, quería escuchar lo que había dicho acerca de las drogas de D. C.

Abrió la guantera, apartó la pistola y encontró la fina grabadora digital en la que guardaba todos los archivos de audio de sus entrevistas con Kimberly Crepeaux. Conectó la grabadora al Bluetooth del coche para que aquel sonido metálico y áspero fluyera a través de los altavoces. Y allí estaba Kimberly otra vez, su voz irónica y de marcado acento llenó el coche.

«¿Se supone que tengo que decir su nombre completo ahora, como si no lo supiéramos ya todos? Mathias Burke. ¿Quieres saber una cosa graciosa? Que cuando oyes su nombre completo, entornas un poco los ojos. Es muy raro. Cada vez que lo digo, te pones tenso. Como si te estuvieras preparando para recibir un puñetazo. O para arrearlo tú. ¿Qué es, lo uno o lo otro? Eh, me has pedido que lo contara con mis propias palabras, ¿no? Cuidado con lo que deseas, Barrett».

Se había detenido en el stop de un cruce y, cuando el coche que estaba detrás hizo sonar el claxon, Barrett se dio cuenta de que seguía parado a pesar de que no venía nadie por la otra calle. Cruzó la avenida y solo al llegar al otro lado recordó que tendría que haber girado a la derecha para coger la Ruta 17 y seguir su sinuoso trazado hacia la costa.

Sin embargo, pensó que le sonaba aquella carretera nueva y, según el mapa de navegación, discurría paralela a la 17. El límite de velocidad era más bajo, pero llevaba al mismo sitio. A Barrett ya le parecía bien, pues lo único que necesitaba era una carretera tranquila y la mente abierta.

Y la voz de Kimberly Crepeaux.

«Bueno, yo no me había metido gran cosa durante el verano, aparte de alcohol. Vale, un poco de hierba, pero ya está. Y a lo mejor unas cuantas pastillas, sí, pero nada importante, porque no sé si sabes que el verano pasado murió un montón de peña, antes que Cass. Salió en las noticias. Heroína chunga que alguien había traído de Washington D. C. Un tío negro, creo. O a lo mejor era mexicano. Pero sé que era de D. C., porque la gente la llamaba así. Aquel verano corría como una epidemia. La peña la palmaba sin meterse siquiera una sobredosis por culpa de la mierda que habían usado para cortarla, no sé qué rollo químico que no llegué a entender».

Aquel rollo químico que ella no llegó a entender había llenado varias salas de urgencias —y varios ataúdes— desde Maine hasta Nuevo México: heroína sintética mezclada con fentanilo. Si la proporción era la correcta, el fentanilo y la heroína formaban una buena combinación, pues el uno aumentaba la potencia de la otra y viceversa, como si fueran la pareja de baile perfecta. En la jerga de las drogas, aquella pequeña maravilla se había dado a conocer como China blanca.

Pero si fallaba la proporción, aunque solo fuera un poco, el baile pasaba a ser mortal muy rápidamente. Las últimas versiones que circulaban, y que habían incrementado el número de muertos a escala nacional, tenían otros nombres: *theraflu*, *bud ice*, *income tax*. Y, tal vez, *devil's cut* o *devil's calling*.

Si la proporción no era la correcta, quien la consumía moría antes incluso de darse cuenta de que algo no iba bien. Para una muerte por sobredosis de heroína pura, eran necesarios por lo menos treinta miligramos. Para causar una muerte por sobredosis de fentanilo, bastaba con tres miligramos. Si el consumidor no sabía que la heroína estaba cortada, adiós.

«Y buen viaje», decía mucha gente, porque lo único que veían era otro drogata muerto y total, ¿a quién le importaba? Pero entonces la droga llegaba a los barrios, a las calles o a las casas de esas personas, y entonces la perspectiva cambiaba muy rápido.

Barrett escuchaba a Kimberly y pensaba en Mark Millinock mientras tomaba una curva que rodeaba una ladera boscosa; a la izquierda vio agua, una ciénaga de altas espadañas y oscuro musgo. Aquella era la clase de sitio que su abuelo llamaba granja de mosquitos. Le gustaba pescar en aquellas zonas solo para poner a prueba la capacidad de su nieto para soportar el zumbido de aquellos odiosos enjambres. Si Barrett perdía un pez porque estaba espantando insectos, su abuelo encontraba la oportunidad perfecta para decirle que era un blandengue y que no sabía nada de los problemas de verdad, que debería preocuparse más por las balas que por los mosquitos.

«Conducía muy rápido, como un loco, ocupando toda la carretera —declaró la voz de Kimberly—. Cuanto más pronunciadas eran las curvas, más rápido las cogía».

«Lo que más recuerdo de aquel trayecto es que no podía dejar de mirar el gato. Lo empecé a ver más raro durante aquel trayecto».

Las imágenes eran demasiado vívidas como para que se lo

hubiera inventado todo. Eso no significaba que fuera cierto, claro; a algunas personas les gustaba elaborar mucho sus mentiras, pero Barrett no creía que Kimberly se contara entre ellas. Por lo general, lo que solía hacer era mostrarse confusa o dispersar la culpa diciendo que tal historia se la había oído contar a alguien cuyo nombre normalmente no recordaba. Siempre quería tener una especie de cojín por si la pillaban mintiendo.

Sin embargo, reiteraba una y otra vez su participación en la historia de los asesinatos y ofrecía muchos más detalles que en cualquier otra mentira que le hubiera contado antes a Barrett.

Barrett manipuló la grabadora para volver atrás, al tiempo que levantaba una y otra vez la vista para asegurarse de que la carretera estuviera despejada. Era muy peligroso, lo mismo que usar el móvil y conducir al mismo tiempo; por cosas así se mataba la gente en la carretera. Sabía que debía parar, pero en aquella zona la carretera no tenía arcén, estaba rodeada de marismas a ambos lados, así que se limitó a aminorar la marcha mientras seguía manipulando la grabadora.

El rugido de un motor que aceleraba lo pilló totalmente por sorpresa.

Había estado conduciendo con la atención dividida entre la grabadora y la carretera que tenía delante, que era desde donde podía llegarle una posible amenaza, pero no había mirado por el retrovisor. En ese momento, vio una camioneta negra con la parrilla reforzada, parecida a las que solían llevar los afables rancheros de Montana. La camioneta devoraba la carretera, a una velocidad peligrosa, así que en lugar de intentar aumentar la distancia, Barrett giró el volante a la derecha para apartarse del camino de aquel idiota.

La camioneta giró tras él.

Y se le echó encima.

No le dio de refilón, sino de lleno: se rompieron los cristales, el reposacabezas lo golpeó con fuerza en la nuca y las ruedas delanteras se salieron de la carretera y se hundieron en el barro. El coche de alquiler empezó a bajar por el terraplén; Barrett, furioso y perplejo a la vez, pisó a fondo el freno y consiguió detener el coche a unos pocos palmos del agua.

—¡Hijo de puta! —gritó al tiempo que trataba de desabrocharse el cinturón.

Por el retrovisor no vio nada excepto la telaraña en que se había convertido la luneta posterior al romperse. Miró por el retrovisor lateral y vio la camioneta: la parrilla protectora le daba el aspecto de un animal que enseñaba los dientes. El conductor dio marcha atrás y giró el volante. Lo primero que pensó Barrett fue «el muy cabrón intenta largarse», pero entonces el otro conductor enderezó las ruedas, de manera que la parrilla quedó de nuevo encarada hacia él. Fue entonces, de repente, cuando Barrett comprendió dos cosas con una claridad inequívoca: el primer choque había sido intencionado, no accidental, y estaba a punto de producirse el segundo.

No tenía tiempo material de dar marcha atrás para evitarlo, pero ir hacia delante significaba meterse en el agua, así que se quitó el cinturón de seguridad, puso el freno de mano y abrió la guantera para coger la pistola. Tras él, el motor de la camioneta negra empezó a rugir. Ya había abierto la guantera y estaba rozando con los dedos la culata de la Glock cuando se produjo el segundo impacto.

El freno de mano resultó ser su peor decisión. Si no lo hubiera puesto, el impulso del choque habría desplazado el coche de alquiler hacia delante y lo habría hecho descender por el terraplén en dirección al agua. Pero con el freno de mano puesto, en lugar de deslizarse hacia delante y concederle a Barrett el tiempo necesario para volverse y disparar, el coche emprendió una batalla contra la física y la perdió. No se deslizó hacia delante, sino que literalmente dio una vuelta de campana.

El mundo empezó a girar y a Barrett se le cayó la pistola. Se estrelló contra el salpicadero, con un lado del cuerpo, y vio un alto pino oscuro que de repente estaba al revés. Aquello fue lo único que le indicó con claridad que estaba dando una vuelta de campana. Físicamente, solo hubo caos, dolor y ruido, pero visualmente el solitario pino pasó de ocupar la posición lógica a estar completamente al revés.

Fue entonces cuando se golpeó la cabeza contra algo duro que no cedió —el techo del coche o el salpicadero o el parabrisas—, y lo único que tuvo tiempo de percibir, antes de que todo se volviera oscuro, fue el sabor caliente de la sangre y la frialdad del agua.

32

«Si te soy sincera, ni siquiera había pensado aún en vosotros. No podía pensar en nada que no fuera aquel pequeño tramo de carretera. Mi mundo se había reducido a eso. El mundo había desaparecido y solo existían aquella carretera y la camioneta y Mathias. Era lo único que quedaba».

«Sé que nadie lo entenderá».

Kimberly Crepeaux estaba sentada en el asiento de atrás y tenía empapadas las perneras de los pantalones color naranja de la cárcel. Si el agua le daba miedo, no lo demostraba. Barrett la miró y trató de decirle que se equivocaba, que él sí lo entendía. Pero no le salía la voz y entonces recordó que de eso precisamente se trataba, que él teóricamente debía limitarse a escuchar. «No pienses, no hables, solo escucha». Ese era su trabajo.

«Le habría bastado con arrastrarlos hasta las llanuras mareales y dejar que la corriente se ocupara del resto —le dijo Kimberly—. Pero no, volvimos hasta la casa de veraneo y el estanque. Nos metimos en el agua hasta que a mí me llegó al cuello y Mathias se alejó nadando un poco más y arrastró el cuerpo hasta la plataforma. Y entonces la soltó. Se hundió bastante rápido. Recuerdo que se veía un poco de sangre en el agua, pero enseguida desapareció».

Barrett intentaba concentrarse, pero cada vez le costaba más entender las palabras de Kimmy.

Lo que decía no tenía sentido. Ni siquiera la forma en que se sentaba tenía sentido: tenía el suelo del coche por encima de la cabeza, lo cual era extraño.

Barrett sabía que Kimmy debía de tener frío, pero no lo demostraba. Ni siquiera reaccionó cuando el agua empezó a subir, cuando le empapó los pantalones del uniforme carcelario, que le iban demasiado grandes, y se los pegó a las piernas. El agua estaba sucia de cieno y barro. Una espadaña rota pasó flotando junto a ella, seguida de una lata vacía de cerveza, pero Kimberly ni siquiera se molestó en mirarlas. Tenía la mirada clavada en Barrett mientras el agua seguía subiendo y le pegaba a la piel el uniforme demasiado grande de la cárcel, moldeándole el cuerpo como si fuera una fotografía que se va revelando lentamente.

«Del resto, no sé nada. Lo que hizo después y lo que ocurrió con la camioneta, no lo sé. Ni siquiera me atrevo a imaginarlo, da igual las veces que me lo preguntes».

Barrett no entendía por qué seguía hablando con aquel frío. La mandíbula de finos huesos ni siquiera le temblaba mientras hablaba. El agua siguió subiendo y los pechos, pequeños y prietos como puños cerrados, se le transparentaban bajo la tela mojada. Y entonces el agua le llegó a la base de la garganta y Kimberly desplegó sus rojos labios en una sonrisa. Aquellos labios eran el único toque de color en su rostro, aparte de las pecas que, como si fueran motitas de óxido, le salpicaban la nariz y los pómulos.

A Barrett no le gustó aquella sonrisa.

«Pero así es como ocurrió —le dijo Kimberly—. ¿Ya podemos parar?».

Barrett quería decirle que dejara de sonreír. ¿Por qué sonreía?

Cuando se abalanzó sobre él, no tensó ningún músculo a modo de advertencia. Fue solo un fugaz movimiento en el agua, acompañado del centelleo plateado de algo que llevaba en la mano. Se precipitó hacia el estómago de Barrett y este notó un agudo dolor cuando el cuchillo se le clavó en la carne. Durante un segundo, quedó cara a cara con Kimberly: sonreía y tenía los labios tan cerca de los suyos que incluso notó su aliento en la boca. Y entonces bajó la mirada y vio el mango del cuchillo.

Kimberly le había hundido la larga y reluciente hoja del cuchillo en el centro del pecho. Sabía que la vida se le escaparía rápido y separó los labios para gritar, pero la boca se le llenó de agua fría antes de que pudiera emitir sonido alguno.

33

Recuperó el conocimiento al toser y atragantarse. Tenía las piernas atrapadas en el asiento trasero y el pecho atascado en la consola central. Tres cuartas partes del coche estaban sumergidas y el agua se filtraba por todas partes. Barrett se había despertado al llegarle el agua hasta los labios. Kimberly había desaparecido —claro que había desaparecido—, pero aún oía el inquietante murmullo de su voz. Cuando levantó la cabeza, la grabadora se le escurrió. Hasta ese momento había estado con la cabeza apoyada en la grabadora y Kimberly le había estado susurrando al oído mientras el coche se llenaba de agua.

La grabadora le resbaló por el cuerpo, cayó al agua y la voz de Kimberly se apagó. Desorientado y fascinado, observó cómo se hundía la grabadora. Se detuvo junto a sus pies, que estaban apoyados en los reposacabezas del asiento trasero. El mundo era solo dolor y confusión para él, quería hundirse como aquella grabadora, dar vueltas y vueltas y perderse en la paz de aquellas aguas oscuras.

Estaba a punto de desmayarse otra vez cuando una parte del techo del coche cedió con un chasquido y notó un flujo de agua fría en el cuello. Parpadeó, tosió y trató de luchar contra el dolor y la neblina.

«Tengo que salir. Tengo que salir enseguida».

El problema era cómo salir. Veía el techo solar del coche debajo de él, aplastado contra el barro y la vegetación. Las puertas quedaban por encima del techo solar, pero estaban dobladas. No servirían.

«Mira hacia arriba, entonces. Ve hacia arriba».

Cuando giró la cabeza, notó un dolor tan agudo como las voces de un coro cantando a pleno pulmón. Cayó sangre sobre el salpicadero y luego al agua, a su alrededor, hasta mezclarse del todo y perder el color. Se preguntó qué sangraba y si era grave.

«No importa, aún no. Y tampoco importará si no consigues salir de aquí».

Giró de nuevo la cabeza y el dolor le nubló la visión temporalmente. Cuando se le volvió a aclarar, se dio cuenta de que veía el cielo a través de la ventanilla del conductor. El cristal estaba roto y el marco de metal doblado, pero se veía el cielo.

«No lo conseguiré, no podré subir yo solo hasta arriba. Necesito ayuda desde lo alto, necesito que alguien...».

¿Que alguien qué? ¿Le lanzara una red? Nadie iba a lanzarse desde arriba para rescatarlo, tendría que hacer él parte del trabajo.

Se incorporó y se aferró al volante con una mano. El brazo derecho parecía responder. Le dolía, pero respondía. Se impulsó hacia delante, tras sujetarse con fuerza al volante, y lo usó como barra de dominadas para sacar las piernas del asiento trasero y acercarse a la única ventana desde la que se veía un poco de cielo.

Cuando se dejó caer en el asiento delantero, el coche se movió y, durante un espantoso segundo, Barrett pensó que se inclinaría y entonces él quedaría bajo el agua y se le acabaría el tiempo. El vehículo, sin embargo, no volcó. Solo se hundió un poco más en el barro del fondo de la marisma, como un anciano que cambia de postura en su sillón para estar más cómodo. El nivel del agua subió, pero no llenó el coche. Detrás de los asientos delanteros no había aire, solo agua, pero donde estaba Barrett, que hacía equilibrios en el asiento delantero como si estuviera sentado en el travesaño más alto de una escalera, podía respirar y, a menos que el coche se inclinara, podría seguir haciéndolo. La marisma no era muy profunda, y ese era el único motivo por el que todavía continuaba con vida.

Se inclinó hacia delante para tratar de abrir la puerta y, al acercar la cara al cristal de la ventanilla del conductor, vio al hombre de la máscara negra.

El hombre estaba de pie en el terraplén que descendía desde la carretera, casi en la orilla del agua. Sostenía una escopeta a la altura de la cintura y apuntaba a Barrett con el cañón. Los separaban apenas tres metros. Un disparo a quemarropa. El hombre de la máscara negra tenía el dedo apoyado en el gatillo y, si disparaba, no fallaría. No desde aquella distancia. Barrett pensó vagamente en la pistola que había intentado coger antes de caer al agua, pero sabía que no tenía sentido tratar de encontrarla en ese momento. Estaba atrapado e indefenso, así que se limitó a mirar al hombre y a esperar. Entre ambos se alzaba una hilera de espadañas que se mecían a izquierda y derecha, como un público que sigue atentamente la escena.

El hombre de la máscara negra dirigió la vista a la carretera y luego de nuevo hacia Barrett. Levantó un poco la culata de la escopeta y bajó el cañón para tener mejor ángulo.

Y entonces apartó del gatillo el dedo enguantado.

Bajó la escopeta, sin dejar de mirarlo. Barrett tuvo que parpadear para poder ver a su atacante a través de la sangre que le cubría los ojos. El hombre se pasó entonces la escopeta a la mano izquierda, dio media vuelta, trepó por el terraplén y Barrett lo perdió de vista.

Segundos más tarde, oyó el rugido de un motor que se ponía en marcha y se alejaba.

Todo quedó en silencio. Barrett se acercó a la cara la mano derecha para limpiarse los ojos y, al retirarla, vio que tenía la palma ensangrentada. Accionó la manija para abrir, pero la puerta no se movió.

Analizó la situación mientras contemplaba el marco doblado y el cristal roto. Le pareció poco probable que aquella puerta pudiera volver a abrirse algún día. Pensó en la ventanilla y se dio cuenta de que no conseguiría abrirla sin ayuda. La sangre le nubló la visión y se la limpió otra vez con la palma de la mano, mientras pensaba en darle un puñetazo a la ventanilla. Tenía que abrir algo para poder salir de allí y la ventanilla parecía la mejor opción, pero tendría que golpearla con mucha fuerza y cualquier movimiento brusco podía volcar el coche.

Si encontrara la pistola, podría disparar hacia la ventanilla. La lógica le hizo pensar que la pistola debía de estar debajo de él, que la fuerza de la gravedad sin duda la había hecho caer y la había desplazado hacia la parte trasera del coche, que estaba llena de agua. Podía llegar hasta allí, pero no estaba seguro de poder volver. Por lo menos, no con mucha rapidez y menos aún sin provocar que el coche volcara.

Cuando oyó la voz que decía: «No te muevas, amigo», pensó que tal vez fuera cosa de su mente. Su abuelo, o quizá su padre. Pero entonces la oyó de nuevo y comprendió que había alguien en la carretera. Oyó una especie de chapoteo y entonces apareció junto a la ventanilla un hombre de pelo gris vestido con vaqueros y una camisa a la que había recortado las mangas. Barrett vio una expresión de pánico en su rostro. El hombre trató tímidamente de abrir la portezuela.

—Con cuidado —le susurró Barrett.

Era la primera palabra que pronunciaba y se le llenaron los labios de sangre, pero la pronunció con claridad. El hombre del pelo gris asintió y retiró la mano.

—No quiero que el coche vuelque —dijo.

—No —asintió Barrett lamiéndose la sangre de los labios—. No quiero que vuelque.

El hombre del pelo gris miró a Barrett.

—¿Puedes aguantar, chico? Solo un minuto.

—Puedo esperar —dijo Barrett, aunque no estaba muy seguro de ello.

Le palpitaba la cabeza y la sangre le empañaba la vista una y otra vez.

—Voy a pedir ayuda —dijo el hombre del pelo gris—. Llegará enseguida, amigo, te lo prometo. Tú aguanta, ¿vale? Si te quedas tan tranquilo como estás ahora, todo irá bien.

—Sí —contestó Barrett.

Le parecía buena idea mostrarse de acuerdo con todo lo que el hombre del pelo gris decía. Parecía nervioso y Barrett creía que no era bueno tener cerca del coche a alguien tan nervioso.

—Vuelvo enseguida, todo irá bien —insistió el hombre, y se marchó.

A Barrett le volvió a entrar sangre en los ojos, pero esta vez se limitó a cerrarlos en lugar de limpiársela.

Con los ojos cerrados, lo único que quedaba eran el olor del agua y de la sangre y los sonidos que le llegaban desde la oscuridad. Oyó una voz débil y le pareció percibir una sirena a lo lejos, pero no estaba seguro. Oyó el canto de un grillo. Intentó contar cada chirrido porque le pareció una buena idea ocupar la mente en algo para mantenerse despierto y alerta. Su abuelo le había dicho una vez que se podía averiguar la temperatura contando las veces que un grillo cantaba por minuto. ¿O eran treinta segundos? No se acordaba. Pero su abuelo le había dicho que cuanto más alta era la temperatura, más cantaba el grillo. Barrett no sabía muy bien si era verdad.

Cuando el sonido de la sirena aumentó y dejó de oír el canto del insecto, pensó que tendría que buscar a alguien a quien preguntar sobre la historia de los grillos. Cuando la marea roja lo arrastró de nuevo hacia la oscuridad, ansiaba desesperadamente saber si aquella historia era verdad.

34

Cuando recuperó el conocimiento, lo hizo apremiado por la memoria, por la sensación de que había olvidado algo importantísimo y debía recordarlo cuanto antes.

El recuerdo no volvió, sin embargo, y fue descendiendo en la escala de prioridades cuando Barrett se dio cuenta de dónde se encontraba. Vio la habitación de hospital, notó la boca reseca y supo, por la lentitud y pesadez de su mente al relacionar ambas cosas, que debían de haberle dado algo. Y que lo que le habían dado debía de ser fuerte, porque no sentía dolor y eso que estaba bastante seguro de que debería sentirlo.

Se observó a sí mismo lo mejor que pudo para hacer inventario, pero perdió varias veces la cuenta de lo que ya había inventariado y tuvo que volver a empezar. Tubos en el brazo derecho, que iban hasta goteros llenos de fluidos intravenosos o medicamentos. Piernas vendadas, pero operativas. Podía mover los dedos de los pies y flexionar las rodillas. Todo en orden. Una sensación extraña en el cráneo que no tenía nada que ver con el calmante que le estaban administrando por vena. Cuando levantó la mano derecha para tocarse con cuidado la cabeza, solo encontró pelo rapado.

Estaba reflexionando sobre ese particular cuando entró el médico. Era un hombre alto y delgado, de piel muy negra. Cuando se presentó como el doctor Abeo y le preguntó qué tal estaba, Barrett percibió un leve acento británico en su voz.

—Calvo —respondió—. Y sediento.

El doctor Abeo sonrió, le ofreció agua y le dijo que lamentaba lo de la calvicie.

—Teníamos un poco de prisa —dijo mientras Barrett bebía el agua a sorbitos—. Tiene usted treinta y siete puntos, cinco grapas y un poco de adhesivo médico en el cuero cabelludo. Es difícil hacer todo eso y conservar el pelo.

Barrett admitió que probablemente era cierto y dijo que no culpaba a nadie de aquel horrendo corte de pelo. El doctor lo estaba observando con una mezcla de compasión y curiosidad, y Barrett tuvo la sensación de que no se estaba expresando con tanta claridad como él creía.

—Me están drogando —dijo con cautela—. ¿Verdad?

—Lo estamos medicando, correcto.

—Vale, ahora lo entiendo.

El doctor Abeo asintió pacientemente.

—Dentro de poco estará como nuevo, ahora no estamos preocupados. Pero cuando ha ingresado... La verdad es que el hígado me daba miedo.

Barrett pensó que aquello era un poco exagerado. Vale, es cierto que bebía un poco más de lo que debería, pero... ¿tan mal tenía el hígado? Intentó preguntar, se equivocó unas cuantas veces al articular la frase y, finalmente, consiguió pronunciar la palabra «whisky». El médico se echó a reír con una risa hermosa y sincera que hizo sonreír a Barrett. Bueno, todo aquello tampoco estaba tan mal. Teniendo aquellas drogas y aquella risa, ¿quién necesitaba pelo?

—Tiene usted un hígado muy sano —le informó el doctor Abeo—. Lo del whisky jamás lo hubiera dicho. Lo que me preocupaba era que tuviera usted el hígado desgarrado. ¿Entiende lo que quiero decir?

Barrett respondió que sabía lo que era un desgarro, sí. El doctor Abeo le dijo que todo estaba bien, que el hígado no había sufrido daños. No lo habían operado. Solo le habían puesto unas cuantas unidades de sangre y le habían cosido la herida del cuero cabelludo. Barrett estaba cansado y le gustaba el sonido de la voz de aquel hombre y, sobre todo, el sonido de su risa. El doctor Abeo habló un poco más, se rio un poco más y ajustó un dial en uno de los monitores.

Y entonces volvió la oscuridad.

Cuando volvió a despertarse, hablaba de forma más coherente, cosa que el médico consideró una buena noticia porque había un policía esperando para hablar con él.

—Y está bastante impaciente —añadió el doctor Abeo.

—Sí, la policía es así.

Barrett no reconoció al poli, nunca había trabajado con él. Era un tipo bajito pero musculoso, hispano, con la cabeza rapada y una mirada tan inteligente como penetrante. Se presentó a sí mismo como Nick Vizquel, pero no reveló su cargo ni a qué departamento pertenecía.

—¿Policía estatal? —preguntó Barrett.

—No. La DEA.

—¿La de Maine?

Maine tenía su propia DEA, la agencia dedicada a combatir el narcotráfico.

—Federal.

—¿Me puedes decir por qué el ataque que he sufrido ha suscitado una investigación de la DEA?

—Hablemos de ese ataque. Ahora mismo, todo está un poco turbio.

Vizquel acercó una silla y le explicó a Barrett que la historia que había contado en la ambulancia, antes de que la pérdida de sangre y los calmantes lo dejaran fuera de combate, no les había aportado muchos datos con los que empezar a trabajar; Barrett solo había hablado de un hombre enmascarado y de una camioneta con dientes.

—He pensado que a lo mejor querías intentar describir la camioneta un poco mejor —dijo Vizquel con una discreta sonrisa.

Barrett le contó lo que pudo, que no era mucho. Pudo aclararle que, efectivamente, la camioneta no tenía dientes, solo una parrilla protectora en plan ranchero, y que era negra, lo mismo que la máscara y que la escopeta. Notaba la memoria dispersa, lo cual era normal después de la conmoción cerebral y la pérdida de sangre.

—Y has vuelto a Maine porque... —empezó a decir Vizquel.

Barrett se encogió de hombros y Vizquel asintió como si fuera la reacción que esperaba.

—Claro, solo pasabas por aquí, has ido a pedir un presupuesto al taller de Bobby Girard.

—¿Por qué no me explicas qué haces tú aquí? —dijo Barrett—. ¿O tengo que pensar que la policía local está desbordada y te has ofrecido voluntario para ayudar?

—Me gustaría que hablaras con Crepeaux por mí.

—¿La DEA quiere hablar con Kimberly? ¿De qué?

—De la muerte de Cass Odom —dijo Vizquel.

Barrett se sintió todavía más confuso que cuando se había despertado.

—¿Qué tiene Cass de interesante?

—Saber dónde compró las drogas, quizá —dijo Vizquel, al tiempo que se inclinaba hacia delante y observaba atentamente a Barrett—. ¿De verdad sigues investigando aquellos asesinatos? ¿Por eso has vuelto a Maine? Si me estás mintiendo, lo descubriré, y entonces vas a tener un problema gordo.

—No te estoy mintiendo y no me gusta que me amenacen mientras estoy en la cama de un hospital.

—Me parece justo. El interés que tienes en Port Hope no coincide con el mío. No me preocupan Jackie Pelletier ni Ian Kelly ni nada que tenga que ver con ellos.

—Muy compasivo.

—Llámalo como quieras, pero a ti te quitan el sueño dos muertos. A mí doscientos cincuenta y siete y seguimos sumando.

Barrett se lo quedó mirando.

—¿Puedes repetir esa cifra?

—Ya me has oído.

—Explícate, por favor —dijo Barrett.

Vizquel accedió. Había salido de Miami y acababa de llegar a Nuevo Hampshire procedente de Dayton cuando se había enterado del regreso de Rob Barrett a Maine. Había recorrido esos lugares tan dispares siguiendo una partida mortal de heroína que, por lo que él sabía, ya había acabado con la vida de más de doscientas cincuenta personas.

—¿Fentanilo? —le preguntó Barrett.

—Carfentanilo, en realidad. ¿Te suena?

—No.

—Es un sedante que se usa con elefantes. No bromeo. Ahora está saliendo de laboratorios de México, China y Estados Unidos mezclado con heroína. Atraviesa fácilmente la barrera hematoencefálica y provoca una euforia increíble... justo antes de matar. El fentanilo es letal a niveles bajísimos, dos miligramos. Más o menos, el tamaño de unos pocos granos de arena. Piénsalo. Y ahora piensa que el carfentanilo es aproximadamente cien veces más potente.

—¿*Devil's cut*? —preguntó Barrett.

—¿Perdón? —dijo Vizquel arqueando una ceja.

—¿Es así como se llama? ¿O quizá *devil's calling*? He oído esos nombres.

—No me suenan de nada, pero los nombres de las drogas suelen cambiar según la zona. —Cogió su iPhone y escribió una nota rápida—. ¿A quién se los has oído?

Barrett no respondió y Vizquel suspiró.

—Venga ya —dijo—. Coopera conmigo, Barrett.

—Yo encantado si es algo mutuo. ¿Qué tiene todo esto que ver con Kimberly Crepeaux y Mathias Burke?

—Nada —dijo y levantó ambas manos antes de que Barrett pudiera protestar—. Nada, en serio. He leído sobre el caso. Creo que te ofrecieron una falsa confesión y, sinceramente, no me importa. Para mí carece de interés. Lo que tiene interés es la droga. Estoy siguiendo un mapa de distribución o, mejor dicho, tratando de elaborarlo. Algunas zonas encajan, pero otras, como Port Hope, en Maine, no. Por lo general, esas drogas matan por oleadas. He hablado con un juez de instrucción que ha visto dos docenas de muertes en dos semanas. En Ohio se han producido cincuenta solo en un condado. Pero aquí arriba... No, nada parecido. Sin embargo, los informes de toxicología han revelado coincidencias y una de ellas es Cass Odom. Las coincidencias son esporádicas y no está claro cuál ha sido el camino de entrada. Y eso es lo que a mí me importa. Persigo esa lacra por todo el país, hablo con jueces de instrucción y polis, y veo cómo se van acumulando los cadáveres, pero lo que necesito saber es cómo entra. Maine me intriga.

—¿Por qué?

—Porque Maine tiene muchas ciudades portuarias y mi trabajo consiste en averiguar por dónde entra la droga. Una gran cantidad ha llegado hasta Dayton o Indianápolis, ciudades situadas en el centro con un buen sistema interestatal de comunicaciones. Por lo general, Maine es un destino final de la heroína, no el punto de entrada. Pero aquí arriba tampoco está matando a mucha gente; unos cuantos muertos en minúsculas localidades costeras no cuadran con esa mierda. Lo cual hace que me pregunte... ¿realmente llegó aquí y alguien con mucha iniciativa robó una parte antes de que empezara a extenderse por todo el país?

—Unas preguntas muy interesantes —dijo Barrett—, pero carezco de repuestas. Y aún tengo curiosidad acerca de mis preguntas. Alguien ha intentado matarme y al parecer tú sabes más que yo, pero no compartes esa información.

—¿Quién crees que puede haberlo hecho?

—No estoy seguro, pero parece lógico suponer que ha sido alguien que no quiere que yo ande por ahí haciendo preguntas sobre un caso de asesinato que se cerró demasiado pronto.

—Yo creo que te acercas bastante, pero lo estás enfocando mal.

—¿Qué?

—No quieren que hagas preguntas, pero eso es porque tus preguntas están cambiando. Ya no estás preguntando por los asesinatos, sino por las drogas.

—¿Cómo te has enterado de eso?

Vizquel sonrió y movió la cabeza de un lado a otro. Barrett se preguntó quién sería su soplón: ¿Millinock? ¿Girard? ¿Johansson?

—¿Qué tal te llevas con la policía estatal de por aquí? —preguntó Barrett.

—Perfectamente —respondió Vizquel—, pero sigues enfocándolo mal.

—Pues entonces ayúdame a enfocarlo bien y deja de esconderme cosas. Está claro que no lo voy a averiguar todo y no podré ayudarte a menos que lo sepa. ¿Quién es tu fuente, Vizquel?

Vizquel respondió con una sonrisita irónica.

—No hay fuente. Ah, por cierto. Hemos encontrado un dispositivo GPS colocado en el chasis de tu coche. Por eso estoy aquí. Cass Odom encaja con el perfil de la droga y Rob Barrett casi se mata en su coche de alquiler, que llevaba un dispositivo localizador. De ahí que Nick Vizquel se presente a toda prisa en Maine para hablar contigo en el hospital, ¿queda claro?

Barrett se lo quedó mirando, mientras trataba de asimilar la información.

—¿El dispositivo está limpio o crees que podrán sacar algo de él?

—Lo intentaremos, claro, pero, a menos que se trate de alguien muy vago, estará limpio. ¿De verdad no tienes ni idea de quién puede haberlo colocado?

—No. El primero que se me ocurre es Mathias Burke, porque es el...

—Deja ya de pensar en el caso de asesinato. Es un asunto de poca monta.

Barrett señaló a Nick Vizquel y, al hacerlo, arrastró por encima del cuerpo los tubos intravenosos.

—Eso díselo a Howard Pelletier, gilipollas. Dile que su hija asesinada es un asunto de poca monta.

Vizquel suspiró.

—Esperaba que lo entendieras. Eres un federal, no un poli local.

—Perdón si te decepciono.

—Tú eres quien decepcionas. Me iría bien tu ayuda, pero sigues hablando de tipos que se dedican al mantenimiento, de drogadictos y de asesinatos. Ve más allá. Piensa en el dinero. En alguna parte hay alguien que está ganando mucho dinero con esa droga.

—No lo dudo. Pero te aseguro que no es Kimberly Crepeaux.

Vizquel puso cara de asco.

—En eso tienes razón. Mira, te voy a dejar mi tarjeta y mi número de móvil. Si se te ocurre algo mejor, compártelo, ¿vale? Has asustado bastante a alguien al volver a Maine y me gustaría saber a quién.

—Sí —dijo Barrett—, pues ya somos dos.

Vizquel dejó la tarjeta sobre la mesa que estaba junto a la cama y se puso en pie.

—Eres un tío con suerte.

Barrett señaló el soporte para goteros que estaba al lado de la cama de hospital.

—¿Tú crees?

—Desde luego. Te has metido en el cuadrilátero sin saber siquiera a qué categoría de peso te enfrentabas. ¿Quieres saber dónde acaban la mayoría de tipos como tú? No llegan a ver la cama de hospital. Van directos a la morgue.

35

Cuando llegó el doctor Abeo, revisó todas las pruebas y analíticas y declaró que Barrett ya estaba en condiciones de recibir el alta... e irse a casa a hacer reposo.

—Y debe tomárselo muy en serio —dijo—. No puede levantar nada más pesado que una sartén. Cuanto más tiempo pase en cama, más se aburra y más triste se sienta, mejor se pondrá.

Barrett asintió y le dijo al doctor que observaría lo del reposo. Añadió, sin embargo, que tendría que llamar a un taxi para irse a casa, y Abeo pareció sorprendido.

—Las damas lo están esperando —dijo.

—¿Damas?

—Sí, dos —sonrió Abeo—. Y no parecen caerse muy bien, la verdad.

Aquel comentario dejó perplejo a Barrett hasta que llegó a la sala de espera, vestido aún con la bata azul del hospital, y vio a Liz Street y a Roxanne Donovan sentadas en lados opuestos de la sala; cada una de ellas fingía estar muy ocupada con su teléfono e ignoraba la existencia de la otra. Liz lo miró y luego se concentró de nuevo en su teléfono, pero Barrett captó una mezcla de alivio y enfado en sus ojos antes de que apartara de nuevo la mirada. Roxanne se acercó a él y lo miró de arriba abajo, tras lo cual meneó la cabeza con aire disgustado.

—Te he visto mejor, Barrett.

—Es que he estado mejor.

—Dicen que no te conviene conducir, así que he pensado que a lo mejor necesitas que te lleve al aeropuerto.

Liz se aclaró la garganta.

—Y yo he pensado que a lo mejor quieres que te acompañen de vuelta al norte.

El doctor Abeo observó la escena con una expresión risueña. Le guiñó un ojo a Barrett y le dijo:

—Nos vemos la semana que viene, ¿de acuerdo? Y... reposo. En el norte o en el sur, haga reposo.

Roxanne hizo un gesto de impaciencia.

—Nadie se está peleando por el hombre de las grapas en la cabeza, doctor. De hecho, el exterior de su cráneo es más atractivo que el interior.

—Yo también te he echado de menos, Roxanne —dijo Barrett.

—Lo sé. Y antes de que tu estrella te conduzca hacia otra mala decisión, vamos a hablar. —Le lanzó una mirada a Liz—. A solas.

Roxanne se dirigió hacia la puerta y él la siguió. Cuando estuvieron al otro lado, solos, Roxanne suavizó un poco el tono autoritario y le apoyó ambas manos sobre los hombros.

—¿Se puede saber qué estás haciendo?

—Cargarme mi carrera, está claro.

—Pues tengo una buena noticia: la baja médica te concederá un poco más de tiempo. Es poco ético despedir a un agente que ha estado a punto de ser asesinado. Ahora en serio, Barrett, ¿qué crees que estás haciendo?

Barrett le habló entonces de las llamadas —las de Howard y las de Kimberly— y le dijo que había acabado cogiendo un avión a Portland porque tenía que verlos en persona.

—Y esto —dijo al tiempo que se señalaba la cabeza— sugiere que en realidad no estoy loco. Antes, todo se basaba en mi instinto, ¿no? No hay pruebas, no hay pruebas, no hay pruebas. Pero ahora alguien acaba de intentar matarme, Roxanne, y es porque no quieren que se sigan formulando las mismas preguntas.

—La DEA dice que eso no tiene nada que ver —dijo ella.

—¿Has hablado con mi amigo Vizquel?

—Sí. Y me ha contado lo del dispositivo localizador. Ha preguntado si era nuestro, puesto que sabía que, y cito textualmente, «habías caído en desgracia en el FBI».

—Interesante. A mí no me insinuó que pudiera ser obra de la queridísima agencia a la que sirvo incansablemente. Probablemente, se me tendría que haber ocurrido a mí solito.

—¿Crees que sabíamos que habías vuelto? Por favor. De haberlo sabido, te habríamos detenido en el aeropuerto y te habríamos metido en el primer avión de vuelta. Y eso es justo lo que tendrías que hacer ahora. Fastidiar una investigación de la DEA, sea intencionadamente o no, es una línea roja que no hay que cruzar.

Barrett no respondió y Roxanne lo observó con tristeza.

—Podrías ser un gran agente, Barrett. Me arrepiento de haberte enviado aquí. Pensaba que era el caso ideal para ti y te permitiría aplicar tus conocimientos de la zona. No pensé que te verías atrapado en una mentira, no me parecías esa clase de persona.

—Te engañé —dijo.

Roxanne no sonrió.

—Cuando alguien con un cargo más alto que el mío te llame en los próximos días, es necesario que tengas muy claro de qué hemos hablado tú y yo: de tu estado de salud y de mi preocupación por tu bienestar. Eso es todo. ¿Estamos?

—Estamos.

Roxanne se puso las gafas de sol, de manera que Barrett no podía verle los ojos, y dijo:

—¿Ha revelado alguien que la investigación ya estaba activa sin tu valiosa ayuda?

—¿Cuál? ¿La investigación sobre las drogas o la investigación sobre los homicidios?

—La segunda. Las dos, según parece, pero yo hablo de la segunda. La policía del estado de Maine no considera cerrado el caso, digan lo que digan en público.

—Si sigue activa, entonces ¿por qué no se les ha comunicado a las familias? Howard Pelletier sigue allí, en Port Hope, volviéndose loco. Eso está mal y es cruel.

—Quizá haya una razón para que lo mantengan al margen.

—¿Y eso qué significa?

Roxanne separó las manos.

—No lo sé. Ya has oído lo que sé sobre la cuestión, es más de lo que tendría que haberte dicho, pero también es todo lo que tengo. ¿Vale?

—Vale. Y gracias.

—Toma las decisiones correctas, Barrett. Ya sé que tratándose de ti será toda una novedad, pero nunca ha existido mejor momento para empezar.

Y, tras esas palabras, dio medio vuelta y se dirigió hacia su coche.

36

Cuando Barrett entró de nuevo en el hospital, Liz se puso en pie para recibirlo, pero no se acercó demasiado a él. Incluso Roxanne lo había tocado, pero Liz no lo hizo. Se quedó cerca, tentadoramente cerca, pero sin dejar de mantener la distancia entre ellos.

—A tu antigua jefa no le gustan las periodistas.

—Y a lo mejor por eso dejo el FBI.

Liz levantó una mano.

—Prefiero que no me lo cuentes. —Apartó la mirada de sus ojos y se le ensombreció el rostro, y Barrett supo que estaba contemplando la horrenda herida que le cruzaba el cráneo—. ¿Cómo te encuentras?

—Llamativo —respondió él—. Quisiera un sombrero.

—¿Y alguien que te lleve en coche?

—También.

—Pues tienes delante a la mujer indicada.

Salieron del hospital y se dirigieron al destartalado Ford Mustang de Liz, un coche con tracción trasera y sin dirección asistida que, sin duda, era el vehículo menos indicado para cualquiera que viviera en Maine. Naturalmente, Liz llevaba años empeñada en conservarlo.

—No se me ha ocurrido traerme tu maleta —dijo Liz—, pero creo que en mi casa tienes algo de ropa. Hasta entonces, puedo ayudarte con lo del sombrero.

El asiento trasero del coche parecía una mezcla entre una oficina móvil y un almacén abandonado. Liz dedicó unos cuantos minutos a rebuscar allí antes de encontrar una gorra de los New England Patriots.

—Toma.

Barrett se quedó mirando la gorra y sacudió la cabeza.

—Ni hablar.

Era seguidor de los Giants desde que nació.

—Pareces un personaje salido de *The Walking Dead* y aun así ¿no quieres ponerte la gorra?

—No.

Liz suspiró, lanzó la gorra al asiento de atrás y cogió otra.

—Esta es la otra opción —dijo mientras le ofrecía una gorra con el dibujo de un alce en una postura de yoga bajo el cual se leía la inscripción NAMALCÉ—. Dime tú cómo prefieres que te vea la gente.

Barrett cogió la gorra del alce.

Una vez dentro del coche, Liz puso el motor en marcha —con un petardeo que encajaba mejor en un astillero que en un aparcamiento— y, tras volverse hacia él, dijo:

—Kimmy está metida en algún lío.

—¿Qué?

—Me lo ha dicho Howard Pelletier. En cuanto se ha sabido lo que te había ocurrido, la prensa ha ido a buscarla. Y se ha largado. Le ha robado el coche a su abuela y ha desaparecido.

—Mierda.

—Teme a la prensa.

—Puede que tema a la prensa, sí, pero no ha huido por eso. Le tiene miedo a Mathias.

—Pues él está encantado de hacer declaraciones. Me ha dicho que la policía debería de estar muy interesada en lo que te ha ocurrido después de haber visitado a Bobby Girard.

Barrett cerró los ojos y respiró hondo.

—¿Y Howard?

—Ha dicho que te mejores —respondió—. No ha querido hacer declaraciones.

—Bien.

—Rob, ¿quién crees que ha ido a por ti?

—No lo sé.

Miraba por el espejo retrovisor de forma compulsiva y se preguntó qué haría la próxima vez que tuviera que conducir, si sería capaz de apartar la vista del retrovisor y alejar de su mente el recuerdo de la camioneta negra con la parrilla protectora que recordaba unos dientes.

—La policía estatal ni siquiera se ha molestado en hablar conmigo —dijo—, pero la DEA se ha dejado caer por aquí porque al parecer han encontrado un dispositivo localizador en mi coche.

Liz se volvió a mirarlo con los ojos muy abiertos.

—Atenta a la carretera —advirtió—. Con el último accidente ya he tenido bastante para una temporadita.

Ella miró al frente.

—La DEA...

—Sí. Y me han animado a ampliar la perspectiva. A ignorar asuntos de poca monta como los asesinatos de Jackie Pelletier e Ian Kelly. Con lo de ampliar la perspectiva se refieren a drogas y dinero. No han hablado de sexo y rock and roll, pero imagino que van incluidos en el lote.

—Mathias no tiene relación con las drogas. Girard sí la tenía.

—Soy consciente de ello —dijo. Entonces se dio cuenta de que había sonado como un capullo y añadió—: Lo siento, es que estoy intentando entenderlo. Tú escuchaste a Kimberly y pensaste lo mismo que yo, que no miente. No del todo.

—No.

—Pero...

—Pero cuenta una historia que no encaja con todo lo demás.

—Exacto.

Barrett guardó silencio. El paisaje de Maine se alzaba a lo lejos, oscuro y ensombrecido por las nubes de tormenta que se iban acercando y por la fina niebla que llegaba desde la costa. Maine, un estado de nieblas impenetrables, de bosques profundos, nieves profundas y océanos profundos, podía ocultar muchas cosas cuando le apetecía. Pensó en lo que Roxanne y Nick Vizquel le habían dicho y sintió de nuevo aquel miedo de otra época.

—Puede que Kimberly sí mintiera —susurró—. Puede que me contara lo que yo quería oír y por eso la creí, igual que la hubiera creído cualquier otro poli que alguna vez haya antepuesto sus convicciones a la verdad.

—No has dejado de hacer preguntas —dijo Liz—. Si fueras un mal poli, Rob, ni siquiera te habrías molestado.

—Pero según Nick Vizquel, estoy haciendo las preguntas equivocadas.

—Y casi te matan por ello. No me gusta tener que decirlo, pero... no pueden estar todos equivocados.

Barrett contempló la carretera por la ventanilla y pensó en ello, pensó en qué pregunta había sido la correcta o la menos incorrecta. Unas cuantas gotas de lluvia, grandes como centavos, se estrellaron contra el cristal y Liz puso en marcha los limpiaparabrisas. El cielo se fue oscureciendo a su alrededor mientras se dirigían al norte.

—Ya hacía bastante tiempo que no pensaba en Cass Odom —dijo—. No me resultaba demasiado útil, teniendo en cuenta que ya estaba muerta cuando yo llegué. Puede que fuera en eso en lo que me equivoqué.

Liz lo miró de reojo.

—No te sigo.

—Yo tampoco lo tengo muy claro —dijo—, pero la DEA cree que solo hay una pregunta que yo deba hacerle a Kimberly... y tiene que ver con Cass Odom.

Las gotas de lluvia que habían caído resultaron ser solo el anuncio del intenso chaparrón con que los recibió el norte. De repente, fue como estar en un túnel de lavado, por lo que Liz aminoró y puso los limpiaparabrisas a la velocidad máxima.

—Tú tienes contacto con el médico forense, ¿no? Recuerdo tus artículos.

Liz había ganado un premio por una serie de artículos sobre la abrumadora carga que suponían las muertes por sobredosis para médicos forenses y jueces de instrucción.

—Conozco a gente dispuesta a hablar conmigo —dijo en un tono de leve recelo—. ¿Qué se supone que he de preguntar?

—Necesito los informes del médico forense sobre las muertes de Cass Odom y J. R. Millinock. El nombre de pila es Julian.

—¿Y por qué los necesitas? —preguntó Liz.

—Porque Vizquel ha dicho que le interesa la droga que mató a Cass y quiere saber de dónde procedía. Yo ya sé de dónde procedía la droga que mató a Millinock: de Jeffrey Girard. Si es la misma... eso tal vez responda a la pregunta de Vizquel. O, por lo menos, tal vez ate algunos cabos sueltos.

—¿Y eso aparecerá en los informes de toxicología?

—No lo sé, por eso necesito verlos. ¿Crees que puedes echarme un cable en ese tema?

—Lo puedo intentar.

—Recuerda lo que dijo Kimberly sobre..., mierda, ¿cómo se llamaba?

Los calmantes habían hecho que se le formara una especie de niebla entre la mente y la memoria.

—No recuerdo su nombre —prosiguió—, pero Kimberly nos habló de una chica que se había ahogado, pero que en realidad no se había ahogado... o algo así. Tú dijiste que habías escrito sobre ella, ¿no?

—Molly Quickery. El mar arrastró su cuerpo hasta la playa, a la altura de Owls Head. Pero eso no está precisamente cerca del hogar de los Kelly, que es lo que Kimberly afirma.

—Pero estaba en el grupo.

—¿Qué grupo?

—De consumidores. Drogadictos.

—Sí.

—¿Crees que podrías conseguir también ese informe?

—No sé si le hicieron todas las pruebas de toxicología. Solo sé que el juez de instrucción concluyó que Molly estaba inconsciente cuando cayó al agua, o algo así. No había pruebas de que se hubiera ahogado, de eso estaba seguro.

Barrett tenía más preguntas, pero las pastillas que le habían dado le estaban provocando en el cerebro una agradable sensación de entumecimiento, como si una delicada voz le susurrara que no se preocupara por nada, que cerrara los ojos para que los calmantes pudieran encargarse del resto. No le gustaba la sensación, pero aquellas voces que susurraban eran muy persuasivas.

La lluvia caía sobre el coche con un golpeteo incesante y Liz estaba concentrada en la carretera, así que se permitió cerrar los ojos solo un segundo. No más de un segundo, se prometió a sí mismo, porque tenía que pensar en el recuerdo que se le había escurrido durante los primeros minutos en el hospital. Era un recuerdo de cuando estaba en el agua, el recuerdo de un pensamiento vago y confuso que se le había ocurrido mientras la sangre le empapaba el rostro y trataba de buscar ayuda. Pero no conseguía identificarlo. «Sigue pensando, pues. Concéntrate».

No sabía muy bien cuándo se había quedado dormido, pero se despertó justo antes de que Liz detuviera el coche. Casi había anochecido y ya estaban en la entrada de su casa.

—Lo siento —dijo—. Me he quedado dormido, ¿no?

—Un rato.

Liz bajó del coche y él la siguió moviéndose con dificultad. Tuvo la sensación de que hasta el último músculo le daba punzadas y le dolía. Liz abrió la puerta con la llave y condujo a Barrett hacia una cocina pequeña pero luminosa y una estancia con una amplia cristalera que dejaba pasar la luz tenue del atardecer.

—Pensaba que recibirías un montón de llamadas, pero entiendo que te han confiscado el teléfono, ¿no?

—Eso creo. Pero primero se hundió, o sea que tampoco importa. El problema es que, si Kimberly me llama, lo hará a ese número. Tengo que encontrarla. Y también tengo que hablar con Howard.

Liz lo tocó por primera vez justo entonces; se acercó a él y le rodeó la nuca con ambas manos.

—Podrías haber muerto por todo esto —dijo—. ¿Te das cuenta?

Barrett pensó en cómo se había sentido en el coche cuando el agua subía y él sangraba sin parar, y asintió.

—Me he hecho una idea bastante clara, sí.

Liz apoyó la cara en la de él, mejilla contra mejilla, como si estuvieran bailando. No dijo nada. Barrett dejó descansar las manos en la parte baja de su espalda y, por primera vez en muchos meses, tuvo la sensación de haber vuelto a casa. Se le hizo un nudo en la garganta y se le puso la piel de gallina. Conocía a Liz desde hacía casi veinte años y ella aún era capaz de conseguir que se sintiera así. Solo el hecho de pensar en ella ya hacía que se sintiera así, pero la sensación se volvía mucho más intensa cuando la tenía entre sus brazos.

—Te han prescrito reposo en cama —dijo Liz—. Yo misma se lo he oído decir al médico.

Liz irguió el cuerpo y lo besó, y entonces, cuando Barrett notó el roce de sus labios, le pareció cómica la idea de haberse quedado dormido estando con ella o la posibilidad de que eso pudiera ocurrir otra vez. Todas sus terminaciones nerviosas se despertaron de golpe, como si tuvieran prisa. La estrechó entre sus brazos, pero entonces Liz se apartó un poco y, durante un espantoso segundo, Barrett creyó que iba a decirle que estar con él era un error que no pensaba volver a cometer.

—Lo siento —dijo entonces Liz—, pero tienes que quitarte esa gorra tan ridícula.

Barrett se echó a reír y se quitó la gorra de béisbol con el logo del alce. Liz desvió la mirada hacia el cuero cabelludo de él y observó con ternura la espantosa herida.

—Se supone que tienes que tomarte las cosas con calma —dijo mientras le cogía una mano—, así que tendré que tratarte con mucha delicadeza.

Y lo hizo. Con una delicadeza exquisita y desesperante, con movimientos lentos y eróticos, mientras le decía una y otra vez «No te muevas, no te muevas, no te muevas». Y él siguió aquellas instrucciones mientras pudo, pero cuando finalmente desobedeció, no hubo objeciones. Solo cuando hubieron terminado, empapados en sudor, Liz le apoyó la cabeza en el pecho y dijo:

—Tienes que trabajar más la paciencia.

—Te prometo que lo haré. ¿Qué tal si me das una segunda oportunidad?

—Bueno, supongo que es justo.

37

Barrett se despertó en un estado a caballo entre el dolor y el placer. Liz estaba acurrucada a su lado, con la curva de la cadera apoyada en él. La sensación de tenerla tan cerca era maravillosa, pero Barrett notaba cómo iba subiendo a la superficie, en el hombro y en el cuello, el toque a rebato del dolor. En general, la sensación que experimentaba era de estar subiendo a la superficie, de empezar a flotar desde la inconsciencia y la oscuridad. A su alrededor, la habitación en penumbra iba cobrando forma a medida que la consciencia y los recuerdos también afloraban.

Cuando Liz gruñó y se removió, Barrett comprendió qué lo había despertado: el teléfono de Liz, que vibraba boca abajo sobre la mesita de noche. Liz lo cogió, parpadeó al ver la pantalla y respondió.

—¿Hola? Sí, está bien. O vivo, por lo menos. —Pausa—. ¿Que cómo lo sé? Porque está conmigo. —Pausa—. ¿Y por qué no me lo dices a mí? —Pausa—. Vale. Espera.

Cuando Liz se volvió hacia él, la sábana se le escurrió y dejó sus pechos al descubierto. El resplandor azul del teléfono le iluminó uno de los lados de la cara.

—Howard Pelletier quiere hablar contigo.

Barrett cogió el teléfono y se lo acercó a la oreja.

—Hola, Howard.

—Barrett, habría ido al hospital de no ser por... bueno, la prensa y eso.

—Lo sé.

—Pero ¿estás bien? ¿Te vas a recuperar?

—Estoy bien.

—Ajá, menos mal. Lo siento.

—¿Has intentado matarme?

—¿Qué? ¡No!

—Entonces no te disculpes.

—Ya sabes lo que significa, ¿no? Has tocado una fibra sensible porque tenías razón. Teníamos razón. Kimmy no mentía. Pero ahora se ha ido. Temo por ella, Barrett. No consigo localizarla en ningún lado, y ella no me devuelve las llamadas. Siempre me devolvía las llamadas. Creo que ha huido al enterarse de lo que te ha pasado.

—¿Tienes idea de adónde ha podido ir? —dijo Barrett.

Se sentó y empezó a ponerse los pantalones. Notaba todos los músculos tensos, como si fueran cuerdas de piano.

—No lo sé. Y tampoco soy la persona adecuada para conseguir que los demás hablen de ella, ¿sabes? De hecho... se quedan de piedra cuando me oyen pronunciar su nombre.

Cuando Barrett se puso en pie, el dolor se le extendió a todo el cuerpo, como si le entusiasmara la posibilidad de encontrar nuevos puntos de presión. Salió de la habitación y bajó a la planta inferior, donde había dejado dos botes de calmantes. Se tomó dos pastillas con un gran vaso de agua mientras escuchaba a Howard enumerar y después descartar posibles paraderos de Kimberly Crepeaux. Los escuchó uno tras otro, pero tenía la mente en otro lado. Se había despertado con el recuerdo que se le había escapado en el hospital, acechaba allí cerca. Tuvo de nuevo la sensación de que algo salía a flote desde las profundidades, desde algún lugar oscuro y olvidado. Y entonces recordó lo que había imaginado en el coche, la salvación que había deseado al darse cuenta de que no lo conseguiría él solo.

—Encontraré a Kimberly —dijo—. Te lo prometo, Howard.

Pero ¿podemos aparcar ese tema un minuto? Tengo una pregunta técnica para ti.

—¿De qué se trata?

Barrett se alegró de no tener que verle los ojos a Howard cuando dijo:

—Es una pregunta sobre redes.

—¿Redes?

—Sobre redes de arrastre. Don Johansson y Clyde Cohen tenían razón cuando dijeron lo difícil que le habría resultado a un hombre, o incluso a dos, llevar de nuevo los cuerpos a la orilla después de que se hubieran hundido. Y me pregunto si a ti te parece posible que lanzaran una red allí abajo... y luego la recogieran. Los problemas que a esos hombres se les hubieran presentado a la hora de sumergirse y trasladar tanto peso hasta la orilla ¿se podrían haber solucionado con una red?

Escuchó la respiración de Howard mientras probablemente se imaginaba a alguien lanzar una red al agua para luego recoger el maltrecho cuerpo de Jackie.

—No hubiera funcionado —dijo Howard al fin.

Esas tres únicas palabras revelaron lo mucho que le había costado imaginar la escena, pues el dolor le atenazaba la voz.

—¿No?

—La red se hubiera asentado alrededor de ellos. Encima de ellos. —Howard se aclaró la garganta e hizo un esfuerzo para hablar—. Las redes llevan lastre, de modo que se asientan en el fondo y luego recogen lo que esté encima. ¿Entiendes lo que quiero decir? Si lo que tú quieres recoger ya está en el fondo, entonces no sacarás más que unas cuantas algas y algún que otro pez. La red simplemente se arrastrará por encima de lo que ya esté en el fondo.

Barrett comprendió la lógica de aquella argumentación y se avergonzó de haberle pedido a Howard que se lo explicara y, peor aún, que lo imaginara.

—Lo siento, Howard. Estoy un poco confuso. Cuando estaba

en el agua, me dio por pensar... por desear... Da igual. Ha sido una pregunta muy tonta y lo siento.

—Eso se arregla pasando un poco de tiempo en un barco de pesca —dijo Howard tratando de aligerar un poco la tensión—. ¿Seguro que te encuentras bien?

—Estoy bien.

—¿Y encontrarás a Kimberly?

—La encontraré —dijo Barrett.

Colgó después de prometerle a Howard que lo llamaría en cuanto tuviera noticias, y luego se descubrió a sí mismo haciendo una mueca de dolor y contemplando con aire especulativo los botes de calmantes. No le gustaba la idea de necesitarlos ni el alivio mental y emocional que procuraban antes incluso de actuar a nivel fisiológico. Se daba cuenta de que su cerebro ansiaba aquellas sustancias químicas con las que había forjado una amistad demasiado rápida y fácil. Pensó en el rostro de mejillas hundidas de Don Johansson, en las bolsas de color púrpura que se le habían formado bajo los ojos. «Me he hecho daño en la espalda». Y tal vez se lo hubiera hecho, en algún momento. Así empezaban muchos. Y acababan solos en la casa que antes habían compartido con su familia acumulando latas de cerveza en el suelo del salón.

Pero lo cierto era que Barrett sentía dolor y que una pastilla más esa noche no significaba que por la mañana también tomara otra más. Mientras estuviera atento, no perdería el control.

Estaba a punto de coger uno de los botes cuando Liz habló desde el otro extremo de la habitación.

—¿Una red?

Dejó la mano en el aire, encima del bote de pastillas, y se volvió a mirarla. Liz se había puesto unos pantalones cortos y una camiseta y lo observaba apoyada en el marco de la puerta.

—Una idea absurda —dijo Barrett—. Pero cuando estaba en el agua tratando de encontrar la forma de subir a la superficie, deseé que hubiera alguien allí arriba que pudiera lanzarme una red. No sé por qué se me ocurrió esa imagen. Básicamente, me sentía derrotado y quería saber si allí arriba había alguien tratando de ayudarme. O alguien que supiera que yo estaba allí, por lo menos. Eso era todo. Alguien que lo supiera. Pensaba que me iba a morir y lo único que deseaba creer era que había alguien allí observando mi lugar en este mundo mientras yo abandonaba ese lugar. —Se encogió de hombros—. Como te he dicho, una idea absurda.

Liz guardó silencio, con los brazos cruzados bajo los pechos y la mirada clavada en el suelo.

—Un buen amigo de mi padre —dijo al fin— murió en un barco que los dos habían construido juntos. La misma tormenta que se llevó al Andrea Gail. Luego hicieron una peli. Fuimos a verla, ¿te acuerdas?

—Sí.

Lo recordaba muy bien. Aquella había sido la primera vez que había visto llorar a Liz y le pareció incomprensible que el motivo de sus lágrimas fuera una película sobre la tripulación de un barco de pesca protagonizada por George Clooney. Más tarde, cuando el padre de Liz se ahogó, Barrett recordó aquel momento con cierta incomodidad, como si se hubiese tratado de una especie de premonición de Liz.

—Afectó mucho a mi padre —prosiguió Liz—. No solo porque había perdido a un amigo, sino porque él había construido aquel barco. Como si creyera que, de haber modificado la línea de popa o dedicado más tiempo a una junta, el barco habría podido sobrevivir a la tormenta perfecta. En sus peores días, mi padre se obsesionaba pensando en lo que se debía de sentir al encontrarse solo en el agua. Una de las cosas que más se preguntaba era qué aspecto debía de tener el cielo. Si se confabularía con el agua para arrastrar a los hombres o si tendría un aspecto..., no sé, acogedor.

Liz se pasó un pulgar por debajo del ojo izquierdo. A quien no la conociera le habría parecido un gesto intrascendente.

—No lo hagas por Kimmy —dijo—. Ni por tu abuelo ni por tu padre.

—¿Hacer el qué?

—¡Deja de hacer preguntas como si no supieras de qué te estoy hablando! —gritó.

Barrett se quedó perplejo porque Liz no era una mujer a la que le gustara gritar ni, en general, los excesos de ninguna clase. Se mostraba siempre controlada, siempre contenida.

—Ayer estuviste a punto de morir —dijo esforzándose por bajar la voz—. Quiero que me expliques por qué crees que puede valer la pena algo así.

—Porque quiero saber —contestó.

—¿Saber qué, Rob?

—La verdad.

—Sí, ya, la verdad. Pero ¿por qué vale la pena?

Se sintió incómodo por tener que pensarlo durante un segundo, por no tener una respuesta ya preparada, algo que pudiera esgrimir con total convicción. Lo pensó un poco y respondió:

—Porque acaba con las preguntas, Liz. Confía en mí. Si puedo conseguir que Howard, que Amy y George dejen de hacerse preguntas..., entonces vale la pena.

Ella asintió, cansada.

—O sea, que te vas a buscar a Kimmy, ¿no? ¿Lo he oído bien?

—Tengo que encontrarla, sí.

Liz le tendió una mano delgada, pero siguió con la mirada clavada en el suelo.

—¿Puede esperar hasta que amanezca?

—Sí —dijo—, puede esperar hasta que amanezca.

No hicieron el amor; tampoco hablaron, pero Liz se durmió acurrucada junto a él en un gesto que Barrett apenas recordaba.

Tras un buen rato, él también se durmió. Su último pensamiento consciente fue que Liz le había impedido coger el bote de pastillas otra vez. Y se lo agradeció, porque ya no sentía dolor.

38

El sol ya había salido y Liz estaba en la ducha cuando Barrett se despertó de nuevo. Se levantó, y trató de estirar y desentumecer el maltrecho cuerpo, pero sin demasiado éxito. Se sentó en el suelo, con la espalda apoyada en la pared, y se contempló a sí mismo en el espejo de cuerpo entero que Liz había colocado en la puerta del cuarto de baño. En su día, se había divertido con aquel espejo porque Liz, que lo había puesto antes de montar la puerta, por error lo había colocado en la cara exterior de la puerta y no en la interior, como era su intención. En lugar de descolgar el espejo, sin embargo, o de cambiar de lado las bisagras de la puerta, Liz se había encogido de hombros y había pasado a otra cosa. Era un ejemplo maravillosamente simbólico de la forma que tenía Liz de ver la vida. Algunas personas se pasaban la vida intentando cambiar las cosas, mientras que otras se limitaban a aceptarlas sin más. Liz pertenecía al segundo grupo.

Ese día, sin embargo, el espejo no le hizo reír. Tenía el pecho surcado por cardenales y cortes superficiales; a la altura del hígado, la piel se le había vuelto tan oscura que, más que un cardenal, parecía una marca de nacimiento. Los puntos del largo corte que le recorría el cuero cabelludo recién afeitado le daban a la herida el aspecto de una lombriz de tierra. Sin pelo en la cabeza, sus ojos azules parecían más relucientes. Y fríos.

Se tocó la herida con una mezcla de asombro y aprensión. Alguien había intentado matarlo. Y había estado a punto de conseguirlo.

La imagen se alejó cuando Liz abrió la puerta y luego desapareció cuando el vapor empañó el cristal.

—¿Haciendo inventario? —le preguntó Liz.

Llevaba una toalla anudada por encima de los pechos y se estaba cepillando el pelo húmedo. La frase tatuada se leía ahora perfectamente a lo largo de la clavícula: «Buen viento y buena mar». La tradicional bendición náutica para el viaje de un marinero, un deseo de que todas las cosas visibles en la superficie estén en armonía con las cosas ocultas, de que el agua, el viento y las mareas se muevan al unísono.

En la lápida de su padre había hecho grabar la misma frase. Sin embargo, no había ningún cuerpo bajo la lápida, pues, cuando la Guardia Costera había recuperado el barco naufragado frente a la costa de Halifax, estaba vacío. Liz había cumplido dieciocho aquel año. Los dos habían perdido a su padre cuando estudiaban en la universidad. Hubo una época en que Barrett estaba convencido de que aquella tragedia compartida los unía, que les proporcionaba una madurez no deseada. Más tarde, sin embargo, se preguntó si no se habrían marcado el uno al otro de algún modo, si la mala suerte los acechaba más de cerca cuando estaban juntos que cuando estaban separados.

—No hay mucho que inventariar en el espejo —dijo—. Pero lo que estoy viendo en estos momentos, en cambio...

—Mírate mejor en el espejo, colega. Ahora mismo no estás a mi altura. Bueno, nunca lo has estado, pero al menos antes tenías pelo.

Barrett sonrió y asintió.

—Vale, a ver —dijo—, se me han presentado unos cuantos dilemas. No es que sean obstáculos insalvables, pero siguen siendo obstáculos.

—Ay, Dios.

—No tengo coche. Tú, en cambio, tienes dos coches que, combinados, se convierten casi en un vehículo funcional.

—Solo por ese comentario te toca el Mustang.

—Oh, venga ya.

Liz tenía un Jeep que competía con el Mustang en años, aunque no en ruido.

—Nunca me he terminado de creer que sepas conducir un coche con cambio manual —comentó Liz—. Demuéstralo.

Bajaron y Liz le dio las llaves del Mustang al tiempo que fruncía el ceño.

—Tampoco tienes teléfono. Eso no me gusta.

—Compraré un teléfono de prepago para llamarte.

—Vale. Ve a U. S. Cellular. Parece que tienen la exclusiva para rebotar las señales telefónicas en trampas langosteras o algo así. En esta zona tienen más cobertura que cualquier otra empresa.

Durante un segundo, se quedaron el uno frente al otro, incómodos, como si no quisieran separarse. Luego, Liz le apoyó la palma de una mano en el pecho.

—Rob. Ten cuidado.

—No te preocupes. A partir de ahora miraré los retrovisores.

Barrett se quedó en el jardín mientras ella salía marcha atrás del garaje con el viejo Jeep; luego arrancó el motor del Mustang y se alejó en mitad de una nube de humo en busca de Kimberly Crepeaux.

La abuela de Kimberly vivía en una casa pequeña pero pulcra no muy lejos de la fábrica de cemento en la que su marido había trabajado durante treinta años. Había muerto seis meses antes de jubilarse y poder cobrar su pensión a causa de un infarto que le dio pocas horas después de haber pagado la fianza para sacar de la cárcel, por tercera vez, a su nieta de dieciocho años.

Jeanette Crepeaux abrió la puerta, miró a Barrett y luego le dio una bofetada con la palma de la mano bien abierta. Barrett retrocedió, se frotó la mejilla y dijo:

—Hola, señora Crepeaux.

—¿Crees que no te lo merecías? —preguntó.

Era más o menos igual de alta que su nieta, de modo que había tenido que ponerse de puntillas para pegarle. Por la expresión feroz de su rostro, Barrett supo que no dudaría en volver a hacerlo.

—No estoy seguro de merecerlo, pero tampoco es algo que quiera discutir con usted. ¿Está Kimberly?

Barrett percibió movimiento detrás de la mujer, pero no era Kimberly, era su hija. La niña tenía cuatro años y había heredado los ojos y las pecas de su madre.

Jeanette salió y cerró la puerta.

—Kimmy jamás volverá a estar bien. Si tuvo alguna oportunidad, tú se la estropeaste al obligarla a contar una historia así. ¿Crees que esa cría de ahí dentro no oirá esas historias? ¿Crees que no será duro para ella? ¿Y no se te ocurre nada mejor que volver? Supongo que no hiciste bastante daño la primera vez, o a lo mejor es que tenías pensado terminar el trabajo.

Barrett esperó a que terminara.

—Y si crees que me importa una puñetera mierda ese corte que tienes en la cabeza, es que me has confundido con otra persona.

—¿Sabe usted que Kimmy ha estado en contacto con Howard Pelletier? —preguntó.

La mujer asintió y apretó los labios hasta formar una línea fina y tensa.

—Entonces ya sabe por qué he vuelto —dijo—. Y ahora, podemos quedarnos aquí y seguir hablando de las cosas que yo la obligué a decir, o podemos afrontar la realidad de que las dijo, que ha desaparecido y que está asustada. Creo que puedo ayudar.

—¿Ayudar, tú? —contestó ella con una risa amarga.

—Eso me propongo, sí.

Jeanette Crepeaux unió ambas manos y fulminó a Barrett con la mirada. Estaba asustada, pero lo disimulaba tras su rabia. El abuelo de Barrett hacía exactamente lo mismo. Barrett había tardado muchos años en comprender que un carácter irascible no era fruto de la confianza en uno mismo, sino una prueba clara de la falta de esa confianza.

—¿Adónde puede haber ido? —preguntó.

—No lo sé. Estaba aquí cuando tú saliste en las noticias. Estábamos viendo la tele y alguien la llamó y le dijo que cambiara de canal. En las imágenes salía tu coche.

—¿Quién la llamó?

—No me lo dijo. Pero se asustó mucho. Empezó a decir no sé qué tonterías de meternos a todas en mi coche y llevarnos a Florida. Yo... discutí con ella y entonces Ava se puso a llorar. Cogí a la niña y me la llevé a la habitación, y yo aún seguía allí cuando Kimberly me cogió las llaves del bolso y se largó en mi coche.

La rabia dejó paso al miedo y le empezaron a temblar los finos labios.

—Suele hacer esa clase de cosas, ¿sabes? Pero no duran mucho, normalmente.

—¿Por qué discutieron?

—No es asunto tuyo.

Barrett la observó y dijo:

—Antes de que yo la trajera aquí, llamó a un tipo de Rockland para comprarle drogas. No las consiguió, pero lo estaba intentando.

Jeanette cerró los ojos.

—Quería que le diera mis calmantes, pero no se los di.

—O sea, que estaba intentando conseguir drogas otra vez.

Jeanette asintió, se armó de valor y abrió los ojos.

—Yo diría que por eso se marchó. A estas alturas, sin embargo, ya habría llamado. Aunque solo fuera para decirme cosas que ninguna abuela debería escuchar de labios de su nieta, ya me habría llamado. —Levantó la cabeza para mirar a Barrett, roja de rabia otra vez—. Es culpa tuya que haya salido a buscar pastillas o agujas. Lo sabes, ¿no? Está intentando olvidar toda esa historia. Esconderse del mundo. Y todo por lo que tú la obligaste a...

—Lo pillo —la interrumpió Barrett—. ¿Adónde cree que puede haber ido, señora Crepeaux?

La mujer vaciló. Barrett sabía que quería echarlo de su propiedad, pero también que estaba preocupada por su nieta. Una parte de ella aún creía que Barrett era una fuente potencial de ayuda. Y, finalmente, se rindió a esa parte.

—Si no está en casa de su padre, estará en casa de aquella chica, Odom. Ahora va allí porque aún tiene la llave y, desde que murió Cass, no vive nadie en la caravana. En eso la has convertido, en una chica que se esconde en la caravana de una muerta.

—Si vuelve a casa o llama, asegúrese de que no se vaya hasta que yo la vea —le dijo—. No permita que se marche sin mí.

—No sé por qué debería hacer tal cosa.

—Sí que lo sabe.

39

Tras encontrar vacía la caravana de Cass Odom, Barrett bordeó la costa para ir en busca de Steve Crepeaux. Conducía con las ventanillas del coche bajadas. La lluvia había ido parando durante la noche y había dado paso a un día radiante; el cielo y el mar se peleaban por ver quién era más azul, desde el agua llegaba un viento ligero y la temperatura era de veintiséis grados. El aire olía a brisa oceánica y a pino, y apenas había humedad. Un típico día de Maine, más propio de julio que de mayo.

De no ser porque Barrett estaba buscando a una drogadicta y asesina confesa, sería un día perfecto.

La madre de Kimberly vivía en Lowell, Massachusetts, y mantenía muy poco contacto con su hija. Kimberly se había criado con su abuela paterna, lo cual le había permitido mantener el contacto, ni que fuera esporádicamente, con su padre, Steve Crepeaux. Steve no se había casado, pero había engendrado cuatro hijos con cuatro mujeres distintas. Ninguno de los hijos o madres había convivido con él durante mucho tiempo, pero, a pesar de ello —o tal vez precisamente por ello—, Steve mantenía una relación cordial con todos ellos. Era uno de esos perdedores con encanto, un hombre que no traía más que problemas a familia y amigos, pero que por algún motivo siempre era bien recibido, como un perrito que se escapa para cazar gatos o perseguir perras en celo y luego vuelve cojo, lleno de pulgas y con esa mirada de «yo no quería causar problemas», esos ojos que reflejan la promesa de portarse bien a cambio de una buena comida. «Steve es así» parecía ser el mantra de la península.

Su casa se hallaba entre Port Hope y Cushing, y consistía en poco más de una hectárea de maleza con unos cobertizos medio en ruinas desperdigados por ahí y una casa que en realidad era una extravagante mezcla de antigua casa móvil y anexo de madera. La vieja casa móvil era de color hueso; el anexo tenía un revestimiento marrón de madera de cedro. Los escalones que subían al porche eran tablones de madera sin tratar; el porche estaba pintado de un rojo oscuro. Un canalón descendía justo al lado de la puerta y desaparecía por un agujero practicado en el suelo del porche. Por feo que resultara el conjunto, la carpintería era sólida y los escalones no se combaron ni crujieron cuando Barrett subió. No había coches en el camino de entrada, así que era poco probable que Kimberly estuviera allí, pero de todos modos valía la pena echar un vistazo.

La puerta principal formaba parte de la vieja casa móvil. Barrett llamó, pero no obtuvo respuesta. A través de la ventana se veía perfectamente la cocina; no había nadie, pero vio platos apilados en el fregadero y, sobre la mesa, una bolsa abierta de patatas de sabor barbacoa y varias latas vacías de cerveza.

Y una cuchara y un encendedor. Barrett ahuecó las manos y se inclinó hacia delante para ver mejor. En la cuchara había restos de una sustancia de color marrón claro.

A Steve Crepeaux no le faltaban defectos y vicios, pero las drogas no se contaban entre ellos. De hecho, en una ocasión le había dicho a Barrett que las drogas duras lo aterrorizaban. En el momento de decírselo, se estaba bebiendo una litrona y solo eran las diez de la mañana, pero Barrett sabía que no le había mentido.

—¿Kimberly? —llamó Barrett al tiempo que golpeaba de nuevo la puerta.

Nada.

Salió del porche, rodeó el anexo de madera y echó un vistazo al salón: sofá, dos sillones, estufa de leña y televisión. La tele estaba encendida: Johnny Depp se pavoneaba por la cubierta de un barco pirata, pero en la habitación no había nadie.

Barrett se alejó y caminó entre la maleza en dirección al lado opuesto de la casa. Se detuvo junto a la siguiente ventana, de la cual salía una débil melodía.

Allí el terreno estaba inclinado, por lo que tuvo que pegarse a la pared y estirar el cuello para ver. Era un dormitorio pequeño, pero en aquel lado de la casa el sol le daba de espaldas, por lo que se reflejaba en el cristal. Se protegió los ojos. Lo primero que vio fue que los pies de la minúscula cama tenían la forma de un timón de barco. Era una cama infantil, aunque a Barrett no le constaba que allí se hubiera criado ningún niño. El resto de la habitación estaba abarrotada de trastos, pero, a excepción de la música, no se veía rastro alguno de vida humana. La misma canción, bonita y triste a la vez, sonaba en bucle; una mujer de voz preciosa cantaba sobre chispas que saltaban, acompañada por un evocador riff de guitarra. Barrett estaba buscando el origen de aquella música cuando finalmente vio a Kimberly.

Al principio, la había pasado por alto. Era tan pequeña que su cuerpo apenas se veía entre las mantas arrugadas. Lo primero que vio Barrett fueron sus pies; calzados con unas chanclas de intenso color rojo, asomaban bajo las mantas azul celeste. Estaba tendida de espaldas, con el pelo extendido sobre la almohada, y parecía dormir.

—¡Kimberly! —la llamó golpeando la ventana.

El cristal era tan fino que tuvo suerte de no romperlo. Kimberly no reaccionó.

Barrett se apartó de la ventana y corrió hacia la puerta principal. No estaba cerrada con llave. En aquella zona casi nadie lo hacía. En la península no eran muy frecuentes los delitos y los vecinos se conocían unos a otros. Pero Kimberly Crepeaux nunca hubiera dejado la puerta sin cerrar con llave. No después de haberse mostrado aterrorizada ante su abuela.

Barrett entró en aquella habitación pequeña y anticuada y llamó de nuevo a Kimberly, pero la única respuesta fue la débil voz que procedía de la tele. La casa olía a cerveza desbravada y a humo de cigarrillo, más como si fuera una taberna cerrada durante mucho tiempo que una casa. Cruzó el salón, giró a la izquierda y se encontró con la habitación. Kimberly no había cambiado de postura. Llevaba unos pantalones cortos, una camiseta de tirantes y aquellas chanclas rojas. Parecía asombrosamente pequeña.

Le tocó los hombros. Tenía la piel fría.

—Kimberly.

No hubo respuesta. La giró hacia él y la cabeza le cayó a un lado, inerte. Tenía el móvil junto a la mejilla y de él salía una música delicada, una voz de una belleza descarnada: «A disaster dignified... sparks fly».

Para entonces, Barrett ya sabía que no había nada que hacer, pero se resistía a aceptarlo. Le buscó la muñeca entre el revoltijo de mantas, ansioso por tomarle el pulso, y faltó muy poco para que se pinchara con la jeringuilla que estaba junto al cuerpo de Kimberly.

Retiró bruscamente la mano, como si hubiera rozado una serpiente de cascabel enroscada. La punta de acero relucía como una gélida amenaza sobre las sábanas claras.

«Float on my back, watch the purple sky —cantaba la mujer desde el teléfono, como si estuviera dedicándole una serenata a Kimberly—. I know you don't recognize me. But I'm a live wire finally. Sparks fly...».

Barrett se secó el sudor de la frente.

—Joder, Kimberly —dijo, como si quisiera reñir a la chica muerta, pero entonces se le quebró la voz y guardó silencio.

Se tomó un momento para recobrar la calma y luego, con más cuidado esta vez, buscó el brazo derecho de Kimberly. Era tan delgado que podía abarcarle el antebrazo con la mano. Le apoyó el pulgar en la muñeca.

Sin pulso.

Le puso entonces los dedos en la punta de la barbilla y, muy despacio, le giró la cabeza para verle la cara. Su piel ya había adquirido la palidez de la muerte y, en contraste, las pecas que le salpicaban la nariz y las mejillas parecían rojas como la sangre. Kimberly lo observó con sus ojos verdes y, aunque Barrett sabía que se estaba imaginando la mirada de acusación en aquella expresión vacía, eso no hizo que le pareciera menos real.

Cuando le apartó la mano de la barbilla, la cabeza de Kimberly rodó de inmediato hacia la izquierda, como si no quisiera mirarlo.

Barrett cogió el teléfono y pulsó el botón de inicio. La pantalla reveló la fuente de aquella voz evocadora: Waxahatchee. La canción era *Sparks Fly* y Kimberly había muerto escuchándola en bucle. Aparte de eso, no había más información. No podía ver ni las llamadas perdidas ni los mensajes de texto porque el teléfono estaba bloqueado y solicitaba un código de acceso. Era un *smartphone* barato y Barrett no estaba familiarizado con la marca ni el modelo, pero se parecía a un iPhone y el iPhone de Barrett se podía desbloquear de dos maneras: con un código de acceso o con la huella dactilar.

Observó la mano de Kimberly. No estaba seguro de que fuera a funcionar, pues ya hacía rato que la sangre había dejado de fluir por aquellas manos. Pero quizá...

Cuando le cogió la gélida mano, le pareció que la piel tenía la misma textura que una vieira cruda, por lo que tuvo que apartar la mirada y tragar saliva. Luego acercó el frío pulgar al botón de inicio y presionó la blanda carne contra el teléfono, apoyando su propio pulgar en la uña del dedo de Kimberly.

La pantalla parpadeó y, por un segundo, pensó que había funcionado. Entonces la pantalla se iluminó y le pidió una vez más que introdujera un código de acceso. Estaba claro que aquella imitación barata no tenía bloqueo biométrico.

Limpió el teléfono para eliminar sus huellas dactilares y pensó en ponerlo en silencio, pero luego decidió que no. Kimberly había elegido aquella canción para irse. Y debía disfrutarla durante el máximo tiempo posible.

Dejó de nuevo el móvil junto a la mejilla de Kimberly mientras la cantante decía «I take it back, I was never alone», y luego la tapó con la manta para protegerla de un frío que jamás volvería a sentir.

—Lo siento —le dijo.

Luego salió y se quedó allí, notando la cálida brisa del mar bajo aquel cielo de un deslumbrante azul zafiro, mientras llamaba para informar del hallazgo del cadáver.

40

El hombre que en una ocasión había llegado a Port Hope, Maine, para conseguir que la gente hablara con la policía, se negaba a hacerlo cuando le tocaba a él.

—No me gusta tener que hacerte esto —le dijo al teniente de la policía estatal que había llegado después de que Barrett se negara a hablar con el primer agente que había acudido al lugar de los hechos—. Pero antes de hablar quiero un abogado.

—¿Para qué coño lo quieres? ¡Eres agente del FBI! ¡Sabes perfectamente cómo funciona esto!

—Tú mismo acabas de responder a la pregunta —dijo Barrett.

Sabía lo bastante como para comprender que había dejado pruebas físicas en la escena del crimen; que a nadie le costaría mucho imaginar un motivo por el cual Barrett quisiera arreglar viejas cuentas con Kimberly Crepeaux, antes incluso de que un hombre armado con una escopeta lo echara de la carretera; y que probablemente ya tenía más enemigos que amigos en el cuerpo de policía de Maine.

—A mí me parece una sobredosis, tío. Lo único que necesito es que me expliques cómo has entrado en la casa y me acompañes a ver el escenario del fallecimiento —le suplicó el investigador.

—Lo haré a través de un abogado —insistió Barrett.

Era algo que Barrett ya había enseñado en clase bastante antes de ser poli; por mucho que se deseara creer lo contrario, siempre existía un factor de riesgo para una persona inocente dispuesta a colaborar en una investigación.

Kimberly Crepeaux era la prueba fehaciente de ello.

No lo acusaron de nada, aunque lo amenazaron con hacerlo. Después de que su abogada defensora de causas penales —la letrada de Boston Laura Zaltsberg— hiciera la primera llamada, a Barrett lo dejaron salir rápidamente de la comisaría. Ocurría a menudo con los clientes de Laura.

—Volverás —le dijo el poli estatal—. Con Zaltsberg o sin ella, volverás.

—Mi intención es volver —dijo Barrett—, pero solo lo haré con ella.

Cuando se alejó en coche, Barrett giró innecesariamente por unas cuantas calles sin dejar de mirar por el retrovisor. Una vez que estuvo seguro de que no lo seguía nadie, aparcó junto al bordillo y descendió del coche. Se tendió en la acera y comprobó los bajos del vehículo. Palpó con las manos en busca de otro localizador y, tras cerciorarse de que no lo había, se sentó de nuevo al volante y condujo hasta la casa de Howard Pelletier.

Sabía que ya habrían empezado a correr rumores sobre la muerte de Kimberly y su presencia en el lugar de los hechos. Roxanne ya debía de saberlo y también los policías con los que había trabajado en Maine, y aquellos con los que no había trabajado, y Colleen Davis, la fiscal que tanta fe había depositado en él, y Jeanette Crepeaux, cuya bofetada aún notaba en la mejilla... A aquellas horas, todos lo sabrían.

Y puede que también lo supiera el hombre que conducía la camioneta negra con la parrilla protectora, el hombre que le había apuntado a bocajarro. De una forma algo perversa, Barrett le estaba agradecido a aquel hombre. Llevaba decenas de puntos y unos cuantos litros de sangre desconocida por culpa de aquel hombre, y también por su culpa había perdido unos cuantos objetos, como el móvil y el coche de alquiler. Al principio, el ataque lo había dejado confuso, pero ahora mismo eso no le parecía tan malo. La cadena que lo unía al mundo real había quedado cortada, y en ese momento se alegraba de ello. No quería escuchar voces racionales y lógicas. Cuando se había quedado de pie junto al minúsculo cuerpo sin vida de Kimberly Crepeaux, había tenido la sensación de que el mundo real retrocedía y una ira tan negra como reconfortante iba ocupando su lugar.

Y, de momento, no quería dejarla marchar.

Howard salió de la casa al escuchar el motor del Mustang y observó el coche con recelo hasta que Barrett descendió. Entonces bajó corriendo los escalones. Cuando estuvo lo bastante cerca para ver la herida en la cabeza de Barrett, se detuvo y la estudió con interés.

—¿Atravesaste el parabrisas? —preguntó sin horrorizarse, en un tono de voz más bien de curiosidad.

Los langosteros raramente se dejaban impresionar por las heridas.

—No. No sé muy bien a qué debo la remodelación de mi peinado. El techo del coche, supongo. Quedó bastante hecho polvo.

—¿Has tenido suerte? ¿La has encontrado? —quiso saber Howard.

Barrett tuvo la sensación de que aquella pregunta le extraía algo, como si le estuvieran practicando una sangría. Howard Pelletier había perdido a su madre, a su esposa y a su hija. Parecía realmente un hombre al que ya no le quedaba nada que perder. Y, sin embargo, allí estaba Barrett a punto de arrebatarle algo más.

—¿Podemos entrar, Howard?

—Claro, claro.

Condujo a Barrett hacia el garaje y no hacia la casa. Al parecer, se sentía más cómodo allí. Howard cogió el taburete que estaba junto al banco de trabajo y le pasó otro a Barrett. Junto a la puerta había una pila de trampas que olían a salitre y a cebos viejos.

—Pensaba que me llamaría —dijo Howard—. Después de lo que te ocurrió a ti, estaba seguro de que tendría noticias...

—Howard, está muerta.

Howard Pelletier lo miró y parpadeó como si no hubiera oído bien.

—Ajá, ya lo sé. Pero no quiere decir que no valga la pena intentarlo. Creía que estábamos todos de acuerdo en eso.

—No me refiero a Jackie. Me refiero a Kimberly.

Barrett no creía que aquello pudiera ser peor que el viaje que había hecho a la isla para compartir con Howard la confesión de Kimberly. En cierto modo, sin embargo, la expresión del rostro de Howard hacía que fuera peor. Aquel día, Howard había resistido. En ese momento, se limitó a aceptarlo; Barrett no recordaba haber visto nunca a un hombre tan abatido.

—Oh, no. Oh, no, mierda.

Barrett se quedó allí sentado, en aquel garaje que olía a salitre y óxido, a más de quince kilómetros del estudio que olía a imprimación fresca y serrín limpio, y vio la lágrima que descendía por la arrugada mejilla de Howard y se perdía en su barba. Estaba llorando la muerte de la mujer que había ayudado a ocultar el cadáver de su hija.

Barrett lo entendía. No todo el mundo lo entendería, pero no todo el mundo sabía lo que era vivir haciéndose preguntas sobre culpables e inocentes. No todo el mundo sabía cuánta esperanza podía depositarse en alguien que prometía sustituir las preguntas por respuestas.

—No debería importarme —dijo Howard como si le hubiera leído el pensamiento a Barrett—. Después de lo que hizo y de lo que he tenido que pasar, debería alegrarme de su muerte. Pero parecía esforzarse tanto por arreglar las cosas... Parecía que lo estaba intentando, aunque intentarlo no le sirvió de mucho. Para ella era peor decir la verdad que ser una simple mentirosa, pero eligió decir la verdad.

Howard se sonó la nariz con un trapo y luego sacudió la cabeza bruscamente, como si quisiera golpear algo que vibraba allí dentro, como si necesitara silenciar un engranaje viejo y chirriante que se empeñaba en seguir girando.

—¿Cómo lo hizo Mathias?

—No estoy seguro de que lo hiciera él.

—¡Chorradas! ¡Deja ya de marear la puta perdiz y di lo que los dos sabemos! Ese hijo de puta...

—La DEA dice que estoy enfocando mal las cosas —contestó Barrett, y sus palabras hicieron callar a Howard.

—¿La DEA?

Barrett le contó la visita que le había hecho en el hospital el agente de la DEA, Nick Vizquel, y la otra cuestión en la que Vizquel esperaba que pudiera ayudarlo.

—Kimberly ya no puede contestar a eso —dijo Barrett—, pero si el informe de toxicología encaja con el de Cass Odom, entonces aún tiene respuestas.

Barrett se sintió algo mareado y, por algún motivo, se descubrió a sí mismo apoyando la cabeza en las manos y contándole a Howard Pelletier los detalles del escenario del crimen, desde la camita con los pies en forma de timón de barco hasta el teléfono al lado de la mejilla de Kimberly y la canción, preciosa y delicada, que sonaba cuando había muerto.

—Da igual si la aguja se la ha clavado ella en el brazo o se la ha clavado alguien —prosiguió—. Si la han asesinado y han simulado que ha sido una sobredosis, o si ella se ha quitado la vida porque quería irse a su manera y sabía que no dispondría durante mucho tiempo de esa opción. Dímelo tú, Howard, ¿de verdad importa?

—No.

Barrett asintió, se frotó la barbilla y contempló el suelo.

—No debe de ser fácil pinchar a alguien y luego tratar de simular que ha sido un accidente —explicó—. Si ese alguien se resistiera, tendrías que luchar con él. Pero ¿y si no se resistiera? ¿Y si no supiera lo que se estaba metiendo pero tú sí?

Silencio. Howard lo observó.

—Tengo que descubrir dónde consiguió la droga —dijo Barrett—. Eso es lo que tengo que hacer.

—Ya son cuatro —sentenció Howard.

—¿Qué?

—Mi hija e Ian. Luego las dos chicas que ayudaron a Mathias. Y tú has estado a punto de convertirte en el quinto, ¿no? —dijo Howard mientras se tiraba de la barba—. Ahora que Kimmy está muerta, sin duda estará más tranquilo. Tu forma de arreglar las cosas no ha funcionado. Ni creo que funcione jamás. Pero eso no significa que no pueda existir otra forma. —Se soltó la barba y, cuando volvió a hablar, parecía agotado—: He intentado darte tiempo. He intentado hacer las cosas bien. Pero ya no me queda nada, menos aún ahora que Kimmy también se ha ido. No hay nadie que pueda contar la verdad en un tribunal y las pruebas que encuentras solo favorecen a Mathias.

—Howard, antes de que te atrevas siquiera a pensar en hacer algo, tienes que prometerme una cosa.

—¡No! No te voy a prometer nada más ni voy a tener más paciencia, ni tampoco quiero volver a escuchar esa gilipollez de «dale tiempo, es un proceso». ¡No me lo vuelvas a pedir!

—No lo hago. Lo que te estoy pidiendo es que me dejes ayudarte si decides arreglar las cosas de otra forma.

—No entiendes a qué me refiero.

—Oh, sí, lo entiendo muy bien. Y si hay que matarlo —dijo Barrett—, lo haremos juntos.

Howard Pelletier se lo quedó mirando boquiabierto.

—Lo enterraremos —dijo Barrett— y saldremos limpios. La gente se hará preguntas y hablará. Pero saldremos limpios.

—No pareces tú —dijo Howard. Observó a Barrett fijamente, con una mirada ansiosa—. Pero no bromeas. Quieres hacerlo de verdad.

—Sí. ¿Me prometes que no lo harás tú solo? Si hay que matarlo, entonces lo mataremos juntos.

No había planeado decir tal cosa. Ni siquiera se creía capaz de decir algo así. Y, sin embargo, se sentía bien. Le parecieron las palabras más naturales que había pronunciado jamás.

—Vale —susurró Howard Pelletier—. Lo mataremos juntos.

—Pero necesito tu ayuda. Tienes móvil y fijo, ¿verdad?

—Sí.

—Necesito que me prestes el móvil, si es posible.

—No hay problema.

—Y también necesito una pistola.

Howard no discutió. Salió del garaje y entró en la casa, y Barrett se quedó esperando junto a la pila de viejas trampas langosteras, respirando el olor que emanaban, hasta que Howard regresó y le dio un teléfono móvil y una Taurus nueve milímetros con un cargador de repuesto.

—¿Te sirven? —le preguntó Howard.

—Me sirven.

—¿Adónde vas?

—A agotar la última posibilidad de arreglar esto como siempre he querido. Te llamaré esta noche. Atento al teléfono.

41

La primera persona a la que llamó fue Liz.

—Hola, Howard —dijo al responder.

—Soy yo. Tengo su teléfono.

—¿Rob? Pero ¿qué...? —Barrett la oyó coger aire y, por el ruido de fondo, supo que estaba en la redacción y que no quería que la oyeran—. Ah, Rick, perdona, se oye fatal, te he confundido.

Era una excusa patética, pero Barrett sabía que el colega más cercano se sentaba a poco más de un metro de Liz, así que bajó la voz al hablar.

—Sabes la novedad de hoy, ¿no?

—La novedad, sí; los detalles, no.

—La he encontrado en casa de su padre. Ya llevaba muerta algún tiempo. Una aguja al lado y una canción que no me puedo quitar de la cabeza sonando en el móvil. —Se aclaró la garganta—. Era una drogadicta, Liz, pero no una suicida. El mismo día que intentan matarme a mí, ¿ella se mete casualmente una sobredosis? No me lo trago. —Liz guardó silencio y él añadió—: Espero que hayas tenido suerte con los informes de los médicos forenses. Es importante que vea los resultados de las pruebas de toxicología, Liz. Los necesito.

—¿Te importa esperar un momento, Rick? Voy a salir. Creo que es mi teléfono, no el tuyo.

Barrett esperó en silencio mientras ella salía de la redacción y buscaba un lugar tranquilo. Cuando Liz volvió a hablar, lo hizo en susurros.

—He llamado a la forense y le he dejado un mensaje, pero esta tarde he recibido una llamada. Para ti.

—¿Qué? ¿Quién me buscaba?

Liz respiró hondo.

—Tengo la sensación de que no debería decírtelo, porque solo va a servir para que te metas en más problemas, pero era Bobby Girard.

—¿Por qué te ha llamado a ti?

—Porque ha oído decir por ahí que yo te conocía. Quiere que lo llames. Dice que es importante, pero a mí no me ha explicado por qué.

—¿Tienes su número?

—Sí.

Liz se lo cantó y él lo anotó en el dorso de un recibo que estaba medio arrugado en el portavasos del Mustang.

—Has pasado de urgencias a la comisaría en menos de veinticuatro horas, Rob.

Durante un largo instante solo se oyeron interferencias en la línea, hasta que Liz dijo:

—Vale, ya veo que eso no te ha desanimado. O sea, que cuando hoy no sepa nada de ti, le diré a la policía que antes de desaparecer te dirigías a hacerle una visita a Bobby Girard. Lo pillo.

—No me pasará nada.

—Claro.

Liz colgó y él quiso llamarla de nuevo y decir algo más apropiado, pero no sabía qué podía decirle, así que llamó a Bobby Girard.

—Soy Rob Barrett. Me han dicho que querías contactar conmigo.

—Y a mí me han dicho que casi la palmas.

—¿Qué pasa, Bobby? No tengo tiempo que perder.

—Esto no es perder el tiempo, tío. Tengo algo que enseñarte.

—Estás a dos horas de mí, dirección sur. Di lo que tengas que decir y andando.

—No es algo que pueda decirte, tengo que enseñártelo. —Al ver que Barrett no respondía de inmediato, Bobby añadió—: Confía en mí, valdrá la pena el viaje.

—En Biddeford no hay nada que valga la pena para hacer un viaje hasta allí.

—Creo que sé cómo lo hizo. ¿Aún crees que no vale la pena el viaje?

42

Ya casi anochecía cuando Barrett llegó. La puerta de la valla del taller de desguace estaba cerrada, pero Bobby Girard salió enseguida de la casa que estaba al otro lado de la calle con las llaves en la mano.

—Para haber estado a punto de morir asesinado, tampoco tienes tan mal aspecto —dijo Bobby mientras abría la puerta.

—Estoy bien —dijo Barrett, aunque en realidad le palpitaba el cráneo y, en su visión periférica, la luz había adquirido un etéreo matiz gris que había hecho que el trayecto en coche le resultara agotador—. Pero no me habría importado saber un poco a qué viene todo esto.

—Ya lo verás.

Bobby estaba muy activo, se movía deprisa y con seguridad, como un jugador de béisbol que sabe que va a tener una buena noche en el campo. Caminaron entre los coches desguazados para dirigirse al garaje, situado al fondo del recinto. Bobby abrió la puerta pequeña y el olor a grasa, pintura y sudor los envolvió mientras se adentraban en la oscuridad. Cuando Bobby hizo girar la pesada puerta de acero y la cerró con un sonido metálico, Barrett tuvo la inquietante sensación de haber caído en una trampa. Había tenido que contenerse para no coger la pistola de Howard, porque la última vez que había entrado con un arma en aquel taller la cosa no había acabado precisamente bien.

—¿Te importa si enciendo la luz?

—Ahora la enciendo yo. Tú sal al taller.

Barrett se abrió paso como pudo entre bancos de trabajo y cajas de herramientas y salió al espacio abierto que era el taller. Los fluorescentes del techo se encendieron con el habitual parpadeo entre el resplandor inicial y la iluminación completa. Y, justo entonces, el asombro barrió a un lado la inquietud de Barrett.

Ante él se hallaba el capó que Kimberly Crepeaux había descrito.

El capó descansaba sobre un par de caballetes de aluminio en el centro del garaje. Era de un blanco tan vivo y reluciente que casi resultaba desagradable bajo las luces fluorescentes; en el centro se veía la silueta de un gato negro de cuyo lomo arqueado partían varias líneas irregulares, como si tuviera el pelo erizado. Los ojos eran de un extraño tono rojo, muy brillante, con un acabado rugoso que les proporcionaba una profundidad inquietante, como si de verdad estuvieran mirando a Barrett.

—¿Qué te parece? —preguntó Bobby Girard.

—¿Dónde coño lo has encontrado?

—Aquí mismo —dijo Bobby sonriendo con orgullo—. Lo he hecho yo. Ese capó es de un Silverado, no de un Dakota, pero supuse que daba igual para la prueba.

Barrett sintió una oleada de decepción. Una prueba. Al principio creía haber encontrado el verdadero capó.

—Vale —dijo mientras rodeaba los dos soportes para pintar. Se fijó en el asombroso brillo de la pintura blanca y, por algún motivo, evitó mirar directamente aquellos ojos rojos y profundos—. Has hecho un muy buen trabajo con la pintura, pero no me sirve de mucho, Bobby. Lo que necesito averiguar es qué ocurrió con el capó, no qué aspecto tenía.

—Espera.

Bobby cruzó el garaje, cogió una hidrolimpiadora de alta presión del fondo de la sala, y la arrastró hasta el capó. Puso en marcha la batería y tiró del cable de arranque hasta que el pequeño

293

motor de dos tiempos cobró vida con un ruido ensordecedor que retumbó por toda la sala.

—Cronométrame.

Barrett lo observó con curiosidad, pero Bobby no le ofreció más que una sonrisa de labios apretados. Barrett cogió entonces el móvil de Howard y abrió la aplicación del cronómetro.

Bobby se alejó de la hidrolimpiadora, cogió una navaja y abrió el filo. Apoyó entonces la punta de la hoja en el capó y giró la muñeca hacia arriba. En la pintura apareció un agujero pequeño, como si fuera una marca de viruela. Se metió la navaja en el bolsillo, cogió la boquilla de la hidrolimpiadora, encendió el agua y seleccionó la opción chorro fino antes de acercarla al capó.

Cuando el agua entró en contacto con la marca que Bobby había practicado en la pintura, el agujerito se hizo más ancho y, a su alrededor, la pintura pareció levantarse, como si el agua estuviera pasando por debajo y no por encima.

El capó se llenó de ampollas, se hinchó y reventó.

Bobby apagó la hidrolimpiadora y el taller quedó de nuevo en silencio. La pintura blanca estaba agrietada y bajo las partes reventadas se veía ahora algo rojo, como si hubiera sangrado.

Barrett se dispuso a decir algo, pero Bobby Girard levantó una mano.

—Tú observa. Y sigue cronometrando.

Dio un paso al frente y cogió una punta de la pintura blanca, que estaba hecha jirones allí donde el lavado a presión la había agrietado, pero aún lisa en el resto del capó. Bobby sujetó las puntas con ambas manos, tiró hacia arriba y la pintura se soltó en largas tiras, como si fuera piel quemada por el sol. A medida que se iban desprendiendo, Bobby las arrojaba al suelo y cogía unas cuantas más. Se movía deprisa: despegaba, arrancaba, tiraba. El capó rojo se reveló como el cuadro original oculto tras un falso lienzo.

Cuando el suelo se cubrió de tiras blancas, ya no quedaba nada del dibujo anterior, excepto una estrecha franja cerca del parabrisas. Bobby puso de nuevo en marcha la hidrolimpiadora, dirigió la boquilla hacia el capó en un ángulo de cuarenta y cinco grados, y eliminó los restos de pintura blanca con una suave pasada. Luego apagó el motor de la hidrolimpiadora. Ahora el capó era completamente rojo y chorreaba agua sobre las tiras blancas amontonadas en el suelo.

—¿Tiempo? —preguntó.

Barrett consultó el teléfono y pulso el botón de parar.

—Cuatro minutos y medio.

Bobby asintió, satisfecho. Bajó la boquilla de la hidrolimpiadora y se volvió para mirar a Barrett.

—Plasti Dip —dijo.

—¿Qué es Plasti Dip?

Bobby se dirigió al banco de trabajo, cogió un bote y se lo lanzó a Barrett. Era del mismo tamaño y forma que un bote normal de pintura en aerosol.

—Estuve pensando en tu idea del adhesivo. Hay que tener un buen equipo y saber bastante para conseguir que un capó entero quede bien al aplicar uno de esos adhesivos de vinilo. E incluso así, me cuesta creer que alguien pudiera confundir un adhesivo con pintura de verdad. Pero ¿esta mierda? —dijo señalando con la barbilla el bote—. ¿A ti qué te ha parecido que era?

—Pintura. Pintura brillante y limpia.

—Exacto. Se aplica como si fuera pintura en aerosol, pero lo que hace en realidad es colocar una capa de goma sobre la superficie, casi como si fuera una segunda piel. La gente empezó a usarlo para cubrir las llantas cromadas en invierno de manera que no se picaran con la sal o la arena. Luego, al llegar la primavera, eliminaban la pintura con un lavado a presión. Pero con el tiempo le empezaron a encontrar otros usos. ¿Has visto alguna vez esos coches que parecen salidos de *Fast and Furious*, con esos colores fosforito tan horteras?

—Sí.

—Vale, pues hacer algo así te costaría cinco de los grandes, puede que el doble si eres muy detallista. Pero puedes hacer lo mismo con Plasti Dip por unos ochocientos pavos y luego, si té cansas y quieres pintarlo de otro color, lo quitas y listos. Vamos, que si eres un poco manitas, te da mucho juego. Y se quita muy rápido.

Barrett contempló el bote.

—¿Y es resistente al mal tiempo?

—Aguanta la lluvia, la nieve, el granizo, el túnel de lavado... Lo que quieras. Pero me dijeron que si le metes agua por debajo con una hidrolimpiadora, como he hecho yo, saltaba enseguida. Y ya lo has visto: cuatro minutos y medio —dijo mientras señalaba con un gesto de la mano el capó rojo original—. Ahora, tu nuevo capó vuelve a estar igual que antes.

Barrett se arrodilló y cogió una de aquellas tiras sueltas. Parecía un trozo de globo reventado. La restregó entre los dedos y luego la dejó caer. Le interesaban las posibilidades de aquel material, pero no compartía el efervescente entusiasmo de Bobby Girard. De momento.

—¿Cuánto tardaste en ponerlo?

—Menos de tres horas. Le di cuatro capas, dejé treinta minutos entre una y otra para que se secara, y luego intenté pintar el gato. Eso me llevó bastante más tiempo de la cuenta, pero porque no sabía cómo tenía que dibujarlo.

Barrett rebuscó entre las tiras hasta que encontró una con aquella extraña pátina roja.

—¿Por qué los ojos tienen ese brillo?

—Es una textura diferente que da un aspecto metalizado. El color se llama negro cereza. —Bobby se encogió de hombros—. Se me ocurrió probar a ver qué pasaba. Total, solo cuesta ocho pavos el bote.

—Es interesante —dijo Barrett.

—¡Es más que interesante! Si la chica no te mintió, entonces él tuvo que hacerlo así, tío. Te lo garantizo. No repintaron el capó. Estoy segurísimo, y lo mismo dijeron en el laboratorio de la poli.

Eso era cierto. Los expertos en pruebas habían descartado la posibilidad de que alguien hubiera repintado el capó.

—O sea, que Mathias podría haberlo pintado con esto y luego podría haberlo limpiado en...

—Cinco minutos.

Barrett asintió.

—Cinco minutos, sí. O sea que, cuando Jeff le recoge la camioneta, la ve exactamente igual que antes. No sospecha nada.

—Exacto —dijo Bobby.

Observó a Barrett con una sonrisa de satisfacción, como si hubiera resuelto el caso él solito.

—Pero me preguntó por qué —dijo Barrett—. Aunque esta mierda sea rápida y barata, ¿por qué iba a perder tiempo y dinero en una furgoneta que ni siquiera era suya?

A Bobby le flaqueó un poco la sonrisa.

—¡Tío, yo no puedo saber todas las respuestas! Lo único que digo es que esto podría haber funcionado —dijo Bobby mientras señalaba el capó chorreante que minutos antes era blanco.

—Solo intento entender por qué se tomó la molestia de pintar la camioneta de tu primo de forma tan llamativa justo antes de verse involucrado en un atropello.

Se acercó de nuevo al capó, se arrodilló otra vez y rebuscó entre las tiras de goma desprendida hasta encontrar una con restos de aquel tono rojo metalizado.

A Kimberly Crepeaux no le habían gustado los ojos del gato. La habían inquietado más que el resto del capó. Había dicho que le parecían siniestros. Y también que tal vez fuera esa la intención.

—Quería que no pasara desapercibida —dijo Barrett—. Solo tiene sentido si lo que quería era que la camioneta resultara difícil de olvidar.

—O sea, que lo planeó.

—Una cosa es creer que Mathias planeó un asesinato —dijo Barrett—, eso me lo puedo creer. Pero ¿por qué iba a ser tan tonto como para llevar consigo a dos testigos?

Bobby frunció el ceño, cogió una llave de trinquete y la hizo girar, como si aquella pregunta fuera algo que pudiera resolver con torsión.

—Puede que no las llevara consigo. A lo mejor es que te mintieron y no quieres admitirlo. Mira, yo solo intentaba ayudarte, nada más. Mi primera teoría era que esa zorra de Crepeaux te mintió y entonces...

—Kimberly Crepeaux está muerta, Bobby, y como vuelvas a llamarla zorra, te quito esa llave de las manos y te abro la cabeza con ella.

Bobby Girard se lo quedó mirando y luego dejó la llave de trinquete.

—¿Qué te pasa, tío? No sabía que estuviera muerta. Y mi primo también está muerto. No lo olvides.

—No lo olvido. Perdona. Es que me has...

«No lo digas, joder. No digas que te ha hecho hervir la sangre».

Barrett respiró varias veces y notó un cosquilleo en la herida de la cabeza. Lo de amenazar a Bobby Girard había sido la típica actitud de poli malo, precisamente la clase de comportamiento que en el pasado habría subrayado mientras preparaba clases sobre errores policiales para estudiantes que no tenían la menor intención de dedicarse al trabajo de campo. Pero lo que había dicho lo pensaba de verdad, y se lo había dicho a alguien que solo trataba de ayudar.

—Lo siento —dijo otra vez—. Esto podría ser importante. Gracias por buscarme para enseñármelo. —Se sentó sobre los talones, mientras daba vueltas entre los dedos a la fina tira de plástico con los restos de pintura roja metalizada—. Te lo agradezco de verdad.

Bobby Girard parecía desconcertado.

—No pudo hacerlo de otra forma —dijo enfurruñado—. De eso estoy seguro.

Se quedó mirando el capó rojo, húmedo aún, sobre los restos de su capa de piel blanca. Estaba convencido de haber encontrado una pieza del rompecabezas, pero no tenía ni idea de cuáles eran las otras piezas, menos aún de cómo encajaban. Lo único que podía hacer era darle vueltas a aquella y hacerse preguntas.

—Una pérdida de tiempo —murmuró—. Me diste en qué pensar y tenía curiosidad. Pero ha sido una pérdida de tiempo, ¿verdad?

—Solo hay una persona que pueda respondernos a esa pregunta —dijo Barrett.

—Mathias Burke no hablará contigo.

—Puede que no —dijo Barrett—, pero ha llegado la hora de volver a intentarlo. Si tienes razón y es esto lo que hizo con la camioneta, entonces no le gustará que se lo pregunten.

Ahuyentó el odioso recuerdo de la última vez que había querido poner a prueba la reacción de Mathias cuando le había dicho que los buzos estaban trabajando en el estanque.

—Creo que podré averiguar si tienes razón o no —dijo, pero más para sí mismo que para Bobby Girard.

43

Llamó a Mathias Burke desde el móvil que le había pedido prestado a un anciano en un Dunkin' Donuts de Wiscasset. Le contó a Burke que acababa de mudarse a Rockport, pero que debía ausentarse de la ciudad durante un mes y que tenía problemas con su empresa de mantenimiento. Tenía muchos proyectos, dijo, pero quería asegurarse de encontrar a alguien de confianza. Le preguntó entonces a Mathias si podía encargarle un trabajo a modo de prueba, con la condición de que estuviera terminado a finales de semana, y se ofreció a extenderle un cheque de inmediato.

—¿Qué trabajo? —preguntó Mathias.

—Lavado a presión y sellado —dijo Barrett.

Mathias aceptó, pero dijo que estaba en la casa de un cliente de St. George supervisando un muro que estaban construyendo sus hombres, y que no podría recoger el cheque hasta el día siguiente. Barrett dijo que él estaba yendo hacia St. George, porque tenía que pasar por el Luke's Lobster, y que podía entregarle el cheque personalmente y antes de las cinco.

Mathias Burke se lo agradeció.

Cuando Barrett llegó a la dirección de St. George, vio una furgoneta con el logo MANTENIMIENTO INTEGRAL PORT HOPE que se marchaba. Aún quedaba una camioneta. En la furgoneta iban dos hombres, pero Barrett vio que Mathias seguía en la finca, solo y de espaldas a la carretera, inspeccionando un muro de piedra a medio construir que cubría casi toda la distancia entre la casa principal y la de invitados. Tras él se veía la bahía de Penobscot y, en un día muy claro, seguramente debían de verse desde allí las islas y el faro de Owls Head y tal vez incluso Marshall Point. Era una propiedad de lujo. Solo el nuevo muro ya debía de costar más que la mayoría de las casas de Maine.

Barrett paró el motor del Mustang y se quedó sentado en el coche unos instantes observando a Mathias Burke, que se arrodilló y comprobó la parte superior del muro con un nivel; luego pasó el pulgar por la argamasa que unía las grandes piedras redondeadas. Era un muro muy bonito, un excelente trabajo que sin duda dejaría satisfechos a los dueños de la casa, fuesen quienes fuesen. Los clientes de Mathias Burke siempre quedaban satisfechos. Barrett se lo había oído decir a muchos de ellos.

Mathias solo se volvió a mirar cuando Barrett cerró con fuerza la puerta del coche. Reconoció a Barrett —no cabía duda de eso—, pero no mostró reacción alguna, no dijo nada ni se molestó en ponerse en pie. Siguió de rodillas, esperando, hasta que Barrett llegó a su altura.

—Lavado a presión y sellado —dijo entonces—. Seguro que lo encuentras muy divertido.

Se puso en pie sin prisas y se sacudió el polvo de las manos en los vaqueros antes de coger de nuevo el nivel y guardárselo en el bolsillo trasero. Estaba exactamente igual que como lo recordaba Barrett, aunque parecía tener el pecho más fornido, como si le hubiera añadido unos cuantos músculos más durante el invierno, como si hubiera dedicado el tiempo a endurecer el cuerpo mientras los demás se quedaban en casa poniéndose fofos.

—Sabía que aceptarías un sencillo trabajo de lavado a presión. Es tan fácil, y tu reputación es tan valiosa.

Mathias se apoyó en el muro nuevo.

—Estás hecho una mierda, Barrett.

Lo dijo en un tono absolutamente sereno, mientras contemplaba con una mirada despreocupada el recientemente desfigurado cuero cabelludo de Barrett.

—He tenido un par de días durillos.

—Pero has vuelto en busca de problemas, ¿no? Si no, ¿para qué volver?

—Nuevas pistas —dijo Barrett—. Es un coñazo, pero es mi trabajo. Ya sabes lo que es. Las cosas hay que arreglarlas y acudimos cuando hay problemas, ¿no?

—Claro. Tú y yo somos igualitos.

—Eso pienso yo. La gente nos llama cuando tiene un problema.

Al otro lado del muro, el césped daba paso a una zona ajardinada y decorada con enormes rocas, cada una de las cuales debía de pesar varias toneladas. Ninguna de ellas era de aquel jardín. Las habían excavado, transportado y colocado hombres como Mathias a cambio de sumas de dinero que a muchos se les antojarían inimaginables, pero que ni siquiera harían parpadear a los dueños de las casas como aquella. Era esa clase de trabajo lo que tanto impresionaba al abuelo de Barrett. En su mundo, la gente trabajaba de verdad, decía, y a su nieto más le valdría seguir el ejemplo de hombres como aquellos. Según su abuelo, Rob vivía en un mundo diferente, en un país de gente que pensaba y hablaba mucho, pero trabajaba poco. ¿Y si encontraba su lugar entre ellos? Ah, entonces no sería mejor que su padre. Un blandengue que pagaba a los demás para que hicieran lo que él no quería o no podía hacer.

Y, entonces, Ray se servía otra copa mientras le soltaba el sermón, y lo que fuera que hubiera que hacer en el Harpoon seguía sin hacerse, esperando a que otro se encargara. Curiosamente, su abuelo nunca pilló la ironía.

—Bueno, ¿qué es lo que asustó tanto a Kimmy para que decidiera pincharse la única vena decente que aún le quedaba?

Barrett notó el pulso en los oídos, como una tormenta que

acechaba desde el horizonte. Apartó la mirada y respiró el olor a salitre del mar. Luego volvió a mirar a Mathias.

—Kimberly me estuvo hablando de una pintura que se llama Plasti Dip —dijo—. Es interesante. Ahora bien, qué podrán hacer en ese sentido los chicos del laboratorio, no lo sé, pero... —añadió encogiéndose de hombros—. Al menos es algo.

Mathias le dio la espalda a Barrett, se arrodilló y colocó de nuevo el nivel en la pared. La burbujita verde del centro se desplazó hacia la izquierda, luego hacia la derecha y por último regresó lentamente al centro.

—Está perfecto. Me ha costado mucho encontrar a tipos que pudieran hacerlo bien. Normalmente, meten la pata en uno u otro lado... pero por fin tengo el equipo que necesito.

No se volvió, se limitó a seguir contemplando el nivel como si escondiera todas las maravillas del mundo. La burbuja no se movió, siguió perfectamente instalada en el centro.

—Mira, yo lo veo así —dijo Barrett—. Le pediste la camioneta a Girard, la marcaste y luego la limpiaste bien antes de devolvérsela. Buen truco. Los técnicos del laboratorio lo confirmarán, y empezaremos desde ahí, pero tengo curiosidad: ¿por qué ese paso adicional? ¿Por qué no pedirle prestada la camioneta a aquel pobre idiota y tenderle así una trampa? Es ese detallito extra el que te está causando problemas. Eso, y llevarte a las chicas a dar una vuelta.

Mathias no habló ni se volvió. Desplazó el nivel unos cuantos palmos por la superficie del muro; la burbujita se movió, osciló y regresó al centro.

—Entiendo los motivos que te llevaron a regresar al estanque —dijo Barrett—. Hay muchas cosas que ahora resultan más fáciles de entender. Me doy cuenta de los errores que cometí la otra vez. Pero ¿qué te proponías con lo de la pintura?

Mathias desplazó el nivel un palmo más. Se protegió los ojos con ambas manos, igual que había hecho Barrett al mirar por la ventana y descubrir el cadáver de Kimberly Crepeaux. La burbuja osciló de izquierda a derecha, encontró el centro y se quedó allí.

—¿Sabes qué es lo que me hace feliz? —dijo Mathias. Hablaba con calma, aunque utilizando un tono condescendiente, como un cordial profesor hablando con un alumno que no tiene remedio—. El trabajo difícil bien hecho. Eso siempre me ha gustado. ¿Ves esto? —dijo mientras golpeaba suavemente el muro con los nudillos—. Puede que el viento arrastre esa casa hasta el océano algún día, pero este muro no se moverá ni un milímetro. Porque siempre me aseguro de que los trabajos difíciles estén bien hechos.

Se incorporó, volvió a guardarse el nivel en el bolsillo trasero del pantalón y se giró hacia Barrett. Tenía el rostro demasiado curtido para ser tan joven, pero la brisa le alborotó el pelo, otorgándole un aspecto casi infantil.

—Pintura Plasti Dip —dijo—. Bonito nombre.

Le había costado cierto tiempo adoptar su habitual tono burlón y antes había tenido que darle la espalda. Barrett lo había interrogado en muchas ocasiones y aquella era la primera vez que Barrett le daba la espalda.

—¿No te suena? —le preguntó Barrett.

—Oh, sí, claro que me suena. La primera vez que vi esa pintura, la estaba usando mi padre para cubrir los mangos de sus herramientas de manera que quedaran como nuevos y él no tuviera que comprarse otras que seguramente no serían de la misma calidad. Ahora, los drogatas y los niños pijos la usan para decorar sus coches. Sí, claro que me suena.

En sus ojos, de un gris azulado, no apareció emoción alguna, pero Barrett no recordaba que hubiera hablado voluntariamente de su padre en conversaciones anteriores. Barrett había intentado provocarlo unas cuantas veces, pero siempre se había echado atrás porque no quería guiar el interrogatorio. Se llegaba a la verdad escuchando, no hablando; siguiendo, no guiando.

Pero en ese momento le estaba costando mantenerse firme en ese enfoque.

—Para haber venido desde tan lejos —dijo Mathias—, se te podría haber ocurrido alguna idea mejor.

—No se me ha ocurrido ninguna idea, punto. Kimberly sí tenía unas cuantas, pero básicamente es cosa de los chicos del laboratorio. Y tampoco pretendo saber más que ellos. Es ciencia de élite.

Una vez más, se estaba convirtiendo en el poli que se había prometido no ser jamás. No solo estaba guiando la conversación hacia donde a él le interesaba, sino que estaba mintiendo descaradamente para llegar hasta allí.

—Si yo pinté la camioneta —dijo Mathias— con Plasti Dip, Rust-Oleum o pintura de dedos, me gustaría saber por qué lo hice. ¿Me puedes aclarar esa cuestión, agente especial Barrett?

—Esto es lo que yo quisiera saber —dijo Barrett ignorando la pregunta—: ¿quién era tu verdadero socio? Alguien tuvo que ayudarte a salir la noche en que te arresté. Alguien que sabía dónde estaban los cuerpos. ¿Girard?

Mathias se limitó a sonreír.

—¿O tal vez Mark Millinock? No creo que confiaras tanto en Girard. ¿Fue Mark?

No hubo respuesta, excepto aquella sonrisa.

Barrett se encogió de hombros.

—No pasa nada. Esperaré las pruebas.

—Claro, claro. ¿Y el motivo, agente especial? ¿Ya has encontrado alguno?

—Entiendo que tenía que ver con las drogas, pero podría equivocarme. Así que esperaré. Tengo mucha paciencia, supongo que a estas alturas ya lo sabes.

Mathias sonrió.

—Ah, sí, las drogas. ¿Me recuerdas qué era lo que yo hacía con las drogas?

—Venderlas o transportarlas. Dímelo tú.

—¿Ahora venderlas o transportarlas? Joder, ¡voy progresando es ese mundillo! Eso son palabras mayores, ¿eh? Me encanta. Cuando me acusaste de homicidio, o mejor dicho, doble homicidio, solo las consumía. ¡Ahora ya las vendo o las transporto! ¡Voy mejorando! Ahora déjame que te haga una pregunta; no soy un experto en temas legales, pero, en un momento dado, ¿no deberías mantenerte fiel a una historia?

—Es un proceso. Y yo tengo paciencia.

Mathias sonrió. Parecía una sonrisa sincera, de esas contagiosas que animan a todo el mundo en una habitación.

—Me gustan las posibilidades que ofreces. Según la primera opción, soy un maniaco drogado dispuesto a matar con una camioneta, un tubo o un cuchillo. En la segunda soy... ¿qué?, ¿un jefe de la mafia?, ¿un capo de la droga? Y en la tercera... no hice nada de nada. —Se apartó del muro, dio un paso en dirección a Barrett y se detuvo a pocos centímetros de él—. Solo hay una constante en todas ellas: creas la versión que creas, que soy un maniaco, un jefe de la mafia o un hombre inocente, todas conducen al mismo sitio. Significan lo mismo.

—¿Qué quieres decir?

—Sea cual sea la acertada, soy una amenaza seria para tu futuro.

Apartó a Barrett con el hombro para pasar y se dirigió a su camioneta.

TERCERA PARTE

UNA TRAGEDIA LIMPIA

Skin and bones, you never did come home
Crashing on my heart through the telephone
I remember the tall grass waving,
In past lives, old poems.

BRIAN FALLON,
Nobody Wins

44

Barrett le había dicho a Howard Pelletier que estuviera atento al teléfono, pero decidió hablar con él en persona. En su mente seguían dando vueltas los nuevos datos, los viejos datos y algo oculto aún en su subconsciente, pero tenía la sensación de que estaba cerca de una respuesta que exigía revisar una antigua idea. Y revisar aquella antigua idea no sería fácil para Howard, por lo que merecía algo más que una llamada telefónica.

Igual que había hecho aquella otra mañana, Howard abrió la puerta mientras Barrett aparcaba, como si lo hubiera estado esperando. Pero, por otro lado, tampoco hubiera podido acercarse por sorpresa con aquel Mustang.

Se dirigieron al taller del garaje, que era el lugar de encuentro que Howard prefería. Llevaba una cerveza en la mano y le ofreció otra a Barrett, que negó con la cabeza.

—Me parece que yo también me he tomado una más de la cuenta —dijo Howard. Por su forma de arrastrar las palabras, Barrett pensó que se había tomado no una, sino varias más de la cuenta—. Es que después de enterarme de lo de Kimberly me quedé... destrozado. Era mucho lo que dependía de ella, ¿no? Sin ella para decirles a los miembros del jurado: «Esa es la verdad y por ese motivo cambié mi historia», será más difícil convencerlos, ¿no crees?

—Los convenceremos.

Howard no discutió, pero era evidente que él tampoco lo creía.

—Howard, ¿recuerdas cuando te pregunté lo de la red de arrastre?

—Claro. No hubiera funcionado.

Howard se tiró de la barba. Era uno de los gestos nerviosos que realizaba cada vez que se hablaba del cadáver de su hija.

—Dijiste que no hubiera funcionado porque la red se posa en el fondo y recoge lo que está encima.

—Exacto.

—¿Habría funcionado si alguien la hubiera colocado allí antes?

—Pues... sí. Pero una buena red cuesta dinero y no es probable que alguien se olvide una en el fondo del estanque y...

Y entonces lo entendió. Dejó de hablar y, por su expresión, incluso pareció que había dejado de respirar.

—Si colocó una red allí abajo —dijo Howard Pelletier despacio—, lo que estás diciendo es que sabía lo que iba a hacer.

—Me pregunto si es posible.

—Pero eso no tiene ningún...

—No te preocupes aún por todo eso. Piensa solamente si podría haber funcionado. Si utilizó la plataforma para guiarse y colocó la red justo debajo, ¿podría haber regresado y recoger los cuerpos rápidamente?

Howard pareció perderse en sus pensamientos. Luego se humedeció los labios y dijo:

—Sí. De hecho, la plataforma le hubiese facilitado las cosas. Tal vez se subió a la plataforma y lanzó la red justo delante. La observó posarse en el fondo porque así podría saber más tarde dónde estaba.

«Nos metimos en el agua hasta que a mí me llegó al cuello y Mathias se alejó nadando un poco más y arrastró el cuerpo hasta la plataforma», había dicho Kimberly Crepeaux.

—¿Y luego tendría que haberse sumergido para recogerlos?

—No. Si sabía lo que hacía, lo más probable es que tendiera un cabo hasta la orilla. Y entonces simplemente podría... podría haberlos arrastrado para sacarlos.

Barrett asintió. Era más o menos lo que había imaginado, pero él nunca había usado una red de pesca.

—Pero lo que estás diciendo —dijo Howard— no cuadra con nada de lo que hemos hablado hasta ahora. ¡Lo que estás diciendo significa que lo planeó! ¡Y eso no tiene nada que ver con lo que me dijiste que debía creer! —dijo Howard al tiempo que descargaba la palma de la mano sobre el banco de trabajo con tanta fuerza que las herramientas saltaron.

—Lo sé.

—¡Si es cierto, Kimberly mintió y tú no haces más que decirme que no mintió! Si colocó una red en el fondo, ¡es porque sabía que iba a usarla y entonces nada de lo que Kimmy dijo es verdad!

—Tal vez sí. Tal vez lo que Mathias quería era que pareciera un accidente.

Howard guardó silencio, con la mandíbula desencajada, y observó a Barrett, que notó de nuevo un ligero cosquilleo en la piel suturada del cuero cabelludo.

—¿Se puede saber en qué coño estás pensando? —preguntó Howard en voz baja.

—Creo a Kimberly. Y para creer su historia, tengo que explicar unas decisiones bastante estúpidas tomadas por un hombre inteligente. También se me ha dicho que amplíe la perspectiva. Así que lo que hago es intentar abrir un poco la mente.

Se inclinó hacia delante buscando un contacto visual que Howard no parecía dispuesto a concederle.

—Lo que describió Kimberly fue un accidente que se convirtió en asesinato —dijo Barrett—. Describió a un hombre que estaba colgado, borracho y rabioso. Pero luego ese hombre se calmó. ¿Recuerdas en qué momento, según la versión de los hechos de Kimmy, se calmó Mathias?

—Después de que ocurriera —dijo Howard en tono apagado.

—Sí. Y entonces, en plena calma, cometió un error. Un error muy estúpido. Tan estúpido que hasta Kimberly se dio cuenta desde el principio. Estaban solos con los cuerpos a menos de cien metros de las llanuras mareales, y la marea estaba alta. Podrían haber arrastrado los cuerpos hasta allí y dejar que el mar se los llevara. Pero Mathias Burke no eligió hacer eso. Eligió meter los cadáveres en su camioneta y luego llevarlos al estanque. Tenía el océano justo delante... ¿y eligió un estanque?

Howard se inclinó hacia delante como si le hubiera entrado un retortijón de tripas.

—No entiendo qué quieres decir.

—Me pregunto por ese error.

Howard siguió encorvado, contemplando el agrietado suelo de cemento.

—No tiene sentido. Aunque fuera como tú dices y él hubiera dejado la red allí abajo, las llanuras mareales seguían siendo la mejor elección.

—No, no lo eran.

—¿Por qué lo dices?

—Porque Mathias tenía dos testigos. Y su testimonio lo hubiera metido en la cárcel. De hecho, yo lo iba a hacer con el testimonio de solo uno de esos testigos.

—¿Por qué no matarlas también a ellas, entonces? ¿Por qué no arrojarlas a las llanuras mareales y listos?

—Habían estado con él toda la noche. Fue la última persona que estuvo en la licorería con Kimberly. Se habría convertido en sospechoso antes de que anocheciera.

—Pero si le preocupaba tener testigos, ¿por qué las dejó marchar?

—En realidad, no las dejó marchar —dijo Barrett—, pero creo que tampoco le preocupaba que hablasen.

—¿Y por qué coño no le preocupaba?

—Porque sabía adónde conducirían a la policía —afirmó

Barrett—. Sabía que si las chicas contaban la verdad, entonces algún pobre imbécil con placa iría a aquel estanque, señalaría el agua y diría: «Aquí es donde los encontraremos». —Percibió de nuevo el latido en los oídos—. Pero no estarían allí abajo. Y entonces, ¿qué tendría el pobre imbécil de la placa?

Howard se frotó las manos como si quisiera calentárselas.

—Estás desvariando —dijo—. Lo de la red, vale, pero a menos que puedas demostrar algo más...

—Eso voy a hacer —replicó Barrett. Sintió una confianza en esa afirmación que no había sentido desde el día en que había ido a Little Spruce Island al atardecer para decirle a Howard que al día siguiente encontrarían el cuerpo de su hija—. Pagó para utilizar una camioneta que no necesitaba y luego la preparó para que tuviera un determinado aspecto. Se supone que significaba algo. Ahora solo tengo que averiguar qué significaba y para quién.

En ese momento sonó el móvil de Barrett y se dispuso a ponerlo en silencio, pero Howard dijo:

—Comprueba quién es.

Solo entonces recordó Barrett que en realidad era el teléfono de Howard. Estaba a punto de devolvérselo cuando vio el número de Liz y respondió.

—Tenemos que hablar —dijo ella sin preámbulos.

—Claro.

—Por teléfono no.

—Voy para allá.

—En mi casa no. Tengo los informes forenses de Odom y Millinock, pero si vienes aquí, no los verás nunca. Hay mucha gente que te está buscando, Rob.

—¿Quién?

—Tu jefa, la policía estatal y la DEA. Y se lo toman muy en serio, la verdad.

—Llamaré a Roxanne para que te dejen en paz.

—Antes hablemos. Estaré en el barco.

313

Respiraba agitadamente, pero Barrett no supo si era porque tenía prisa o porque estaba angustiada.

—¿Has encontrado algo en los informes de toxicología?

—Ni idea, aún no los he leído. Pero tengo otra cosa. Me contaste que Millinock había dicho que la droga se llamaba *devil's cut* o *devil's calling*, ¿no? Pues tiene otro nombre.

—¿Cuál?

—*Devil cat.**

---

* Literalmente, «gato diabólico». (*N. de la t.*)

45

Ya había oscurecido cuando Barrett llegó a Camden; en las inmediaciones de la biblioteca y el parque del puerto, las luces tenues brillaban a la sombra del monte Battie. En el agua resplandecían otras luces, dispersas, que indicaban que los barcos estaban ocupados. La de Liz no estaba entre ellas. Si estaba en su barco, estaba a oscuras.

Barrett pensó que era probable después de lo que había dicho sobre el interés de la policía. No condujo hasta el puerto, sino que recorrió unas cuantas manzanas en dirección al centro de la ciudad y aparcó en una calle bajo la difunta chimenea de la fábrica de papel. Desde allí veía la comisaría de policía y cualquier coche que pudiera dirigirse hacia él. Todo parecía tranquilo.

Bajó del coche, cruzó la calle y atravesó uno de los aparcamientos públicos hasta un camino peatonal que discurría a orillas del río Megunticook y lo seguía por una serie de cortas cascadas en dirección al mar. Al puerto ya habían empezado a llegar algunos barcos, pero solo había unas pocas decenas en los amarraderos. En julio, se contarían a cientos. La lista de espera para conseguir un amarradero en el puerto de Camden era larguísima, se tardaban años en conseguirlo.

El amarradero de Liz era de su padre y era una propiedad de primera categoría, en el centro del puerto. Eran muchos los que usaban botes con pequeños motores fueraborda para llegar hasta sus barcos, pero Liz siempre iba remando. Su viejo bote, en perfecto estado de conservación, estaba amarrado en el muelle y los remos estaban guardados, lo cual significaba que, o bien Liz no estaba en el velero, o le había pedido a alguien del puerto que la llevara, de manera que Barrett pudiera usar su bote.

Barrett bajó al bote y colocó los remos en los escálamos; luego soltó amarras y se alejó del muelle. Liz remaba con una elegancia fruto de la práctica; en cada palada economizaba al máximo los movimientos musculares, mientras que Barrett siempre se sentía como si estuviera luchando contra el viento y el agua. A medida que se acercaba al velero, se dio cuenta de que no se veía ninguna luz y empezó a preocuparse. El trayecto se mezcló en su mente con los recuerdos de su viaje para encontrar a Kimberly. Y, entonces, oyó la voz de Liz en la oscuridad.

—No estaba segura de que fueras tú hasta que has empezado a remar —dijo—. Veo que aún conservas tu estilo rollo gaviota con el ala rota.

—Qué graciosa —respondió él, pero su miedo se transformó en alivio al escuchar el sonido de su voz.

Liz surgió de entre las sombras y le arrojó un cabo, que naturalmente él no acertó a coger. Aterrizó en el fondo del bote y, tras encontrarlo, Barrett acercó el bote al velero y Liz lo amarró. Después subió al barco y se encontró con ella. Liz vestía vaqueros negros y una camiseta negra, por lo que pasaba desapercibida en la oscuridad. Barrett sabía que aquel atuendo no era una coincidencia.

—¿Crees que alguien te está vigilando?

—No me sorprendería. Menos aún después de los paseítos que se han dado por delante de mi casa. Nadie me ha seguido hasta aquí, pero...

Se encogió de hombros y lanzó una mirada especulativa en dirección al puerto.

—¿Dónde está tu coche? —le preguntó Barrett, mientras pensaba en el localizador que la policía había encontrado en el suyo.

—En la redacción. Se me ha ocurrido que era mejor dar un largo paseo que dejarlo en algún sitio que pudiera indicar que estoy aquí.

—Serías una agente del FBI cojonuda.

—Por lo que he oído, faltan buenos agentes —dijo.

Atrajo a Barrett hacia ella y lo abrazó con fuerza. Barrett la estrechó entre sus brazos. Tras un largo rato, Liz respiró hondo y retrocedió un paso.

—Vamos abajo. ¿Crees que podrás bajar a oscuras sin partirte las piernas?

—Lo intentaré.

El velero era una bestia de doce metros de eslora, con el casco de madera y aparejo de cúter, construido originariamente en Inglaterra en 1920 como barco de salvamento marítimo para misiones de rescate en mares embravecidos. Cuando el padre de Liz había muerto frente a las costas de Halifax, Liz tenía un balandro con el casco de fibra de vidrio. El barco de salvamento marítimo daba más trabajo y era menos divertido que el balandro, pero Barrett sospechaba que la historia de aquel barco —y los muchos marineros que debía de haber rescatado en océanos hostiles— significaba para Liz mucho más de lo que ella estaba dispuesta a admitir.

La siguió bajo cubierta y Liz, tras cerrar la escotilla, encendió un quinqué de batería que proyectaba una luz tenue. Todas las cortinas estaban cerradas. Sobre la mesa, Barrett vio un cuchillo y un aerosol de pimienta.

—¿Quién te ha asustado tanto, Liz?

—Tú. Kimberly. Todas las personas con las que he hablado hoy. —Se sentó en uno de los bancos acolchados situados a ambos lados de la mesa—. Das vueltas alrededor de algo que no entiendo... y creo que tú tampoco lo entiendes. Pero está matando a gente.

—¿Quién te ha dicho lo del nombre *devil cat*?

—Theresa, mi fuente. Es médica forense. Le he preguntado si le sonaban los otros dos nombres y me ha dicho que no, pero que sí había oído *devil cat*. Heroína mezclada con fentanilo, cree.

—¿Fentanilo o carfentanilo?

—¿Es importante?

—Puede —dijo Barrett—. Has conocido a mi amigo Vizquel, ¿no? El de la DEA.

—Sí. Te estaba buscando.

—¿Y ya está? ¿No te ha hecho preguntas sobre Kimberly, ni sobre Mathias ni sobre nada más?

Liz negó con la cabeza.

—Solo te quieren a ti, Rob. Tres agencias diferentes me han preguntado lo mismo: «¿Dónde está Rob Barrett?». El FBI, la DEA y la policía estatal de Maine. Ah, ¿y a que no sabes quién de la policía estatal me ha contactado? Emily Broward. Ha ido al grano, lo único que quería era una forma de ponerse en contacto contigo.

—¿Por qué?

—Porque estás armando demasiado alboroto, diría yo.

—Tiene que haber algo más —dijo—. Están investigando algún aspecto del caso que a mí se me ha pasado por alto, del que ni siquiera me han llegado rumores. El tipo de la DEA, Vizquel, me dejó clarísimo que no le importan ni Mathias Burke ni Kimberly Crepeaux. O sea que... ¿qué es lo que ellos saben y a mí se me escapa?

Liz le apoyó una mano en el brazo y solo entonces Barrett se dio cuenta de que se había dejado llevar por la frustración y había alzado la voz.

—Bueno, por lo menos has acertado en algo —le dijo Liz—. La droga que mató a Cass Odom y a J. R. Millinock es la misma. —Deslizó sobre la mesa, hacia Barrett, un par de sobres de papel de manila—. Me los ha dado Theresa. No he podido conseguir nada sobre Molly Quickery porque no le hicieron pruebas de toxicología. Evidentemente, se limitaron a asumir que una drogadicta y alcohólica se había quedado inconsciente y había acabado en el océano. En la oficina del juez de instrucción parecían un poco avergonzados, pero, y cito textualmente, «el verano pasado tuvimos muchos como ella».

Casi exactamente lo mismo que había dicho Kimberly durante la confesión.

Empezó por el informe de Cass Odom, aunque ya lo había visto antes. Lo había revisado más de un año atrás cuando su nombre había aparecido por primera vez como amiga de Mathias Burke. El forense no había concluido el informe hasta cuatro meses después de su muerte, lo cual era últimamente un retraso bastante habitual en los casos de sobredosis.

Respecto a la muerte de Odom, el informe de toxicología revelaba la presencia de heroína sintética y de carfentanilo. La primera vez que Barrett lo había leído no le había dado demasiada importancia, pues las sobredosis de opiáceos se habían convertido en una epidemia. Ahora, en cambio, reflexionó sobre la pregunta que le había formulado a Howard Pelletier: «¿Y si supieras exactamente qué droga tenías?». Los adictos, por otro lado, esperaban euforia, no la muerte. Si el proveedor conocía la realidad de aquella droga y el consumidor no, entonces se convertía en homicidio.

Y si las víctimas eran adictos conocidos, se convertía en un homicidio que muy probablemente eludiría la investigación. Los familiares y amigos de los adictos a los opiáceos consideraban creíble, por trágica que fuera, una muerte por sobredosis. Algunos incluso la veían como algo inevitable. Muy pocos sospechaban de un posible juego sucio.

Cerró la carpeta de Cass Odom y pasó a la de J. R. Millinock. Cinco meses después de que enterraran a J. R. Millinock, los análisis de toxicología —realizados en un laboratorio de Pennsylvania— coincidían exactamente con el cóctel de drogas que había matado a Cass Odom.

—Bueno —dijo Barrett—, por lo menos puedo decirle algo a Vizquel. No sé de dónde sacó Cass su último chute, pero el de Millinock venía de Jeffrey Girard.

—¿Vas a llamar a Vizquel?

—Supongo que debería. Me gustaría ir por delante de él, aunque, si te soy sincero, voy bastante por detrás. Pero ese tío me cayó bastante mal. Creo que insistió demasiado a la hora de decir que Jackie e Ian eran un asunto de poca monta para él. La gente como Kimberly no le importa. La gente como ellos.

Dejó a un lado el informe de toxicología y señaló las fotos de la muerte de Cass Odom. De ella solo había dos, y tres de Millinock. Ni la policía ni los jueces de instrucción trataban como delitos los casos de ese tipo, pues a aquellas alturas ya los conocían demasiado bien. Sobredosis, una más en la lista, hacer unas cuantas fotos, llevarse el cadáver, que el laboratorio de Pennsylvania lo confirme, y a por el siguiente. Porque siempre llegaba el siguiente.

—Y yo quiero que le importen —dijo Barrett—. Sé que lo fundamental es la red de distribución, pero quiero que también se preocupe por las víctimas —añadió mientras le daba unos golpecitos a la foto.

Incluso muerto, J. R. Millinock parecía fuerte: tenía los hombros anchos y redondeados, y los brazos musculosos. Sin duda, debía de haberse creído invencible mientras se clavaba la aguja. Puede que ni siquiera le hubiera dado tiempo a sentirse vulnerable antes de morir. Y, por algún extraño motivo, Barrett deseaba que así fuera.

Mientras contemplaba la foto de Millinock, pensó en Kimberly acurrucada en la cama con el teléfono pegado a la oreja y la jeringa junto al cuerpo.

—¿Los dos se inyectaron? —le preguntó a Liz.

—Sí.

Liz extendió el brazo por delante de él y pasó a la siguiente fotografía, un primer plano de la jeringa. No tenía nada de excepcional, una hipodérmica más, una entre un millón, y su contenido ya estaba en la sangre del difunto cuando se había hecho la foto.

—Ojalá le hubiera quitado el teléfono —dijo Barrett—. Para que no pudiera haber llamado al camello, fuera quien fuera. Pero tampoco podría haberle quitado el teléfono para siempre, ¿no? Tarde o temprano hubiera encontrado otro o habría ido a parar a la calle adecuada y...

Cuando se interrumpió, Liz dijo:

—¿Rob?

Barrett no respondió. Se limitó a señalar la esquina inferior de la foto. Junto a la jeringa había una botella de vodka sobre una bolsa de plástico, en una mesilla abarrotada de cosas.

—¿A ti qué te parece que es eso?

Liz se acercó más a la foto.

—¿Quieres decir la bolsa?

—Sí. ¿Qué es lo que se ve?

—Parece como si alguien hubiera dibujado algo con un rotulador, ¿no?

—Sí. ¿Qué es lo que han dibujado?

Liz ladeó la cabeza. El pelo le cayó hacia la cara; ella se lo apartó y se lo colocó detrás de la hilera de pequeños aros de plata que llevaba en la oreja izquierda. Entornó los ojos mientras cogía la foto y se la acercaba un poco más. Y entonces, al comprender lo que era, abrió mucho los ojos.

—Es un gato.

—Lo mismo que he pensado yo.

—Es un gato con el lomo arqueado. Como si fuera un...

—Gato de Halloween —concluyó él.

Liz se volvió a mirarlo.

—Como el que describió Kimberly en la camioneta.

Barrett asintió y se le erizó el vello de la nuca. Observó atentamente la foto y pensó en Bobby Girard lavando a presión la pintura mientras él lo cronometraba.

Menos de cinco minutos.

«Había pintado el capó de un blanco muy brillante y justo en el centro había un gato negro, pero mal dibujado, no sé, como si fuera el dibujo que haría un niño de un gato de Halloween, ¿sabes? —había dicho Kimberly Crepeaux—. Con el pelo de punta, el lomo arqueado y la cola tiesa. Como un montón de garabatos negros».

Barrett se acercó más la foto, la observó con los ojos entornados y luego sacudió la cabeza.

—Es demasiado pequeño y, además, la botella le hace sombra.

—¿Qué es lo que quieres ver?

—Si tiene los ojos rojos.

—¿Crees que eso importa?

—Podría importar mucho.

—¿Por qué iba alguien a dibujar eso?

—El valor en la calle viene determinado por la calidad. Los traficantes etiquetan la droga con un logo, un color o unas iniciales. Así el comprador sabe que le están dando lo que ha pagado, y si los traficantes se enteran de que alguien vende algo que no está etiquetado..., bueno, normalmente es entonces cuando muere alguien.

Dejó la foto y se reclinó en el banco. Notó un subidón de adrenalina que lo llenó de energía y, al mismo tiempo, lo mareó un poco, como si se hubiera tomado varias copas demasiado rápido.

—La forense que lo llamó *devil cat*... ¿mencionó algún logo o sello? ¿O solo el nombre?

—Solo el nombre. Pero me recordó la historia de Kimberly, claro. ¿Crees que tal vez viera eso... —dijo mientras señalaba el dibujo de la bolsa— y luego, cuando las drogas ya le estaban haciendo efecto, tuviera una alucinación o algo así y creyera haber visto lo mismo en la camioneta? O a lo mejor había una bolsa en la camioneta, en el salpicadero. ¿Es posible que un reflejo la confundiera si estaba borracha y drogada?

322

—No creo que se lo imaginara. Creo de verdad que estaba pintado en la camioneta. Eso es lo que quería enseñarme Bobby Girard: la forma de ponerlo y quitarlo con facilidad y rapidez. Creo que aquella noche estaba en el capó y que supuestamente debía de significar algo para alguien. Pero no sé qué ni para quién. El velero osciló suavemente bajo ellos y, sobre sus cabezas, las jarcias crujieron movidas por el viento. Se observaron un instante el uno al otro en silencio.

—¿Qué estás pensando? —le preguntó Liz.

—Me estaba acordando de las fiestas de las que habló Kimberly.

—¿Las que Ian daba en su casa?

—De esas y de las hogueras en la playa, sí. Sabemos que allí la gente consumía heroína. Nunca se supo de dónde procedía. Corría por ahí, dijo Kimberly, y luego se encogió de hombros. Para ella no era importante. Pero si Mathias pintó ese dibujo en la camioneta, lo hizo por algo. Y desde la confesión de Kimberly yo he trabajado con la teoría de que Jackie fue un accidente e Ian un daño colateral, un testigo eliminado.

—¿Crees que Mathias fue a por ellos?

—Todo lo que hizo parecía coreografiado. No fruto del pánico, sino de la planificación. Si lo considero como si... —Asintió—. Puede. Tal vez fuera a por uno de ellos, al menos.

—Entonces, tendría que haber estado en contacto con uno de los dos.

—¿Por qué?

—Porque estaban en un camino rural al amanecer y nadie, excepto Jackie, sabía que Ian iba a venir a Maine, menos aún adónde se dirigían.

Liz tenía razón y, desde luego, era un argumento de peso. Aun así, el logo de la bolsa seguía inquietando a Barrett. De repente, la descabellada invención de Kimberly ocupaba su propio espacio en la realidad.

—Necesito copias digitales de esas fotos —dijo—. Tengo que ver el dibujo ampliado. ¿Sabes quién las hizo? ¿El juez de instrucción o un poli?

—No.

—Depende de la zona, pero aquí normalmente no envían al investigador médico-legal ni al ayudante del juez de instrucción. Supongo que fue la policía. —Procedió a pasar las hojas de la carpeta hasta encontrar el informe inicial—. El agente al mando en la escena de los hechos era... —dijo, pero se le quebró la voz al leer el nombre.

El agente al mando en la escena de los hechos era el teniente Don Johansson, de la policía estatal de Maine.

46

En pleno verano, habría unos cuantos bares abiertos hasta tarde en tierra firme y quizá unos cuantos barcos con fiestas a bordo en el puerto, pero era un fin de semana de mayo; el aire nocturno era frío y el puerto estaba en silencio cuando subieron a cubierta para sentarse juntos en la oscuridad. El viento soplaba más fuerte y aullaba entre las jarcias. Los cabos de las amarras chirriaban.

—O Johansson no se fijó en el logo del gato ya desde el principio o más tarde no lo recordó —dijo Liz al fin—. Ahora a nosotros nos parece crucial, pero para él Millinock no debió de ser más que otro caso de sobredosis y tal vez ni siquiera miró las fotos. Para cuando Kimmy contó su historia sobre la camioneta, es posible que ni se acordara.

—La camioneta fue lo primero que Kimmy describió —dijo Barrett—. Johansson siguió esas pistas e investigó a la familia Millinock, pero... ¿no recordó que uno de ellos había muerto aquel verano pese a que él mismo había estado en el escenario de la muerte? Imposible. Es un poli listo y este pueblo es pequeño.

—A lo mejor no se fijó en la coincidencia.

—Puede.

—No te lo crees.

—Me gustaría.

—Pero no te lo crees.

Las nubes se habían retirado y el cielo estaba cubierto por una neblina gris que parecía decidida a llegar a las montañas.

—Le pregunté por J. R. Millinock y se comportó como si jamás hubiera oído hablar de él —dijo Barrett.

—Puede que no lo recordara. Si está tan nervioso como dices...

—No —dijo Barrett moviendo la cabeza de un lado a otro—. Nunca habría olvidado al sobrino de Mark Millinock. Era Don quien investigaba pistas en el Harpoon. Veía a Mark con regularidad. Y ahora lo vuelve a ver, aunque por circunstancias completamente distintas. —Se encogió de hombros—. O puede que sean las mismas, porque no sé cuándo empezó con las pastillas. Pero me gustaría darle la oportunidad de que me lo aclare.

Por el silencio de Liz, intuyó que no le gustaba mucho la idea.

—Fue mi compañero en el caso —dijo Barrett—. O, por lo menos, lo más parecido que tuve a un compañero. Y el caso le ha destrozado la vida, Liz. Me gustaría verlo a solas antes de empezar a hacer llamadas.

Sopló una larga ráfaga de viento y a Liz le cayó el pelo sobre la mejilla. Estaban sentados en la popa del velero, sobre la cubierta, con la espalda apoyada en los asientos. La luna bañaba la bahía con una luz etérea que parecía surgir del agua en lugar de venir del cielo. El velero cabeceaba suavemente, pero a un ritmo constante, y Barrett quiso aferrarse a aquella noche.

—Ojalá se hubiera quedado —dijo Liz de repente.

—¿Quién?

—Kimmy. Kimberly.

Se inclinó hacia delante y se abrazó las rodillas. Luego apoyó la barbilla en ellas y contempló su querido monte Battie: la cima plana era como una línea oscura que se recortaba contra el cielo tachonado de estrellas.

—Ojalá se hubiera quedado en mi casa —prosiguió—. Es culpa mía. No la quería allí y ella lo sabía. Por eso se fue y ahora...

—Se hubiera ido igualmente. No habrías podido retenerla allí.

—A lo mejor sí. No puedes estar seguro.

No podía estar seguro, de modo que optó por no decir nada. Le frotó el hombro y trató de no pensar en lo pequeña que parecía Kimberly entre las sábanas revueltas de la cama infantil en la que había muerto.

—¿Cuándo irás a ver a Don? —preguntó Liz.

—Por la mañana. Primero tengo que hacer unas cuantas llamadas para averiguar un par de cosas, pero me marcharé del barco en cuanto amanezca.

—La DEA podría estar vigilando a Don.

—Podría.

Se hizo un nuevo silencio.

—Howard asegura que mañana saldrá a pescar, pero estoy preocupado por él —dijo Barrett—. ¿Alguna posibilidad de que le eches un ojo? Solo tienes que asegurarte de que ande por ahí recogiendo sus trampas. No quiero perderlo de vista durante mucho tiempo. Se supone que tiene que esperarme, pero no sé si confío en su paciencia.

—¿Esperarte para qué?

—Dije unas cuantas tonterías, nada más. Acababa de ver a Kimberly y... y perdí un poco la cabeza.

—Dijiste unas cuantas tonterías —repitió ella—. ¿Como por ejemplo?

Barrett no respondió.

—Tendrías que haberte quedado en Montana —dijo Liz—. Allí estás más a salvo de ti mismo.

La observó en la oscuridad, pero Liz estaba mirando hacia el otro lado. Barrett se inclinó entonces hacia delante para contemplar las montañas.

—¿Aún ponen la estrella en lo alto del monte Battie?

Cuando eran unos críos, siempre aparecía una enorme estrella navideña en la cima del monte Battie al llegar el mes de diciembre. Si el cielo estaba despejado, se podía ver desde cualquier barco de la bahía. En la época en que Liz y Barrett salían juntos, todos los años se embarcaban en una gélida travesía nocturna para verla desde el agua.

—Sí —dijo ella en voz baja—. Aún ponen la estrella.

Barrett asintió, mientras observaba la montaña en sombras y recordaba todas las veces que habían estado allí arriba o en aquella bahía. Liz era quien le había enseñado a amar aquel lugar que en otros tiempos él detestaba. Muchos de los recuerdos que conservaba de Maine tenían que ver con el miedo o el fracaso, pero, cuando pensaba en ella, aquel sitio le parecía su hogar.

—Te quiero, Liz —dijo.

Durante un momento, creyó que ella le iba a pegar.

—Esta noche, no. ¿Me tomas el pelo? ¿Me lo dices precisamente esta noche?

—Lo siento. Pero esta noche voy a decir lo que tengo que decir. No hace falta que me contestes, pero quiero que lo oigas. Te quiero. Siempre te he querido. Cuando estábamos juntos y cuando no. Cuando estabas casada y cuando no lo estabas. Siempre te querré.

A la luz de la luna, le veía el rostro, pero no los ojos.

—No tengo nada que decir —respondió ella en voz baja.

—No pasa nada... —empezó a decir Barrett, pero ella lo interrumpió.

—Silencio. Por favor, Rob. Quédate en silencio. No tengo nada que decir.

Se puso en pie y le tendió una mano. Barrett se levantó, le cogió la mano y ella lo llevó bajo cubierta. No le había mentido, no tenía nada que decir. Lo desnudó en silencio, en la oscuridad, y entonces Barrett notó sus labios, y luego ella se quitó la ropa y se puso encima de él, y luego debajo, y en todo ese tiempo no dijo ni una sola palabra. Lo único que oyó Barrett fue su respiración rápida y agitada y luego un gemido suave, contenido, en el mismo instante en que ella se estremecía y le clavaba las uñas en la piel. Y luego, algo más tarde, oyó el latido de su corazón cuando se abrazaron en la oscuridad, sudorosos y mecidos por el cabeceo del barco.

Y tampoco entonces dijo nada.

Cuando Liz finalmente habló, el latido de su corazón era más lento, el sudor de ambos se había secado y el calor atrapado bajo la cubierta había dado paso a un aire frío que anunciaba el amanecer.

—Es mejor que te vayas ahora, antes de que salga el sol —le dijo.

Barrett no quería moverse de allí.

—O podrías quedarte —prosiguió ella— y dejar que Vizquel, Broward y compañía hagan su trabajo.

El pecho de Barrett se hinchó y deshinchó bajo el cuerpo de ella, y Liz asintió, como si eso le sirviera de respuesta. Después se apartó de él en la oscuridad; Barrett echó inmediatamente de menos su calor y lo invadió esa soledad única que se experimenta en una cama compartida cuando la otra persona se va.

Cuando Liz empezó a vestirse, Barrett finalmente se sentó e hizo lo mismo. Mientras ella subía a cubierta, Barrett buscó su chaqueta y la pistola de Howard y la siguió arriba.

Ya en la cubierta, la tenue luz gris del amanecer le permitió ver a Liz con claridad por primera vez en varias horas, pero quizá por eso la sintió aún más lejana.

—Deja el bote de remos en el mismo sitio —dijo—. Me aseguraré de que todo el mundo me vea marcharme esta mañana... y de que me vean marcharme sin ti.

—Vale. Escúchame, Liz...

Ella negó con la cabeza.

—Vete ya, Rob. Vete ya antes de que te diga algo como «ten cuidado», «por favor, llámame» o «quédate conmigo». No quiero ser la mujer que te dice esas cosas.

Le dio la espalda y se fue de nuevo bajo cubierta, sola.

Barrett bajó por la escalerilla de popa, subió al pequeño bote, soltó amarras y empezó a remar en dirección al puerto. Estaba concentrado en la tarea, mirando por encima del hombro en dirección a tierra firme, de modo que, cuando oyó las palabras «Te quiero», tenía la cara vuelta hacia el otro lado.

Cuando se volvió de nuevo hacia el velero, ya no vio a Liz. Lo único que se oía era el sonido del agua y el chirrido de los escálamos. Fue como si hubiera imaginado aquellas palabras.

47

El sol ya había salido cuando llegó a su coche. Se tumbó en el suelo, sobre la dolorida espalda, y comprobó los bajos del vehículo en busca de algún dispositivo localizador. Estaba limpio. Luego se sentó al volante y salió de la ciudad en dirección oeste, alejándose así de la costa. Miró por los retrovisores. Nadie lo seguía.

A llegar a una gasolinera de la cual ya salían, cargados con cafés y bocadillos, los más madrugadores, estacionó el coche al fondo del aparcamiento y llamó a la única persona relacionada con el FBI en la que confiaba lo bastante como para saber que no le haría preguntas.

A juzgar por el sonido de la voz de Seth Miller cuando respondió desde Florida, Barrett dedujo que en sus trabajillos como *freelance* para completar la pensión, Miller debía de empezar su jornada laboral bastante más tarde que cuando estaba en el FBI. En cuanto se despertó del todo, sin embargo, volvió a ser el mismo tipo alegre que Barrett recordaba.

—Ahí en Florida trabajas como detective privado, ¿no? —le preguntó Barrett.

—Lo menos que puedo, porque no me deja tiempo para el golf.

—¿Tienes acceso al registro de la propiedad de Florida?

—Claro.

—¿Podrías comprobarme un par de nombres, por favor?

Seth realizó las búsquedas solicitadas, y lo hizo muy rápido.

—La casa está a su nombre. Megan Johansson. Fecha de nacimiento, ¿9 de julio de 1971?

—No lo sé seguro, pero por ahí andará, y el nombre es correcto.

—El número de la seguridad social es de Maine.

—Entonces probablemente es ella, porque nació aquí.

—Vale. No está muy lejos de mi casa, un poco más al sur. Lakewood Ranch. Cerca de Sarasota. Zona residencial, con vigilancia privada y campo de golf.

—¿Cuándo compró la casa?

Una pausa y un par de clics.

—En enero de este año.

—¿Precio?

—Un millón doscientos. Bonita finca. Estoy viendo las fotos ahora mismo: piscina, jacuzzi, porche, barra de bar... No está mal. Te vas a Maine cuando aquí hace tanto calor que hasta las putas se achicharran y te vuelves a Florida cuando en Maine empiezan a abrocharse las raquetas de nieve. Eso sí que es vida.

—Sí que lo es —dijo Barrett con un nudo en la garganta.

—¿A qué has dicho que se dedicaba el marido?

—Era poli cuando yo lo conocí.

—Pues supongo que debió de ser hace mucho —dijo Seth, y se echó a reír.

—Sí —dijo Barrett—, eso parece.

Estaba a punto de dar por terminada la llamada cuando Seth dijo:

—Megan también tiene una bonita camioneta.

—¿Cómo?

—Matriculada a su nombre en Maine. Una F-250 diésel, modelo del año pasado. No son precisamente baratas. Esa debe de costar, no sé, sesenta mil. O setenta mil. Las camionetas grandes cuestan pasta. Siempre me han gustado las mujeres que conducen camionetas. Cuanto más pequeña sea la mujer y más grande la camioneta, más me gusta. Lo que te digo, cuanto más pequeña...

—¿De qué color?

—¿Eh?

—¿De qué color es la camioneta, Seth?

—Negra.

—Y está matriculada en Maine, no en Florida.

—Sí. Compró la camioneta el mismo mes que la casa, parece.

También tiene a su nombre un Honda CRV.

Barrett recordaba aquel coche, y también la vieja Ford Ranger *pick-up* de Don Johansson. Tan vieja que ya ni siquiera fabricaban ese modelo. La Ranger estaba aparcada en el camino de entrada cuando Barrett le había hecho la última visita a Johansson, pero no había visto ninguna F-250 diésel.

Por lo menos, en aquel momento. Pero luego, por el espejo retrovisor... tal vez entonces sí.

Le dio las gracias a Seth, colgó y puso en marcha el Mustang. Inclinó el espejo retrovisor y se contempló aquella especie de lombriz de tierra hecha de puntos, adhesivo médico y piel suturada que le recorría el cráneo. Lanzó la gorra al asiento de atrás, se guardó en el bolsillo de la chaqueta la Taurus nueve milímetros de Howard Pelletier, y luego entró en la Ruta 17, dirección oeste, para cruzar las colinas y hacerle una visita a su viejo colega.

48

Las ventanas estaban abiertas cuando Barrett llegó. Desde el interior, procedentes de una radio, se escuchaban las voces de varios comentaristas deportivos que analizaban, en una tertulia, las penas de los Red Sox, vapuleados por los Indians. La casa tenía un aire bucólico y tranquilo. Barrett dejó la pistola de Howard en el bolsillo de la chaqueta, pero con una mano apoyada en ella; luego se dirigió a la puerta y llamó. La radio quedó en silencio y se oyeron pasos que se acercaban. Justo después, la puerta se abrió y allí estaba Don Johansson, sonriéndole.

Barrett sacó la pistola y apoyó el cañón en la frente de Johansson. La pistola lo golpeó con la suficiente fuerza como para obligarlo a inclinar la cabeza hacia atrás, pero lo único que hizo Don fue lo mismo que haría prácticamente cualquiera si le estuvieran apuntando a la cara con un arma: dejó de moverse y empezó a escuchar.

—¿Recuerdas mi regla en los interrogatorios? —le preguntó Barrett.

Johansson estaba intentando mirar la pistola en lugar de a Barrett, lo cual le daba el aspecto de un hombre bizco implorando al cielo.

—¿Qué regla?

—Nada de pistolas en la sala de interrogatorios. ¿Recuerdas por qué puse esa regla?

—Porque las pistolas intimidan a la gente —dijo Johansson concentrado en el dedo que Barrett tenía en el gatillo.

—Exacto. Pues he decidido que ahora me importa una mierda. Barrett entró en la casa con la pistola aún apoyada en el centro de la frente de Johansson, por lo que este se vio obligado a caminar hacia atrás. Barrett cerró la puerta con el pie.

—¿Dónde estabas mientras a mí me cosían la cabeza y me metían sangre de otras personas para salvarme la vida? —le preguntó.

—Sentado aquí mismo.

—Claro. El pobre Don, sentado en el suelo de esta casa vacía por culpa de una mala racha, con la cabeza llena de remordimientos y la sangre de pastillas.

Barrett dio un paso atrás y apartó la pistola. La boca del cañón había dejado una marca en la piel pálida de Johansson. Una fina pátina de sudor rodeaba la marca.

—Tenías razón, Barrett, tengo un problema con las pastillas, pero yo jamás...

Barrett levantó de nuevo la pistola.

—Cállate.

Cuando Johansson ya llevaba en silencio varios segundos, Barrett dijo:

—Y ahora, vuelve a empezar, pero esta vez hazlo mejor. Más verdad y menos gilipolleces. ¿Dónde está tu camioneta?

—Justo ahí fuera.

—No me he expresado bien. ¿Dónde está la camioneta de Megan?

Johansson movió los labios, pero no le salió ni una palabra. A Barrett le recordó el gesto de Jeffrey Girard cuando se estaba desangrando sobre la hierba con una historia no contada y atrapada tras los labios.

—¿Por qué no apretaste el gatillo, Don?

—No sé de qué estás hablando. Yo jamás...

—Estabas a... ¿qué distancia? ¿Tres metros? Y tenías el dedo en el gatillo. ¿Por qué no lo apretaste? —dijo Barrett, al tiempo que

335

movía el dedo en el gatillo de la Taurus. Johansson siguió el movimiento con la mirada—. Claro, había tanta sangre que pensaste que ya estaba muerto, así que ¿por qué convertir el escenario de un accidente en el escenario de un homicidio? Fue eso, ¿verdad?

—Yo no intenté matarte.

—Chorradas.

—Es la verdad —dijo Johansson—. Solo quería echarte de la carretera, no matarte. Te diste un buen golpe, eso es todo.

—Un buen golpe. Diez minutos más y me desangro.

—Estabas consciente cuando me fui. Lo vi. Si no hubieras estado consciente, habría llamado para pedir ayuda. Es el único motivo por el que me arriesgué a bajar de la camioneta.

—Todo un detalle por tu parte.

Johansson estaba empezando a recuperar un poco la confianza en sí mismo ahora que ya no tenía la pistola apoyada en la frente.

—¿Quieres resolver el gran misterio, tío? Pues ya lo has conseguido. Donny tiene un problema con las drogas. Menuda tragedia, ¿verdad? —dijo mirando a Barrett con desdén—. Puedes hundirme del todo, si quieres. Dile a tu amiguita que lo publique en su periódico para que todo el mundo se entere de que he perdido familia, trabajo y todo lo que me importaba por culpa de las pastillas.

—«Mi mujer cogió la camioneta y se largó». ¿Quién escribió esa letra, Waylon o Hank? Pero parece que le ha ido bien, ¿no? Tiene una casa muy bonita en Lakewood Ranch.

Johansson se puso tan tenso como cuando tenía la pistola apuntándole a la cara. Sin embargo, su expresión era distinta, menos acobardada, más amenazadora.

—Deja a mi familia al margen de esto.

—¡Tú los has metido en esto, corrupto hijo de puta! ¿Crees que podrán seguir dándose la gran vida allí abajo sin que nadie se entere? Tienes un hijo, tío, y tendrá amigos, tendrá Facebook, ten-

336

drá Instagram y vete a saber qué coño más. En algún momento, alguien de Maine se dará cuenta de que la familia Johansson ha aterrizado en un lugar la mar de agradable. Puede que la DEA ya lo sepa, porque ahora la DEA también está metida en todo esto. Johansson puso la cara de quien acaba de recibir un diagnóstico terminal. Parecía demasiado aturdido como para mostrarse enfadado o asustado. De momento.

—La última vez que estuve aquí —dijo Barrett—, me dijiste que nunca habías oído hablar de J. R. Millinock, pero en realidad estuviste en el escenario de su muerte.

Don se frotó la marca de la pistola que le había quedado en la frente.

—Hubo muchos escenarios de muertes de tipos como ese. Si crees que la familia de Millinock tiene algo que ver, entonces es que vas muy perdido.

—No creo. Aquel día hiciste unas cuantas fotos. Las drogas que lo mataron estaban marcadas con un logo muy bonito. Que, curiosamente, se parecía muchísimo al dibujo que Kimberly describió en la camioneta. ¿No te fijaste?

—No sé de qué me estás hablando, Barrett.

A Barrett no le gustaba estar allí de pie, de espaldas a la cristalera, de modo que se sentó en el sofá y comprobó de nuevo el pasillo sin dejar de apuntar con la Taurus a Johansson, que seguía de pie en el centro del salón.

—El agente de la DEA me dijo que ampliara la perspectiva —dijo Barrett—. Drogas y dinero, especificó. Me cayó fatal, pero tenía razón. Ahora bien... a ti puedo detenerte por lo de la camioneta negra. No sé dónde la has escondido, pero la encontraré. Aunque si quieres hablarme de tu papel en el asunto de las drogas, tal vez puedas ganar algo de tiempo.

Johansson sacudió la cabeza con gesto cansado.

—No tengo nada que ver con las drogas.

—Venga ya. Todo esto —dijo mientras abarcaba con la mano

la casa medio vacía— es una fachada de cojones, eso es verdad. Hasta te lo has currado físicamente. Eso ha sido genial. Te quitas unos cuantos kilos de encima, luego la familia se va, luego empiezas a comprarle pastillas a un tipo que sabes que no puede tener el pico cerrado. Sí, te has construido una bonita mentira. Cuando desaparezcas, todo tendrá sentido. Serás una triste víctima más de las adicciones.

—No es una mentira.

—Joder, Don, ya...

—¡Que no es una mentira! —gritó Johansson.

Barrett pensó que lo iba a atacar, pese a la pistola. Johansson le lanzó una mirada cargada de odio, mientras el pecho le subía y le bajaba.

—Tú siempre te crees tan inteligente, ¿no? Siempre te crees que ves todo lo que a los demás se les escapa. Pues no ves una mierda, tío. Nunca has visto nada. Ya quedó claro cuando te enviaron aquí para mirar por encima de mi hombro; Rob Barrett se cree que va a resolver los casos porque ve las cosas de otra manera y escucha las cosas de otra manera. Pero nunca has entendido nada.

—¿El dinero lo conseguiste mirando hacia otro lado durante las investigaciones o ayudando de forma activa? —le preguntó Barrett—. ¿Cuál es tu papel?

Johansson soltó una risa despectiva.

—Matar a Girard seguramente ayudó, ¿no? —dijo Barrett. A Johansson se le borró la sonrisa del rostro—. ¿Valió la pena?

—Hasta el último centavo.

Pronunció aquellas palabras en voz tan baja que, por un momento, Barrett creyó que no lo había oído bien.

—¿Qué has dicho?

Johansson irguió los hombros y miró a Barrett con el aire de quien se niega a echarse atrás, como si fuera un cadete del ejército al que no se puede doblegar. Pero tenía los ojos bañados en lágrimas. Se aclaró la garganta y luego, en voz más alta y clara, repitió:

—Hasta el último centavo.

Barrett se inclinó hacia delante, dejó que el cañón de la pistola apuntara hacia el suelo y contempló al que había sido su compañero. De los cansados ojos azules de Johansson descendieron dos lágrimas idénticas.

—Crees que todo lo demás es una mentira —dijo Johansson—. Gilipollas. Megan me dejó. David no me habla. He perdido a mi esposa y a mi hijo. Ahora Megan está tratando de averiguar cómo deshacerse de aquella casa sin implicarme. No quiere que me detengan, aunque me lo merezco. ¿Y sabes qué es lo único que me ayuda? Las drogas. No me aclaran las ideas, pero... —Hizo un gesto con la mano como si estuviera acariciando a un perro invisible—. Lo alejan todo. Durante un rato.

Se secó la cara con la manga de la camisa.

—Te pagaron por matarlo —dijo Barrett.

No pudo evitar recordar la sangre que le había brotado a Jeffrey Girard de la boca mientras yacía en la hierba y trataba de empujar la escopeta hacia Barrett, como si quisiera deshacer aquel trágico malentendido.

—Sí. Un millón de dólares.

—¿De quién era el dinero?

Johansson no le hizo caso.

—¿Sabes que al final se lo conté todo a Megan? Yo creía que lo que había hecho era honrado. Habíamos encontrado las huellas dactilares de Girard en los cuerpos y luego encontramos también la camioneta... No me arrepentía. Tenía miedo de que Girard pudiera salir libre por nuestra culpa si se celebraba un juicio. Porque nosotros habíamos sacado a la luz las mentiras de Kimmy y cualquier abogado defensor usaría esa confesión para que lo dejaran libre o le redujeran la condena, pero Girard había matado a dos jóvenes inocentes, y ella estaba embarazada, Barrett. Aquella mañana salió a pasear con una nueva vida en el vientre. Y Girard acabó con todo eso. Merecía morir.

—¿Y tú merecías que te pagaran?

Se encogió otra vez de hombros.

—¿De quién era el dinero? —preguntó de nuevo Barrett.

No esperaba respuesta alguna y, desde luego, no estaba preparado para la que obtuvo.

—De George Kelly.

Barrett retiró el dedo del gatillo y dejó la pistola en el sofá, a su lado.

Se apoyó en el respaldo y observó a Johansson, que le sonrió con siniestra satisfacción.

—Uno de los buenos —dijo Johansson—. No lo soportas, ¿verdad? Siempre andas por ahí buscando a los malos, Barrett. Sin embargo, en la vida real... te encuentras de todo. No todo es tan bonito.

—George Kelly te pagó por cargarte a Girard —dijo Barrett, que se sentía aturdido.

—No. Me prometió una recompensa si me cargaba «a la persona que lo había hecho». Por entonces, nadie sabía quién era Girard. Yo estaba en casa de los Kelly una noche, antes de que tú llegaras desde Boston, en la época en que hablaba con las familias y veía cómo se iba debilitando su esperanza, y George me miró y me dijo que, si yo alguna vez encontraba al hombre que había matado a su hijo, no quería un juicio. Lo quería muerto.

—¿Y tú aceptaste?

—Aquella noche no. Me lo repitió unas cuantas veces. «Un millón de dólares si matas a ese hijo de puta cuando lo encuentres», me ofreció. Nunca le dije ni sí ni no.

—Pero cuando se te presentó la oportunidad, mataste a Girard por el dinero.

Johansson pareció meditarlo.

—¿Sabes una cosa? No estoy seguro. Ya sé que no te lo vas a

creer... Qué cojones, no se lo va a creer nadie... Pero no estoy del todo seguro. Dos cosas son verdad: lo maté y cogí el dinero. Pero ¿lo maté por el dinero? —Movió la cabeza de un lado a otro—. Puede. Tal vez fuera así, pero en aquel momento... tal vez lo matara simplemente porque quería hacerlo. Puede que eso fuera lo único que ocurrió aquel día.

Barrett recordó el sol, el olor de la pintura y el sonido del martillo neumático, y recordó también la forma en que a Johansson se le había quebrado la voz cuando le había contado que Jackie Pelletier estaba embarazada.

Después, pensó que lo que acababa de decir Johansson tal vez fuera cierto.

—Yo también tengo un hijo —dijo Johansson—. Incluso se parece un poco a Ian Kelly. Es más joven, pero tiene la misma constitución y esa misma sonrisa bobalicona. Siempre está riendo. Cuando volvía a casa después de haber ido a hablar con George, miraba a David y pensaba... pensaba que lo que me estaba pidiendo George tenía cierto sentido.

—Pero cogiste el dinero —dijo Barrett—. Podías haber evitado todo esto, pero cogiste el dinero.

—En realidad, lo conservé. George transfirió el dinero a una cuenta que me había abierto. Una cuenta en línea constituida con una transferencia bancaria desde el extranjero. Lo dejé allí sin tocarlo, pero fue pasando el tiempo y pensé: «Nadie se ha dado cuenta y a nadie le importa». Quería largarme de aquí. Quería sacar a mi familia de aquí. Necesitaba... —dijo respirando entrecortadamente—. Necesitaba empezar de nuevo.

—Don —dijo Barrett despacio—, fueran cuales fueran tus motivos, mataste al hombre equivocado.

Johansson le dio la espalda y después se dirigió a la puerta de la cocina.

Cuando abrió un cajón, Barrett cogió la pistola.

—Tranquilo —dijo Johansson desde la cocina—. No estoy

cogiendo un arma, Barrett. Si hoy uso alguna pistola, apuntaré a mi boca, no a la tuya.

—Hoy no vas a usar ninguna pistola. Contra nadie.

—Ya veremos. Pero antes de eso, creo que tenemos que ir a dar una vuelta.

Regresó de la cocina con unas llaves de coche en la mano. A Barrett no le gustó la expresión de sus ojos ni la forma en que la fina capa de sudor había empezado a transformarse en gruesas gotas que se colaban por las arrugas allí donde su rostro, antes carnoso, aparecía ahora hundido.

—¿Adónde vamos, Don?

—A casa de George.

—¿Por qué?

—Porque George está allí.

Barrett ladeó la cabeza.

—Creía que George y Amy habían decidido vender la casa de aquí.

—George volvió.

—¿Cuándo?

—El día que tú regresaste. —Johansson hizo tintinear las llaves, se dirigió a la puerta, la abrió y dijo—: Pero si prefieres llamar a la policía y hacer que mis propios hombres vengan hasta aquí y me esposen, tú decides. No te voy a pedir que me escuches a mí, pero sí que lo escuches a él. No es muy distinto a tu amiguito Howard Pelletier.

—Es completamente distinto.

—No tanto —dijo Johansson—. Uno tiene dinero. El otro tiene una pistola. —Señaló la Taurus con la barbilla—. Howard la compró hace dos meses. Por aquí todo el mundo tenía bastante claro contra quién se proponía usarla.

Barrett no dijo nada, dividido entre su deseo de negarlo y su voluntad de no mentir. Johansson captó su lucha interna y se echó a reír.

—¿Ves lo que quiero decir, Barrett? Quieres que seamos todos distintos, pero no lo somos. Howard, George, tú y yo... No somos tan distintos.

«Lo enterraremos —le había dicho Barrett a Howard Pelletier— y saldremos limpios».

—Habla con George —dijo Johansson—. Míralo a los ojos igual que miras a Howard Pelletier y escúchalo. Luego toma tu decisión.

49

Para acceder a la larga cinta de asfalto que llevaba a la casa de los Kelly, había que cruzar una verja. Johansson tecleó un código de acceso, entraron y siguieron el sinuoso camino entre altos pinos hasta que apareció ante sus ojos una inmaculada zona ajardinada repleta de enormes piedras sutilmente colocadas y de parterres de flores. Un viejo mástil de velero convertido en asta se alzaba en el centro del jardín; las banderas ondeaban movidas por la fuerte brisa del mar, que llegaba acompañada de jirones de niebla que se movían tan rápido como el humo.

Doblaron una última curva y entonces apareció ante ellos el Atlántico norte: aquella imagen del poderoso océano en todo su esplendor era poco frecuente incluso en Maine. La familia Kelly tenía unas vistas que valían de verdad un millón de dólares. O, intuyó Barrett, más bien cinco millones.

Había un garaje tipo cochera con habitación de invitados en la parte superior que conectaba con la casa principal mediante un pasadizo techado de paredes acristaladas. La casa principal era un edificio imponente con una chimenea en cada extremo y revestimiento de madera de cedro pintada de un tono gris azulado. George Kelly abrió la puerta y se quedó en el umbral, sin parecer en absoluto sorprendido.

Barrett había mantenido incontables conversaciones telefónicas y videoconferencias con aquel hombre, pero solamente lo había visto en persona una única vez, durante una conversación que dejó a Barrett con la sensación de que, más que poner a los Kelly al día sobre la marcha de la investigación, lo que había hecho en realidad era presentarse a una audición para conseguir un papel en el caso.

Y puede que Johansson también hubiera tenido esa misma sensación.

Barrett bajó de la camioneta de Johansson con la nueve milímetros a la vista. Johansson lo miró, pero no dijo nada, se limitó a encogerse de hombros y subió la escalinata curva. En lo alto esperaba George Kelly, que también estaba mirando la pistola. Sin embargo, él tampoco hizo ningún comentario.

Don Johansson había perdido mucho pelo desde la investigación, y el cuero cabelludo de Barrett parecía recién redecorado por un maquillador de películas de terror, pero George Kelly no presentaba cambios destacables.

Llevaba un almidonado polo blanco y unos pantalones de algodón grises que parecían del mismo tono exacto que el revestimiento de la casa. Su pelo era tan blanco como la camisa, pero tenía mucho y lo llevaba peinado hacia atrás. Parecía estar siempre perfectamente erguido, como si la postura militar fuera para él algo natural y cómodo.

George Kelly siguió con la mirada la pistola de Barrett.

—Hola, agente especial Barrett. Adelante.

Lo siguieron al interior de una inmensa y soleada casa, diseñada para canalizar toda la atención hacia las hileras de ventanas y puertas correderas de cristal que daban a la bahía. Las vistas del océano, hermoso pero a la vez intimidante, eran espectaculares. Se veían algunas de las islas y unos cuantos faros, pero, aunque la finca estaba frente al mar, no tenía acceso directo al agua. La casa se había construido en lo alto de recortados e impresionantes acantilados de granito gris, como si fuera un homenaje al dominio sobre la naturaleza.

Si el océano estaba impresionado, no lo demostraba. Las olas arrojaban espuma a la terraza antes de retirarse con ese irrepetible timbre grave de las aguas profundas. Y la niebla, alta y rápida, se acercaba más y más, como si llegara tarde a una cita.

—¿Con qué frecuencia hay que cambiar las tejas del revestimiento?

George Kelly lo miró y parpadeó.

—¿Quieres hablar de tejas?

—Tengo curiosidad.

Al parecer, Kelly decidió que aquella pregunta no estaba mal como primera andanada.

—Unas cuantas al año —dijo—. La casa está bien construida, pero el viento... —dijo mientras señalaba el mar con la cabeza—. En invierno es más duro y le pasa factura a la casa.

Barrett se alegró extrañamente de oírlo.

—Si estás aquí, es que Don te ha hablado de su incentivo económico —dijo George con una voz serena y seca—. Sospecha que a ti no te interesa un trato en los mismos términos.

—Sospecha correctamente.

—Entonces, te propones explicar la situación a los pocos amigos que aún te quedan entre las fuerzas de la ley. Roxanne Donovan, por ejemplo.

La forma en que había utilizado aquel nombre resultaba inquietante, como si ya tuviera una lista de adversarios potenciales y planes para encargarse de ellos.

—No creo que sea tan sencillo —dijo Barrett.

—¿No? A mí me parece que está muy claro, o guardas silencio, o no lo guardas.

—Antes me interesa más resolver cosas.

George Kelly lo miró de hito en hito y de una forma extraña. Tenía los ojos enrojecidos y Barrett pensó que tal vez hubiera estado llorando no mucho antes de que ellos llegaran.

—Resolver cosas —repitió, como si aquellas palabras no tuvieran sentido.

—Sí. O sea, descubrir quién mató a tu hijo y por qué. ¿O eso ya no te interesa, George? ¿O tal vez ya lo sabes?

George miró a lo lejos durante unos instantes.

—¿Es que no lo entiendes? Eso no ayuda a nadie —dijo al fin—. Están muertos. Seguirán muertos. También eran muy queridos. Pero dejarán de serlo si cuentas esta historia.

—No la he escrito yo —replicó Barrett—. Lo habéis hecho vosotros.

—Pero tú viniste a ayudar, teóricamente. Crees que la verdad ayudará a alguien.

—Lo creo, sí.

—¿A quién? ¿A la familia de Don? ¿A la mía? ¿A la de Jackie Pelletier?

—A la de Jeffrey Girard, por ejemplo —dijo Barrett.

—¿Y cómo los va a ayudar? Económicamente, supongo. Podrían demandarme. O demandar al estado. Pero su hijo sigue muerto y sigue siendo cómplice en un asesinato.

—Cómplice. Interesante palabra. O sea, ¿no es culpable?

—No es el único, no.

A Barrett le sorprendió la naturalidad con la que George Kelly había pronunciado aquellas palabras.

—¿Cómo ocurrió, George?

—No estoy del todo seguro.

—Pero sabes que no ocurrió como todo el mundo cree que ocurrió.

—Si ocurrió así, no es más que una fachada. Si Girard estaba implicado, desde luego no era el único actor. Y a estas alturas ya me cuesta bastante creer que estuviera implicado. Cuanto más sé de él, menos encaja.

—Entonces ¿qué se oculta tras esa fachada?

—Me gustaría enseñarte algo antes de que tomes cualquier decisión. Creo que es importante que lo veas.

—¿Y qué es lo que voy a ver?

—Una confesión —le dijo George Kelly.

Después giró sobre sus talones, salió de la habitación y se alejó por un pasillo.

Barrett miró a Johansson.

—¿Tú lo has visto?

—No.

—Vale. —Barrett señaló el pasillo con la pistola—. Pues entonces vamos a ver de qué está hablando.

50

George Kelly estaba sentado a un escritorio, un mueble moderno de cristal y acero inoxidable que no le pegaba tanto como la mesa de caoba pulida que tenía en Virginia. Cuando Barrett y Johansson entraron en la habitación, Barrett se volvió hacia ellos solo una vez para asegurarse de que estuvieran mirando, y luego se concentró de nuevo en el ordenador. Abrió la carpeta de descargas y se fue a un archivo de vídeo llamado Malostiempos1. Cuando hizo doble clic, en la pantalla apareció la imagen de una terraza desde la que se veían pinos negros y acantilados de granito. Se oía el mar, pero no se veía. La imagen parecía grabada por una cámara de seguridad de alta resolución y en la esquina inferior aparecían la fecha y la hora: las 13:43 horas del 9 de agosto de 2016. La terraza le resultaba familiar a Barrett, pero no consiguió situarla de inmediato. Estaba a punto de preguntar dónde era cuando Ian Kelly apareció en la imagen como si fuera un espíritu al que alguien había invocado.

Fue entonces cuando Barrett reconoció el lugar. Estaba justo encima de él. La casa de los Kelly tenía una amplia terraza principal y luego una más pequeña, a la que se accedía desde el dormitorio principal. Ian estaba en la terraza de arriba, desde donde se divisaban kilómetros y kilómetros de bahía.

Observarlo moverse resultaba irreal y triste a la vez. Parecía exactamente lo que había sido, un joven inteligente y atractivo con la sonrisa confiada propia de quien sabe que tiene la vida entera por delante y no ve la hora de vivirla a fondo.

—Escuchad —dijo George al tiempo que subía el volumen. En la pantalla, Ian recibía una llamada. Al coger el teléfono y ver el número, su sonrisa desaparecía. Luego se acercaba el teléfono a la oreja.

«¿Está muerto?», preguntaba con una voz sorprendentemente nítida.

Barrett se inclinó hacia delante, sin dejar de mirar la pantalla, y Johansson observó con atención, pero George le daba prácticamente la espalda al ordenador, como si ya hubiera visto el vídeo demasiadas veces o no quisiera enfrentarse directamente a las imágenes. O ambas cosas.

«¿Estás seguro?», decía Ian. Luego se apoyaba en la barandilla de la terraza y se cubría el rostro joven y atractivo con la mano izquierda. Parecía abatido, derrotado.

«Mierda —decía con un tono más propio de un niño dolido que de un joven de su edad—. Oh, no, mierda. ¿Tienes la más mínima idea de lo que ocurrirá si la rastrean y llegan hasta mí?». Se producía una pausa y la persona que estaba al otro lado de la línea decía algo, tras lo cual Ian se erguía y negaba con la cabeza. «No, ni hablar. Esto no es algo que mi padre pueda arreglar. ¿Me tomas el pelo? ¿Crees que debería llamar a mi "papá"?».

Barrett se volvió a mirar a George Kelly, que había cerrado los ojos.

«¿Esperar hasta que las cosas se calmen? —decía Ian. Por su tono de voz, parecía estar repitiendo lo que acababa de escuchar—. ¿Y si aún está en la calle? Tendré que informar a alguien, ¿no? Hacer algo. —Otra larga pausa y entonces—: ¿Estás seguro de eso? Tío, tienes que estar absolutamente seguro. Puede que yo no haya inventado esa mierda, pero la he compartido, ¿no?».

Ian Kelly estaba en ese momento con el teléfono pegado a una oreja y el brazo izquierdo levantado por encima de la cabeza, como si tratara de enviar señales de socorro a algún lugar mar adentro.

«Tienes que estar seguro —decía—. Quiero decir, que si estás completamente seguro... —Una pausa, seguida de—: ¡Pues claro que no quiero ir a la cárcel!».

Esta vez, la pausa se alargaba más. Ian bajaba la mano y empezaba a caminar de un lado para otro. Era evidente que la persona que estaba al otro lado de la línea, fuera quien fuera, estaba exponiendo un argumento de peso.

«Vale —decía Ian al terminar de hablar su interlocutor—. Si está en la calle, ya no hay remedio, encontraré la forma de vivir en paz conmigo mismo—. Lo decía sin demasiado convencimiento, pero enseguida subía la voz como reacción al comentario de su interlocutor—. ¡Pues claro que no se lo he dicho a Jackie! ¿Sabes cómo se sentiría? ¡Sería el fin! No se mostraría comprensiva con algo así. No es esa clase de persona. —Y luego, en voz más baja—: Es mucho mejor que yo».

Barrett sintió cierto alivio al escuchar aquellas palabras. Había deseado creer que el amor que se profesaban era auténtico, que no se había idealizado tras la desaparición de ambos. Había tenido que considerar todas las posibilidades —aventuras, peleas y discusiones—, pero siempre había deseado que lo único verdadero de aquel amanecer en el cementerio fuera que dos jóvenes habían quedado para verse porque estaban enamorados.

Ian murmuraba algo ininteligible, finalizaba la llamada y volvía a guardarse el teléfono en el bolsillo. Extendía los brazos y se agarraba a la barandilla con ambas manos, como si necesitara ayuda para mantenerse erguido. En ese momento le empezaban a temblar los hombros; a Barrett no le hizo falta verle la cara para saber que estaba llorando.

George Kelly no volvió a abrir los ojos hasta que la pantalla se quedó en negro. Barrett dedujo que debía de haber visto aquel vídeo tantas veces que se lo sabía de memoria.

—¿Qué es lo que has entendido? —preguntó George.

—Estaban hablando de heroína. *Devil cat*, no sé si te suena el nombre.

George asintió.

—Me suena.

Barrett se sentó en una silla, pues de repente estaba muy cansado. Contempló la pistola que aún tenía en la mano y luego la dejó sobre el escritorio, a su lado.

—¿Ian la trajo desde Virginia?

—De la facultad, sí. Uno de sus compañeros de habitación era la fuente, creo. Un jovencito encantador de Dayton que murió en casa de sus padres aquel mismo verano. —Hizo una pausa—. Ian no se drogaba, pero le gustaba hacer de anfitrión. Le gustaba dar fiestas y ofrecer algo especial a sus invitados. —Sonrió de forma un tanto inquietante—. Y esa heroína era muy especial, ¿verdad?

—¿Nunca te habló de eso?

George negó con la cabeza.

—Papá no podía arreglar esa clase de cosas —dijo con la voz algo quebrada.

—¿Cuándo te llegó el vídeo?

—Pues unas dos semanas después de que apareciera el cuerpo de Ian.

A Barrett no le gustó aquella respuesta, y no solo porque era evidente que se lo había ocultado a la policía, sino porque pensó que un hombre como George Kelly estaría seguro de la fecha en que le había llegado el vídeo. No tenía necesidad de generalizar ni de suponer.

—Habría tenido bastante interés para los investigadores, ¿no crees?

—En aquel momento, estaba dispuesto a pagar el dinero que fuera para proteger a mi familia.

—Un momento... ¿compraste ese vídeo para ocultárselo a la policía?

—En realidad, la policía nunca fue una amenaza —dijo George—. Había una lista de contactos de la prensa. Así era como iba a empezar. Y más vídeos. Eso solo ha sido una muestra. ¿Quieres otro?

George hizo girar su sillón para ponerse de nuevo frente al ordenador, abrió otro archivo, tecleó una contraseña, y en la pantalla apareció una imagen de la terraza inferior. La fecha y la hora rezaban: 19:03 horas, 24 de agosto de 2016.

En esa ocasión, Ian no estaba solo. Estaba con Jackie Pelletier. George le dio la espalda a la pantalla y cerró los ojos. Johansson se inclinó hacia delante; tenía nuevas gotas de sudor en la frente y sobre el labio superior, y su rostro había adquirido una palidez grisácea, como la nieve sucia medio derretida.

Durante lo que pareció un larguísimo tiempo, aunque en realidad solo fueron cuarenta y cinco segundos según el reloj que aparecía en la parte inferior de la pantalla, Ian y Jackie permanecían inmóviles junto a la barandilla de la terraza contemplando el mar. Ian rodeaba a Jackie con ambos brazos y tenía la barbilla apoyada en su cabeza. Los dos sonreían. No quedaba ni rastro de la tensión y del miedo que Ian mostraba en el vídeo del 9 de agosto.

«¿Dos semanas?», decía Jackie en una voz tan baja y amortiguada por el viento que apenas se oía.

«Sí. Me tomaré libre el lunes».

«Tenemos tiempo —decía Jackie Pelletier—. No hace falta correr».

«Yo creo que sí —le respondía Ian—. Hay que implicar a la familia desde el principio. Es mejor así. Si vengo directamente ese viernes, el 9, tenemos todo el fin de semana».

«Pero no llegarás hasta el sábado».

«Llegaré temprano. Oye... —decía con una voz cargada de repentino entusiasmo. La cogía por los hombros y la obligaba a volverse hacia él—. Nos encontraremos en el Orchard Cemetery. Al amanecer».

A Barrett se le formó un nudo en la garganta al ver la sonrisa que iluminaba el rostro de Jackie.

«¿Va en serio?», decía Jackie Pelletier.

«Sí. ¿Por qué no? Es el lugar perfecto para empezar».

Ella se ponía de puntillas y lo besaba. Barrett sintió deseos de apartar la mirada, pues se sentía como un mirón y le horrorizaba el entusiasmo que ponían en planear el que iba a ser su último día de vida.

«Entonces ¿primero a mi padre?», preguntaba Jackie Pelletier, apartándose un poco de él.

A Ian le temblaba un poco la sonrisa, pero asentía.

«Es lo correcto. Aunque no sé si me apreciará mucho cuando sepa la verdad».

«Mi padre sabe mucho de la vida. Él también ha tenido alguna que otra dificultad».

«Perdona. Estoy pensando en mis padres. Ellos han tenido menos dificultades. El problema será impedir que se empeñen en... organizarlo todo. Mi padre siempre quiere arreglarlo todo. Así que tendré que dejarle claro que no va a formar parte de esto. Se lo haré entender. Ya sabes que me culpará a mí, ¿no? Me dirá cosas espantosas. Tienes que dejar que diga todas esas cosas sobre mí».

George Kelly siguió sentado en su sillón, inmóvil, con los ojos aún cerrados. En la pantalla, tras él, su hijo contemplaba el mar, pero ya no parecía de buen humor. Cuando empezaba a hablar de nuevo, su expresión era más bien hostil, pero Jackie Pelletier le acercaba un dedo a los labios para que guardara silencio.

«Hace frío aquí afuera —decía—. Vamos dentro».

Jackie cogía a Ian de la mano y los dos desaparecían de la imagen al entrar en la casa.

Eras las 19:07 horas del 24 de agosto y a Ian Kelly y Jackie Pelletier les quedaban diecisiete días de vida.

51

George Kelly apagó el monitor después de aquel vídeo, pero se quedó allí sentado, mirándolo, capaz de enfrentarse a la pantalla negra pero no a las imágenes de su hijo.

—¿Entiendes este vídeo? —preguntó.

—Están haciendo planes para el último viaje —dijo Barrett—. La mañana en que sucedió.

—Pero ¿entiendes lo demás? ¿El motivo de que el vídeo se llamara *Confesión* cuando me lo enviaron?

Johansson se había dado la vuelta y estaba otra vez caminando de un lado a otro, tan nervioso que no podía estarse quieto. Parecía a punto de vomitar. George no los miraba a ninguno de los dos, seguía observando la pantalla negra.

—Creo que estaban hablando sobre hacer pública la noticia del embarazo —dijo Barrett tras una pausa.

—¿Por qué?

—La fecha encaja. Están estresados, pero no asustados. No como Ian en el primer vídeo. No hablan de la policía, solo de la familia.

George Kelly se puso un poco tenso.

—La clase de dificultades que Howard había experimentado en su vida —prosiguió Barrett— no tenían que ver con las drogas ni la cárcel, sino con la familia. Cosas imprevistas, como convertirse en padre soltero de la noche a la mañana. Creo que por eso Jackie pensaba que se mostraría comprensivo. Si hubieran estado

355

hablando de drogas y muertos, no habría esperado que su padre la apoyara. Ni tampoco le entusiasmaría la idea de un romántico paseo al amanecer.

—Muy bien —dijo George en voz baja—. Sospecho que tienes razón. Pero ¿por qué has llegado a esa conclusión?

—Porque sé que estaba embarazada.

George señaló a Barrett sin apartar la mirada de la pantalla negra.

—¡Ah, ahí lo tienes! Tú tienes la ventaja de poder mirar hacia el pasado teniendo información del presente. Es una ventaja importantísima, te lo aseguro.

Barrett no dijo nada.

—Bien —prosiguió George—, ahora imagina que hubieras visto ese vídeo sin tener esa información. Imagina que lo ves el día que se grabó y que la única información que tienes acerca de los «problemas» de Ian es que están relacionados con drogas mortales. ¿Qué habrías pensado en ese caso?

Barrett notó un puño frío que se le abría y cerraba en el estómago.

—Control de daños —dijo.

—Explícate.

—En ese caso, podría interpretarse que Ian se estaba preparando para buscar ayuda. Que ella estaba allí para apoyarlo, para ofrecerle el apoyo de su familia, incluso. Pero pensaría que Ian estaba hablando de las drogas.

George Kelly le dio finalmente la espalda a la pantalla y observó a Barrett con una sonrisa triste.

—Un trabajo excelente —reconoció—. Una lógica deductiva impecable. ¿Dónde estaba esa capacidad cuando más la necesitábamos?

—¿Dónde estaban esos vídeos cuando los necesitaba?

—Es justo. Es justo —dijo George mientras miraba de nuevo la pantalla como si el vídeo aún se estuviera reproduciendo.

—Mathias pensó que lo estaban amenazando —dedujo Barrett—. Vio el vídeo y pensó que lo estaban amenazando.

George Kelly suspiró con un gesto de profundo cansancio.

—No eres capaz de olvidar la historia de la chica, ¿verdad? Tu perspectiva es demasiado estrecha, Barrett. No olvides que Port Hope forma parte de un mundo más grande. Los problemas de Port Hope vienen de fuera hacia dentro, no al revés.

—Me estoy empezando a cansar de la gente que me oculta información y luego me dice que mi perspectiva es demasiado estrecha —dijo Barrett—. Primero la DEA y ahora tú.

Si a George le sorprendió oír que la DEA estaba metida en el asunto, no lo demostró.

—Mathias Burke forma parte de esto... —empezó a decir Barrett, pero George lo interrumpió.

—Es más que evidente que Mathias forma parte de esto.

—Barrett experimentó una victoria momentánea, hasta que George añadió—: Pero solo como aliado.

—¿Perdón? ¿Como aliado?

—Así es. Me fue de gran ayuda con la situación inicial de Ian y también después. No tengo intención alguna de discutir contigo el papel que desempeñó, pues se merece algo mejor que ser perseguido por ti. Es un hombre que entiende lo que es la lealtad y sus recompensas a largo plazo.

—«A largo plazo» —repitió Barrett con incredulidad—. Pensaba que la recompensa era resolver el asesinato de tu hijo.

—Y en eso tienes razón. Cada vez estoy más cerca.

—Yo no lo creo.

George Kelly ignoró el comentario y se volvió hacia Johansson.

—¿Has traído la cámara?

Johansson pareció confuso, pero luego parpadeó y asintió, como si acabara de unirse de nuevo a ellos.

—En la camioneta.

—Te he pedido la cámara —dijo George—. Rob merece verla.

—Iré a buscarla —dijo Johansson, y enseguida salió de la estancia.

—¿Qué cámara?

—Una de las que usaron para grabar esos vídeos. Unos aparatitos muy sofisticados. Buena resolución, buen sonido. Hicieron un gran trabajo. —George le dedicó de nuevo aquella sonrisa inquietante—. Tengo ganas de descubrir quién les ha sacado provecho. Por lo que me han dicho, no es muy difícil piratearlas. Lo que la gente hace en nombre de la seguridad puede, muchas veces, convertirse en su debilidad.

—Mathias Burke instaló las cámaras, ¿no?

—Eres un tipo cansino, Barrett. Tengo enemigos de verdad, enemigos poderosos, y admito que tienen verdaderos motivos para querer hacerme daño. Y, sin embargo, nunca hablaste con ninguno de ellos. Siempre has estado obsesionado con mi encargado de mantenimiento. —Sacudió la cabeza de un lado a otro, asqueado, y se puso en pie—. Salgamos a la terraza, te enseñaré dónde estaban las cámaras.

Barrett cogió la pistola y siguió a George de nuevo por el pasillo y la inmensa sala de las cristaleras. En cuanto George abrió una de las puertas correderas, el olor del mar invadió la sala. La niebla parecía otorgarle textura al olor.

—Este es un lugar verdaderamente asombroso —dijo George mientras salía a la terraza, contemplaba los acantilados de granito y las olas que rompían a los pies, y estudiaba la caída hasta las rocas como si le resultara invitadora—. Lo encontró mi abuelo. Pagó quince mil dólares por los terrenos en 1946, justo después de la guerra. Construyó la casa original dos años más tarde. Yo la tiré a tierra y construí esta en 2001, cuando Ian era un crío.

Le dio la espalda al océano y contempló la casa con una mirada de admiración.

—Supongo que hoy en día podría venderla por seis millones

de dólares. Puede que siete. Es hora de venderla, eso está claro. Para mí aquí ya no queda nada más que dolor.

Barrett pensó en Howard Pelletier, que todas las mañanas tenía que ir en su barco más allá de Little Spruce Island para recoger trampas langosteras.

—¿Crees que sabes de verdad quién los mató? —preguntó Barrett—. ¿Crees que estás en condiciones de ofrecerme un escenario creíble?

—Todavía no. Pero lo estaré. Le pago a ese hijo de puta, pero no pasa nada, porque así protejo a mi familia y él está satisfecho. Sea quien sea, quiero que esté satisfecho. Hasta el día en que yo me presente ante su puerta.

—¿Sigues haciendo pagos?

—Mensuales —dijo George. La calma que demostraba era desconcertante—. A través de Bitcoin y Ether. He aprendido mucho sobre monedas digitales. Ya llegaré hasta él. Como he dicho, es muy importante que se sienta satisfecho, que se crea intocable.

—¿Sabes quién podría haberte echado una mano para rastrear divisas digitales? El FBI. ¿Has ocultado todo eso solo para proteger la reputación de Ian?

—Lo dices como si no fuera nada. Pero para su madre, su hermano y su hermana tiene un valor incalculable. Ahora mismo, Ian es una tragedia para el mundo. Y así es como debe ser. Esa es la verdad. Pero... ¿y si se divulgan esos vídeos? Entonces Ian ya no será una víctima. Será un criminal. Un niño rico que intentó jugar con traficantes de droga y salió mal parado. Y entonces empezarían las demandas y yo me enfrentaría a cargos, ¿no? Obstrucción a la justicia y cosas así.

—Sí —dijo Barrett.

El desapego emocional con el que George le había revelado todo aquello le pareció a Barrett casi sobrecogedor.

—Por tanto, diría que es una inversión prudente, ¿no crees? —añadió.

Observó a Barrett con una mirada implacable y Barrett se preguntó cuántas salas de juntas habría doblegado en sus tiempos, cuántos tratos habría cerrado de aquel mismo modo.

—También hay que tener en cuenta a Howard Pelletier —dijo Barrett.

—Él vive como mi esposa, con el dolor limpio de la tragedia. No veo en qué podría ayudarlo saber todo esto.

—Dudo que él esté de acuerdo. Y tampoco creo que viva con un «dolor limpio». Está obsesionado, y destrozado.

—Sea como sea, nuestros hijos están muertos. Ahora mismo se les recuerda y se les quiere. ¿Por qué arrebatarles eso? ¿Para qué serviría?

—Para conocer la verdad, capullo egoísta. ¡Para que obtengan justicia quienes llevan tanto tiempo esperándola y quienes creen que ya se ha hecho!

George Kelly hizo un desdeñoso gesto con la mano.

—Yo también quiero que se haga justicia, pero no por ello dejaré de proteger las cosas que me importan.

Barrett desvió la mirada hacia la casa, mientras se preguntaba si Johansson estaba escuchando, si aquel era el argumento que lo había convencido antes de disparar a Jeffrey Girard. Pero Johansson aún no había regresado con la cámara.

—Si pudieras dejar atrás la historia de Crepeaux —dijo George— y escuchar teorías más razonables, podríamos hacer de esto una situación ventajosa para los dos. De hecho, me encantaría tenerte como socio. Tu puesto en el FBI es un punto a favor. Podrías hacer por mí mucho más que Don, desde luego. Por ejemplo, investigar en el extranjero, que es donde probablemente ha empezado la extorsión. Podrías ser un recurso muy valioso.

Un recurso.

—No pienso unirme al equipo, George.

George Kelly lo observó con una mezcla de tristeza y desprecio. Luego asintió, se apartó un poco y, con voz áspera, dijo:

—¡Don!

Don Johansson apareció por un lado de la casa y, si bien esta vez no llevaba la máscara, la escopeta negra le resultó familiar a Barrett. Era la misma con la que no mucho antes le había apuntado al rostro ensangrentado, entre las espadañas.

Barrett tenía la nueve milímetros en la mano, pero apuntando hacia abajo. Podría levantarla, disparar y probablemente alcanzar a Johansson. Pero Johansson aún no había apretado el gatillo y Barrett no creía que fuera a hacerlo. Por lo menos, no en la terraza de George Kelly. Si ocurría, sería en otra parte.

—La última vez no apretaste el gatillo —dijo Barrett—. No lo hagas esta vez.

Johansson desvió la mirada de Barrett a George Kelly, como un niño que espera instrucciones. Barrett se obligó a seguir apuntando hacia abajo. No creía que Johansson quisiera empezar un tiroteo, pero una cosa era pensarlo y otra saberlo. Si se equivocaba, no tardaría en estar muerto.

—Nadie quiere matarte, Barrett —dijo George Kelly.

—No, claro. Lo de la camioneta solo fue un achuchón cariñoso.

—Tienes opciones. Estamos prácticamente en la misma situación en la que estábamos el año pasado. Tres hombres con un objetivo compartido.

—A mí me parece una situación distinta.

—Deja la pistola en el suelo, Barrett. Por favor —dijo Johansson.

La petición sonaba sincera. Johansson tenía el dedo en el gatillo, pero Barrett estaba más interesado en sus ojos y trataba de averiguar la verdad en ellos. La decisión que tomara en ese instante debía ser la correcta, porque no tendría una segunda oportunidad.

Bajó la pistola y la dejó sobre la mesa.

—Y ahora tú —dijo Barrett.

Johansson negó con la cabeza.

—Bueno —dijo Barrett—, siempre tiene que haber alguien que conserve el arma, ¿no? Para evitar el caos.

—Tuviste oportunidades —dijo George Kelly—. Podrías haber conseguido exactamente lo que buscabas cuando volviste y, de paso, convertirte en un hombre rico. —George parecía sinceramente decepcionado—. No sabes nada sobre la familia ni sobre lo que es capaz de hacer un hombre para proteger a su hijo.

—Si he aprendido algo en esta vida, es precisamente eso —le dijo Barrett—. Y lo sabía mucho antes de conocer siquiera el nombre de tu hijo. —Se volvió de nuevo hacia Johansson—. ¿Y bien, Don? ¿Por qué eres tan lento? Ya lo has hecho antes. Tú imagínate que soy Jeffrey Girard.

—Baja los escalones —le dijo Johansson señalándolos con la escopeta.

Barrett le dio la espalda y se volvió de nuevo hacia George Kelly.

—¿Cuánto valgo yo? Girard costó un millón. ¿Yo cuánto?

—Llévatelo de aquí, Don.

—Sí, Don —dijo Barrett—. No vayamos a derramar sangre en la propiedad familiar.

Johansson empezó a subir los escalones. Barrett aún estaba mirando a George Kelly cuando Johansson lo golpeó en la espalda con la escopeta. Cayó de rodillas al suelo.

—En otros tiempos fuiste poli —dijo jadeando—. ¿Te acuerdas, Don?

Esta vez el golpe lo recibió en la cabeza. Notó un dolor renovado en la herida reciente y la combinación entre uno y otro dolor estuvo a punto de dejarlo fuera de combate. Estaba tendido de bruces en el suelo y poco a poco dejó de ver borroso, pero notaba un dolor que le atravesaba el cráneo. Apenas se dio cuenta de que Johansson lo había cogido por el cuello de la camisa y lo estaba obligando a ponerse de pie.

—Dame su pistola —dijo Johansson.

George Kelly cogió la Taurus. Johansson le cambió la escopeta por la pistola, que clavó en la espalda de Barrett mientras lo empujaba por los escalones del porche y por el jardín. El océano resplandeciente centelleaba a su derecha, mientras la niebla se deslizaba rápidamente por encima y lo iba ocultando todo a su paso. Barrett creyó que lo estaba conduciendo al borde del acantilado, hasta que Johansson cambió de rumbo y se dirigió hacia la camioneta. Pese al dolor, Barrett se sintió esperanzado. Si se hubieran dirigido al acantilado, habría sabido que la decisión de dejar la pistola no había sido la correcta. Un trayecto en coche era mejor. Significaba tiempo.

Cuando llegaron a la camioneta, Johansson lo empujó contra el capó con tanta fuerza que Barrett tuvo una arcada y se precipitó al suelo. Johansson lo dejó caer, luego lo agarró por las manos y Barrett notó algo cortante que se le clavaba en las muñecas. Bridas.

Johansson lo arrastró al otro lado de la camioneta, abrió la puerta del pasajero y lo metió dentro de un empujón. Barrett cayó contra el asiento, jadeando. George Kelly estaba de pie delante de la camioneta, sosteniendo la escopeta como si estuviera acostumbrado. En sus ojos se adivinaba el pesar distante del verdugo que supervisa un trabajo desagradable pero necesario.

Johansson le cogió la escopeta, abrió la puerta trasera del lado del conductor y la arrojó al interior. Luego abrió la puerta del conductor.

—Desaparecerá rápido —dijo Johansson.

Las instrucciones de George Kelly se limitaron a dos palabras.

—Aguas profundas.

52

—Sabes que te está mintiendo —dijo Barrett con los dientes apretados a causa del dolor.

Johansson bajaba en marcha atrás por el largo camino de entrada y tenía la mirada fija en el retrovisor y las manos en el volante.

—Recibió esos vídeos antes de que aparecieran los cadáveres —dijo Barrett, tratando de sobreponerse al dolor para exponer, quizá por última vez, sus argumentos—. Ya estaba metido antes incluso de que empezara todo. Es el motivo de que Ian diga que su padre siempre lo arregla todo. En el vídeo cree que lo de las drogas ya está solucionado.

—Cállate.

—¿Cuántas veces registraste esa casa? Estuviste allí el día que desaparecieron, Don. ¿No te fijaste en las cámaras de seguridad? ¿Se te olvidó mencionar o proponer que revisaran las grabaciones? Chorradas. George hizo que las retiraran antes de que su hijo desapareciera.

Johansson no respondió. Tenía la Taurus sobre el regazo y seguía mirando por el retrovisor, pero Barrett no podía intentar coger la pistola con las manos esposadas a la espalda.

—¿Tú también estabas implicado ya entonces? —le preguntó—. ¿Ya trabajabas para George antes incluso de que los mataran? Nada.

—Aguas profundas —dijo Barrett casi echándose a reír—. Kimberly siempre tuvo razón. Habría funcionado mejor en aguas profundas, aprovechando la marea. Por lo menos, George ha aprendido algo de ella.

Johansson conducía peligrosamente rápido y a Barrett se le ocurrió la extraña idea de que ahora él estaba desempeñando el papel de Kimberly, embarcado en un trayecto similar pero marcha atrás.

Llegaron al final del largo camino y salieron a la carretera que bordeaba casi cuarenta hectáreas de terrenos junto al mar ocupados únicamente por nueve casas. Allí no encontraría ayuda.

Don llevó el coche hasta la carretera y luego giró a la derecha por una pista de tierra compactada que descendía hacia el mar. Varios carteles advertían que se trataba de una propiedad privada y prohibían el acceso a la playa. Barrett recordó las historias que Kimberly había contado sobre las hogueras de Ian en su playa privada y supuso que aquel era el lugar.

Bajaron por el estrecho camino hasta que los árboles se separaron y dejaron a la vista la playa, que en realidad era una estrecha franja de arena y gravilla.

Había una lancha anclada a pocos metros de la orilla: una Boston Whaler con dos motores y muchos caballos de fuerza.

«Aguas profundas».

Johansson apagó el motor de la camioneta. Durante unos segundos, se quedó allí sentado en silencio, contemplando el mar. No miró a Barrett cuando empezó a hablar.

—No creía que George fuera capaz de llegar tan lejos. ¿Matar a un agente del FBI? —dijo sacudiendo la cabeza—. Mi tarea era mantenerte alejado utilizando los medios que fueran necesarios, pero... pensaba que se detendría antes de llegar al asesinato. Supongo que lo único que ve ahora es el borde del acantilado que tiene delante. Si tienes la oportunidad de frenar cuando vas directo hacia un acantilado, la aprovechas, ¿no?

—Puedes detener todo esto —dijo Barrett.

Johansson se rio suavemente.

—No tienes ni la más remota idea de qué es «esto» —dijo.

Luego bajó de la camioneta, la rodeó y abrió la puerta del pasajero.

—Puedes ponérmelo fácil o difícil, me importa una mierda.

Barrett se lo puso fácil. Bajó de la camioneta y echó a andar por la playa, junto a un círculo de piedras en cuyo interior se veían los restos de una hoguera. Johansson lo empujó hacia el agua. Cubría enseguida. Primero el agua le llegaba hasta las rodillas y, un instante después, ya le había subido hasta la cintura. Se preguntó si podría nadar con las manos esposadas a la espalda, pero entonces Johansson lo cogió por el hombro y le clavó la boca del cañón en la espalda. La marea estaba subiendo y era obvio que el agua ya cubría más de lo que Johansson había previsto. Si se resistía, solo conseguiría que Johansson le pegara un tiro y entonces nunca obtendría respuestas a sus preguntas. Así que, en lugar de resistirse, Barrett colaboró cuando Johansson lo ayudó a subir a la lancha.

Johansson arrancó los motores de inyección, cosa que provocó una vibración bajo la lancha. Después de que el cabestrante subiera el ancla, Johansson soltó los nudos de los cabos amarrados a la orilla. Por fin quedaron libres y se dirigieron mar adentro.

Cuando ya se habían alejado unos cien metros de la orilla, la mansión de los Kelly se recortó en lo alto de los acantilados. Barrett pudo verla solo un instante antes de que la niebla se la tragara.

Barrett estaba sentado en la popa y notaba vibrar la lancha bajo el cuerpo.

—Hazme un favor, Don. Algún día, sea como sea, asegúrate de que Howard Pelletier conozca la verdad. Hazlo por él, cobarde de mierda.

Johansson lo golpeó con tanta fuerza que Barrett se dio en la cabeza con la barandilla de popa y cayó de costado al fondo de la embarcación, jadeando. Johansson se arrodilló sobre él, le apoyó en la frente la nueve milímetros y se inclinó hacia delante. Apenas unos centímetros separaban sus rostros cuando Johansson susurró:

—Te está grabando una cámara, así que más te vale que esto parezca real.

Barrett veía borroso y se estaba atragantando por el olor del agua salada mezclada con el combustible, así que no entendió muy bien qué quería decir Johansson.

—¿George nos está observando?

—No, no. El jefe de verdad está observando. Y ahora mismo vamos a verlo.

Johansson usaba la mano en la que sostenía la pistola para ocultar la boca. Su actitud era agresiva y, si alguien lo viera desde lejos —o a través de una grabación en directo—, creería de verdad que estaba amenazando a Barrett. Con la mirada, sin embargo, le estaba suplicando que confiara en él. Que lo ayudara.

—¿Quién es el jefe de verdad?

—Siempre lo has sabido, solo que no entendías de qué forma.

Barrett se lo quedó mirando y Johansson le devolvió una sonrisa forzada.

—Sí. Y si me ayudas, puede que incluso vivas para contarlo.

Johansson cambió de posición y a continuación golpeó violentamente a Barrett con la mano abierta. Se le abrió un nuevo corte en el labio, pero Barrett se lamió la sangre y se dijo a sí mismo que Johansson solo estaba representando un papel. Pero eso era más fácil de aceptar cuando uno no estaba esposado y encajando golpe tras golpe en la cara.

—Es probable que Mathias haya escuchado todo lo que le has dicho a George en la terraza —susurró Johansson—. Recuérdalo. Estás totalmente desprotegido ante él. Así es como trabaja.

La mirada de sus ojos era casi desesperada, como si suplicara la comprensión de Barrett.

—El dinero era de George —susurró Barrett—. Fue él quien te pagó.

—George alquila. Mathias domina. Y solo a uno de los dos le hace falta gastar dinero para ello.

—Tendrás que ser un poco más claro —dijo Barrett. Al ver que Johansson hacía una mueca, como si Barrett hubiera gritado aquellas palabras, bajó la voz y preguntó—: ¿Cuándo fue a por ti Mathias?

—Después de coger el dinero. Fue entonces cuando recibí mi primer vídeo. Tenía una grabación perfecta de George haciéndome su oferta. Sabía que me iba a pagar y, cuando eso sucedió, Mathias estaba preparado. Todo lo que tú has descubierto sobre Florida él lo sabe desde hace meses. Y así es como he acabado trabajando para el jefazo.

Los motores de la lancha rugían poderosamente y Johansson hablaba en voz baja, pero aun así seguía mirando a su alrededor como si creyera que alguien podía estar escuchando por allí cerca.

—Sabe cómo dominar a las personas —dijo Johansson—. Descubre sus secretos y amenaza con revelárselos a sus seres más queridos.

Golpeó de nuevo a Barrett y añadió:

—No puedo hablar mucho.

Quería que Barrett demostrara odio y rabia, cosa que no era difícil teniendo en cuenta que no hacía más que darle golpes en la cara. Johansson se inclinó de nuevo sobre él, se pasó la pistola de una mano a la otra, y golpeó con ella a Barrett, esta vez en una oreja.

—Tienes que seguir esposado, ¿vale? —le susurró—. Lo que vea en este momento tiene que parecer real. Te soltaré en cuanto pueda, pero no sé cuándo será. Pero en cuanto te suelte, prepárate para moverte rápido y disparar enseguida. —Se apartó un poco y dijo—: Toma esto.

Barrett se fijó en que le estaba metiendo una hipodérmica en el bolsillo de la chaqueta, al tiempo que tapaba el gesto con su propio cuerpo.

—Naloxona —dijo.

La naloxona era lo que utilizaban la policía y los paramédicos para revertir las sobredosis por opiáceos.

—¿Para qué la necesito?

—¡No te muevas! —le gritó entonces Johansson.

Lo dijo en voz demasiado alta, como si estuviera actuando de nuevo para la cámara, y luego volvió a golpear a Barrett en la cara con la mano libre, dos veces, antes de retomar el timón.

Condujo la lancha mar adentro, sorteando algunas boyas de alegres colores que indicaban la presencia de trampas langosteras en el fondo. La densa niebla había empezado a descender y a volverse aún más espesa, por lo que las boyas se veían solo cuando estaban a una distancia de dos o tres metros. Luego, la niebla gris se las tragaba.

Barrett consiguió sentarse en el fondo de la lancha y, poco a poco, fue asimilando la realidad de todo lo que Johansson le había contado.

«Muévete rápido y dispara enseguida», le había dicho.

¿Disparar con qué?

Si Johansson creía que había cámaras y micrófonos en la lancha, entonces Barrett debía esforzarse por hacer que todo pareciera real. Eso no era difícil; le dolía todo el cuerpo, sangraba y tenía las manos esposadas a la espalda. Dejó caer la cabeza hacia delante y observó las gotas de sangre que le resbalaban de los labios y se disolvían en el agua de mar acumulada en el fondo de la embarcación. Quería parecer acabado, derrotado, pero dejar caer la cabeza también tenía otra ventaja, pues lo ayudaba a relajar los hombros y el cuello y a estirar la parte superior de la espalda de modo que estuviera preparado para usar las manos en cuanto Johansson se las soltara. Ansiaba desesperadamente obtener más información de Johansson, tener alguna idea de adónde se dirigían y qué les esperaba allí, pero sabía que no podía hablar, así que se limitó a seguir viendo cómo le caían gruesas gotas de sangre que se iban disolviendo primero por la parte externa, antes de que el centro desapareciera y se abrieran en abanico en el agua. Intentó invertir la técnica de visualización que le había enseñado su padre tantos años atrás, las páginas del libro de la ira que debía ir pasando hasta cerrarlo. Esta vez fue pasando las hojas hacia delante y hacia atrás; vio imágenes de Mathias Burke sonriéndole y diciéndole: «No te mojes los pies»; imágenes de los carteles con fotos de Ian Kelly y Jackie Pelletier que habían empapelado la costa de Maine y en los que se ofrecía una recompensa a cambio de información; imágenes de Kimberly Crepeaux adentrándose en el estanque y de Kimberly Crepeaux muerta en aquella cama infantil con el teléfono junto a la oreja y la jeringa a un lado del cuerpo. Y las imágenes se remontaron aún más en el tiempo, hasta la de un niño de ocho años que abría la puerta del sótano de su casa y se encontraba a su madre hecha un ovillo en los escalones.

Evocó todas esas imágenes y todas las páginas del libro de la ira, pero esta vez no lo cerró.

Su respiración se volvió más relajada y el pulso, más lento. Solo entonces empezó a obtener placer del dolor y a disfrutar de la imagen de su sangre en el agua.

De repente, Johansson se acercó de nuevo y le apoyó la pistola en la cara.

—Pensaba que no nos habíamos equivocado —susurró con una mirada febril—. Pensaba que no nos habíamos equivocado y... y de ahí vino todo. Las cosas que no debería haber permitido que pasaran... las permití porque estaba convencido de que el asesino era Girard.

—Lo sé —dijo Barrett.

Johansson se lo quedó mirando durante unos segundos, como si quisiera cerciorarse de la sinceridad de aquella afirmación. Luego asintió con un gesto breve y regresó al timón. Parpadeaba y murmuraba algo sobre la niebla y no dejaba de consultar el GPS instalado junto al timón.

—Hay rocas por todas partes, no veo una mierda.

Pasaron por delante de Little Spruce, en el lado norte de la isla. La niebla apenas dejaba ver la casa de los Pelletier y el estudio de ensueño de Jackie. Johansson cambió el rumbo en cuanto dejaron atrás la isla y viró hacia el nordeste, adentrándose aún más en la bahía. Los acantilados de granito parecían huesos rotos y ese era el motivo por el que en la costa de Maine había tantos faros, construidos después de cada naufragio. A lo lejos, en el este del horizonte, se veía un carguero que se dirigía hacia el norte, probablemente Halifax. Un solitario velero surcaba las aguas en la distancia, por la popa; se vio solo durante un segundo antes de que desapareciera en la niebla gris.

Siguieron navegando durante veinte o treinta minutos en silencio absoluto y a través de una niebla cada vez más densa. El mundo parecía irse cerrando en torno a ellos como si fuera un puño. Johansson cambió de rumbo una vez más y giró bruscamente el timón a estribor, sin dejar de mirar el GPS. Una ola de espuma salpicó por encima de la borda y empapó a Barrett; los labios le escocieron por la sal. El sol de la mañana parecía algo muy lejano, estaban en mitad de un paisaje gris en el que agua, cielo y niebla eran del color del plomo. Barrett no tenía la menor idea de su posición, solo sabía que se habían adentrado mucho en la bahía. Que estaban en algún lugar de aguas profundas.

Cuando aparecieron rocas por el lado de estribor, le sorprendió lo cerca que estaban. Durante un momento, creyó que se había desorientado y que estaban regresando a tierra firme, pero entonces comprendió que se trataba de una isla desierta. Había más de un millar de islas en la bahía de Penobscot, pero la mayoría eran como aquella: franjas de rocas frías e inhóspitas, inhabitables y sin vegetación alguna. Eran islas útiles a efectos de navegación, pero incapaces de albergar vida. Al contrario, más bien se cobraban vidas, hundían barcos y enviaban a sus tripulantes a las profundidades del mar.

Johansson soltó una maldición, pues al parecer se había sorprendido tanto como Barrett al encontrarse con las rocas sin previo aviso. Consultó de nuevo el GPS, giró el timón y, de repente, apareció entre las rocas una estrecha ensenada en forma de V. Al fondo se veía otro barco anclado.

Era el Jackie II.

El barco de Howard Pelletier los estaba esperando y, de pie en la popa, se hallaba Mathias Burke.

53

Johansson aminoró la velocidad a medida que se acercaban al Jackie II y dejó que las olas empujaran la Whaler.

—Sujétala —gritó.

Mathias no se movió, pero de entre la niebla surgió otro hombre. Llevaba una sudadera y la capucha puesta y Barrett tardó unos segundos en reconocerlo: era Ronnie Lord.

Las popas chocaron una contra otra, pero los protectores evitaron daños. Ronnie Lord pasó enseguida un cabo por la cornamusa y lo tensó, de manera que las dos embarcaciones quedaron amarradas.

Mathias guardaba silencio, con la mirada fija en Barrett y la sombra de una sonrisa en los labios. Tras él, la niebla iba ascendiendo desde el agua y se deslizaba por encima de las rocas, como si buscara algo. Más allá del entorno inmediato de ambas embarcaciones y de las rocas, el mundo se perdía en una especie de telaraña blanca y gris. Si alguien hubiera señalado hacia algún lado y le hubiera dicho a Barrett que allí se alzaba una montaña o se abría un vasto mar, no habría estado en condiciones de discutirlo. Si conseguía salir con vida de allí, jamás sería capaz de volver y reconocer aquel lugar. El tiempo parecía haberse puesto a las órdenes de Mathias.

Johansson apagó el motor de la Whaler y se volvió hacia Barrett, pistola en mano.

—En pie, gilipollas.

La mirada que vio en sus ojos estaba tan vacía que a Barrett le costó seguir confiando en las palabras que Johansson le había susurrado antes.

Johansson apoyó el cañón de la pistola en un lado de la cabeza de Barrett y lo ayudó a ponerse en pie. Allí las olas eran más altas y seguidas y, con las manos atadas a la espalda, Barrett tuvo problemas para conservar el equilibrio. Johansson lo empujó hacia delante.

—Échame una mano —dijo.

Ronnie Lord lo ayudó a arrastrar a Barrett desde la Whaler hasta el barco langostero. Una vez que estuvo a bordo, Ronnie cogió una escopeta idéntica a la que había utilizado Johansson y se dirigió hacia el puente de mando. Mathias llevaba guantes y empuñaba un revólver con una mano. Barrett se volvió hacia él y se disponía a decir algo cuando captó un movimiento en la proa.

Howard Pelletier estaba esposado por los pies y las muñecas, y tenía las manos atadas por encima de la cabeza a la cadena del ancla. Cada vez que el barco se balanceaba, le tiraba cruelmente de los hombros. Tenía ambos ojos amoratados e hinchados, y se apreciaban restos de sangre reseca en la cinta adhesiva que le tapaba la boca.

Barrett trató instintivamente de dirigirse hacia él, pero Ronnie Lord y Don Johansson lo sujetaron y se lo impidieron. Mathias siguió la escena con una lánguida sonrisa.

—Los golpes son culpa suya. Para ser tan viejo, el muy cabrón sabe pelear.

Howard buscó la mirada de Barrett sin rastro de esperanza.

—Ya tendrás una historia pensada para explicarlo —dijo Barrett—, estoy seguro. ¿Se supone que soy yo quien le ha hecho todo eso? ¿Crees que la gente se lo va a tragar, Mathias?

—Creo que habrá distintas teorías compitiendo entre sí. Puede que lo mataras, claro. O puede que murierais los dos cuando el barco encalló entre las rocas, lo cual fue una cuestión de mala suerte. Suele pasar en días como este. Pero creo que la teoría más popular será la de que él te mató a ti. No es ningún secreto que Howard Pelletier no ha estado muy bien desde que su hija murió.

—No conseguirás que la gente se lo crea.

—¿No? —dijo Mathias arqueando una ceja—. El tiempo lo dirá, pero creo que, cuando registren el garaje de Howard y encuentren cintas en las que aparecéis los dos tramando un asesinato, el pobre viejo parecerá un poco menos equilibrado.

«Descubre sus secretos y amenaza con revelárselos a sus seres más queridos», había dicho Johansson.

—Veo que el negocio de la seguridad te ha ido muy bien.

Barrett hablaba básicamente para darle algo de tiempo a Johansson, que en ese momento estaba detrás de él. La promesa de que lo iba a desatar ya no le parecía tan tranquilizadora; con Ronnie Lord empuñando una escopeta y Mathias un revólver y él teniendo aún las manos atadas a la espalda, no estaba seguro de tener muchas posibilidades.

—Todos los negocios me van bien —reconoció Mathias.

—No te tomaba por un experto en Bitcoins —dijo Barrett—. Y está claro que George Kelly tampoco.

Por primera vez, percibió un destello de rabia en la mirada de Mathias.

—Por eso funciona —afirmó—. Lo que tú pensabas de mí, lo que la gente como tú pensaba de mí... ese el motivo de que funcione.

Apoyó una rodilla en el suelo y sacó de debajo de uno de los asientos acolchados de la popa un maletín de plástico con la tapa transparente. En algún momento, aquel maletín había contenido brocas. Ahora contenía cinco agujas hipodérmicas.

—No queremos nadadores —dijo—. La costa está muy lejos, pero a veces se oyen historias asombrosas. Hay quien no sabe cuándo morir. Será rápido y agradable, Barrett. Qué coño, si hasta lo vas a disfrutar.

Cogió una de las jeringas y dejó el revólver en el fondo para quitarle el protector.

«Ahora, Don, hazlo ahora», pensó Barrett con tanta intensidad que casi ni se dio cuenta de que la presión en las muñecas se había aflojado.

—Levántate —dijo Johansson.

Hasta entonces, había permanecido cerca de Barrett y en ese momento lo empujó hacia delante. Luego fingió que tropezaba y dijo «¡Mierda!» justo cuando la Taurus caía sobre la cubierta, como si se le hubiera escurrido de entre las manos.

La pistola rebotó en un mamparo y quedó justo en el centro del triángulo formado por Barrett, Ronnie y Mathias. Era una posición absolutamente perfecta, porque alguien iba a tener que lanzarse a por ella y solo dos partes creían estar en el juego.

Mathias empezó a ponerse en pie, pero luego pareció pensárselo mejor, quizá porque el barco se movía y él tenía una jeringa en la mano. Así pues, le hizo un gesto a Ronnie con la cabeza.

Para coger la pistola, Ronnie tenía que dejar de apuntar a Barrett. Cuando bajó el cañón de la escopeta hacia la cubierta, Johansson le dio un empujón a Barrett y después se apartó a un lado.

Johansson le había cortado las bridas a Barrett cuando estaba detrás de él, de modo que cuando Barrett se lanzó a por la Taurus ya tenía las manos libres. Aterrizó sobre los tablones de la cubierta y usó la mano izquierda para empujar la Taurus hacia su derecha, concentrándose en disparar al tiempo que se ponía en pie. Estaba convencido de que la pistola era la única esperanza, tanto suya como de Johansson, hasta que oyó dos detonaciones seguidas justo por encima de él.

Levantó la cabeza a tiempo de ver las dos rosas que florecían en el pecho de Ronnie Lord. Ronnie se tambaleó hacia atrás y levantó la escopeta. Barrett se lanzó hacia ella y extendió una mano en un gesto desesperado por bajar el cañón justo cuando Ronnie apoyaba el dedo en el gatillo.

No llegó a tiempo.

La detonación fue ensordecedora, como si le hubiera estallado un trueno a pocos centímetros de la oreja. Tuvo la sensación de que el sonido mismo del disparo lo empujaba hacia el suelo.

Ronnie Lord se quedó unos momentos en pie, con el cuerpo extrañamente rígido. Luego se miró el pecho y se tambaleó como el último bolo entre un semipleno y un *strike*, mientras la escopeta se le escurría de entre las manos.

Barrett se puso de rodillas en el suelo, todavía con un pitido en los oídos y la nueve milímetros en la mano. Giró hacia la popa, mientras pensaba que se estaba moviendo demasiado despacio —«Muévete rápido y dispara enseguida», le había dicho Johansson—, y, cuando terminó de volverse, vio a Mathias acercarse a él con el revólver en la izquierda, levantando ya el cañón.

Barrett apretó el gatillo de la nueve milímetros.

Se oyó una detonación que, comparada con el fogonazo de la escopeta, parecía suave, pero Mathias cayó de lado cuando una ola golpeó el barco y lo lanzó contra Barrett. Barrett rodó sobre el hombro izquierdo y acercó el cañón de la Taurus al rostro de Mathias, pero ya notaba en su propio vientre el borboteo cálido de la sangre del otro hombre. Mathias dejó caer la pistola, rodó sobre la espalda y se llevó ambas manos al vientre para tratar de taponar la herida y mantener la calma.

Barrett se puso en pie tambaleándose y apartó de una patada el revólver de Mathias. A punto estuvo de caer, pues la cubierta estaba resbaladiza a causa de la sangre. Recuperó el equilibrio y se volvió para ayudar a Johansson.

Johansson estaba medio caído sobre la borda después de que el impacto de la escopeta casi lo lanzara fuera del barco. Los proyectiles del cartucho le habían dejado el pecho lleno de sangrientos cortes que se entrecruzaban entre sí como si fueran las costuras de una pelota de béisbol. Tenía la pernera izquierda del pantalón subida y se le veía en el tobillo la funda vacía de la que había sacado la pistola de repuesto. Barrett no vio la pistola por ningún lado; probablemente ya estaba en el fondo del océano.

—Lo conseguimos —dijo Johansson en voz baja.

—Sí.

—Pensaba que Mathias te tenía. Pero has disparado rápido.

Escupió sangre a la cubierta y, al coger aire, le burbujearon las heridas del pecho. Barrett sabía que debía ayudarlo, pero se sentía aturdido e inestable, casi como si el cuerpo no le perteneciera.

—Un tiroteo real esta vez —murmuró Johansson—. Pero con los malos de verdad.

—Sí —dijo Barrett.

Johansson asintió débilmente y se contempló casi con desinterés el pecho lacerado y ensangrentado.

—Ahora estoy más limpio —dijo arrastrando las palabras—. Todo lo limpio que puedo estar.

Cuando se incorporó, Barrett pensó que intentaba levantarse.

—No te muevas —le dijo, pero entonces se dio cuenta de que Johansson estaba intentando saltar la borda para arrojarse al agua.

Estaba demasiado débil como para hacerlo rápido y, durante un segundo, quedó con medio cuerpo en el barco y el otro medio fuera, hasta que la siguiente ola golpeó la embarcación. La gravedad se encargó del resto.

Johansson cayó por el costado y se precipitó al agua. La espuma blanca de la ola borró la sangre, como si el océano se hubiera propuesto borrar todo rastro de Johansson lo más rápido posible.

Barrett se acercó a la borda buscando un cabo, un salvavidas o un bichero, pero no encontró nada. De repente, le costaba enfocar y, cuando se volvió, el horizonte empezó a subir y bajar y se llevó consigo el eje vertical, y para entonces Barrett estaba arrodillado sin saber muy bien cómo había llegado hasta allí.

Cuando dejó la Taurus en el suelo y usó ambas manos para obligar a moverse a unas piernas que se negaban a obedecer, vio la aguja hipodérmica que tenía clavada debajo de la caja torácica.

54

Se extrajo la jeringa con la mano derecha. El émbolo estaba abajo de todo y la jeringa estaba vacía. La aguja de acero brillaba y le llamó la atención. Nunca había visto una aguja como aquella. Era fascinante, hermosa...

«Mortal».

—Howard —lo llamó Barrett con voz débil—. Howard, ayuda.

Pero Howard Pelletier no podía responder porque tenía la boca tapada con cinta adhesiva. Howard no podría ayudarlo a menos que Barrett lo liberara. Y aun así... ¿qué podía hacer Howard? El viejo pescador no podía ayudarlo en aquella situación. Si Johansson estuviera vivo, tal vez. Tal vez él sabría...

Lo sabía.

Barrett rebuscó la naloxona en el bolsillo de su chaqueta. En una ocasión había participado en un seminario de formación sobre ese tema. Había que seguir un procedimiento. ¿Cómo era el puto procedimiento?

«Inhalar».

¡Sí, eso era! Era un aerosol nasal: tenía que apretarlo e inhalar para ganar tiempo, para ganar vida.

Se sorprendió al ver que tenía otra jeringa en la mano. No parecía un aerosol. Aunque a lo mejor funcionaba igual, ¿tenía que presionar el émbolo e inhalar?

Notaba los dedos torpes y pesados, pero consiguió quitar el protector. El mundo se estaba alejando entre la niebla resplandeciente, y la niebla iba cobrando velocidad, se iba volviendo de colores y tampoco estaba tan mal. Le comprimía los pulmones y eso le daba un poco de miedo porque cada vez le costaba más respirar, pero, por lo demás, aquella niebla brillante que se iba arremolinando tampoco estaba tan mal.

«Entonces relájate y deja que te lleve. Cabalga en la niebla, persigue los colores».

Una ola lanzó espuma por encima de la borda y le mojó la cara. Barrett tosió, se atragantó y, de repente, la jeringa que sostenía en la mano volvió a cobrar sentido. No era un aerosol nasal. O era un método a la vieja usanza o era más potente que el aerosol. Era sencillo. Clávatela y presiona el émbolo.

La niebla brillante se rizaba y bailaba, y ahora, además de ir muy rápido, giraba y giraba. La respiración de Barrett se había vuelto entrecortada y el deseo de dejarse arrastrar por la niebla era irresistible.

«Date prisa —dijo una voz lejana y débil desde algún lugar tras aquella niebla que se arremolinaba—. Tienes que darte prisa».

Y hacerlo bien. Tenía que encontrar una vena. ¿Qué vena? Nunca se había inyectado nada. La muñeca era un buen sitio, ¿no?

Lo intentó en la muñeca, pero el barco tenía ahora el bao contra el agua; una nueva ola lo hizo caer de lado y fracasó en su torpe intento de pincharse en la muñeca. Cayó y aterrizó sobre el codo izquierdo, pero consiguió que no se le cayera la jeringa.

Volvió a ponerse en pie como pudo, buscando una vena adecuada. ¿Por qué era tan difícil? Millones de adictos realizaban esa tarea a diario con éxito, ¿y él no podía? Las venas buenas eran las más fáciles, eran grandes y azules, e iban directamente al corazón...

«Eso es», pensó y trató de clavarse la aguja en el corazón. Falló de nuevo, pues la mano le tembló y se le fue hacia arriba. La aguja se le clavó en la piel justo por encima de la clavícula, en un lado del cuello. Notó un agudo dolor y decidió que había sido un éxito, y entonces, justo antes de que la siguiente ola se estrellara contra el costado del barco, se acordó del émbolo.

Lo presionó y notó una cálida sensación en la garganta. La ola golpeó la embarcación y Barrett se tambaleó y cayó de nuevo.

Cuando chocó con las piernas contra el costado del barco y saltó por los aires, comprendió que ponerse de pie no había sido una buena idea.

Y entonces cayó al agua y se hundió rápidamente.

55

El frío aterrador del Atlántico norte no le molestó. Hundirse más y más en él, tampoco. Lo único que le preocupaba era que el agua estaba atenuando el esplendor de la niebla.

Había empezado a disfrutarlo y, si de verdad iba a ahogarse, quería ahogarse en la niebla, no en el agua.

Trató de regresar a la superficie sin pensar demasiado en sobrevivir. Lo único que quería era perseguir aquella calidez agradable y luminosa de la niebla que se arremolinaba. Pero, por algún motivo, parecía haberse quedado atrás.

Entonces llegó a la superficie y se atragantó con el agua cuando una ola lo levantó y luego lo depositó en el valle que separaba una cresta de otra. Se dejó caer hacia atrás tratando de flotar. Si podía flotar, tampoco estaba tan mal. Así podría perderse en aquella niebla brillante que giraba y giraba.

Flotar y nada más. Lo más fácil del mundo, algo natural para el cuerpo. Y, sin embargo, no parecía que lo estuviese consiguiendo. Las olas lo sumergían continuamente, y cada vez le costaba más volver a sacar la cabeza a la superficie. Y cuando lo conseguía, no recordaba cómo debía colocar el cuerpo para flotar.

Respirar ya no le costaba tanto como antes, al menos eso había mejorado. La opresión que notaba en los pulmones había aflojado y, si conseguía que no se le llenaran de agua, estaba seguro de que podría seguir respirando. El problema era el agua, aquel puñetero oleaje que lo golpeaba una y otra vez. Demasiado peso y muy poco control de su cuerpo. Se estaba mejor allí abajo, decidió. Estaba más oscuro y hacía más frío, pero era mejor, porque era más fácil.

Y lo único que deseaba era que todo fuera fácil.

Respiró lo más hondo que pudo y retuvo el aire; cuando la siguiente ola lo sumergió, no se resistió. Dejó que lo empujara hacia abajo, pero se llevó una decepción al ver que no lo había sumergido a suficiente profundidad, que empezaba a ascender de nuevo pese a sus intentos por evitarlo. Algo le caía por encima de la cara, una especie de mano cruel dispuesta a arrastrarlo hacia arriba, a no dejarlo disfrutar de la paz que reinaba allí abajo.

Se defendió y trató de apartar aquel enemigo invisible de su cara, pero le mordió como si quisiera arrancarle la mano de la muñeca. El intenso dolor lo obligó a abrir los ojos.

Tenía la mano atrapada, pero no por algo con dientes. Estaba envuelta en una red. La malla de cuerda trenzada dio un nuevo tirón y le provocó un nuevo latigazo de dolor que partió de la muñeca, le subió hasta el hombro y le llegó hasta el cerebro. Por primera vez, emergió un pensamiento racional: «Es ayuda. Cógela y aguanta».

Acercó la mano izquierda y se le enredó también en la malla. Justo entonces sintió la necesidad de respirar, pero sabía que no debía, aún no.

La malla tiró de él hacia arriba y se le clavó en las manos. Barrett intentó impulsarse con los pies para ayudar, pero todos sus movimientos resultaban torpes y débiles. «Entonces, no te sueltes. No te sueltes y a ver adónde te lleva».

Lo llevó hacia arriba más y más. El frío no remitió, pero las sombras se fueron retirando y ya vislumbraba la luz diurna, como si la estuviera viendo a través de un cristal agrietado. Estaba muy lejos, pero estaba allí.

Emergió a la superficie con lo que pareció un último tirón. Jadeó en busca de aire, y esta vez, cuando las olas volvieron a levantarlo, lo dejaron caer de lleno en la red, de modo que le resultó más fácil mantenerse a flote. Se preguntó de dónde habría salido la red y, de repente, un miedo siniestro lo atenazó.

«Mathias. Te ha atrapado».

Intentó liberarse, pataleó para soltarse y dejar que el agua se lo llevara otra vez, pero estaba demasiado enredado y la red se movía muy deprisa. Se deslizó sobre la superficie del agua y, al volverse, vio el barco hacia el cual lo estaban arrastrando y pensó que, aunque solo consiguiera atizarle un puñetazo a Mathias, más valdría eso que nada.

Pero quien estaba en el otro extremo de la red no era Mathias. Era Liz.

Se inclinó para sujetarlo y él trató de aferrarse a ella, pero no la encontró. Ya no le quedaban fuerzas y respirar se había convertido de nuevo en todo un reto. Estaba intentando decirle a Liz que llegaba demasiado tarde cuando notó parte del cuerpo fuera del agua y chocó contra algo duro. Se hizo daño en los hombros y notó un dolor agudo en la espalda, pero era algo sólido y eso era bueno. Entonces salió completamente del agua y se encontró sobre un suelo sólido.

No, no era un suelo... era la cubierta de un barco, pero no el mismo que había abandonado poco antes. Tenía un mástil y velas. Todo aquello le resultaba confuso. Y también el rostro de Liz, que estaba justo encima del suyo haciéndole preguntas que no entendía y repitiendo su nombre una y otra vez. No comprendía las preguntas, pero supuso que Liz quería saber cómo había acabado en el agua y eso era difícil. Para explicárselo, necesitaba más energía de la que le quedaba, y más memoria, así que le dijo lo único que se le ocurrió:

—Agujas —dijo—. Necesito más agujas.

56

Consiguió más agujas.

Los chicos de la Patrulla Marítima de Maine fueron los primeros en llegar y le administraron una segunda dosis de naloxona. Supieron lo que debían hacer porque, cuando le quitaron a Howard Pelletier la cinta adhesiva de la boca, este les pudo explicar lo que le pasaba a Rob Barrett un poco mejor que el propio Rob Barrett.

Un cúter de la Guardia Costera de Rockland llegó al escenario de los hechos poco después. El médico de a bordo examinó rápidamente a Barrett y dio órdenes a la patrulla marítima de que lo trasladaran a toda prisa a tierra firme, donde esperaba un helicóptero. Para entonces, Barrett ya estaba inconsciente, por lo que más tarde no recordaría la evacuación en helicóptero.

Cuando llegó al hospital de Pen Bay aún no se encontraba estable, menos aún coherente.

La policía fue la primera en visitarlo y fueron ellos —y no Liz— quienes le aclararon por qué la periodista estaba allí con su barco. Según contó Liz a la policía, Barrett le había pedido poco antes que no perdiera de vista a Howard Pelletier, así que, cuando vio a dos hombres en el barco de Howard, sintió curiosidad y se dedicó a vigilarlos desde su velero, aunque manteniendo las distancias. Hasta izó las velas. Nadie espera que las amenazas puedan llegar desde un velero. No era más que una tonta que perseguía el viento, no levantaba sospechas.

La policía tenía unas cuantas noticias más.

A Ronnie Lord lo habían declarado muerto nada más llegar, pero Mathias aún estaba vivo. Lo habían trasladado a Portland, donde estaba siendo operado por un cirujano de urgencias. Tenía pocas probabilidades de sobrevivir.

Howard Pelletier estaba ensangrentado y magullado, pero por lo demás se encontraba bien, y le había contado a la policía que Mathias Burke y Ronnie Lord lo habían estado esperando agazapados en su barco. Al subir a bordo aquella mañana, se había dado de bruces contra el cañón de una escopeta. A partir de ahí las cosas se habían complicado.

Barrett no podía estar más de acuerdo.

Preguntó por Johansson y le dijeron que aún no se había podido recuperar su cuerpo. Lo estaban buscando, pero en aquella zona las aguas eran muy profundas.

Esas fueron todas las respuestas que pudo proporcionarle la policía. Se las comunicaron rápidamente, porque lo que de verdad querían era hacer preguntas, no responderlas. Esta vez Barrett no llamó a ningún abogado. Esta vez se limitó a hablar.

Cuando finalmente terminó de hablar, George Kelly ya estaba detenido.

La primera visita sin placa fue la de Liz.

Se sentó junto a su cama, le cogió una mano y se la acercó a la mejilla con los ojos cerrados. Estuvo largo rato sin decir nada, lo mismo que Barrett. Finalmente, le besó la mano y se la soltó.

—Gracias por lo de hoy —dijo él.

Ella contuvo la risa.

—No pasa nada.

—Nunca me gustó que guardaras a bordo aquellas viejas redes de rescate —dijo—. Tenía la sensación de que te anclaban al pasado, que te hacían pensar en tu padre perdido en el mar. Pero ahora tengo una opinión distinta sobre ellas.

Barrett se disponía a reír, o a sonreír, pero Liz se inclinó hacia delante con una mirada intensa. El pelo le caía sobre la cara y bajo la blusa le asomaba un poco la clavícula, lo justo para mostrar el extremo de aquella frase tatuada que hablaba de vientos y mares.

—¿Te acuerdas de lo que me has dicho en el barco? —le preguntó—. Cuando aún estábamos los dos solos. ¿Te acuerdas de lo que me has dicho?

—He pedido agujas, ¿no?

—Sí. Pero antes de que llegara la patrulla marítima estabas intentando explicarme algo. ¿Te acuerdas de eso?

No se acordaba.

—Querías que supiera que el cielo tenía un aspecto acogedor —dijo—. Pensaba que intentabas convencerme por la historia que te conté acerca de mi padre. Acerca de la pregunta que él se hacía: qué aspecto debía de tener el cielo para alguien que se estaba ahogando en el mar abierto. Si ofrecía alguna esperanza. ¿No recuerdas habérmelo contado?

—Lo siento —dijo Barrett—. No lo recuerdo.

Liz reflexionó un instante y luego dijo:

—En realidad, es mejor así. Me alegro de que no lo recuerdes.

—¿Por qué?

—Porque lo más probable es que fuera cierto.

Barrett acercó una mano y le acarició una mejilla. Ella volvió a cogerle la mano y se la besó con dulzura.

—¿Qué has visto de todo lo que ha ocurrido en el barco de Howard?

—Nada. Cuando he visto que Howard se alejaba tanto de sus trampas, he sabido que pasaba algo, así que lo he seguido y he visto que no estaba solo. Yo me mantenía a distancia e iba cambiando de rumbo, pero luego ha caído la niebla y me ha resultado más fácil mantenerme oculta. Pero tampoco veía nada y me aterrorizaba la idea de ir directamente contra ellos. Cuando he oído el disparo de escopeta, he pensado que había llegado el momento de correr riesgos. Creo que su idea era buscar un lugar aislado y de aguas profundas. Cerca de esas rocas, la profundidad es de más de seiscientos metros.

Barrett pensó en ello y se preguntó cuánto tiempo habría tardado en llegar al fondo.

—Don sigue ahí, en alguna parte —dijo.

—Sí. —Liz observó su expresión—. He oído que están registrando su casa. Que la consideran un escenario del crimen.

Barrett cerró los ojos, mientras pensaba en Megan y en David y en la policía, que seguramente debía de estar a punto de llegar a su nuevo hogar en Florida.

—Es un escenario del crimen —dijo—. Pero hoy ese hombre me ha salvado la vida dos veces.

Liz no respondió.

—Y luego tú también lo has hecho, claro —añadió Barrett.

—Y luego la patrulla marítima. Y luego la Guardia Costera. Y luego los médicos. Necesitas un pueblo entero para ti solo, Rob.

—¿Cómo está Howard?

—Mejor de lo que parecía, según me han dicho.

—No lo estará por mucho tiempo. Si aún no le han contado lo de George Kelly, no tardarán en hacerlo —dijo Barrett—. Y descubrir la verdad lo destrozará.

Se lo contaron a Howard aquella misma noche y, unas cuantas horas más tarde, fue a visitar a Barrett.

Llevaba un brazo en cabestrillo, varios puntos en el labio y un vendaje en la frente, pero por lo demás se movía bastante bien. Sus primeras preguntas, como era de esperar por doloroso que resultase, se referían solo a Barrett: cómo estaba, si le quedarían secuelas, si creía que los médicos eran lo bastante profesionales, porque, si no era así, Howard tenía un primo que tenía un amigo que trabajaba en un hospital de Boston que supuestamente era el mejor, y podía hacer una llamada...

—Estoy bien, Howard. De verdad que estoy bien.

—Ajá, me alegro, yo solo... ya sabes, quiero lo mejor para ti. Si necesitas algo, solo tienes que decirlo.

—¿Qué es lo que te ha contado la policía? —le preguntó Barrett.

A Howard se le humedecieron los ojos. Parpadeó y desvió la mirada para recobrar la compostura. Luego habló mirando hacia la pared.

—Que el padre de Ian ha ocultado muchas cosas durante todo este tiempo. ¿Tú también lo crees?

—Sí.

Howard asintió lentamente, como si estuviera dándole vueltas a esa idea y considerándola como se merecía. Empezó a hablar en dos ocasiones, pero tuvo que interrumpirse en ambos casos. Finalmente, recuperó la voz.

—Me gustaba aquel chico —dijo—. Me gustaba de verdad. Y a Jackie. Mi hija lo amaba. Habría dejado la isla por él.

—Lo sé.

Howard se volvió de nuevo hacia él con un ligero temblor en la mandíbula.

—Me alegra de verdad que Jackie no supiera todo eso acerca de su familia —dijo—. Y de él.

Barrett lo miró y el recuerdo de George Kelly diciendo «el dolor limpio de la tragedia» apareció flotando en su mente. No se le ocurrió nada que decir.

Fue Howard quien rompió el silencio.

—Puede que Mathias se salve, me han dicho.

—¿En serio? A mí me han dicho que se estaba muriendo.

Howard negó con la cabeza.

—Parece que los médicos lo han estabilizado. Dicen que saldrá adelante.

—¿Y cómo te sientes? —le preguntó, aunque ni siquiera sabía cómo se sentía él.

—Si vive, irá a la cárcel —dijo Howard—. Y allí se quedará. Esta vez no cabe duda.

—No, no cabe duda.

—Pues entonces, bien. Creo que hasta empiezo a desear que salga adelante. Porque puede que ahora ofrezca respuestas.

—No te hagas ilusiones —le dijo Barrett.

—Ajá, supongo que a estas alturas ya debería haberlo entendido. La gente que sabe cosas no las comparte, ¿verdad?

Barrett no respondió y Howard bajó la mirada hacia el suelo.

—Me gustaba ese chico. Era bueno con ella. No debo olvidarlo. —Miró de nuevo a Barrett y, esta vez, su mirada era dura—. Necesitaré que me lo recuerdes, ¿vale?

—Vale. Los dos necesitaremos ayuda para recordarlo.

—¿Crees que Jackie sabía lo de las drogas? —le preguntó Howard—. ¿Que conocía todos los problemas en los que estaba metido Ian?

—Nada de lo que he oído da a entender que lo supiera.

Howard se colocó bien el cabestrillo y desplazó el peso del brazo herido. Cuando volvió a hablar, lo hizo en voz tan baja que apenas resultaba audible.

—Espero que no lo supiera.

57

Mathias Burke iría directamente de la habitación del hospital a la sala del tribunal, donde se le acusaría de dos homicidios y dos homicidios en grado de tentativa, entre otros delitos.

Según Nick Vizquel, la lista de cargos era demasiado corta.

La DEA había estado investigando la relación entre las muertes que la heroína *devil cat* mezclada con carfentanilo había producido en seis estados distintos. La partida tenía su epicentro en Virginia y había viajado en distintas oleadas durante el verano, transportada por estudiantes que volvían a casa, se iban de vacaciones o dedicaban los meses veraniegos a hacer prácticas o trabajar. Muchos de los muertos no encajaban con las características demográficas habituales en los casos de sobredosis de opiáceos: jóvenes con estudios, de familias privilegiadas, sin antecedentes penales... La clase de víctimas que salían en las noticias locales. No eran como Cass Odom o J. R. Millinock. Ni como Kimberly Crepeaux, cuya muerte había salido en los titulares, pero solo debido a su famosa mentira.

En la mayoría de los lugares en los que había aparecido la heroína *devil cat*, o bien la gente moría a causa de ella, o huía de ella. Mathias, en cambio, la recogía. La policía había recuperado del barco de Howard Pelletier el maletín de brocas lleno de jeringas; las cuatro hipodérmicas que aún quedaban habían proporcionado muestras del mismo cóctel de carfentanilo que Vizquel perseguía por todo el país.

—Si consiguen demostrar que él le proporcionó la droga, pueden cargarle también el homicidio de Cass Odom —le dijo Vizquel a Barrett—. Conocimiento e intención. Quiero saber cómo descubrió su existencia, cuánta heroína había y adónde más fue. Pero ese hijo de puta no abre la boca por mucho que se enfrente a cadena perpetua.

Barrett le pidió a Vizquel que acelerara las pruebas de toxicología de la droga que había matado a Kimberly Crepeaux.

—La quiero en su lista de cargos —dijo—. Quiero que lean su nombre en los tribunales con todos los otros.

—Lo intentaré, pero da igual... Ya está hundido.

—Lo sé —dijo Barrett—, pero sí importa. Quiero que digan su nombre.

Vizquel no pareció entenderlo. Se marchó de Maine después de que Mathias se negara a responder todas sus preguntas. El número de víctimas mortales causadas por la droga conocida como *devil cat*, *devil's cut* y *devil's calling* ascendía ya a 265 en todo el país, y Vizquel tenía ocho casos recientes que investigar en Colorado. No tenía tiempo que perder. Port Hope era un caso atípico para él y, probablemente, bastante molesto, porque lo había obligado a desviarse de su rumbo. La droga se había cobrado vidas en Port Hope, y luego los supervivientes se habían ocupado de que hubiera aún más muertes, pero esos casos no eran más que arenas movedizas para Vizquel, cuya tarea se centraba más bien en el origen y las redes de abastecimiento. La droga no procedía de Maine, ni siquiera iba destinada a Maine. Solo había pasado por allí, eso era todo.

Había ido de visita desde otro lugar.

Cuatro días después de que un cirujano de urgencias llamado Abeo le salvara la vida, Mathias Burke fue acusado de dos homicidios y dos homicidios en grado de tentativa, además de secuestro, posesión de drogas y una larga lista de delitos menores. Mathias se declaró inocente de todos los cargos.

Fue a la cárcel sin fianza.

A George Kelly, que también había declinado hablar con la policía, se le acusó de obstrucción, connivencia, ocultación de pruebas de un delito y conspiración para cometer un asesinato. Después de una larga vista para la fianza en la que hasta tres abogados expusieron sus argumentos para justificar que no existía ningún riesgo de huida y que George Kelly no representaba una amenaza para la comunidad, se fijó una fianza de dos millones de dólares.

George Kelly los pagó ese mismo día y abandonó Maine para irse a Virginia, aunque con un brazalete electrónico en el tobillo. Dio instrucciones a su esposa, a su hijo y a su hija de que se mantuvieran al margen para evitar a la prensa, y les aseguró que la verdad acabaría por salir a la luz.

En su primer día en Virginia, convocó a su secretaria personal al despacho de su casa y le pidió que notarizara tres documentos. Vestía traje y corbata y no hablaron ni de los cargos ni de la presión mediática en la calle. Kelly se mostró cordial y sereno y le dio las gracias a su secretaria por su tiempo y su profesionalidad, además de entregarle un cheque por el importe de su sueldo del mes siguiente, más una prima por lo que él denominó «todos estos inconvenientes». Cuando la secretaria abandonó la casa, George Kelly descolgó de la pared de su despacho la escopeta con taracea de plata, retiró las insignias de tiro al plato e introdujo un cartucho en la recámara. Luego se apartó del escritorio, se metió el cañón en la boca y apretó el gatillo.

Cuando lo encontraron, había sangre en las paredes y en el techo, y casi todo el contenido de su cráneo había ido a parar a la alfombra, pero los documentos notarizados estaban limpios sobre el escritorio: un testamento actualizado, una carta dirigida a su familia y una confesión de once páginas.

La confesión incluía una teoría revisada. En los momentos previos al suicidio, y al parecer por primera vez, George Kelly había sido por fin capaz de contemplar la posibilidad de que su adversario desconocido fuera, en realidad, el encargado de mantenimiento al que confiaba el cuidado de su casa en verano.

Aun así, sus notas estaban teñidas de incredulidad.

Tenía que haber algo más gordo en juego, insistía. Alguien más poderoso. Alguien más importante.

Esos fueron sus últimos pensamientos antes de meterse en la boca el cañón de la escopeta.

La policía y los fiscales fueron a ver a Mathias una vez más. Y, una vez más, se negó a responder a todas las preguntas.

Mantuvo su postura durante tres semanas. Y entonces, al llegar la primera semana de julio, se puso en contacto con la policía estatal y dijo que estaba dispuesto a hablar, con una condición.

Solo hablaría con Rob Barrett.

A nadie le gustó la idea. La policía y el fiscal querían a alguien más en la sala. Mathias se negó. Quería a Barrett y lo quería solo.

Era algo personal, dijo.

Se reunieron en una sala de visitas de la cárcel, separados por una pared de cristal. Mathias se sentó y contempló a Barrett durante largo rato sin decir nada; Barrett empezó a preguntarse si se trataba de eso, si Mathias se había aburrido y ahora le apetecía provocarlo y atormentarlo recurriendo a los limitados medios que tenía a su alcance. Pero finalmente cogió el teléfono.

—¿Sabes —le dijo Mathias— lo mucho que me alegré cuando empezaste a rastrear aquel estanque?

—No —respondió Barrett—. ¿Por qué no me lo cuentas?

—Lo haré. Tú solo escucha, ¿vale? Quédate ahí sentado y escucha. ¿Sabes por qué te he elegido a ti para hablar?

—No, no lo sé.

—Porque crees que lo entiendes todo. Siempre lo has creído. —Hizo una pausa, le sonrió a Barrett a través del cristal y añadió—: Y quiero verte la cara cuando oigas esto.

—Vale —dijo Barrett—. Pues que lo disfrutes. Cuéntame cómo ocurrió.

58

Kimmy contó básicamente la verdad. Si vuelvo la vista atrás, es bastante impresionante. No me esperaba que conservara recuerdos tan vívidos, en serio, sobre todo porque ella pensaba que las cosas estaban ocurriendo en ese momento. Que no estaban en marcha ya desde antes.

En realidad, yo no iba a por Ian. Ni siquiera sabía que iba a estar en la casa aquel verano. Iba a por George.

Deberías saber que existen quince versiones previas de George. Yo llevaba seis años haciendo lo mismo. Era algo que me había enseñado mi padre, aunque él nunca había entendido cómo sacarle partido. Me dijo que si se prestaba atención a quién entraba y salía de las casas de veraneo, era fácil ver que muchas de las personas que compraban una segunda residencia tenían un motivo para ello que no era precisamente sentarse en una terraza frente al océano a comer langosta. Ya sabes a qué me refiero. Un viejo que aparece por aquí con una zorra que parece recién salida de la facultad. El fin de semana siguiente vuelve, pero con su esposa. Y las mujeres hacen exactamente lo mismo, créeme.

Lo único que hay que hacer es prestar atención. Esa gente mira por encima del hombro a alguien como yo. Me miraban por encima del hombro, miraban más allá, como si no me vieran. Pero yo siempre los estaba observando.

Y, a diferencia de mi padre, lo aprovechaba.

El primer año me saqué cuarenta de los grandes, y eso solo con amenazas. Algunas personas no pagaban, pero no sé qué les daba más miedo, si yo o Bitcoin y Ether. Algunos de esos tíos preferían ver cómo estallaba su matrimonio antes que tratar de mover una divisa que no entendían. Pero las monedas digitales son lo mejor, créeme. Al año siguiente compré cámaras de mejor calidad y me saqué noventa mil. Y eso solo de dos personas. Un hombre y una mujer. ¿Y quieres saber lo más gracioso? Que fue en la misma casa. La misma pareja engañándose el uno al otro en fines de semana distintos. Y entonces pagaron los dos para salvar su matrimonio. Siempre me pregunto si algún día acabarán por descubrirlo. Me encantaría ver ese momento.

Para entonces, ya empezaba a cobrar a la gente por instalar cámaras. Lo hacía porque así reducía el riesgo de que las descubrieran, pero también porque, si no conseguía nada que me resultara útil, al menos no me gastaba dinero en las cámaras. Recupera los gastos siempre que puedas, ¿no? Aquel verano instalé siete sistemas de seguridad y... ¿sabes cuántas personas cambiaron la contraseña original? Una. Ni siquiera tuve que piratear nada. Y no porque confiaran en mí, sino porque ni siquiera me veían. Yo estaba allí solo para obedecer sus deseos, ¿sabes? Una vez que había cumplido con mi trabajo, no me veían ni pensaban en mí hasta que necesitaban arreglar algo más.

En un verano ganaba más de lo que tú ganarás en cinco años, Barrett. Es fácil calcularlo teniendo en cuenta tu sueldo de agente del FBI. No ganas pasta de verdad hasta que te buscas algún trabajito extra.

¿Quieres saber lo que más me gustaba? Vivir como siempre había vivido, ver cómo me miraba y me trataba esa gente y saber, todo el tiempo, que tenía mucho más dinero que ellos. Tenía más o menos pensado que, a la larga, me compraría una de aquellas mansiones en las que trabajaba. Tal vez incluso la casa de George. Me gusta imaginarme a alguien como George viniendo a Maine a finales de junio, cuando ya empieza a hacer calor y abren todos esos chiringuitos tan

cutres donde se come langosta, y descubriendo que tiene un nuevo vecino. «¿Quién ha comprado la casa grande que está en lo alto de la colina? —diría—. Tu encargado de mantenimiento, ¿te acuerdas de cómo se llamaba? No lo creo».

Me encanta esa imagen.

Vale, así que el año antes de que su hijo muriera, George empezó a llevar a su casa a alguien que no era Amy y despertó mi interés. Por entonces no tenía ninguna cámara en su casa, así que filmé un vídeo, me aseguré de que hubiera algún que otro primer plano, y entonces George y yo realizamos una transacción limpia y profesional. Pagó veinticinco mil dólares.

Mientras eso ocurría, le envié una factura por la limpieza y cierre de la casa a final de la temporada, y le propuse que se planteara renovar el sistema de seguridad. Para entonces ya estaba preocupado por el chantajista, así que pensó que era una buena idea. Así podría pillar a aquel hijo de puta.

Te lo digo en serio, nunca me vieron. Nunca. Siempre imaginaban a otra persona en sus vidas, alguien que les importaba.

Aquel año me pasé a las cámaras con micrófono. Con eso reduje gastos y aumenté la calidad. El audio cambia completamente las reglas del juego: a la gente no le gusta verse, pero si además de verse se oyen... Tío, entonces sí que se sienten muy vulnerables.

Así que allí estaban las cámaras, esperando, pero George no volvió al año siguiente. Se fue al extranjero y mandó aquí a su hijo, solo. Me llevé una decepción, la verdad, pero entonces Ian empezó a organizar aquellas fiestas, a invitar a los chicos del pueblo a aquellas hogueras en su playa privada. Mark Millinock me contó que les ofrecía drogas. Éxtasis, sobre todo, pero también oí lo de la heroína. Bueno, eso sí que me sorprendió, porque la heroína no le pegaba.

Ian no tomaba drogas ni tampoco las vendía. ¿Qué sentido tenía entonces? Creo que lo que quería era sentirse una persona distinta, adoptar una identidad distinta. No le tenía mucho aprecio a su padre. En realidad, no le gustaba su lugar en este mundo. Estaba tan

desesperado por conseguir que la gente lo viera de forma distinta...
Creo que lo de las drogas solo era una forma de rechazar su vida y eso
me cabreaba. ¿No te gusta tu vida? ¿Me tomas el pelo, tío? ¿No te
gusta tu vida de ricachón?

Empezaba a tener la sensación de haber perdido el verano, por-
que contaba con George. Pensé en intentar grabar algún vídeo de Ian
con las drogas, pero no me parecía que tuviera demasiado valor. Al
menos, al principio. Y entonces, una mañana, cuando fui a la casa
para hacer un presupuesto de una hoguera de piedra en la playa, en
el lugar donde Ian daba sus fiestas, encontré el cuerpo de Molly
Quickery en la arena.

La marea casi estaba en su punto más alto, pero el agua solo le
llegaba a los tobillos. Estaba muerta, sí, pero no se había ahogado.
Eché un vistazo por allí; había latas de cerveza, vasos de plástico,
alguien había dejado una pipa de un solo uso y también había un
barril de cerveza vacío en la arena. Al parecer, había sido una fiesta
salvaje y supongo que, cuando Molly se alejó, nadie la echó de me-
nos, o a lo mejor pensaron que se había desmayado.

Me quedé allí sentado y pensé un buen rato. Luego me dirigí a la
casa. Ian aún estaba durmiendo. Lo desperté y le dije que tenía algo
que enseñarle. Cooperó. Era una de esas personas que siempre se
muestran amables con el personal. Un tipo campechano.

Bajamos a la playa y, cuando vio a Molly, vomitó en la arena.
Estaba temblando. Me senté con él, le pasé un brazo por los hombros
y le dije: «Cuéntame cómo ocurrió».

Y entonces me habló de las drogas. Él no las tomaba, pero se las
había traído desde Virginia, supongo que por curiosidad, y entonces
Ronnie Lord se había ofrecido a comprarle toda la heroína que tenía,
pero Ian le había dicho que se la quedara. Que se la quedara toda.
Así era el señorito Kelly, generoso hasta más no poder.

Pero ahora había una chica muerta en la arena y aquello pinta-
ba muy mal para el señorito Kelly. Había cruzado fronteras estatales
con aquellas drogas. Puede que no las hubiera vendido, pero las ha-

bía distribuido. La chica muerta estaba en su propiedad. Sí, todo aquello pintaba muy mal.

Yo había grabado todo lo que Ian había dicho. Pero en aquel momento dejé de grabar y le dije: «¿Y si la chica no estuviera en tu propiedad?».

Señalé el océano y él se lo quedó mirando como si nunca antes lo hubiera visto.

«Puede que se ahogara —dije—. Puede que su muerte no tuviera nada que ver contigo».

En su honor debo decir que se lo pensó más de lo que yo esperaba. Valores morales, ¿no? Pero todos acaban abandonándolos. Si los presionas lo bastante, todos acaban abandonándolos.

Hicimos un trato: yo haría desaparecer a Molly, Ian me pagaría por la ayuda. Yo sabía que nadie se preocuparía mucho por buscar a Molly Quickery. Era una cualquiera, ¿no? Ian la había cagado y yo lo limpiaba. ¿Qué mejor encargado de mantenimiento que uno que se ocupa de esconder los cadáveres?

En aquel momento los dos pensábamos que Molly se había metido una sobredosis. No pensábamos que toda la heroína de Ian fuera mortal.

Pero entonces... siguió muriendo gente.

Yo empecé a oír distintas historias sobre las drogas y entonces pensé en Molly y me di cuenta de lo mucho que se podían complicar las cosas si ella solo era parte de algo mucho más grande. Si alguien conseguía rastrear la heroína y llegar hasta Ian, sabía que él se vendría abajo y que entonces contaría también la historia de Molly. Y luego vendrían a por mí.

Fui a ver a Ronnie Lord. Se cagó de miedo, porque él había estado vendiendo el caballo que mataba a la gente y sabía que podían acusarlo no solo de tráfico de drogas, sino de mucho más. Le dije que estuviera tranquilo y que me dejara hacer a mí. Y entonces me fui otra vez a ver a Ian.

Ian empezó a decir que quería acudir enseguida a la policía. Se lo quité de la cabeza. Ronnie y yo rastreamos lo que quedaba de la heroína; compré lo que pude y lo que no, lo robé. Para entonces ya había seis o siete muertos más. Nombres que ni siquiera conoces. Vete a echar un vistazo a Augusta, si te interesa. Y a Bangor. Aquel mes de julio, Bangor no era un buen sitio para pincharse. Se supone que a esas alturas la gente tendría que haber empezado a darse cuenta, ¿no? Pues no. Con los opiáceos, no. Todos los muertos eran adictos. A nadie le sorprendía su muerte, así que nadie le interesaba lo que se metían ni de dónde venía. Estaba pasando en todo el país. Pero no en el entorno de personas como Ian Kelly.

Recuperé toda la heroína que pude y entonces se la llevé a Ian para demostrarle que había limpiado su cagada. Le daba miedo hasta tocarla. No exagero, me obligó a mí a recogerla, como si fuera una serpiente.

Me preocupaba que se viniera abajo si alguien le hacía alguna pregunta sobre el tema. Que se lo confesara al primer poli que llamara a su puerta. Ian no era consciente de las consecuencias. Estaba convencido de que su padre haría unas cuantas llamadas y le conseguirían un trato. Cinco muertos equivalen a cincuenta horas de servicio comunitario o lo que sea. Y cuanto más pensaba en ello, más me preguntaba si no tendría razón. Para entonces, yo ya estaba metido hasta el cuello: había trasladado el cuerpo de Molly, había recuperado las drogas y había ocultado mi conocimiento de todas aquellas muertes. Si Ian se venía abajo, su papá haría esas llamadas, se reuniría con unas cuantas personas y su hijo solo tendría que cumplir servicio comunitario, mientras que a mí me caerían veinticinco años en Warren.

¿Sabes quién no se vendría abajo? George. Si se enteraba de que su niño mimado corría peligro, arreglaría las cosas antes de que apareciera la policía, no después. Así que le envié un correo electrónico a George desde una cuenta anónima. Vídeos y unos cuantos artículos acerca de los muertos por sobredosis. Pagó muy rápido: literalmente el mismo día, sin dudar, sin preguntar quién eres, de qué vas, ninguna de las respuestas que yo solía recibir. Se limitó a pagar. Y yo sabía que George también había silenciado a Ian. Sabía que cuando George comprendiera que su reputación estaba en peligro, no habría ninguna visita a la policía.

George no sabía a quién pagaba, pero estaba tratando de averiguarlo. Siempre pensó que era alguien de fuera, alguien de Virginia o tal vez del extranjero. Quien se atreviera a extorsionarlo tenía que ser alguien importante, imaginaba. Esta es buena, ¿a que no sabes a quién contrató para retirar las cámaras de seguridad? A un servidor. Me contó que alguien había pirateado las cámaras y que quería quitarlas. Le dije no hay problema, señor, y entonces las desinstalé casi todas y le envié la factura. Dejé un par, pero esas eran solo para mí.

Creía tenerlo todo bastante bien controlado.

Y entonces, a finales de agosto, entendí mal algo que había visto. Tú también has visto el vídeo del que estoy hablando. El de Ian y Jackie en la terraza. Estaban hablando de acudir a sus familias para evitar problemas y yo supongo que... me precipité. Creía saber exactamente de qué estaban hablando. Salieron de la imagen demasiado rápido. Jackie tenía frío, entraron en la casa y perdí la señal de audio. Ninguno de los dos dijo «embarazada» en ningún momento.

Supuse que, si alguien podía empujar a Ian a confesar, era Jackie Pelletier. No se parecía en nada a George. Ni Howard tampoco. No sabía cómo enfrentarme a esa familia. Las cosas se iban a complicar mucho y muy rápido.

Tenía dos semanas para pensar en cómo manejar el asunto. No tardé en darme cuenta de que sabía exactamente dónde iban a encontrarse y cuándo. En el cementerio, a solas.

Y entonces se me ocurrió una forma distinta de gestionar las cosas.

Nunca hasta entonces había matado a nadie, pero lo había pensado muchas veces. Siempre había querido hacerlo. Y suponía que, tarde o temprano, no me quedaría más remedio. La idea del estanque se me había ocurrido ya hacía... Bueno, la verdad es que no sé cuánto tiempo. Lo que sí puedo decirte es que la idea del estanque se me había ocurrido antes incluso de ver el estanque. Solo era cuestión de elegir el sitio perfecto. En muchos sitios como ese suele haber demasiada gente, pero cuando vi aquel estanque pensé: «Este podría ser el lugar perfecto».

Cuando matas a alguien, tienes dos opciones. La primera es tratar de ocultar cómo lo has hecho, que es lo que hace casi todo el mundo, y a casi todo el mundo lo acaban pillando. La segunda es mostrar exactamente cómo lo has hecho... y luego demostrar que no pudo haber ocurrido así.

Tenía que estar preparado para cuando vinierais a buscarme. La policía debía escuchar una historia creíble pero imposible de demostrar. Necesitaba testigos para aquella noche. Personas que a la larga terminaran hablando, pero no enseguida. Y también debían tener algún... problemilla de credibilidad. Kimmy era perfecta. No las necesitaba a las dos. Solo necesitaba que una de ellas hablara, no las dos, y la que hablara tenía que ser la que inspirara menos confianza. Esa era Kimmy, claro. Cass fue un daño colateral.

Bueno, también necesitas un chivo expiatorio, claro, y Girard era perfecto. Era un idiota rematado. Ojalá hubieras podido hablar con él. ¿Sabes esa peli en la que el chaval confiesa que mató a la chica, cuando ni siquiera había participado? Pues ese era Girard. Si os hubierais conocido, habrías conseguido que lo condenaran a cadena perpetua sin libertad condicional y él lo hubiera aceptado sin protestar.

Lo de la pintura... eso ya era más personal. Quería que Ian viera lo que se le venía encima, que se diera cuenta de que se lo había buscado él mismo. Quería que me viera llegar y que... lo entendiera.

Y al final, creo que fue así. Por la forma en que me miró justo antes de que lo golpeara. Creo que en ese momento vio el mundo de otra forma.

Me pasé toda la noche actuando para las chicas. Bebí un poco, pero no tomé drogas, y seguí fingiendo que estaba furioso, alterado, *descontrolado. Se suponía que tenía que ser como un atropello con fuga: «¡Oh, mierda, estábamos colocados y ha pasado lo que ha pasado y ahora tenéis que ayudarme a ocultar los cadáveres, zorras!». Iba a salir bien, porque yo no me había drogado, tenía la sangre limpia, y la gente no creería la imagen de mí que darían las chicas. Porque no era yo.*

Volví al estanque por la noche. Los saqué fácilmente. En cuestión de veinte minutos, ya los había subido a la camioneta de Girard y me había largado. Los desnudé y les disparé porque sabía que no era esa la historia que se haría pública. Es como un truco de magia: haces que el público te mire la mano derecha y mientras usas la izquierda. Funcionó todo como un reloj. Como un puto reloj suizo. Sabía que tarde o temprano llegaríais hasta mí, pero también sabía que las pruebas nunca confirmarían la historia que os habían contado.

Os tragasteis enseguida la pista sobre los cadáveres que os llegó por correo electrónico. Ni siquiera os planteasteis nada. ¿Y sabes por qué? Por la imagen que tenéis de mí. Mathias sabe de sopladores de hojas, pero ¿de ordenadores? ¡Imposible! Y eso que lo del truquito del correo electrónico es lo más fácil del mundo. Dispositivo de hombre muerto. Vuestros informáticos le habrían echado un vistazo si el sospechoso fuera algún crío de Boston con un montón de ordenadores en el sótano de su casa, pero Mathias... Vale, será capaz de sacar un cadáver del fondo de un estanque usando un cabestrante, pero ¿escribir un código informático sencillo? Jamás.

Sé que preguntaste por lo del dispositivo de hombre muerto, pero no tiene ningún mérito. No me veías de forma distinta, solo estabas desesperado. Tenías el culo al aire y estabas dispuesto a hacer lo que fuera para taparlo. Es así de simple. Querías mandarme a la cárcel por homicidio y ni siquiera me respetabas lo bastante como para preguntarte cómo lo había hecho.

Y George era exactamente igual, miraba hacia todas partes menos hacia mí, porque estaba claro que todo el asunto era demasiado «sofisticado» para Mathias Burke.

Cuando la policía intervino, George ya sabía que había alguien en algún lado que podía desvelar cómo era realmente su familia: aventuras y drogas, cadáveres y mentiras... Una historia poco agradable. Pero fue una prueba interesante, ¿os lo contaría de inmediato? ¿Más tarde? ¿Nunca?

Al final resultó ser nunca. Y también resultó que estaba dispuesto a llegar bastante lejos.

Siempre tuve la intención de dejar vivir a Kimmy. Tenía que vivir para contar la historia, de eso precisamente se trataba. Pero entonces te implicó de nuevo en el asunto. No tuve miedo, pero reconozco que me sentí frustrado. Estaba claro que Kimberly pensaba que eras tú quien tenía el control y no yo. Así que le pedí a Ronnie que le llevara algo muy especial. Ella siempre había confiado en Ronnie. Así es como llegas a la gente, ¿en quién confían, a quién quieren? Si quieres dominar a alguien, tienes que empezar por ahí.

Bueno, estás ahí mirándome y pensando que esto es una victoria. Pues no lo es. Y a estas alturas ya deberías saberlo. Nunca entendiste nada. Y no pienso..., no puedo tolerar sentarme ante el tribunal y escuchar al juez enviarme a la cárcel mientras vosotros, panda de gilipollas petulantes, pensáis que teníais razón.

Ni siquiera os acercasteis. ¿No te das cuenta de que iba muy por delante de vosotros? ¿Comprendes de una puta vez quién dirigía el juego y cómo? ¿Entiendes quién estaba al mando? No eras tú ni ninguno de tus colegas, ni tampoco era George Kelly ni su querido hijito. Siempre fui yo. En cada paso. Yo decidía las reglas. Y vosotros os limitabais a seguirlas.

Más te vale recordarlo, Barrett. Desde el primer día hasta el último, yo decidí cómo ocurrió.

59

Howard Pelletier le pidió a Barrett que fuera a la isla para contarle la historia. Iba a escuchar la segunda confesión en el mismo lugar en que había escuchado la primera.

Liz llevó a Barrett y, cuando llegaron, el barco de Howard ya estaba amarrado en el embarcadero.

—¿Quieres venir conmigo? —le preguntó a Liz—. Puede que a Howard le sea de ayuda tener cerca a alguien más cuando escuche la historia.

Liz negó con la cabeza y lo observó con ternura.

—Le será de ayuda a alguien —dijo—, pero no a Howard.

Barrett asintió y empezó a subir la colina.

Howard lo estaba esperando con un destornillador eléctrico en la mano. Cuando vio a Barrett, se dirigió sin decir nada hacia la puerta del estudio. El destornillador eléctrico emitió un chirrido mientras Howard extraía doce largos tornillos para madera; los pasadores de acero inoxidable de los candados cayeron al suelo. Howard los apartó con el pie, dejó el destornillador eléctrico y abrió la puerta, que estaba cerrada con llave.

—Vamos arriba —dijo.

Barrett cruzó el umbral y se encontró con la escalera curva hecha a mano. La escalera que ascendía. Se le hizo un nudo en la garganta mientras subía y notó la boca seca. El estudio aún olía a serrín y a pintura; ambos olores le parecieron frescos y rancios a la vez, como si hubieran nacido muertos.

En lo alto de la escalera, la luz del sol entraba por las ventanas panorámicas y llenaba la estancia. Se podía mirar hacia el mar y hacia la costa, hacia el norte y hacia el sur. Se podía ver el amanecer y el atardecer, y no perderse ni una nube, ni una tormenta ni un solo rayo de luz. Desde allí arriba se veía todo.

Había dos caballetes preparados pero vacíos, esperando sus lienzos. Y un sofá cama bajo una de las ventanas, colocado de manera que le diera el sol de la tarde.

Howard se sentó en el sofá cama. Se quitó la raída gorra de béisbol y la dejó en el suelo, entre los pies. Luego se inclinó hacia delante y unió ambas manos. Tenía la cabeza gacha cuando habló por primera vez.

—Vale —dijo—. Cuéntamelo.

Veintitrés meses después de que su hija hubiera desaparecido y dieciséis meses después del momento en que hubiera vivido el nacimiento de su primer nieto, Barrett le contó a Howard Pelletier cómo le habían arrebatado a su hija.

Howard no habló mientras Barrett le contaba la historia. Se le escapó algún que otro sonido quedo y algún discreto gemido de dolor, pero no habló ni levantó la mirada en ningún momento.

—Así es como me lo contó —dijo Barrett, y luego respiró hondo antes de revelarle la última parte de la noticia—. Pero se retractó antes de que yo tuviera tiempo de llegar al aparcamiento. Se volvió y le dijo al poli que estaba más cerca que no era verdad. Que solo quería tomarme el pelo un rato.

Howard levantó entonces la mirada; la expresión de su rostro no era de sorpresa, ni siquiera de dolor, sino de profunda confusión.

—¿Y eso qué sentido tiene?

—Que nos hagamos preguntas. Que dudemos. Sabe que lo condenarán, pero quiere que sepamos que es el más inteligente de todos. Detestaba la idea de contármelo y creo que esa decisión fue difícil para él. No soportaba vernos creer que habíamos descubierto la verdad, pero tampoco le gustaba la idea de acabar con las preguntas.

—Y entonces... ¿es mentira lo que ha dicho?

—Puede.

—¿Cómo? ¿No estás seguro?

—Hay lagunas —dijo Barrett—. Hay algunos vacíos. Pero la memoria es, por naturaleza, un narrador poco fiable, incluso para quienes tienen buenas intenciones. Y Mathias no es un hombre con buenas intenciones. Puede que haya completado con mentiras parte de la verdad, sobre todo para parecer más inteligente, pero también puede haber olvidado parte de la verdad. Aun así, creo haber escuchado casi todo lo que ocurrió, cómo y por qué.

Howard no parecía satisfecho.

—Crees que era la verdad. Pero no lo sabes.

Barrett respiró hondo. Howard le estaba formulando la pregunta que él llevaba formulándose casi toda la vida. «¿Cómo puedo estar seguro?».

—Creo que eso es lo único que podemos esperar —dijo—. Reunimos todas las pruebas que podemos y luego elegimos qué creer. No siempre podemos saber. En un momento dado, tenemos que dejarnos llevar por la fe.

—Yo creo que no nos equivocamos —dijo Howard.

—Yo también lo creo.

Howard se pasó una mano por la cara, sacudió la cabeza y, por último, recogió la gorra de béisbol del suelo y se la volvió a poner.

—¿Te quedas para el juicio?

—Me quedo.

Quedarse lo obligaría a dimitir del FBI, probablemente, pero a aquellas alturas Barrett no creía que supusiera un problema. No sabía muy bien cuáles iban a ser sus siguientes pasos, aunque tampoco le preocupaba; no tenía intención de marcharse hasta que se pronunciara el veredicto.

—Bien. Yo también he estado pensando en mudarme.

—¿Te marchas de Maine?

Barrett estaba sorprendido, aunque quizá no debería haberlo estado. ¿Qué le quedaba a Howard en Maine, excepto un montón de dolorosos recuerdos?

—No —dijo Howard—. De mi casa. He estado pensando en venirme a vivir aquí. Aún no estoy seguro. Será duro, eso está claro. Pero... entiendo los motivos por los que Jackie amaba este sitio. Es el lugar perfecto —dijo mientras abarcaba con la mano el horizonte que se extendía en todas direcciones—. No hay otro sitio en el mundo que tengas las mismas vistas que esta isla.

—Eso es verdad.

Howard se puso en pie y luego se volvió lentamente, mientras contemplaba aquella habitación recién pintada y llena de luz. Habló con la mirada fija en uno de los caballetes vacíos.

—No sabría cómo decirte lo mucho que amaba a mi hija.

Barrett se limitó a asentir. En aquel momento no habría podido hablar, ni siquiera si hubiera encontrado las palabras adecuadas.

Howard dejó deslizar la mirada por el agua hacia tierra firme.

—Le gustaba estar en el cementerio al amanecer. A muchos les parecía extraño, pero a mí me gustaba que fuera capaz de contemplar el mundo de forma distinta. Que viera una versión distinta, tal vez. —Sonrió con tristeza—. Me pregunto si aún me queda dentro algo de ella.

Recorrió con la mirada el paisaje que se divisaba desde el estudio, desde tierra firme hasta el mar inmenso, y cuando dijo: «Lo intentaré», Barrett supo que no se dirigía a él.

Howard respiró hondo y dejó escapar un suspiro al final, que sonó como el roce de una cerilla al encenderla, y luego dijo:

—Deberíamos marcharnos. El sol se pone muy rápido aquí.

Barrett lo siguió por las escaleras y descendieron desde la luz hacia la penumbra de la habitación de abajo. Ya en el exterior, Howard recogió del suelo los cierres y los candados y se los llevó.

No se había equivocado al decir que el sol se ocultaba muy deprisa; la bahía se iba llenando de sombras mientras el cielo, por encima de las montañas bajas, se volvía de un rojo intenso y dibujaba franjas rosadas en las nubes. Sería de noche antes de que llegaran a tierra firme, pero Howard ya había navegado de noche por aquellas aguas.

Bajaron juntos la colina y se dirigieron al mar, cada vez más oscuro, que los separaba de Port Hope.

AGRADECIMIENTOS

Richard Pine me guio en el proceso de convertir una conversación en un borrador y luego en un libro. El trabajo ejemplar de Joshua Kendall, editor paciente y perspicaz, hizo el resto. Y mi esposa, Christine, no solo leyó más páginas que nadie y las mejoró, sino que además se las apañó para soportarme.

Mi más sincero agradecimiento al siempre increíble equipo de Little, Brown and Company y Hachette: Reagan Arthur, Michael Pietsch, Sabrina Callahan, Heather Fain, Terry Adams, Craig Young, Nicky Guerreiro, Alyssa Persons, Maggie (Southard) Gladstone, Ashley Marudas, Karen Torres, Karen Landry, Tracy Roe, Nick Sayers y muchos más. Es un placer y un privilegio trabajar con profesionales como vosotros.

Gracias también a los amigos y lectores que, o bien tuvieron que soportar los primeros borradores, o bien a un servidor, durante el proceso de redacción de la novela. Y, en los peores casos, los borradores y a mí: Bob Hammel, Pete Yonkman, Tom Bernardo, Laura Lane, Jayd Grossman, Stewart O'Nan, Ben Strawn y mis padres. Gracias a Ryan Easton, Seth Garrett y David Lambkin por sus consejos técnicos.

Lacy Nowling-Whitaker es la única que me permite conservar la ilusión de ser miembro funcional en una sociedad que depende por completo de los ordenadores. Solo de vez en cuando me lanza sillas.

Y muchísimas gracias también al gran estado de Maine, que

411

me ofreció escarbar en sus pozos sin fondo de inspiración para escribir esta novela y me proporcionó récords de frío, récords de calor, récords de apagones eléctricos y hasta mapaches en las chimeneas. Gracias también a los habitantes de Maine que se desvivieron por ayudarme y acogerme, especialmente Bob y Cecile Caya, Brian Wickenden, Rob Dwelley, Adam Thomas, Robyn Tarantino, Israel y Kathryn Skelton, y Melinda Reingold.